Salí temprano, con mi perro

Kate Atkinson

Salí temprano, con mi perro

Traducido del inglés por Patricia Antón

 TUBOLSILLO

Título original: *Started Early, Took My Dog*

Primera edición en TuBolsillo: enero de 2026

Diseño de colección: REGA
Diseño de cubierta: Elsa Suárez Girard / www.elsasuarez.com
Imagen: Freepik

PAPEL DE FIBRA
CERTIFICADA

Copyright © 2010, Kate Atkinson
© de la traducción: Patricia Antón
© de esta edición: TuBolsillo (Grupo Anaya, S. A.), 2026
Valentín Beato, 21
28037 Madrid

ISBN: 979-13-87739-14-0
Depósito legal: M-18984-2025
Printed in Spain

Para mi padre

Salí temprano—con mi Perro—
Y fui a visitar el Mar—
Las Sirenas del Sótano
Subieron para verme—

Y las Fragatas—del Piso de Arriba—
Extendieron su Mano de Cáñamo—
Creyendo que yo era un Barrilete—
Encallado—en la Arena—

Pero Nadie me movió de allí—hasta que la Marea
Pasó por encima de mi simple Zapato—
Cubrió mi Delantal—llegó hasta el Cinturón
Y rebasó el Corpiño—también—

Hizo como si fuese a devorarme—
De un bocado, cual gota de Rocío
Sobre una Rama de Amargón—
Y entonces—Yo—también—eché a andar—

Y Él—Él me siguió—de cerca—
Sentí Su Talón de Plata
Rozándome el Tobillo—y entonces mis Zapatos
Rebosaron de Perlas—

Y así llegamos al Pueblo en Tierra Firme—
No parecía conocer Él a Nadie—
Y con una reverencia—y una mirada Intensa—
Que me dirigió—El Mar se retiró—

Emily Dickinson,
«Salí temprano, con mi perro»[1].

---

[1] La traducción de los dos poemas de Emily Dickinson que aparecen en esta obra es de Amalia Rodríguez Monroy, publicados en el libro de poemas de la poeta titulado *Antología bilingüe:* Alianza Editorial, S. A., Madrid, 2021, y se reproducen por cortesía de Alianza Editorial.

Por falta de clavo, la herradura se perdió.
Por falta de herradura, el caballo se perdió.
Por falta de caballo, el jinete se perdió.
Por falta de jinete, la batalla se perdió.
Por falta de batalla, el reino se perdió.
Y todo por la falta de un simple clavo.

Canción tradicional inglesa.

Solo estaba limpiando un poco por ahí.

PETER SUTCLIFFE,
El «Destripador de Yorkshire».

Tesoro

9 de abril de 1975

Leeds, «Ciudad-autopista de los setenta». Un eslogan lleno de orgullo. Sin asomo de ironía. En algunas calles todavía parpadea la luz de gas. Así es la vida en una ciudad del norte.

Los Bay City Rollers en el número uno. Bombas del IRA por toda la región. Margaret Thatcher es la nueva líder del Partido Conservador. A principios de mes, en Albuquerque, Bill Gates funda lo que se convertirá en Microsoft. A fin de mes, Saigón cae ante el ejército norvietnamita. El programa *The Black and White Minstrel Show* todavía se emite en la televisión y John Poulson sigue en la cárcel. «Bye Bye Baby, Baby Goodbye». En medio de todo aquello, la única preocupación de Tracy Waterhouse era el agujero en una puntera de las medias. Con cada paso que daba se hacía más grande y eran recién estrenadas.

Les habían dicho que era en el decimoquinto piso del edificio de apartamentos de Lovell Park y, cómo no, los ascensores no funcionaban. Los dos agentes de policía subían por las escaleras entre jadeos y resoplidos. Cuando ya se acercaban a la azotea, tenían que descansar en cada rellano. La agente Tracy Waterhouse, una chica grandota y desgarbada recién salida del período de prueba, y el agente Ken Arkwright, un blanco corpulento de Yorkshire con un corazón que era pura grasa, estaban ascendiendo el Everest.

Ambos verían los inicios de la fiebre asesina del Destripador, pero Arkwright se jubilaría mucho antes de que llegara a su fin. Aún no habían capturado a Donald Neilson, la

Pantera Negra de Bradford, y es probable que Harold Shipman hubiese empezado ya a matar a pacientes lo bastante desafortunados para caer en sus manos en el Pontefract General Infirmary. Así era West Yorkshire en 1975, un lugar lleno de asesinos en serie.

Tracy Waterhouse aún estaba un poco verde, aunque no lo habría admitido. Ken Arkwright había visto más que la mayoría de la gente, pero seguía siendo paternal y optimista, un buen poli para que una novata trabajara bajo su tutela. Había manzanas podridas en el cesto: la negra nube de la muerte de David Oluwale todavía proyectaba una larga sombra sobre West Riding, pero Arkwright no se encontraba debajo de ella. Podía mostrarse violento cuando era necesario, y a veces cuando no lo era, pero no discriminaba por motivos de raza a la hora de recompensar o castigar. Y las mujeres eran con frecuencia unas «frescas» y unas «guarras», pero había ayudado a unas cuantas chicas de la calle, dándoles dinero y cigarrillos, y quería a su mujer y a sus hijas.

Pese a los ruegos de sus profesores de que siguiera con los estudios e «hiciera algo con su vida», Tracy había abandonado la escuela a los quince años para hacer un curso de taquigrafía y mecanografía e ir derecha a las oficinas de la empresa textil Montague Burton, ansiosa por poner en marcha su vida adulta. «Eres una chica lista –le había dicho el tipo de personal ofreciéndole un cigarrillo–. Podrías llegar lejos. Nunca se sabe; quizá algún día llegues a ser secrepé del mandamás». Tracy no sabía muy bien qué quería decir con «mandamás». Y tampoco lo tenía muy claro con «secrepé». El tipo se la había comido con los ojos.

A los dieciséis, nunca la había besado un chico, nunca había tomado vino, ni siquiera Blue Nun. Nunca había comido aguacate ni visto una berenjena, nunca había viajado en avión. En aquellos tiempos todo era distinto.

Se compró un abrigo de *tweed* en Etam y un paraguas nuevo. Lista para lo que fuera. O tan lista como podría llegar a estar. Dos años después estaba en la policía. Nada podría haberla preparado para eso. «Bye Bye, Baby».

Le preocupaba no ser capaz de marcharse de casa. Se pasaba las veladas delante del televisor con su madre mientras el padre bebía, moderadamente, en el club de conservadores de la zona. Juntas, Tracy y su madre, Dorothy, veían *El show de Dick Emery* o *Steptoe e hijo* o a Mike Yarwood imitando a Steptoe y su hijo. O a Edward Heath, que sacudía los hombros al reírse. Debió de ser un día triste para Mike Yarwood cuando Margaret Thatcher se hizo con el poder. Un día triste para todo el mundo. Tracy nunca había entendido la atracción que ejercían los imitadores.

El estómago le rugió como un tren. Llevaba una semana con una dieta a base de requesón y pomelo. Se preguntó si era posible morir de inanición cuando se seguía teniendo sobrepeso.

–¡Por los clavos de Cristo! –jadeó Arkwright, inclinándose para apoyar las manos en las rodillas, cuando por fin llegaron al piso quince–. Antes era ala de rugby, lo creas o no.

–Ah, bueno, ahora no eres más que un tipo gordo y viejo –respondió Tracy–. ¿Qué número es?

–El veinticinco. Al fondo.

Un vecino había hecho una llamada anónima para denunciar el mal olor («una peste tremenda») procedente de ese apartamento.

–Ratas muertas, probablemente –dijo Arkwright–. O un gato. ¿Te acuerdas de los dos perros de aquella casa de Chapeltown? Oh, no, eso fue antes de que tú llegaras, nena.

–He oído hablar de eso. Un tipo se largó y los dejó sin comida. Acabaron comiéndose mutuamente.

–No se comieron mutuamente –corrigió Arkwright–. Uno de ellos se comió al otro.

17

—Eres un maldito pedante, Arkwright.

—¿Un qué? Soy un vulgar caradura. Bueno, allá vamos, colega. Joder, Trace, se huele desde aquí.

Tracy Waterhouse pulsó el timbre de la puerta con el pulgar y no lo retiró. Bajó la vista hacia los feos zapatos reglamentarios, negros y de cordones, y meneó los dedos en las feas medias negras reglamentarias. El dedo gordo ya le asomaba por el agujero y una carrera ascendía hacia una de sus grandes rodillas de futbolista.

—Será algún viejo que lleva semanas ahí fiambre —dijo—. Los aborrezco.

—Yo aborrezco a los que se tiran al tren.

—Yo a los críos muertos.

—Sí, eso es lo peor —convino Arkwright. Los críos muertos ganaban de calle, siempre.

Tracy retiró el pulgar del timbre y probó a hacer girar el pomo de la puerta. Estaba cerrada con llave.

—Ah, caray, Arkwright, ahí dentro apesta. Sea lo que sea, no se levantará ni saldrá caminando, eso seguro.

Arkwright aporreó la puerta y exclamó:

—Hola, es la policía, ¿hay alguien ahí dentro? Mierda, Tracy, ¿oyes eso?

—¿Moscas?

Ken Arkwright se agachó y miró a través del buzón.

—Oh, Dios mío...

Se apartó del buzón tan deprisa que lo primero que pensó Tracy fue que alguien le había rociado los ojos con algo. Le había pasado a un sargento unas semanas antes, un chiflado con una botella de jabón líquido llena de lejía. Había sido la causa de que todo el mundo dejase de mirar por los buzones. Sin embargo, Arkwright se puso en cuclillas, volvió a levantar el buzón y empezó a hablar con tono tranquilizador, como haría uno con un perro nervioso.

–Tranquilo, tranquilo, no pasa nada. ¿Está tú mamá ahí? ¿O tu papá? Vamos a ayudarte. No pasa nada. –Se incorporó y se dispuso a echar la puerta abajo. Arrastró los pies, exhaló aire por la boca y le dijo a Tracy–: Prepárate, nena, esto no va a ser agradable.

Seis meses antes

Una tarde fría en las afueras de Múnich. Grandes y perezosos copos de nieve caían como confeti blanco sobre el capó del coche de fabricación alemana y aspecto anodino.

–Bonita casa –comentó Steve. Era un tipo un poco chulo y que hablaba demasiado. Seguramente no se llamaba Steve–. Una casa grande –añadió.

–Sí, una casa grande y bonita –repuso él, más que nada por hacer callar a Steve.

Una casa grande y bonita y por desgracia rodeada por otras casas grandes y bonitas, en la clase de calle con vecinos vigilantes y alarmas antirrobo diseminadas como brillantes forúnculos en las paredes. Un par de las más grandes y bonitas contaban con puertas de seguridad y cámaras instaladas en los muros.

La primera vez se echa un vistazo, la segunda se presta atención y la tercera se hace el trabajo. Esta era la tercera vez.

–Un poco germánica para mi gusto, por supuesto –añadió Steve, como si tuviera a su disposición la cartera entera de las propiedades inmobiliarias europeas.

–A lo mejor tiene que ver con el hecho de que estemos en Alemania –respondió él.

–No tengo nada contra los alemanes –prosiguió Steve–. Tuvimos un par en el Deuxième. Buenos chicos. –Tras unos segundos de contemplación, añadió–: Buena cerveza. Y buenas salchichas.

Steve comentó que había estado en los paracaidistas; al licenciarse, descubrió que no soportaba la vida de civil y se alistó en la Legión Extranjera francesa. «Uno se cree duro, y entonces averigua qué significa ser duro de verdad».

Vale. ¿Cuántas veces había oído aquello? En sus tiempos había conocido a varios tipos de la legión, exmilitares que escapaban del punto muerto de la vida civil, desertores de divorcios y litigios por paternidad, fugitivos del aburrimiento. Todos ellos huían de algo, ninguno acababa de ser el proscrito que imaginaba ser. Desde luego, Steve no lo era. Esa era la primera vez que hacían un trabajo juntos. El tipo era un poco agresivo y gilipollas, pero no estaba mal, prestaba atención. No fumaba en el coche, no quería escuchar emisoras de radio de mierda.

Algunos de esos sitios le recordaban a las casitas de chocolate y caramelo, hasta en el azúcar glas de la nieve que bordeaba tejados y canalones. Había visto una de esas casas de repostería a la venta en el mercado de Christkindl en que habían pasado la velada anterior, paseando por la Marienplatz, bebiendo *Glühwein* en tazas navideñas, con todo el aspecto de turistas corrientes. Habían tenido que dejar una fianza por las tazas, por lo que se había llevado la suya de vuelta al Platzl, donde se alojaban. Un regalo para su hija Marlee cuando volviera a casa, aunque probablemente arrugaría la nariz al verla o, peor incluso, le daría las gracias con indiferencia y no volvería a mirarla.

—¿Hiciste aquel trabajo en Dubái? —quiso saber Steve.

—Sí.

—He oído decir que el asunto acabó mal, ¿no?

—Ajá.

Un coche dobló la esquina y ambos miraron instintivamente sus relojes. Pasó de largo. No era el coche que esperaban.

—No son ellos —dijo Steve, sin que hiciera falta.

Una de las ventajas era que el largo sendero de entrada describía una curva más allá del portón y estaba bordeado por un montón de matorrales, de forma que no se veía la casa desde la calle. No había iluminación de seguridad, ni luces con sensores de movimiento. La oscuridad era amiga de los agentes encubiertos, aunque hoy no era el caso: estaban haciendo eso a plena luz del día, si bien la luz no era plena ni brillante porque la tarde llegaba a su fin. El día declinaba.

Otro coche dobló la esquina; esta vez era el que esperaban.

–Ahí viene la niña –dijo Steve en voz baja.

Tenía cinco años, el cabello liso y negro y grandes ojos castaños. No tenía ni idea de lo que estaba a punto de ocurrirle. «La cría paqui», la llamaba Steve.

–Es egipcia. A medias –corrigió él–. Se llama Jennifer.

–No soy racista.

Vaya.

La nieve seguía cayendo en copos, que se pegaban durante un segundo al parabrisas antes de fundirse. Lo asaltó el repentino e inesperado recuerdo de su hermana entrando en casa, riendo y sacudiéndose flores de la ropa, del cabello. Pensó en la ciudad en que ambos crecieron, un sitio sin árboles, y sin embargo así aparecía ella en el recuerdo, como una novia, con una lluvia de pétalos como rosadas huellas dactilares contra el velo oscuro de su cabello.

El coche enfiló el sendero y desapareció de la vista. Él se volvió para mirar a Steve.

–¿Listo?

–Al pie del cañón –repuso Steve, poniendo en marcha el motor.

–Recuerda: no le hagas daño a la niñera.

–A menos que no me quede más remedio.

Miércoles

–Cuidado, el dragón anda suelto.

–¿Dónde?

–Ahí. Acaba de pasar por delante de Greggs.

Grant señaló la imagen de Tracy Waterhouse en uno de los monitores. El aire en la sala de control de seguridad siempre estaba enrarecido. Fuera hacía un precioso día de mayo, pero dentro el ambiente era como el de un submarino que llevase demasiado tiempo sumergido. Se acercaba la hora de comer, el momento más ajetreado del día para los que robaban en las tiendas. La policía andaba todo el día entrando y saliendo, todos los días. En aquel instante había una pareja de agentes, muy bien provistos con los abultados cinturones, chalecos a prueba de navajazos y camisas de manga corta, «escoltando» a una mujer hacia la salida de Peacocks, con las bolsas llenas de prendas que no había pagado. A Leslie le entraba sueño cuando miraba los monitores. A veces hacía la vista gorda. No todo el mundo era un criminal estrictamente hablando.

–Vaya semana –comentó Grant haciendo una mueca–. Vacaciones de medio trimestre en los colegios y los bancos hacen fiesta. Va a ser un absoluto desastre. Una carnicería.

Grant estaba mascando un Nicorette como si su vida dependiese de ello. Tenía una mancha en la corbata. Leslie se planteó si debía mencionarle la mancha. Decidió no hacerlo. Parecía sangre, pero era más probable que fuese ketchup. Tenía un acné tan terrible que parecía radiactivo. Leslie era guapa y menuda y se había licenciado en Ingeniería Química por la Universidad de Queen, en Kingston, Ontario, y el empleo como guardia de seguridad en el centro comercial Merrion de Leeds suponía un breve cambio de dirección, no del todo desagradable, en el viaje de su vida. Estaba inmersa en lo que su familia llamaba su «gira mundial». Había estado en Atenas, Roma, Florencia, Niza, París. No era exactamente el mundo entero. Había ido a Leeds a visitar a unos parientes, y decidió quedarse a pasar el verano después de enrollarse con un posgraduado en Filosofía llamado Dominic, que trabajaba en un bar. Leslie había conocido a sus padres cuando acudió a una comida en su casa. La madre de Dominic le calentó una ración individual de lasaña vegetariana de Sainsbury's mientras los demás comían pollo. La madre se puso a la defensiva: le preocupaba que Leslie se llevara a su hijo a un continente lejano y que todos sus nietos tuviesen acento raro y fueran vegetarianos. Leslie quiso tranquilizarla, decirle «Solo es un romance de verano», pero probablemente aquello tampoco le habría sentado muy bien.

«Leslie con "ie"», tenía que recordarle a todo el mundo en Inglaterra, porque lo pronunciaban «Lesley». «¿Seguro?», preguntó la madre de Dominic, como si la misma Leslie fuese un error de pronunciación. Trató de imaginarse llevando a Dominic a conocer a su propia familia, presentándoselo a sus padres; qué poco impresionados quedarían. Echaba de menos su casa, el piano Mason & Risch en el rincón, a su hermano, Lloyd, su vieja golden retriever, Holly, y su gato, Mitten. No necesariamente en ese orden. En verano, su familia alquilaba una casita en el lago Hurón. No podía empezar a explicarle esa otra vida a Grant. Tampoco es que quisiera hacerlo. Grant la miraba todo el rato cuando creía que ella no lo veía hacerlo. Estaba desesperado por acostarse con ella. No dejaba de ser divertido, en realidad. Preferiría clavarse cuchillos en los ojos.

–Ha pasado de largo el gimnasio Workout World –dijo Grant.

–Tracy es buena gente –repuso Leslie.

–Es una nazi.

–No, no lo es. –Ella tenía la vista puesta en un grupo de adolescentes con sudaderas de capucha que merodeaba ante la óptica Rayners. Uno de ellos llevaba alguna clase de máscara de Halloween. Le sonrió a una anciana, que se encogió al verlo–. Siempre andamos juzgando –añadió, como si se tratara de una broma privada.

–Atentos –dijo Grant–. Tracy está entrando en Thornton's. Querrá completar sus raciones del día.

A Leslie le caía bien Tracy; una siempre sabía a qué atenerse con ella. No se andaba con gilipolleces.

–Es una gorda de la hostia –añadió Grant.

–No está gorda, solo es grandota.

–Ya, eso dicen todas.

Leslie era menuda y delicada. Un pajarito, la chica más frágil que podía haber, en opinión de Grant. Era especial. No como esas putillas que rondaban por ahí.

–¿Seguro que no quieres ir a tomar una copa después del trabajo? –preguntó, siempre esperanzado–. A una coctelería en el centro, un sitio sofisticado para una damisela sofisticada.

–Atentos –dijo Leslie–. Unos chavales con mala pinta acaban de entrar en City Cyber.

* * *

Tracy Waterhouse salió de Thornton's metiendo las provisiones en el bolso feo y grande que llevaba cruzado en bandolera sobre el generoso pecho. Trufas vienesas, el lujo que se concedía a mediados de semana. Patético, en realidad. Otros iban al cine por las noches, a restaurantes, pubs o salas de fiestas, visitaban a los amigos, tenían relaciones sexuales, pero Tracy ansiaba arrellanarse en el sofá a ver *Tienes talento* con una bolsa de trufas vienesas de Thornton's. Y un pollo *bhuna* que iba a comprar de camino a casa y a zamparse con un par de latas de

Beck's. O tres o cuatro, aunque fuera miércoles. Un día lectivo, aunque hacía más de cuarenta años que Tracy no asistía al colegio. ¿Cuándo era la última vez que había cenado con alguien en un restaurante? ¿Un par de años atrás, con aquel tipo de la agencia de contactos, en el Dino's de Bishopsgate? Recordaba qué había pedido ella –pan de ajo, espaguetis y albóndigas, seguidos por un flan–, y sin embargo no se acordaba del nombre del tipo.

–Eres una chica grandota –comentó él cuando se encontraron para tomar una copa en Whitelocks.

–Sí, lo soy –contestó Tracy–. ¿Buscas pelea o qué?

A partir de ahí todo fue cuesta abajo, en realidad.

Entró en Superdrug a comprar Advil para el dolor de cabeza con que despertaría al día siguiente por culpa de las Beck's. La chica de la caja ni siquiera la miró. Eso era servicio con cara de pocos amigos. En Superdrug era muy fácil robar; había montones de cosas a mano que meterse en el bolso o en un bolsillo: barras de labios, pasta de dientes, champú, Tampax; difícilmente podía culparse a la gente por robar: era casi como si la invitaran a hacerlo. Tracy echó un vistazo a las cámaras de seguridad en torno a ella. Sabía que había un punto ciego justo en la sección de esmaltes de uñas. Podías coger todo lo necesario para un año entero de manicuras y nadie se enteraría. Posó una mano protectora en su bolso. Contenía dos sobres llenos de billetes de veinte, cinco mil libras en total, que acababa de sacar de su cuenta en el Yorkshire Bank. Le gustaría ver a alguien tratando de birlarle ese dinero; estaba deseando hacerlo papilla con las manos desnudas. Se dijo que el sobrepeso no tenía sentido si una no estaba dispuesta a derrocharlo por ahí.

El dinero era para pagar a Janek, el obrero que estaba ampliando la cocina en la casa adosada en Headingley que se había comprado con lo que sacó de la venta de la casa de sus padres en Bramley. Qué alivio que hubiesen muerto por fin, con solo unas semanas de diferencia, mucho después de que sus mentes y sus cuerpos hubiesen dejado atrás la fecha de caducidad. Ambos habían llegado a los noventa y Tracy empezaba a pensar que trataban de vivir más que ella. Siempre habían sido personas competitivas.

Janek empezaba a las ocho de la mañana, acababa a las seis y trabajaba los sábados; polaco, cómo no. A Tracy le daba vergüenza sentirse tan atraída por Janek pese al hecho de que tuviera veinte años menos que ella y midiera unas tres pulgadas menos. Era un hombre meticuloso y muy educado. Cada mañana, Tracy le dejaba té, café y un plato con galletas tapado con film transparente. Cuando volvía a casa, las galletas ya no estaban. La hacía sentirse querida. El viernes siguiente empezaba una semana de vacaciones, y Janek le había prometido que todo estaría acabado cuando volviera. Tracy no quería que se acabara; bueno, sí quería; estaba hasta las narices de aquello, pero no quería que él, Janek, se acabara.

Se preguntó si se quedaría si ella le pedía que hiciese el baño. Janek se moría de impaciencia por marcharse a su país. Todos los polacos estaban volviendo. No querían quedarse en un país en bancarrota. Antes de que cayera el muro de Berlín, daban lástima; ahora, se les tenía envidia.

Cuando Tracy estaba en la policía, sus compañeros en el cuerpo —hombres y mujeres— daban por hecho que era lesbiana. Ahora tenía más de cincuenta años, y tiempo atrás, cuando entró en la policía de Yorkshire del Oeste como cadete novata, había que ser un chico más para apañárselas. Por desgracia, una vez habías establecido que eras una arpía dura de pelar, se hacía difícil admitir que llevabas dentro una mujer dulce y tierna. De todas formas, ¿por qué iba a querer nadie admitir algo así?

Tracy se había retirado con un caparazón tan grueso que apenas quedaba espacio dentro. Vicio, delitos sexuales, tráfico de personas –el punto vulnerable del departamento de drogas y crímenes a gran escala–; ella había visto todo eso y más. Ser testigo de lo peor de la conducta humana era una buena forma de aniquilar cualquier cosa dulce y tierna.

Había pasado tanto tiempo ahí metida que era una humilde soldado de infantería cuando Peter Sutcliffe aún patrullaba por las calles de Yorkshire del Oeste. Recordaba el miedo; ella misma lo había sentido. Era la época anterior a los ordenadores, cuando el peso mismo del papeleo bastaba para empantanar una investigación.

«¿Existió una época anterior a los ordenadores? –se burló uno de sus colegas más jóvenes e impertinentes–. Guau, el Jurásico».

Tenía razón, ella pertenecía a otra Era. Tendría que haberse ido antes; solo seguía allí porque no sabía cómo llenar los largos días vacíos de la jubilación. Dormir, comer, proteger, y vuelta a empezar; esa era la vida que ella conocía. Todo el mundo tenía fijación por pasar treinta años, dejarlo, conseguir otro empleo y disfrutar de la pensión. Cualquiera que se quedara más tiempo era considerado un imbécil.

Tracy habría preferido morir con las botas puestas, pero sabía que había llegado el momento de dejarlo. Había sido comisaria de policía; ahora era «pensionista de la policía». Sonaba dickensiano, como si tuviera que estar sentada en un rincón de un asilo de pobres, envuelta en un chal sucio. Había considerado el voluntariado en una de esas organizaciones que ayudaban a baldear después de desastres y guerras. En realidad era algo que llevaba deseando hacer toda la vida, aunque al final hubiese aceptado ese empleo en el centro comercial Merrion.

En la fiesta de despedida le habían regalado un ordenador portátil y vales por un total de doscientas libras para el

Waterfall Spa en Brewery Wharf. Se sintió agradablemente sorprendida, incluso halagada, de que la creyeran la clase de mujer que acudiría a un balneario. Ya tenía portátil y sabía que el que le habían regalado era uno de esos que Carphone Waterhouse daba gratis, pero lo que importaba era el detalle.

Cuando aceptó el empleo en el centro comercial Merrion se dijo que era «borrón y cuenta nueva» e hizo algunos cambios: no solo se mudó de casa, sino que también se depiló el bigote, se dejó crecer el pelo para tener un aspecto más dulce, se compró blusas con lazos y botones de perla y zapatos con un poquito de tacón para llevarlos con el consabido traje chaqueta negro. No funcionó, por supuesto. Fue consciente de que, con o sin vales para el balneario, la gente seguía considerándola una tipa vieja, hombruna y mandona.

A Tracy le gustaba tener una relación cercana y personal con los clientes. Pasó por delante de Morrisons, el local vacío donde antes estuviera Woolworths, y por el Poundstretcher, las cadenas de ventas al por menor favoritas del lumpenproletariado. ¿Había una sola persona feliz en aquel sitio frío e impersonal? Puede que Leslie, aunque la chica no soltaba prenda. Al igual que Janek, tenía una vida en algún otro sitio. Tracy imaginaba que Canadá era un buen sitio para vivir. O Polonia. Quizá debía emigrar.

Ese día hacía calor. Confiaba en que el tiempo siguiera así en sus vacaciones. Una semana en una casita del National Trust, en un enclave encantador. Tracy era miembro de esa organización que velaba por el patrimonio arquitectónico. A una le pasaba eso cuando se hacía mayor y no tenía nada con que llenar su vida, se hacía miembro del Patrimonio Nacional o de English Heritage y se pasaba los fines de semana recorriendo jardines y casas que no le pertenecían o contemplando ruinas, presa del aburrimiento y tratando de reconstruirlas mentalmente: monjes desaparecidos tiempo atrás cocinando, orinando y rezando entre muros de fría piedra. Gente de mediana edad y de clase media que no tenía amigos. Excursiones, clases de historia del arte, visitas a museos; todo muy reposado. Tracy se apuntó pensando que sería agradable irse de vacaciones con otras personas, pero no había funcionado. Se pasó todo el tiempo tratando de huir de ellas.

El mundo iba cuesta abajo y sin frenos. La relojería The Watch Hospital, Costa Coffee, Wilkinson's Hardware, muebles Walmsley, la joyería Herbert Brown («Presta y gasta» era un eslogan extravagante para un prestamista, eterno amigo de la clase marginal). Toda forma de vida humana estaba presente allí. Gran Bretaña, capital europea del hurto, más de dos billones de libras que se esfumaban cada año por «fugas de existencias», una denominación ridícula para algo que, después de todo, no era más que puro y simple robo. Y había que duplicar esa cifra si se contaba todo lo que afanaba el personal. Increíble.

Y pensar en todos los niños hambrientos a los que se podría alimentar y educar con todo ese dinero perdido. Aunque tampoco es que fuera dinero, ¿no? No era dinero real. Ya no existía el dinero real; no era más que un acto de imaginación colectiva. Ahora daremos todos una palmada y creeremos... Por supuesto, las cinco mil libras que llevaba en el bolso tampoco iban a engrosar las arcas de Hacienda, pero la evasión modesta de impuestos era un derecho del ciudadano, no un crimen. Había crímenes y crímenes. Tracy había visto un montón de la otra clase, las que empezaban por «p»: pedofilia, prostitución, pornografía. Todo era tráfico. Comprar y vender, eso hacía la gente. Podías comprar mujeres, podías comprar niños, podías comprar cualquier cosa. La civilización occidental había tenido su buena racha, pero ahora prácticamente se había extinguido a sí misma con tanto comprar y vender.

Todas las culturas tenían una fecha de caducidad programada, ¿no? Nada era para siempre. Excepto los diamantes, quizá, si la canción estaba en lo cierto. Y las cucarachas, probablemente. Tracy nunca había tenido un diamante, y era probable que nunca lo tuviera. El anillo de compromiso de su madre había sido de zafiros y siempre lo llevó en el dedo; se lo puso el padre de Tracy cuando le pidió que se casara con él, y se lo quitó el tipo de la funeraria antes de meterla en el ataúd. Tracy lo había hecho tasar: dos mil libras, menos de lo que esperaba. Había intentado ponérselo en el dedo meñique, pero no le entraba. Ahora estaba en el fondo de algún cajón. Compró un dónut en Ainsleys y lo metió en el bolso para después.

Se fijó en una mujer que salía de Rayners' y que le resultó familiar. Se parecía a aquella madama que regentaba un burdel en una casa de Cookridge. Tracy había participado en una redada cuando aún llevaba uniforme, mucho antes de verse expuesta al despliegue de horrores de Antivicio. La madama ofrecía a sus «caballeros» todas las comodidades, una copa de jerez, platillos con frutos secos, antes de que subieran a cometer actos degradantes tras las cortinas de encaje. Tenía una mazmorra en el sótano, donde antes estuvo la carbonera. Las cosas que había ahí abajo dejaron impresionada a Tracy. Las chicas ni se inmutaron; ya nada podía sorprenderlas. Aun así, estaban mejor en aquella casa, tras las cortinas de encaje, que en la calle. Antes era la pobreza lo que llevaba a las mujeres a prostituirse; ahora eran las drogas. Últimamente apenas había una chica en las calles que no fuera adicta. Shopmobility, Accesorios Claire's. A la hora de comer, Tracy compró un hojaldre de salchicha en Greggs.

La madama había muerto tiempo atrás; sufrió un derrame cerebral en el City Varieties durante el rodaje de *The Good Old Days*. Ataviada con sus mejores galas eduardianas y muerta en el asiento. Nadie se dio cuenta hasta el final. Tracy se había preguntado si la cámara lo habría filmado. En aquellos tiempos no habrían sacado un cadáver en la televisión; hoy, probablemente sí.

No, no era el fantasma de la madama muerta; era aquella actriz de *Los Collier*. Por eso le resultaba familiar esa cara. La que interpretaba a la madre de Vince Collier. A Tracy no le gustaba esa serie, era una absoluta gilipollez. Prefería *Ley y orden. Unidad de víctimas especiales.* La actriz que se parecía a la madama de Cookridge se veía más vieja que en la pantalla. El maquillaje que llevaba era un desastre, como si se lo hubiera puesto sin espejo. Le daba cierto aspecto de desequilibrada. Y era obvio que llevaba peluca. Quizá tenía cáncer. La madre de Tracy, Dorothy Waterhouse, murió de cáncer. Cuando una pasa de los noventa, lo lógico es pensar que morirá de vieja. Hablaron de tratarla con quimioterapia, y Tracy se había opuesto a que desperdiciaran recursos en alguien tan viejo. Se preguntó si podría ponerle un brazalete con la orden de No Reanimar en la muñeca sin que nadie se diese cuenta, pero entonces su madre los había sorprendido a todos al morirse. Tracy había esperado ese momento tanto tiempo que tuvo cierta sensación de anticlímax.

Dorothy Waterhouse solía alardear de que el padre de Tracy nunca la había visto sin maquillaje. Tracy no entendía por qué, pues daba la impresión de que nunca le había gustado su marido. Había puesto muchísimo empeño en ser Dorothy Waterhouse. Tracy le dio instrucciones al de la funeraria de dejar a su madre *au naturel*.

«¿Ni siquiera un poquito de pintalabios?», preguntó él.

Electricidad por todas partes. Todas aquellas superficies tan relucientes. La época en que todo era de madera y se iluminaba con la luz del fuego y las estrellas había quedado muy atrás.

Tracy vislumbró su reflejo en el cristal cilindrado de Rymans, vio a una mujer de ojos desorbitados, al borde del abismo. A alguien que había empezado el día cuidadosamente ensamblada y se estaba desencajando con lentitud en el transcurso del mismo. Tenía la falda arrugada a la altura de las caderas, las mechas le daban un aspecto chabacano y la panza de bebedora de cerveza le sobresalía en una parodia de embarazo. La supervivencia de los más gordos.

Tracy se sintió una fracasada. Bajó la vista y se quitó una pelusa de la chaqueta. Las cosas solo podían ir a peor. Photo Me, Priceless, Sheila's Sandwiches. Oyó llorar a un niño en algún lugar; formaba parte de la banda sonora de los centros comerciales en todo el mundo. Era un sonido todavía capaz de perforar la cáscara como una aguja al rojo vivo. Un grupo de adolescentes apáticos merodeaba en la entrada del City Cyber, dándose empujones de un modo que a ellos les parecía muy ocurrente. Uno de ellos llevaba una máscara de Halloween, una calavera de plástico donde debería haber estado la cara. La puso nerviosa durante un instante.

Tracy habría seguido a los adolescentes al interior de la tienda, pero el crío que lloraba estaba cada vez más cerca y la distrajo. Oía al niño, pero no lo veía. Su angustia era alarmante. Le crispaba los nervios.

Se arrepentía de varias cosas. De muchas, en realidad. Le habría gustado encontrar a alguien que la apreciara, tener niños y aprender a vestirse mejor. Le habría gustado seguir en la escuela, quizá hasta hacer una carrera: Medicina, Geografía, Historia del Arte. Era lo de siempre. En realidad era exactamente igual que todo el mundo: quería amar a alguien. Y si la correspondían, mejor incluso. Se estaba planteando tener un gato. Pero la verdad era que no le gustaban los gatos, lo cual podía suponer un pequeño problema. Le gustaban bastante los perros, no esos estúpidos falderos que cabían en el bolso, sino los sensatos y listos. Un buen pastor alemán, quizá, el mejor amigo de una mujer. No había mejor alarma antirrobo.

Oh, cómo no... Kelly Cross. Ella era la razón por la que lloraba aquella criatura. No le sorprendía. Kelly Cross. Prostituta, drogata, ladrona, pícara de pies a cabeza. Una ruina de mujer. Tracy la conocía. Todo el mundo la conocía. Kelly tenía varios críos, la mayoría en hogares de adopción, y esos eran los afortunados, que ya era decir mucho. Avanzaba con furibundas zancadas por el corredor central del centro comercial Merrion, como una posesa, soltando chispas de ira como pequeños cuchillos. Era sorprendente que pudiese desprender tanta energía, con lo menuda y flaca que era. Llevaba un chaleco que revelaba varias magulladuras, las delicadas huellas de una vida miserable, y tatuajes carcelarios. En el antebrazo, lucía un corazón mal dibujado con una flecha atravesándolo y las iniciales K y S. Tracy se preguntó quién sería el desafortunado «S». Kelly hablaba por teléfono, poniendo verde a alguien. Había birlado algo, casi seguro. Las posibilidades de que esa mujer saliera de una tienda con un recibo de caja válido eran prácticamente nulas.

Llevaba a una niña de la mano, arrastrándola porque no había forma de que la cría pudiese seguir su furibundo ritmo. Imagínense que no hace mucho que han aprendido a andar y de pronto se les exige que corran como un adulto. De vez en cuando, Kelly la levantaba del suelo de un tirón, de forma que la niña parecía volar. Berreaba sin parar. Agujas al rojo vivo que atravesaban la cáscara, que taladraban los tímpanos y penetraban en el cerebro.

Kelly Cross partía en dos la multitud de compradores como un profano Moisés atravesando el mar Rojo a grandes zancadas. Muchos espectadores quedaban claramente horrorizados, pero nadie tenía agallas para enfrentarse a un basilisco como Kelly. Y no se les podía culpar por ello.

Kelly se detuvo tan de repente que la cría siguió avanzando como si fuera de goma. Kelly le dio un buen golpe en el trasero, que la hizo elevarse como si estuviera en un columpio, y entonces, sin decir palabra, echó a correr otra vez. Tracy oyó una voz aburguesada, con tono sorprendentemente alto, una voz de mujer, que exclamaba:

–Alguien debería hacer algo.

Demasiado tarde. Kelly ya había dejado atrás Morrisons y salido del centro a Woodhouse Lane. Tracy la siguió, a medio galope para no perderla, y cuando consiguió alcanzarla en la parada de autobús tenía los pulmones a punto de estallar. Madre mía, ¿desde cuándo estaba en tan baja forma? Desde hacía unos veinte años, probablemente. Debería rescatar las viejas cintas de Rosemary Conley de las cajas de la habitación de invitados.

–Kelly –dijo casi sin aliento.

Kelly se dio la vuelta en redondo para gruñir:

–¿Qué coño quieres? –Hubo un destello de reconocimiento en su malévolo rostro cuando miró furibunda a Tracy.

Tracy la vio barajar posibilidades hasta que dio con «poli». Hizo que Kelly pareciera aún más furiosa, si cabía.

De cerca tenía peor pinta: cabello sucio y lacio, piel grisácea de cadáver, ojos de vampiro inyectados en sangre y un nerviosismo de yonqui que le produjo a Tracy deseos de retroceder, pero aguantó donde estaba. La niña, con churretes de lágrimas en la cara sucia, había dejado de llorar y la miraba boquiabierta. La hacía parecer tarada, pero Tracy supuso que tenía vegetaciones. Los mocos verdes que le colgaban de la nariz no ayudaban a mejorar su aspecto. ¿Qué tendría?, ¿tres años?, ¿cuatro? No estaba muy segura de cómo se sabía la edad de un crío. Quizá por los dientes, como pasaba con los caballos. Los de esa niña eran pequeños. Tenía unos más grandes que otros. Tracy no pensaba ir más lejos con esa clase de suposiciones.

La niña iba vestida en distintos tonos de rosa, con el añadido de una pequeña mochila rosa pegada a la espalda como una lapa, de modo que la impresión general era de un malvavisco contrahecho. Alguien –Kelly no, sin duda– había tratado de recogerle en trenzas el esponjoso cabello. El rosa y las trenzas indicaban su género, que no era obvio a primera vista a partir de las facciones regordetas y andróginas.

En general, daba la impresión de ser una niña bastante cortita, pero había una chispa de algo en sus ojos. De vida, quizá. Estaba tocada, pero no trastornada del todo. Todavía. ¿Qué posibilidades tenía la cría con una madre como Kelly, siendo realistas? Kelly aún la llevaba de la mano, pero más que sujetársela parecía aferrarla como si la niña estuviese a punto de salir volando.

Se acercaba un autobús, con el intermitente puesto y aminorando la marcha.

Algo cedió en las entrañas de Tracy. Una pequeña compuerta de la que manaron desesperanza y frustración mientras contemplaba el lienzo en blanco pero ya manchado del futuro de la niña. No supo cómo ocurrió. Se hallaba allí, de pie, en una parada de autobús de Woodhouse Lane, observando la ruina humana que era Kelly Cross, y un instante después le decía:

–¿Cuánto?

–¿Cuánto qué?

–¿Cuánto quieres por la niña? –preguntó Tracy, hurgando en el bolso para desenterrar uno de los sobres con el dinero de Janek. Lo abrió y se lo enseñó a Kelly–. Aquí hay tres mil. Puedes quedártelas a cambio de la cría.

Impidió que Kelly viera el segundo sobre con las restantes dos mil libras, por si tenía que subir la apuesta. No le hizo falta, sin embargo, porque de repente Kelly se puso tan alerta como una mangosta. Su cerebro pareció desconectarse un instante, con los ojos moviéndose rápidamente de un lado a otro,

y entonces, con inesperada velocidad, su mano salió disparada y agarró el sobre. En el mismo segundo soltó la manita de
la niña. Luego rio con verdadera alegría, justo cuando el autobús se detenía detrás de ella.

—Muchas gracias —dijo, y se subió al autobús.

Mientras Kelly hurgaba en busca de monedas, de pie, en
la entrada del autobús, Tracy levantó la voz para preguntar:

—¿Cómo se llama? ¿Cómo se llama tu hija, Kelly?

Kelly cogió el billete que escupía la máquina y respondió:

—Courtney.

—¿Courtney? —típico nombre hortera: Chantelle, Shan-
non, Tiffany. Courtney.

Kelly se volvió con el billete en la mano.

—Sí —dijo—. Courtney —y le dirigió una mirada perpleja,
como si a Tracy le faltara un tornillo—. Aunque no es... —empezó a decir, pero las puertas del autobús se cerraron y sofo-
caron sus palabras.

El autobús se alejó. Tracy se quedó mirándolo. En su caso
no tenía vegetaciones: era corta. Notó una repentina punzada
de ansiedad. Acababa de comprar una niña. No se movió hasta que una manita caliente y pegajosa se introdujo en la suya.

—¿Adónde ha ido Tracy? —preguntó Grant, escudriñando el tablero de monitores—. Ha desaparecido.

Leslie se encogió de hombros.

—No lo sé. Échale un ojo a ese borracho que hay delante
de Boots, ¿quieres?

* * *

—Alguien debería hacer algo.

Tilly se sorprendió al encontrarse diciéndolo en voz alta.
Y muy alta, además. Y decididamente aburguesada. «¡Resuena!

36

−oía exclamar a su antigua profesora de declamación en la facultad de arte dramático−. ¡Resuena! ¡Tu pecho es una campana, Matilda!». Franny Anderson. Señorita Anderson, nadie osaría utilizar un apelativo más familiar. Con la espalda más recta que un palo de escoba, hablaba un inglés de Morningside. Tilly todavía hacía los ejercicios que le había enseñado la señorita Anderson, todas las mañanas, al levantarse, antes de haber tomado siquiera una taza de té. El piso en que vivía, en Fulham, tenía las paredes como de papel; los vecinos debían de pensar que estaba loca. Había pasado más de medio siglo desde que Tilly era estudiante de arte dramático. Todo el mundo pensaba que la vida empezó en los sesenta, pero el Londres de los cincuenta había sido muy emocionante para una ingenua muchacha de dieciocho años de Hull, recién salida del instituto. En aquel entonces, a los dieciocho años se era más joven que ahora.

Tilly había compartido un pisito en el Soho con Phoebe March, que era ahora *dame* Phoebe, por supuesto; se armaba la gorda si te olvidabas del título. Tilly había hecho de Helena y Phoebe de Hermia en Stratford; ¡Dios santo! Hacía ya varias décadas de eso. Lo cierto es que empezaron en igualdad de condiciones y ahora Phoebe siempre interpretaba a reinas y llevaba vestidos impresionantes y diademas. Los Óscar (como actriz secundaria) y los Bafta le salían por las orejas, mientras Tilly se veía embutida en un delantal y unas zapatillas fingiendo ser la madre de Vince Collier. ¡Mira por dónde!

En realidad, nada de igualdad de condiciones. El padre de Tilly había tenido una pescadería en una calle llamada Land of Green Ginger, menos romántica de lo que su nombre sugería, mientras que Phoebe, aunque se las daba de «chica norteña», en realidad procedía de las clases terratenientes, con una casa diseñada por John Carr de York cerca de Malton, y era sobrina de un primo del viejo rey, y disponía de una mansión en Eaton Square a la que podía recurrir si las cosas se ponían feas en el Soho. Las historias que ella podía contar sobre Phoebe –*dame* Phoebe– pondrían los pelos de punta a cualquiera.

La señorita Anderson ya llevaría mucho tiempo muerta, por supuesto. Y no era de las que se pudrían y armaban un estropicio en la tumba. Tilly la imaginaba convertida en una momia apergaminada, sin ojos y consumida, tan ingrávida como un helecho marchito. Pero todavía con una dicción perfecta.

Tilly sabía que su indignación no servía de nada, pues no era ella quien iba a enfrentarse a la temible mujer tatuada. Era demasiado vieja, gorda y lenta. Y estaba demasiado asustada. Pero alguien debería hacerlo, alguien más valiente. Un hombre. Los hombres ya no son lo que eran, pensaba. Si lo habían sido alguna vez. Muy nerviosa, observó el centro comercial a su alrededor. ¡Dios santo, qué sitio tan espantoso! No habría vuelto de no haber tenido que recoger las gafas nuevas en Rayners'. En realidad, jamás habría ido a un sitio como ese, pero una ayudante de producción, una chica agradable, Padma –india, ahora todas las chicas agradables eran asiáticas–, le había pedido hora. «Ya está, señorita Squires, ¿puedo hacer algo más por usted?». Qué adorable. Tilly se había sentado encima de las gafas viejas. Era fácil hacer algo así. Sin ellas era ciega como un topo. Resultaba difícil conducir el viejo cacharro sin ver nada.

Y después de todo aquel tiempo enterrada en el campo, le había apetecido estar en una ciudad. Aunque no en esa, quizá. En Guildford o Henley tal vez, en algún sitio civilizado.

La habían plantado en medio de ninguna parte durante todo el rodaje. Como artista invitada en *Collier,* con un contrato de doce meses y un personaje al que mataban al final, aunque no lo sabía cuando aceptó. «Oh, cariño, tienes que hacerlo –dijeron todos sus amigos del teatro–. Será divertido, ¡y piensa en el dinero!». ¡Ya lo creo que pensaba en el dinero! Últimamente vivía más o menos en la precariedad. Hacía ya tres años que no le ofrecían nada en el teatro. Los guiones eran peliagudos, y su memoria ya no era la de antes. Tenía muchísimas dificultades para aprenderse los papeles. Antaño nunca había sido un problema; empezó en una compañía de repertorio a los dieciocho. La ingenua (aprendió a recitar de memoria en el colegio, por supuesto; ahora ya no estaba de moda). Una obra distinta cada semana; se sabía todos sus papeles y también los de los demás. En una ocasión, hacía mucho tiempo, solo para probarse de qué era capaz, se había aprendido de memoria *Las tres hermanas* entera, ¡y solo interpretaba a Natasha!

«Vieja arpía senil», había oído decir a alguien el día anterior. Era verdad que todo se estaba debilitando. «Las luces se están apagando en toda Europa. Los niños padecen». ¿Debería ir en busca de un policía? ¿O llamar a emergencias? Parecía un paso terriblemente dramático.

Lo último que había hecho para la tele era un episodio de *Casualty* en el que interpretaba a una ancianita que había manejado un cañón antiaéreo en la guerra y que moría de hipotermia en un bloque de apartamentos, lo que llevaba a los personajes a retorcerse las manos con nerviosismo («¿Cómo puede pasar algo así hoy en día?», «Esta mujer defendió a su país en la guerra», etcétera). Por supuesto, en realidad no era lo bastante mayor para el papel. Aún era una niña durante la guerra y solo recordaba ciertas cosas espantosas sobre ella: a su madre llevándola a toda prisa al refugio en plena noche, el olor a tierra mojada que había dentro. Hull fue terriblemente castigada.

A su padre, de pies planos, le dieron un trabajo de oficina en el Cuerpo de Provisiones del Ejército. De todas formas, no había mucho pescado que vender durante la guerra, dado que las barcas pesqueras habían sido requisadas por la marina. Las que seguían faenando volaban por los aires, y los cuerpos de los pescadores descendían en espiral hasta las gélidas profundidades. «Esas perlas fueron sus ojos». Había interpretado a Miranda en el colegio. «¿Has pensado en dedicarte al teatro, Matilda?». A la directora no le parecía que sirviera para mucho más. «No tienes lo que se dice inclinaciones académicas, ¿verdad, Matilda?».

A Tilly le habría gustado ser lo bastante vieja para luchar en la guerra, para ser una chica valiente con un cañón antiaéreo.

Los productores de *Collier* la habían seducido en el Club at the Ivy, ante un cóctel llamado estrellita, una nomenclatura algo perturbadora para Tilly, puesto que era así como su mojigata madre se refería a los genitales femeninos. A ella siempre le había gustado la palabra «vagina»; sonaba a chica empollona o a una tierra recién descubierta.

La primera vez que la había visto, la niña iba dando saltitos, cantando «Brilla, brilla, estrellita». El himno de los niños en todas partes. A Tilly le hizo pensar en su madre otra vez. La niñita apretaba los puños (¡diminutos!) y cada vez que cantaba la palabra «estrellita» volvía a abrirlos, como pequeñas estrellas de mar. Cantaba bien, con una afinación perfecta; alguien debería haberle dicho a su madre que la criaturita tenía talento. Alguien debería haber dicho algo.

Cuando Tilly volvió a verlas, diez minutos después, la pobre cría ya no cantaba. La madre, una mujer brutal con burdos tatuajes y un teléfono móvil pegado a la oreja, le estaba chillando.

«Joder, cállate de una vez, Courtney, ¡me estás hinchando las pelotas!».

Estaba furiosa, tironeaba de la niña y le gritaba. Ya se sabía qué les pasaba a esos niños al llegar a casa. De puertas adentro. Abusos a la infancia. Cortaban de cuajo todos los capullitos para que nunca pudiesen florecer.

«Una cosita negra entre la nieve». Eso era de Blake, ¿no? Aunque la niñita de «Brilla, brilla, estrellita» no era negra. Más bien todo lo contrario, como si nunca viera el sol. «Llora que te llora, con tono de aflicción». Era sorprendente que no hubiese más niños raquíticos. Quizá sí los había. La abuela de Tilly había tenido raquitismo; había una fotografía suya de niña, la única que tenía, tomada en un estudio en alguna parte lóbrega y gris de East Riding. «Con la marea del Humber yo me lamentaría». La abuela, con tres años como mucho, tenía las arqueadas piernecitas metidas en botas ortopédicas; a Tilly se le encogía el corazón ante el pasado. No se puede cambiar el pasado, solo el futuro, y el único sitio en que puede cambiarse el futuro es en el presente. O eso decían. No le parecía que ella hubiese cambiado nunca nada. Excepto de opinión. Ja, ja. «Muy graciosa, Matilda».

Collier no había resultado tan divertida, después de todo. Desde luego, no era nada divertido andar por el plató (básicamente, un gran hangar en medio de la nada) a las seis y media de la mañana, con un frío del carajo. El plató se había instalado en el terreno de una gran casa solariega perteneciente a un conde o un duque de no sé qué. Curioso, pero también era verdad que últimamente la aristocracia siempre andaba buscando formas de sacar dinero. «Es un plató construido para la ocasión –le contaron los productores–. Ha costado millones; supone un compromiso con la longevidad». Antes, *Collier* se emitía una vez por semana; ahora la echaban tres días, y hablaban de hacerlo cuatro. Los actores parecían burros haciendo girar una rueda de molino.

Habían pensado en Tilly para interpretar el papel de la madre de Vince Collier porque querían un personaje «más humano», más vulnerable. Ella había trabajado antes con el actor que hacía de Vince Collier, cuando era un adolescente, y no paraba de llamarlo por su verdadero nombre, Simon, en lugar de Vince. Ese día habían hecho falta siete tomas solo para despedirse de él en el umbral. «Adiós, Simon» seis veces; en la séptima toma, se limitó a decir: «Adiós, querido». «Gracias, joder», oyó decir al director (un pelo demasiado alto). Sencillamente, Tilly no acertaba a recordar aquel nombre («Vince, Vince, por Dios –musitó el director–, ¿tan difícil es?»). Lo tenía en la cabeza pero no conseguía encontrarlo.

Un chico agradable, ese Simon. La ayudaba a repasar su papel constantemente, le decía que no se preocupara. Tenía más pluma que un pato. Todo el mundo lo sabía; era el secreto peor guardado de la televisión. Aunque no se podía decir nada porque se suponía que Vince Collier era muy macho. El novio de Simon, Marcello, se alojaba con él en la casita de alquiler, más bonita que la de Tilly. Una vez la habían invitado a cenar, con mucha ginebra y un pollo «a la siciliana» cocinado por Marcello. Después tomaron un ron muy bueno que los chicos se habían traído de unas vacaciones en isla Mauricio y jugaron al *cribbage*. Acabaron los tres deliciosamente achispados (ella no era una borrachina como la *dame*, ya saben quién). Fue una velada con un toque anticuado encantador.

Pensaba que contaban con ella para toda la serie («Mi pensión», murmuró encantada ante su tercer estrellita) y entonces, la semana anterior, le habían dicho que no le renovarían el contrato y que moriría al final de su temporada. Solo le quedaban unas semanas. No le habían dicho cómo moriría. Empezaba a preocuparla de un modo curiosamente existencial, como si la Muerte fuera a sorprenderla en cualquier esquina, balanceando la guadaña y exclamando: «¡Bu!». Bueno, quizá no diría «bu». Confiaba en que la Muerte fuera un poco más solemne.

Ella misma empezaba a sentir que su compromiso con la longevidad flaqueaba. Había días en que el viejo reloj se le antojaba un nudo en el pecho; otros, parecía un pajarillo que aleteaba, tratando de escapar de la cárcel de sus costillas. Sospechaba que su *alter ego,* la pobre anciana Marjorie Collier, más que expirar con elegancia en su lecho, iba a tener un final peliagudo. Y entonces, justo cuando salía de Rayners', se encontró cara a cara con la Muerte, tal como había temido. Pensó que iba a caer redonda allí mismo, pero no era más que algún chaval idiota con una máscara de calavera. Le sonreía con sorna, dando brincos como la marioneta de un esqueleto. No deberían permitir esas cosas.

Campanilla, ese era el nombre de la casita en la que se alojaba. Un nombre inventado, claramente. Antes era una vivienda para jornaleros. Pobres campesinos; para ellos todo era barro y sangre y levantarse al alba para salir al campo con los animales. Había hecho un papel de Hardy, años atrás, para la BBC, y en el curso del mismo aprendió muchas cosas sobre los peones agrícolas.

«Le hemos conseguido una casita preciosa –dijeron–, que suele alquilarse en vacaciones.» Tenían a los actores y el equipo de rodaje repartidos por todas partes: en pensiones y casas con alojamiento y desayuno, hoteles baratos en Leeds, Halifax, Bradford, pisos de alquiler, incluso caravanas. Más les habría valido montar una agencia de alquiler de habitaciones en el plató. A Tilly le habría gustado estar en un hotel bonito; con tres estrellas se habría conformado. Lo que no le dijeron fue que iba a compartir la casita con Saskia. Tampoco se lo dijeron a Saskia, a decir por la cara que puso. No es que tuviera nada contra Saskia *per se*. Estaba en los huesos, demasiado delgada, vivía del aire y de cigarrillos, la dieta de *dame* Phoebe March.

–No te importa, ¿verdad? –le dijo a Tilly la primera vez que sacó un paquete de Silk Cut–. Solo fumo en mi habitación, o fuera.

–Oh, adelante, querida –repuso ella–; he pasado la vida rodeada de fumadores –era un milagro que no estuviese muerta.

No quería pelearse con ella. Tilly detestaba pelearse con la gente. Curioso, porque Saskia era una chica muy limpia (tanto que rayaba en la obsesión; claramente tenía un problema con su guerra en solitario contra los gérmenes) y fumar era un hábito muy sucio. Las bailarinas de ballet eran las peores, por supuesto; en el instante en que salían de clase se prendían como chimeneas. Tenían los pulmones negros de humo. Tilly había compartido piso un tiempo con una bailarina de ballet. Fue después de que Phoebe se marchara del piso del Soho (1960, resultó una década de aúpa para ambas), para subir de nivel e irse a vivir con un director en Kensington, un tal Douglas. Había sido suyo al principio, pero Phoebe no podía soportar que Tilly tuviera algo que ella no tenía. Un hombre guapísimo. También con un pie en la otra acera, por supuesto. «No hay nada más raro que la gente», como dicen en el norte. Phoebe lo utilizó y lo dejó atrás al cabo de un año más o menos. Tilly y Douglas habían seguido teniéndose mutuo cariño hasta el final. Hasta el final de él, al menos.

Saskia interpretaba a la compañera de Vince Collier, la sargento Charlotte «Charlie» Lambert. No se lo digan a nadie, pero no era la mejor actriz del mundo. Parecía tener tan solo dos expresiones. Una era «preocupada» (con la variante «muy preocupada») y la otra «malhumorada». Un registro muy limitado, pobre chica, aunque, como les pasa a tantas, quedaba bien en la tele. Tilly la había visto en una obra en el National. Estuvo horrible, simplemente horrible, pero nadie pareció advertirlo. El traje nuevo del emperador (de nuevo, la sombra de *dame* Phoebe).

Ahora que ya tenía las gafas y por fin veía, era terrorífico. Antaño, los miércoles se cerraba media jornada. Su padre bajaba las persianas de la tienda en Land of Green Ginger y se marchaba a vivir su misteriosa vida paralela con sus colegas rotarios. Pasaba también mucho tiempo en el huerto, aunque nunca había suficientes verduras para recompensarlo. Ahora ya nadie cerraba media jornada, todo estaba siempre abierto; consumiendo y gastando despilfarramos nuestros recursos. ¿Y adónde iba todo ese dinero? Uno se va a dormir en un país próspero y despierta en uno pobre, ¿cómo ha ocurrido algo así? ¿Dónde estaba el dinero, y por qué no podían recuperarlo simplemente?

Tenía que salir de aquel sitio de mala muerte, abrirse paso hasta el aparcamiento. «¿Cree que aún está en condiciones de conducir?», le había preguntado un ayudante de dirección después de que Tilly tratara, sin éxito, de entrar tres veces marcha atrás en su plaza asignada en el aparcamiento del plató, y él hubiese tenido que hacerlo por ella. ¡Menudo insolente! Además, aparcar no era lo mismo que conducir. Solo tenía setenta y pico; aún había mucha vida en aquella vieja carcasa.

«En el cielo sobre el mar». Esa mujer era una cobarde. ¿Cómo podía alguien tratar de esa forma tan horrible a una niña? Pobre chiquilla. Aquello le rompía el viejo y sibilante corazón. De haber tenido ella un hijo, lo habría envuelto en algodones y cuidado como si fuera un huevo, frágil y perfecto. Había perdido un bebé, en los tiempos del Soho. Un aborto, pero nunca se lo contó a nadie. Bueno, a Phoebe sí. Phoebe, que había tratado de convencerla de librarse de él; dijo que conocía a un hombre en Harley Street. Sería como ir al dentista, dijo. A Tilly ni se le habría pasado por la cabeza hacer algo así. El bebé había vivido casi cinco meses dentro de ella, un lirón anidando, hasta que lo perdió. Era un bebé formado. Hoy en día quizá habrían podido salvarlo.

«Ha sido lo mejor», dijo Phoebe.

Nunca volvió a pasar, y Tilly supuso que lo había evitado. Quizá si se hubiera casado o encontrado al hombre adecuado, si no le hubiese preocupado tanto su carrera, ahora podría tener una familia alrededor, un hijo robusto o una hija simpática, y nietos. Tendría una vida, en lugar de estar embarrancada en medio de la nada. Aunque era oriunda del norte (cuánto tiempo hacía de eso), le daba miedo estar allí ahora, tanto en la ciudad como en el campo. «Viene del norte», como un viento, como una reina del invierno.

Tilly podía entender que los primeros pobladores hubiesen salido de África, pero no por qué se les había ocurrido ir tan al norte, más allá de los condados de los alrededores de Londres. ¡Qué idiota era!; debería haber ido a Harrogate. Una pequeña ronda por las tiendas de ropa y luego un almuerzo en Betty's. Debería haberlo pensado mejor. Ya no había ni rastro de la mujer tatuada y la pobre niña. No era agradable pensar en la clase de hogar que tendría esa cría. Debería haber hecho algo, y tanto que sí. Llora que te llora, Tilly.

En un quiosco compró el *Telegraph*, un paquete de caramelos Halls de menta y eucalipto (para que las viejas cañerías siguiesen funcionando) y una barrita Cadbury de fruta y nueces como tentempié. Los días libres significaban que no había *catering* en el plató. A Tilly le encantaba la comida del plató: grandes desayunos a base de fritos, pasteles caseros con crema. Era una cocinera terrible; en su casa vivía a base de tostadas con queso.

No tenía suficientes monedas, de modo que le dio a la chica que estaba tras el mostrador un billete de veinte libras, pero la joven le devolvió el cambio de diez.

46

–Perdone –dijo Tilly con vacilación, porque detestaba esa clase de cosas–, pero le he dado veinte.

La chica la miró con indiferencia.

–Era un billete de diez –repuso.

–No, no, lo siento, no era de diez –insistió Tilly.

Siempre que tenía un enfrentamiento se le hacía un nudo en el estómago. Lo había heredado de su padre, tantísimos años atrás. Él nunca se equivocaba. Era un hombre grandote, bravucón, que aporreaba el mostrador de mármol con los filetes de bacalao como si les estuviese dando una lección. Tilly había tenido que aprender unas cuantas lecciones de su padre. Al final había huido, para no volver nunca a Land of Green Ginger y reinventarse en el Soho, como tantas chicas antes que ella.

–Era un billete de veinte –insistió.

Notó que se estaba enfadando. Tranquila, tranquila, se dijo. «¡Respira, Matilda!».

La chica del mostrador sostuvo en alto un billete de diez libras que había sacado de la caja como si fuera una prueba irrefutable. ¡Pero podría haber sido cualquier billete de diez! En el pecho de Tilly, el corazón empezó a palpitar de forma desagradable.

–Era de veinte –repitió.

Captó menos convicción en su propia voz. Había ido al cajero automático y sacado veinte libras. No llevaba más dinero en el bolso, de modo que estaba segura de haberle dado veinte a la chica. Oyó un murmullo de descontento detrás de ella en la cola.

–Venga, muévase ya –oyó decir a una voz gruñona.

Después de tantos años en la profesión era de esperar que sería capaz de meterse en el papel; al fin y al cabo, donde se sentía más cómoda era en la piel de los demás. Algún personaje imperioso y autoritario, como lady Bracknell o lady Macbeth, sabría cómo tratar a aquella joven, pero cuando Tilly hurgó en su interior, solo se encontró a sí misma.

La chica la miraba como si no fuera nadie, como si no fuera nada. Invisible.

—Eres una ladrona —se oyó decir de pronto, con voz demasiado chillona—. Una vulgar ladrona.

—Piérdete, vieja estúpida —espetó la chica—, o llamo a seguridad.

Necesitaría dinero para salir del aparcamiento de varias plantas. ¿Dónde había metido el monedero? Tilly rebuscó en el bolso. El monedero no estaba. Volvió a mirar. Seguía sin encontrar el monedero. Había muchas otras cosas que no deberían estar ahí. Hacía poco, había empezado a advertir toda una serie de objetos que aparecían de pronto en su bolso: llaveros, sacapuntas, tenedores y cuchillos, posavasos. No tenía ni idea de cómo habían ido a parar ahí. ¡El día anterior había encontrado una taza con su platillo! La abundancia de cubiertos y tazas sugería que trataba de reunir un ajuar.

—Te estás volviendo un poco cleptómana, ¿eh, Tilly? —había comentado Vince Collier el otro día en la cantina, riéndose.

—¿Qué quieres decir con eso, querido? —contestó ella.

Vince no era su nombre real. Su nombre real era... hummm.

Su madre siempre tenía un tenedor de barbacoa, con el mango muy largo, colgado con los atizadores de la chimenea. Siempre andaba sacándoles brillo a los atizadores. Siempre andaba sacándole brillo a todo. A su padre le gustaban las cosas limpias; se habría llevado bien con Saskia. El tenedor de barbacoa tenía tres monos sabios en la empuñadura del mango. «No vemos el mal». Había mucho mal que ver en aquella casa. Tilly solía sentarse junto al fuego y tostar panecillos, y su madre los untaba con mantequilla. Los panecillos se clavaban en los dientes del tenedor. En cierta ocasión, su padre

48

le arrojó el tenedor de barbacoa a su madre. Como si fuera una lanza. Se le clavó en la pierna. Su madre aulló como un animal, un pobre animal desvalido y ensartado.

Vertió el contenido del bolso en el asiento del pasajero. Una misteriosa cuchara y una bolsa de patatas con sabor a queso y cebolla. No las había comprado, a ella no le gustaban las patatas fritas, ¿cómo habían llegado hasta ahí? Y, definitivamente, ni rastro del monedero. El miedo le encogió el corazón. ¿Dónde estaba? Lo tenía cuando estaba en el quiosco. ¿Se lo habría quitado aquella chica tan horrible? Pero ¿cómo? ¿Qué iba a hacer ahora? Estaba atrapada en el aparcamiento. ¡Atrapada! ¿Y si llamaba a alguien? ¿A quién? No tenía sentido llamar a alguien de Londres: no podrían hacer gran cosa. Aquella ayudante de producción tan simpática, la que le había pedido cita en la óptica, ¿cómo se llamaba? Se había quedado en blanco. Era algo indio, y más difícil de recordar, por tanto. Empezó a recitar el alfabeto –a, b, c, d, e–, un método que solía ayudarla a refrescar la memoria. Pronunció el alfabeto entero y no sirvió de nada. «Tilly, la tontita».

Quizá era solo que tenía los nervios alterados. Eso decían de ella cuando era niña. El médico de cabecera le recetó un tónico de hierro, una cosa verde y densa como el moco que le provocaba arcadas, aunque no era tan malo como el aceite de ricino o el jarabe de higos; Dios, vaya cosas le daban a la pobre y sufridora niña. Tenía los nervios alterados, desde luego. Temperamento artístico, como prefería llamarlo ella. Como si un tónico de hierro fuese capaz de curar eso.

Piensa en otra cosa y así te acordarás. Ojalá. Se contempló en el retrovisor, se ajustó la peluca. ¿Quién iba a decir que llegaría a eso? Al menos era una peluca muy buena, hecha por uno de los mejores; costó una fortuna. Nadie notaba que era peluca. La hacía parecer más joven (bueno, una nunca perdía la esperanza), no como ese horrible peluquín que tenía que llevar para ser la madre de Vince Collier. Parecía un estropajo. No estaba completamente calva, como su madre a esa edad (como una bola de billar); solo le raleaba en la coronilla. No había nada más ridículo que una mujer calva.

¡Padma! Ese era el nombre de la chica. Por supuesto. Hurgó en busca del teléfono; no se le daban bien los móviles, porque los botones eran muy pequeños. Se puso las gafas nuevas y observó el teléfono. No eran las adecuadas, necesitaba las de leer, pero cuando las hubo encontrado comprendió que no recordaba cómo utilizar el teléfono, ni por asomo. Se quitó las gafas y miró a través del parabrisas hacia los demás coches aparcados. Todo era un borrón. No tenía ni idea de dónde estaba.

Dejó el teléfono en el asiento del pasajero. «Respira, Matilda». Se miró las manos en el regazo. ¿Qué iba a hacer ahora?

Cuando una se perdía, necesitaba un mapa. Ariadna tenía su ovillo, y Tilly la guía *Leeds de la A a la Z* que había encontrado en un quiosco. De un modo u otro, se las había apañado para volver del aparcamiento al centro comercial. La luz era muy brillante, más brillante que la del sol. Habría jurado que sentía la vibración de la electricidad en los huesos. La había desconcertado oír la voz de su madre en el sistema de megafonía, reverberando desde su infancia a través de los años, diciéndole: «Si te pierdes, acude a un policía». Tilly sabía que debía de estar loca porque la última vez que su madre le dijo eso fue más de sesenta años atrás, por no mencionar que su madre llevaba muerta tres décadas y que de haber seguido viva no era probable que se dedicara a anunciar cosas en público en un centro comercial de Leeds.

En cualquier caso, no se veía a un policía por ninguna parte.

La chica del quiosco le resultó familiar; sin duda, había estado ahí antes. Se puso las gafas y abrió la guía. ¿Por qué?

¿Qué andaba buscando? Una salida del noveno círculo del infierno. Era ahí donde iban los traidores, ¿no? Donde tenía que estar Phoebe, no ella. Cuando salió de la tienda, con la cara enterrada en la guía, una chica con cara de mala que mascaba chicle detrás del mostrador le gritó:

–¡Eh!

Tilly pensó que lo mejor era ignorarla; nunca se sabía qué querían las chicas como ella.

Llegó al pie de unas escaleras mecánicas. La guía aleteaba en su mano, inútil. Hacía mucho calor allí dentro, debía de ser el calor lo que le afectaba el cerebro. Se abanicó con la guía. Un joven con la cara llena de acné, como el interior de una granada, se plantó ante ella.

–¿Ha pagado eso, señora? –preguntó, señalando la guía.

El corazón de Tilly empezó a latir con fuerza; un martillo de vapor que amenazaba con pararse. Tenía la boca seca, los oídos le zumbaban como si un insecto tratase de escapar de su cerebro. Una cortina descendió ante sus ojos, ondulando y estremeciéndose; imaginaba que algo así sería la aurora boreal, aunque nunca la había visto. Le gustaría hacerlo; siempre había querido ir al polo norte, qué destino tan romántico. Las luces del norte. Qué calor, se sentía febril. «No temas». Piensa en algo frío. Se recordó tiritando en el muelle con su padre en pleno invierno, viendo volver a puerto los barcos de pesca tras faenar en aguas del Ártico. En sitios misteriosos como Islandia, Groenlandia, Múrmansk. El hielo aún estaba resbaladizo en las cubiertas de los barcos. Su padre comprando pescado en el mercado, grandes bandejas de bacalao, en lechos de hielo picado. Eran peces grandes, puro músculo. Pobrecitos, solía pensar Tilly, nadando en las profundas y frías aguas del norte para acabar en el tajo de su padre. Llegados del norte. Como el viento, como monarcas del invierno. El rey Bacalao.

–¿Tiene el recibo de eso, señora?

La voz del joven con acné resonó y se extinguió. La cortina de aurora boreal vibró y se encogió, para desvanecerse y convertirse en un puntito negro.

–Por favor, perdóneme –murmuró Tilly.

Me voy al suelo, pensó, pero entonces unos brazos fuertes la sujetaron y una voz exclamó:

–¡Cuidado! Tranquila, poco a poco. ¿Se encuentra bien, necesita ayuda?

–Oh, gracias, estoy bien, de verdad.

Se oyó jadear. Como un ciervo. El corazón le latía como un ciervo asustado. «Si al ciervo falta una cierva / venga y busque a Rosalinda». De joven había tenido un papel en *Como gustéis* en dos ocasiones. Una buena obra. Para los celtas, el ciervo blanco era un presagio funesto. Se lo había contado Douglas. ¡Cuántas cosas sabía! Tenía una memoria maravillosa. Solía ir con Douglas al White Hart en Drury Lane a tomar ginebra rosada. Ya nadie bebía ginebra rosada, ¿no? ¡Oh, Dios!, haz que se acabe todo esto.

–Estaba buscando un policía –le dijo al hombre que le había preguntado si necesitaba ayuda.

–Bueno, yo antes lo era –respondió él.

El hombre simpático que antes era policía la ayudó a entrar en una habitación. El joven del acné iba delante. Era una habitación pequeña y sombría, pintada en tonos distintos de beis de edificio oficial. Le recordó a la enfermería del colegio. Había una mesa metálica con tablero de formica y dos sillas rígidas de plástico. ¿Iban a interrogarla? ¿A torturarla? De pronto había una chica en lugar del joven del acné, y separó una de las sillas de la mesa y le dijo:

–Quédese aquí, vuelvo dentro de un momento –y cumplió su palabra, regresando con una taza de té dulce y caliente y un plato con galletas Rich Tea–. Me llamo Leslie –dijo la joven–, con «ie». ¿Quiere una? –le ofreció al hombre que antes era policía.

–No, no se preocupe –contestó él.

–¿Es usted de Estados Unidos? –le preguntó Tilly a la chica, haciendo un esfuerzo por entablar una conversación educada. Té, galletas, charla. Una tenía que poner de su parte.

–Canadiense.

–Oh, por supuesto, perdóneme –Tilly solía tener buen oído para los acentos–. Verá, he perdido mi monedero.

–No van a arrestarla por hurto, ¿verdad? –quiso saber el hombre que antes era policía.

¡Hurto! Tilly soltó un gemido de espanto. Ella no era una ladrona. Nunca había robado nada, ni un lápiz (todos aquellos tenedores, cuchillos, anillos y bolsas de patatas no podían ser robados porque no los quería para nada; más bien todo lo contrario). No como Phoebe. Ella siempre andaba «cogiendo prestados» pulseras, zapatos y vestidos. Cogió prestado a Douglas, y nunca lo devolvió.

–¿Ya se encuentra mejor? –preguntó el hombre agachándose a su lado.

–Sí, sí, muchísimas gracias –contestó. Qué agradable encontrarse con un verdadero caballero en estos tiempos.

–Bueno, entonces yo ya me voy –oyó al hombre decirle a la joven.

–¿Se siente mejor ahora? –quiso saber la joven llamada Leslie cuando el hombre se hubo marchado.

–¿Van a acusarme? –preguntó Tilly.

Captó el temblor en su voz. Supuso que la muchacha la creía una vieja chocha. La verdad es que no la culpaba. Era una vieja estúpida que no conseguía encontrar el camino a casa. Tilly, la tontita.

–No –contestó la joven–. No es ninguna criminal.

El té estaba maravilloso. Casi lloró al tomar el primer sorbo. La restableció en todos los sentidos.

–Qué tonta soy –dijo–. No sé por qué, pero simplemente me he quedado en blanco, ¿sabe? –y, sonriéndole a la chica, añadió–: No, por supuesto que no lo sabe, usted es joven.

–Debe de haber sido por la impresión de perder su monedero –dijo la chica, Leslie, con tono compasivo.

–Había una mujer –explicó Tilly– tratando de una forma horrible a una niña. Pobrecita, mi intención era encontrar a alguien que hiciese algo. Pero no lo he conseguido. No va a arrestarme en realidad, ¿verdad?

–No –contestó Leslie–. Se ha olvidado de sí misma, eso es todo.

–¡Exacto! –exclamó Tilly, sumamente animada por semejante idea–. Es eso, me he olvidado de mí. Y ahora acabo de acordarme de mí misma. Y todo va a salir bien. Seguro que sí.

* * *

Pensaba en Leeds como en un sitio en el que siempre llovía, pero ese día el tiempo era perfecto. Roundhay Park estaba lleno de gente desesperada por arrancarle un buen día al clima inglés. Multitudes por todas partes. ¿Nadie tenía un empleo al que acudir o qué? Supuso que podía hacerse esa misma pregunta.

Se topó con una imagen inesperada de la felicidad. Un perro, uno pequeño y desaliñado, corría por el parque como si acabaran de liberarlo de la cárcel. Molestó a una bandada de palomas concentradas en un sándwich abandonado, que se alzaron en un revoloteo de irritación cuando les dirigió gañidos de excitación. Echó a correr otra vez, a toda velocidad, y derrapó hasta detenerse, un segundo demasiado tarde, junto a una mujer tendida en una manta de viaje. La mujer le gritó y le arrojó una chancleta. El perro atrapó la chancleta en el aire, la agitó como si fuera una rata, y luego la dejó caer para correr hacia una niñita, que soltó un grito al verlo saltar tratando de alcanzar el helado que tenía en la mano. Cuando la madre de la niña lo amenazó con una sarta de improperios, el perrito salió corriendo y le ladró un buen rato a algo imaginario antes de encontrar una rama rota, que arrastró describiendo círculos de aquí para allá hasta que el aroma de algo más interesante captó su atención. Husmeó un rato hasta que halló la fuente: la caca seca de otro perro. La olisqueó con el placer de un entendido hasta que se aburrió y trotó hacia un árbol, donde levantó la pata.

–Lárgate –le gritó un hombre allí cerca.

Daba la sensación de que el perro no fuera de nadie, pero entonces apareció un hombre que se le echó encima, ladrándole órdenes.

–¡Tú, mierdecilla del carajo, he dicho que vengas cuando te llamo!

Era un tipo grandote, con cara de malo y fornido como un rottweiler. Añádase la cabeza rapada, los músculos de levantador de pesas y una cruz de san Jorge tatuada en el bíceps izquierdo, hermanada con la mujer medio desnuda que llevaba en el antebrazo derecho, y, *voilà*, el perfecto caballero inglés.

El perro llevaba collar, pero, en lugar de correa, el hombre blandía una cuerda fina como las de tender con un lazo en el extremo, y sin previo aviso, cogió al perro del pescuezo y le rodeó el cuello con él. Entonces levantó al animal en el aire de modo que empezó a ahogarse, sacudiendo inútilmente las patitas. Con la misma brusquedad, el tipo lo dejó caer al suelo y le propinó una patada en la delicada grupa. El perro se encogió y se echó a temblar de una manera que a él le despertó enorme compasión. El tipo tiró de la cuerda y arrastró al animal.

—Voy a acabar contigo de una vez; debería haberlo hecho en el instante en que se fue esa puta —exclamó.

Perros e ingleses chiflados a pleno sol de mediodía.

Se estaba armando un alboroto, con gente que protestaba con nerviosismo y a voz en grito por la conducta del hombre, con el resultado de un embrollo de palabras airadas: «criatura inocente», «atrévete con alguien de tu tamaño», «vigila, tío...». Aparecieron teléfonos móviles y la gente empezó a fotografiar al hombre. Él sacó su propio iPhone. Hasta que tuvo ocho años, momento en que su familia compró un televisor de segunda mano que parecía emitir desde Marte; solo había tenido la radio como fuente de entretenimiento e información. En su medio siglo de vida, un segundo en el reloj del Juicio Final, había sido testigo de los cambios tecnológicos más increíbles. Había empezado escuchando una vieja radio Bush a válvulas en un rincón de la salita de estar y ahora tenía un teléfono en la mano con el que podía fingir que tiraba una bola de papel arrugado a una papelera. El mundo había esperado mucho tiempo para eso.

Consiguió un par de imágenes del hombre golpeando al perro. Pruebas fotográficas; uno nunca sabía cuándo iba a necesitarlas.

Una voz de mujer se elevó con estridencia sobre las demás:

—Voy a llamar a la policía.

—Métete en tus putos asuntos —espetó el tipo, y continuó arrastrando al perro por el sendero.

Tiraba de él tan deprisa que un par de veces el animal dio una voltereta y rebotó contra la dura superficie del sendero.

Él se dijo que aquello era violencia cruel y poco corriente. Había pasado toda la vida rodeado por una forma u otra de violencia, pero había que decir basta en algún punto. Un perrito indefenso parecía un buen punto en que decir basta.

Siguió al hombre cuando salió del parque. Tenía el coche aparcado cerca; abrió el maletero, levantó al perro y lo arrojó dentro, y el animal se encogió, temblando y lloriqueando.

–Espera y verás, pequeño cabrón –soltó el tipo. Había abierto el móvil y se lo llevó a la oreja mientras le hacía una señal de advertencia con el dedo al perro por si se le ocurría escapar–. Eh, nena, soy Colin –dijo entonces, con voz ahora melosa, como un Romeo boxeador.

Frunció el entrecejo, imaginando qué le pasaría al perro cuando el tipo llegase a casa. Colin. Parecía poco probable que fuera algo bueno. Dio un paso adelante; le dio unos golpecitos a «Colin» en el hombro.

–Perdone –dijo. Cuando el señor Testosterona se volvió en redondo, añadió–: ¡En guardia!

–¿De qué coño estás hablando? –contestó Colin.

–Era una simple ironía –dijo él, y golpeó con un gancho tremendo y satisfactorio el diafragma de Colin.

Ahora que ya no estaba sujeto a normas institucionales que regularan la brutalidad, se sentía libre de pegarle a la gente cuando le viniera en gana. Podía haberse pasado la vida rodeado de violencia, pero solo recientemente empezaba a verle sentido. Antes era de los que ladraban mucho y mordían poco; ahora empezaba a ser al revés.

Su filosofía en lo concerniente a las peleas consistía en dejarse de filigranas. Un buen golpe en el sitio adecuado solía bastar para tumbar a un hombre. Había propinado aquel puñetazo con un estallido de ira. Había días en los que sabía quién era. Era el hijo de su padre.

En efecto, a Colin se le doblaron las piernas y cayó al suelo con cara de pez en plena asfixia. De sus pulmones brotaron curiosos estertores cuando trató de recuperar el aliento.

Se agachó al lado de Colin y le dijo:

–Vuelve a hacerle eso a alguien o algo, ya sea hombre, mujer, niño, perro, o incluso un puto árbol, y eres hombre muerto. Y nunca sabrás si te estoy vigilando o no. ¿Entendido?

El hombre asintió con la cabeza, pese a que no había conseguido respirar aún, y de hecho parecía no volver a ser capaz de hacerlo. Los matones siempre eran cobardes en el fondo. El teléfono del tipo había caído con estrépito en la acera, y oyó una voz de mujer que decía:

–¿Colin? Col..., ¿sigues ahí?

Se incorporó y pisó el teléfono hasta hacerlo añicos contra la acera. Un gesto innecesario y ridículo, pero que le produjo cierta satisfacción.

El perro seguía encogido en el maletero. No podía dejarlo ahí, de modo que lo cogió en brazos y le sorprendió notarlo caliente pese a que temblaba como si estuviera congelado. Lo acunó contra el pecho y le acarició la cabeza, tratando de tranquilizarlo y de que no creyera que era otro hombretón a punto de darle una paliza.

Se alejó, con el perro todavía en brazos, mirando atrás una sola vez para asegurarse de que Colin seguía vivo. No le habría importado gran cosa que estuviera muerto, pero no quería que lo acusaran de asesinato.

Sentía los latidos de miedo del corazoncito del perro, un pulso contra su pecho. Tic-tic-tic.

–No pasa nada –dijo con el tono de voz que había utilizado para calmar a su hija de pequeña–. Todo va a salir bien.

Hacía mucho tiempo que no le hablaba a un perro. Trató de aflojar la cuerda que le rodeaba el cuello, pero el nudo estaba demasiado prieto. Giró el collar para ver la placa que colgaba de él.

–Veamos si tienes un nombre... ¿Embajador? –preguntó Jackson mirando con recelo al perrito–. ¿Qué clase de nombre es ese?

58

Andaba sin rumbo, como un turista en su propio país, aunque más que de vacaciones estaba de exploración. Unas vacaciones consistían en tumbarse en una playa caliente en un país pacífico con una mujer a tu lado. Jackson solía hacerse con sus mujeres allí donde las encontraba. Normalmente no iba en su busca.

Llevaba los dos últimos años viviendo en Londres, pagando el alquiler del pisito en Covent Garden en el que había compartido una breve y falsa dicha conyugal con su esposa impostora, Tessa. Un hombre llamado Andrew Decker se había suicidado (con bastante estropicio) en la sala de estar, y a Jackson le sorprendía que le importara tan poco. Había acudido una empresa especializada en limpieza de escenas traumáticas (desde luego era una profesión que nadie desearía), y en cuanto él cambió la moqueta y se hubo deshecho de la silla en la que Andrew Decker se había pegado un tiro, nadie habría dicho que allí había pasado algo malo. Había sido una muerte justa, y suponía que eso lo cambiaba todo.

La identidad oficial de Jackson era cosa del pasado: soldado, policía, sabueso. Había pasado un tiempo «jubilado», pero eso hacía que sintiera que el mundo ya no lo necesitaba. Ahora se consideraba «semijubilado» porque el término en cuestión cubría numerosas bases, no todas ellas estrictamente legales. Últimamente iba bastante a su aire, aceptando trabajos aquí y allá. En el programa *Mastermind* lo presentarían como especialista en buscar gente. No necesariamente en encontrarla, pero valía más media ecuación que nada.

–En realidad estás buscando a tu hermana –le dijo Julia–. Tu propio y querido grial. Nunca vas a encontrarla, Jackson. Se fue. Jamás volverá.

–Ya lo sé.

Eso no cambiaba nada, seguiría buscando a todas las chicas perdidas, las Olivias, las Joannas, las Lauras. Y a su hermana, Niamh, la primera chica perdida (la última). Aunque sabía exactamente dónde estaba Niamh: a treinta millas de donde estaba él ahora, descomponiéndose en la fría y húmeda arcilla.

Bajando el listón en sus expectativas con los coches, el Saab de tercera mano que compró en una peliaguda subasta en Ilford había supuesto una agradable sorpresa. Había unas cuantas pistas sobre el anterior propietario que no ayudaban gran cosa: una Virgen María fluorescente en el salpicadero, una postal arrugada de Cheltenham («Esto tiene buen aspecto, muchos recuerdos, N.») y un caramelo Everton de menta, cubierto de pelusa, en la guantera. Lo único que hizo él por mejorar el Saab fue instalar un reproductor de discos compactos. Descubrió que vivir en la carretera era fácil. Tenía su teléfono, su coche y su música, ¿qué más necesitaba un hombre?

Antes de Tessa, le habían gustado los coches caros. El dinero que su segunda esposa le robó había sido una herencia fortuita: dos millones de libras legados por una vieja chiflada que había sido clienta suya. En aquel tiempo había parecido una enorme suma de dinero, menguada ahora en comparación con los trillones que perdían los dueños del universo, aunque con dos millones probablemente aún se podía comprar Islandia.

—Bueno —comentó su primera esposa, Josie—; como siempre, fuiste el arquitecto de tu propia ruina.

No lo habían dejado en la indigencia exactamente. El dinero de la venta de su casa en Francia llegó a su cuenta bancaria al día siguiente de que Tessa la vaciara.

—Jackson ha vuelto a caer de pie —había comentado Julia.

Por supuesto, en realidad nunca había sentido que tuviera derecho a aquel dinero, y que Tessa se lo llevara le pareció más un revés de la fortuna que un robo descarado. No era una esposa auténtica, sino una embaucadora, una timadora. Tessa no era su nombre real, por supuesto. Lo había elegido a él para una estafa a largo plazo: lo sedujo, se convirtió en su novia, se casó con él y le robó a lo bestia. Le parecía la ironía perfecta que el policía se hubiese casado con la criminal. La imaginó tendida en una playa en algún lugar del océano índico, con un cóctel en la mano, el clásico final de la película de un atraco («Bueno, las mujeres siempre han sido impostoras, Jackson», le dijo Julia, como si alabara a su sexo en lugar de condenarlo). Encontrar a la gente era su fuerte; era, por tanto, una ironía que su errante esposa hubiese conseguido esquivarlo hasta el momento. Había seguido pistas, un rastro de miguitas de pan que hasta entonces lo había llevado a todas partes sin conducirlo a ningún sitio. Se le daba bien aquello, pero a Tessa se le daba muchísimo mejor. Casi la admiraba por ello. Casi.

Aún andaba tras ella, desplegando la búsqueda por todo el país, siguiéndole la pista como un cazador perezoso tras un rastro. No era tanto por que quisiera recuperar el dinero –gran parte de él eran acciones que se habían desplomado al sótano financiero– como por que no quería que lo tomaran por idiota («¿Por qué no, si lo eres?», dijo Josie).

Acompañado por el Saab, había estado en Bath, Bristol, Brighton, la costa de Devon, la punta de Cornualles, las tierras altas del Peak District, la región de los lagos. Había evitado Escocia, esa tierra salvaje en la que tanto su corazón como su vida habían corrido peligro dos veces (el mejor de los tiempos, el peor de los tiempos). Sospechaba que a la tercera incluso tendría menos suerte. Pero se había internado en Gales, que para su sorpresa le gustó, antes de atravesar la sofocante paz rural de Herefordshire, Wiltshire, Shropshire, las planicies de Gloucestershire, la lóbrega zona posindustrial del centro. Había cruzado en zigzag los montes Peninos para ser testigo de las funestas víctimas del thatcherismo. El carbón, el acero y los barcos habían desaparecido. Descubrió que, como ocurría en la mayoría de los países, las piezas del desconcertante rompecabezas que era su tierra natal parecían no encajar. Un reino desunido.

Desde que se había desconectado del mundo competitivo y febril, Jackson se sentía cada vez más atraído por los caminos menos directos. Se había convertido en un rezagado en las carreteras secundarias, siguiendo las venas más finas del mapa. Un viajero en la ruta panorámica, traqueteando por carreteritas verdes y boscosas, en busca de la Inglaterra pastoral perdida que llevaba grabada en la cabeza y el corazón. Una era dorada, preindustrial. Por desgracia, ese pasado arcadio no era más que un sueño.

«Arcadia» era una palabra que le había enseñado Julia un fin de semana perdido en París, que ahora le parecía muy lejano en el tiempo. Estaban visitando el Louvre, y ella había señalado el cuadro de Poussin *Les bergers d'Arcadie* y la tumba que representaba con las palabras *Et in Arcadia ego*.

–Se pueden interpretar de diversas formas, por supuesto –dijo–. ¿Significan que la muerte está presente aquí, incluso en este simple paraíso, y que por tanto no hay forma de huir de ella, colega? Una suerte de *memento mori*, si quieres..., un epitafio del estilo de «como tú eres ahora, yo fui una vez»..., ¿o significa que la persona muerta disfrutó asimismo en su día de la buena vida?, lo que en realidad supone el mismo mensaje. Sea como fuere, la muerte nos espera a todos. Solo que, por irritante que sea, ha acabado todo hecho un lío en esa chorrada de *El código Da Vinci*.

Julia bien podía sentirse instintivamente atraída por toda clase de disparates, pero en el fondo era una clasicista. Era, además, muy parlanchina, y Jackson había dejado de escucharla mucho antes de que acabara con su explicación. Aun así, la inscripción lo había dejado profundamente impresionado y conmovido.

Y ahora andaba en busca de su propia enramada Arcadia. Lo que empezó como una búsqueda algo imprecisa de Tessa se había metamorfoseado en algo distinto. Era un hombre con una misión inmobiliaria. Andaba en busca de un perchero en el que colgar el sombrero, un perro en busca de una nueva perrera, una a la que el pasado no hubiese afectado. Un comienzo desde cero. En algún lugar había un sitio para él. Solo tenía que encontrarlo.

Había dejado lo mejor para el final. El norte de Yorkshire, el condado del mismísimo Dios, el vórtice en torno al cual había girado toda su vida. Ninguna otra parada en sus peregrinaciones era capaz de atraer el imán de su corazón como lo hacía el norte de Yorkshire. Por supuesto, él era un hijo del West Riding, hecho de hollín y ligas de rugby y grasa de ternera, pero eso no significaba que estuviera dispuesto a vivir allí. El último sitio en que pretendía acabar era el sitio en que había empezado, la tierra bajo la que su familia entera yacía sin sosiego.

Programó el GPS del coche para que lo llevara al corazón del sol, o, para ser más exactos, a York. La voz de su navegador era «Jane», con la que llevaba ya mucho tiempo discutiendo.

—¿Por qué no la apagas y ya está? —decía Julia, no sin cierta razón—. En realidad no la necesitas para nada; siempre vas por ahí fiándote del sentido de la orientación que tengas.

Tenía buen sentido de la orientación, decía él a la defensiva. Pero agradecía la compañía.

—Vive de una vez, cariñito.

«Pon rumbo al este, viejo amigo», se había dicho Jackson al introducir las coordenadas en Jane y disponerse a cruzar de nuevo la espina de los Peninos para regresar a la cuna de la civilización.

«Ligeramente al sudeste», lo corrigió Jane en silencio.

Había tratado de visitar todos los salones de té Betty's: en Ilkley, en Northallerton, dos en Harrogate, dos en York. Un itinerario refinado que habría llenado de orgullo a un autobús entero de damas ancianas. Jackson era un entusiasta de los salones Betty's. En ellos estaba garantizada una taza de café decente, pero la cosa iba más allá del café decente y la comida respetable y del hecho de que todas las camareras parecieran buenas chicas (y mujeres) a las que hubiesen empaquetado en algún momento de la década de 1930 para desenvolverlas aquella misma mañana. Era por la forma en que todo estaba exactamente como debía estar y donde tocaba. Y limpio.

–Cuanto mayor te haces, más te pareces a una mujer –decía Julia.

–¿De veras?

–No.

Mucho después de que la relación entre ambos hubiese terminado, después de que Julia se hubiese casado y tenido el hijo que durante mucho tiempo había negado que fuese de Jackson, ella seguía charlando en los pensamientos de él.

De haber sido Betty's quien gobernara Gran Bretaña, esta jamás habría sucumbido al Armagedón económico. Ante un té especialidad de la casa y un plato de huevos revueltos y salmón ahumado en el café de Saint Helens Square en York, Jackson fantaseó con un gobierno de la oligarquía de Betty's: ministras de gabinete con impecables delantales blancos y tostadas con canela por todas partes. Incluso él, en sus momentos más eminentemente masculinos, tendría que admitir que el mundo sería un lugar mejor si lo gobernaran las mujeres. «Dios creó al hombre», le había dicho su hija Marlee unas semanas antes, y por un instante Jackson se dijo que su pesimismo adolescente la había hecho convertirse a alguna clase de religión cristiana fundamentalista. Marlee captó la expresión de alarma en el rostro de su padre y se rio.

«Dios creó al hombre –repitió–. Y entonces tuvo una idea mejor».

Qué risa. O, como habría dicho su hija, jaja.

En York, había pasado muchas horas en la enorme nave abovedada del Museo Nacional del Ferrocarril, donde rindió tributo al Mallard, tren de vapor fabricado en Yorkshire y el más rápido del mundo, un récord que ya nunca podrían quitarle. El corazón se le llenó de orgullo al ver los preciosos y relucientes flancos azules de la locomotora. No pasaba un solo día sin que lamentara la pérdida de las obras de ingeniería y de la industria. Aquel no era país para viejos.

Además de los salones de té, había descubierto un placer inesperado en recopilar visitas a las abadías en ruinas de Yorkshire durante el viaje: Jervaulx, Rievaulx, Roche, Byland, Kirkstall. Era su nuevo pasatiempo. Trenes, monedas, sellos, abadías cistercienses, salones de té Betty's; todo formaba parte del impulso masculino y medio autista de coleccionar, una necesidad de orden o un deseo de posesión, o ambas cosas.

Aún le hacía falta echarle el guante a Fountains, la madre de todas las abadías. Años atrás (décadas atrás ya), había acudido a la abadía de Fountains en una excursión escolar, algo poco frecuente, pues no había asistido a un colegio de los que organizaban excursiones. Solo recordaba haber jugado al fútbol entre las ruinas, hasta que un profesor lo había impedido. Oh, sí, y haber tratado de besar a una chica que se llamaba Daphne Wood en el asiento del fondo del autocar en el camino de vuelta a casa. Y que recibió un tortazo por sus esfuerzos. Daphne Wood tenía un gancho de derecha impresionante. Fue Daphne Wood quien le enseñó el valor de resolver las cosas con un golpe rápido y malintencionado en lugar de andar pavoneándose con finuras de duelista. Se preguntó dónde andaría Daphne ahora.

Rievaulx era magnífica, pero su abadía favorita por el momento era Jervaulx. De propiedad privada, con una hucha para donativos en la entrada y sin el estigma del Patrimonio Nacional inglés, las ruinas le habían llegado a algún lugar recóndito y melancólico del alma, a lo más cercano a la santidad que abrigaba el ateo Jackson. Echaba de menos a Dios. Pero ¿acaso no lo hacían todos? Por lo que a él concernía, Dios se había esfumado del edificio mucho tiempo atrás y no iba a volver, pero, como cualquier buen arquitecto, había dejado atrás su obra a modo de legado. El norte de Yorkshire se había proyectado cuando Dios estaba en su esplendor, y cada vez que Jackson regresaba volvía a sorprenderle el poder que el paisaje y la belleza ejercían sobre él.

–Es cosa de la edad –dijo Julia.

Por supuesto; aquellas eran las mismas abadías ricas y poderosas que criaban ovejas en la Edad Media, los vellocinos de oro que proporcionaron los cimientos del comercio de lana y de la riqueza de Inglaterra y que condujeron a su vez a las satánicas fábricas de tejidos del West Riding, y de ahí a la pobreza, la superpoblación, la enfermedad, la explotación infantil a niveles increíbles y a la muerte y la destrucción del sueño de la Arcadia. Todo por la falta de un clavo. Aquellas fábricas eran ahora museos y galerías, y las abadías estaban en ruinas. El mundo al revés.

El día en que Jackson visitó Jervaulx estaba desierto aparte de las eternas ovejas (las cortacésped de la naturaleza) y sus corderos regordetes, y había paseado entre las pacíficas piedras, de cuyas grietas brotaban flores silvestres, deseando que su hermana hubiese encontrado reposo en un sitio así y no en el prosaico cementerio municipal que había supuesto su última morada en la tierra. Jackson tenía ahí un asunto pendiente, la promesa nunca hecha a una hermana muerta de vengar su muerte sin sentido. Suponía que Niamh estaría siempre llamándolo de vuelta a casa, entonando el canto de sirena de los muertos, durante el resto de su propia vida.

–Todos los caminos llevan a casa –dijo Julia.

–Todos los caminos se alejan de casa –repuso él.

Josie, su primera esposa, le había dicho una vez que si corría lo suficiente acabaría en el punto de partida, pero Jackson no creía que el punto del que había partido existiera ya. Había regresado unos años atrás, llevándose a Marlee para que conociera a sus familiares muertos, y descubrió que ya no era la ciudad que recordaba. Los montones de escombros se habían aplanado y hacía mucho que la maquinaria de la mina había desaparecido; solo quedaba la noria de la bocamina, partida en dos y plantada en una rotonda a las afueras, más como ornamento que como monumento conmemorativo. No quedaba gran cosa que probara que era un sitio en el que su padre se había pasado la vida trabajando sin descanso en la aterciopelada oscuridad.

La propia Niamh llevaba ya casi cuarenta años bajo tierra; demasiado tarde para rastrear pistas, obtener muestras de ADN, interrogar a testigos. El ataúd estaba cerrado y el caso tan frío como la tierra arcillosa en que yacía. Cuando la asesinaron, su hermana solo tenía tres años más que su hija ahora. Marlee tenía catorce años. Una edad peligrosa, aunque, reconozcámoslo, se dijo: para una mujer, cualquier edad era peligrosa.

Diecisiete años; la vida de Niamh apenas había dado comienzo cuando quedó truncada. Su hermana no podía detener la muerte, de modo que él, muy bondadoso, la detuvo por ella. Emily Dickinson. ¿Poesía? ¿Jackson? Sí, aunque parezca mentira.

La poesía había empezado a atraerlo un par de años atrás, más o menos en la época en que estuvo a punto de morir en un accidente de tren (en resumen, la vida de Jackson siempre parecía más dramática que el leve hastío de vivirla día a día). No pensaba que las dos cosas tuviesen necesariamente algo que ver, pero en su vida de resucitado había decidido ponerse al día, un poco tarde tal vez, en algunas cosas que se había perdido por culpa de su pobre educación. Como la cultura, por ejemplo. Cuando vivía en Londres se había comprometido a seguir un programa de mejora personal, atracándose en el abundante banquete que ofrecía la capital: galerías de arte, exposiciones, museos, hasta algún concierto de música clásica. Desarrolló cierto gusto por Beethoven, por las sinfonías al menos. Exuberantes y melódicas, parecían compuestas para llegar al alma. Oyó una interpretación de la Quinta en los Promenade Concerts. Nunca hasta entonces había asistido a esos conciertos, porque todas aquellas patrañas patrioteras y sensibleras le quitaban las ganas de hacerlo, y, en efecto, los engreídos asistentes a los conciertos resultaron unos gilipollas con demasiados privilegios, pero Beethoven no había compuesto la música para ellos. La había escrito para el hombre corriente y moliente, con el disfraz de poli soldado de mediana edad que se sorprendía al descubrirse al borde de las lágrimas ante el triunfal *crescendo* de bronces y arcos.

De teatro poca cosa, pues Julia y sus amigos actores habían acabado con cualquier esperanza que tuviese en ese frente. Había cometido el error de llevar a Marlee a una sesión de tres horas de martirio para las posaderas de Brecht, hacia finales de la cual sintió deseos de gritar: «¡Sí! Tienes razón, la Tierra gira alrededor del Sol, lo has dicho en cuanto has salido al escenario, llevas diciéndolo desde entonces, no hace falta que lo digas más. ¡Ya lo he entendido!». Marlee durmió durante casi toda la obra. La quiso un montón por ello.

Aquel intento de mejora había ido más allá de pinturas y recitales de piano y artefactos de museo, pues también había estado abriéndose paso con denuedo en los clásicos universales. La ficción nunca había sido lo suyo. Los hechos ya le suponían desafío suficiente sin tener que inventarse cosas. Lo que descubrió fue que las grandes novelas universales trataban de tres temas: muerte, dinero y sexo. De vez en cuando, de una ballena. Pero la poesía se había colado en su interior, sin invitación. «¡Un sapo puede morir de luz!». Qué locura. De modo que ahí estaba, pensando en su hermana, muerta hacía tanto, perdida hacía tanto, acicateado por una mujer que sentía un funeral en el cerebro.

Al salir de Jervaulx, Jackson había dejado un billete de veinte libras en la hucha de donativos, una cantidad superior al precio de cualquier entrada del Patrimonio Nacional, pero mereció la pena. Además, le gustaba el hecho de que en esos tiempos aún hubiese alguien dispuesto a confiar en la rectitud y la generosidad de un hombre.

Cuando tenía trece años, Jackson había pasado uno de los mejores veranos de su vida en una granja llamada Howdale en las estribaciones de las tierras altas de Yorkshire. Nunca supo muy bien cómo llegó a verse inmerso en aquel idilio rural, si fue cosa de la Iglesia o el Estado; era probable que uno de los dos estuviese involucrado en algún punto del proceso; suponía que lo habría organizado el sacerdote de la parroquia o su asistente social. Este último había sido una adquisición temporal, surgido un día de la nada, en medio del peor año de su vida, para desaparecer de forma igualmente misteriosa unos meses después, aunque siguiera siendo el peor año de su vida. El asistente social estaba allí (por lo visto) para ayudarlo a superar aquel terrible año de dolor desgarrador que empezó con la muerte de su madre víctima del cáncer y acabó con el suicidio de su hermano después de que la hermana de ambos fuera asesinada («mejora eso si puedes», se encontraba pensando a veces de mal humor cuando era policía y escuchaba el lamento menos impresionante que el suyo de algún extraño).

Las vacaciones en Howdale habían supuesto un indulto de la sombría vida de después de la muerte que compartía con su padre, un hombre lleno de ira y con el corazón de carbón. En aquel tiempo, Jackson no analizó el dolor que sentía ni se preguntó por qué un hombre agradable y mayor al que no conocía («Soy lo que se llama un voluntario, muchacho») lo llevó en coche desde su casita adosada y recubierta de hollín hasta los verdes valles de las tierras altas, para dejarlo en una granja en la que un montón de vacas blancas y negras se apiñaban en aquel instante para entrar en un ordeñadero. Nunca había visto una vaca de cerca.

Llevaba la granja una pareja: Reg y Joan Atwell. Tenían un hijo y una hija, ya adultos. El hijo trabajaba en una compañía de seguros en York y la hija era enfermera en el Saint James Infirmary en Leeds, y ninguno de los dos tenía interés en llevar la granja de quinta generación de los Atwell. La especie de huérfano de guerra en que Jackson se había convertido debió de suponer una dura prueba para la paciencia de los Atwell, pero resultaron unas personas de tolerancia y amabilidad insólitas, y confiaba en no haberlos decepcionado, y, si lo había hecho, ahora lo lamentaba, desde luego.

Aún podía ver la cocina de la granja con su Rayburn de hierro que siempre estaba caliente y albergaba una gran tetera marrón que contenía té del color de las hojas de roble secas. Aún podía oler los enormes desayunos, a base de copos de avena con nata y azúcar moreno, huevos fritos, jamón, pan y mermelada casera, que servía la señora Atwell. Dos peones de la granja desayunaban con ellos, dos hombres que habían trabajado ya media jornada cuando se sentaban a desayunar.

Había un sofá viejísimo en la cocina, cubierto con un áspero chal de ganchillo, en el que se sentaban durante las veladas. Los Atwell prácticamente vivían en la cocina. El perro pastor, un border collie, Jess, se tendía en la alfombra de retales que había ante la Rayburn. «Hazle sitio al chico en el sofá, mamá», decía el señor Atwell, pero Jackson casi siempre se sentaba en la alfombra de retales con Jess. Era la única ocasión en que recordaba haberse sentido cerca de un perro. Su familia nunca había tenido una mascota, y cuando formó su propia familia, su esposa, Josie, había restringido la posesión de mascotas al extremo más pequeño de la creación: hámsters, cobayas, ratones. De pequeña, su hija Marlee había tenido un conejo, Muffin, una bestia enorme con orejas caídas que solía plantarse ante él como si estuviera en el ring y dispuesto a pelear hasta el último asalto. «Mascota» no era la palabra que Jackson habría utilizado para describirlo.

Le había regalado un border collie a Louise. Un cachorro. Fue una elección inconsciente. Había huido de Escocia, y de la inspectora jefe Louise Monroe, y en su lugar había dejado, sin ser consciente de ello, una criatura que llevaba muy cerca del corazón. Le iría mejor con el perro que con él. Ahora ya no podría estar nunca con Louise. Ella estaba dentro de la ley, y él fuera.

Al final de aquel verano se había hablado de que se quedara en Howdale, pero, por desgracia, el mismo caballero viejo y misterioso lo había devuelto a las sombrías comodidades de su hogar. Jackson les escribió a los Atwell (la primera carta que había escrito en su vida) para agradecerles su hospitalidad, pero no volvió a saber nada de ellos hasta que unos meses después la hija le escribió a él (la primera carta que recibía en su vida) para «informarle» de que sus padres habían muerto en cuestión de un mes, primero el padre, de un problema del corazón, y luego su esposa, con el corazón destrozado. Jackson, que había mamado la culpa con la leche de su madre católica, creyó captar la tácita acusación de que él había contribuido de algún modo a sus muertes prematuras.

A veces se preguntaba si, de haber estado los Atwell en posesión de corazones más fuertes, lo habrían acogido. ¿Se habría convertido en un chico de granja y estaría en ese instante conduciendo un tractor en las montañas con un perro pastor en el asiento de al lado? (por falta de un clavo).

Durante un tiempo, después de aquel *annus horribilis* (la reina había tenido el detalle de enseñarle esa expresión), había fantaseado con que tenía otra familia en algún sitio, con una diáspora irlandesa que su madre, por descuido, había omitido mencionarle. La imaginaba volviendo de entre los muertos para hablarle de ella («Ah, pues claro, los McGurk de Pontefract..., ellos cuidarán de ti, Jackson»). Era gente perfectamente corriente, como la que veía en televisión o sobre la que leía en los cómics y (de manera ocasional) en los libros: primos que trabajaban en despachos y en tiendas, que conducían taxis, que tenían bebés. Tíos que empapelaban habitaciones y cuidaban sus propios huertos, tías que hacían pasteles y conocían el valor del amor y el dinero; todos existían en algún lugar, habitantes de su telenovela personal, esperando a que los encontrara para abrazarlo contra su colectivo y consolador regazo. Pero esas personas nunca aparecieron y, durante los tres años siguientes, Jackson habitó un vacío emocional, él y su padre solos, encerrados juntos en su muda indiferencia.

A los dieciséis años, se alistó en el ejército. Abrazó aquella nueva y austera existencia con el fervor de un monje guerrero que descubriera los beneficios de la disciplina. Lo hicieron pedazos y lo volvieron a ensamblar, y ahí residiría la única lealtad que llegaría a sentir hacia su nueva y brutal familia. El ejército era duro, pero no era nada comparado con la vida de antes. Sencillamente, se sintió aliviado por tener por fin un futuro. El futuro que fuera.

Si su madre hubiese acudido antes al médico por lo del cáncer en lugar de padecer el arquetípico y antiquísimo martirio de la madre irlandesa, quizá entonces habría aporreado a su hermano en la cabeza con un periódico enrollado (una forma común de comunicación en su familia) y le habría dicho que moviera el trasero (andaba con una buena resaca) y saliera bajo la lluvia a recoger a su hermana en la parada del autobús. Así, Niamh no habría sufrido el ataque del desconocido que la violó y estranguló y arrojó su cuerpo al canal. Por falta de un clavo.

Tras su visita a Jervaulx, Jackson había emprendido un peregrinaje en busca de Howdale. Guiándose por el instinto, con un poco de ayuda y cierto estorbo del GPS, Jane recorrió carreteras comarcales hasta llegar a un letrero en que se anunciaba GRANJA HOWDALE DE TURISMO RURAL. Tomó el desvío, antaño un sendero lleno de barro y ahora sin una mala hierba y recién asfaltado, y vio el edificio cuadrado de la granja todavía al fondo. El ordeñadero adyacente y la serie de casitas dispersas de los peones, que ni siquiera recordaba, estaban ahora restaurados y pintados en los mismos tonos blanco y verde. No había rastro de vacas u ovejas, ni olor alguno a estiércol o ensilaje, ni los habituales desechos desparramados de maquinaria agrícola oxidada. El sitio se había transformado en una granja aséptica, como de cuento de hadas. Tiempo atrás, Jackson había borrado su pasado; ahora su pasado lo había borrado a él.

Bajó del coche y miró alrededor. Había unos columpios en la zona en que Joan Atwell había tendido la colada, una gran rotonda de gravilla donde antaño se alzara un viejo granero. Un grupo de gente de todas las edades (recordó que a eso lo llamaban «familia») se había reunido, copas en mano, en una extensión de césped que antes había sido el corral. Le llegó el olor primitivo de la carne asada. Al ver a Jackson, los adultos del grupo parecieron inquietos y uno de los hombres alzó la voz, con pinta de buscar pelea y asiendo unas tenazas de barbacoa como un arma.

—¿Puedo ayudarlo? —quiso saber.

Jackson prefirió no andarse con hostilidades en aquel entorno, de modo que se encogió de hombros.

—No —dijo, con una respuesta que pareció perturbar aún más al grupo.

Subió de nuevo al Saab y vislumbró su imagen en el espejo retrovisor. Le devolvió la mirada alguien ligeramente asilvestrado. Llevaba varios días sin afeitarse y mechones de cabello sucio le caían por los ojos. Tenía un aspecto enjuto y hambriento que no supo reconocer. Al menos todavía tenía su propio cabello. Últimamente, la mayoría de los tipos se afeitaban la clásica semicalvicie viril en un inútil intento de parecer duro en lugar de simplemente pelón. Él acababa de cumplir los cincuenta, un hecho que aún no había conseguido aceptar del todo. «La edad dorada» (sí, seguro). «Un hito», decía Josie riendo como si fuese un chiste magnífico. Había evitado por completo el cumpleaños, pasando un miserable fin de semana solo en Praga, sorteando despedidas de solteros y solteras ingleses y borrachos. A la vuelta, había emprendido ese viaje.

Su definición de viejo había cambiado desde que él mismo se hallaba más cerca del horizonte de sucesos mortales. Cuando tenía veinte años, los viejos tenían cuarenta. Ahora que había rebasado la cima del medio siglo, la definición empezaba a volverse más flexible; aun así, una vez cumplidos los cincuenta, no había forma de eludir el hecho de que tenías un billete de ida para un trayecto sin paradas hasta la terminal.

Se alejó, consciente de que la familia de la barbacoa lo observaba recorrer el sendero. Lo entendió; también él se habría mostrado precavido de haberse visto.

En Knaresborough había visitado la cueva de la Madre Shipton, un destino que había supuesto una parada en aquella excursión escolar a Fountains. Jackson, el colegial, había contemplado sorprendido los objetos petrificados en la cueva, los paraguas, botas y ositos de peluche que pendían bajo el pozo. La alquimia del pozo se debía simplemente al alto contenido en minerales del agua y, sin embargo, incluso ahora, el Jackson adulto siguió encontrando algo extrañamente conmovedor en aquella preservación de objetos mundanos. De pequeño había pensado que «petrificado» quería decir «muerto de miedo» y se preguntó si acabaría como aquellos objetos cotidianos inertes si algo o alguien lo asustaban demasiado. La cosa no funcionaba así, ahora lo sabía. No era tener miedo lo que te volvía de piedra, sino ser tú quien daba miedo.

Después de haber estado a punto de morir en el accidente de tren, Jackson se sentía agradecido por haber sobrevivido, pero una parte de él había temido que salvarse lo volviera blando y se convirtiera en uno de esos agradecidos evangélicos que le veían el lado positivo a la vida («Cada día es un regalo, voy a hacer que mi tiempo en la tierra cuente», etcétera). Sin embargo, en cierto modo para su sorpresa, la nueva versión de Jackson que surgió de la desgarradora experiencia fue más fría y dura de lo que esperaba.

—El Jackson más malo y mezquino —se rio Julia—. Oh, qué miedo —quizá sí debía tenerlo.

Nunca se libraría de ella, ahora que los unía el hijo que tenían en común. Dos se vuelven uno. Como dirían las Spice Girls.

Se había reunido con Julia en Rievaulx. Últimamente solía encontrarse con ella en territorio neutral. Un par de años atrás había tenido lugar un desafortunado incidente cuando un Jackson cansado e impulsivo apareció en el umbral de la casita en los valles que Julia compartía con el artista de pacotilla ultraburgués que era su marido, Jonathan Carr, y le «explicó» a este, a bocajarro, que Nathan no era hijo suyo, como Jonathan creía. Y tenía pruebas de ello, añadió blandiendo con gesto triunfal los resultados del análisis de ADN.

Como es natural, hubo cierta violencia, pero no tuvo mucha relevancia que digamos. Jackson había amenazado con poner una demanda por la custodia, pero fue consciente de que era un farol, y Julia también lo supo (la opinión de Jonathan Carr no contaba, al menos para Jackson). Él no quería criar otro niño, con o sin Julia; solo quería establecer el principio fundamental de la propiedad.

Ahora había cierta fragilidad tácita en su relación triangular. El hombre que había engendrado al niño, el hombre que lo estaba criando y la traicionera mujer en el vértice. «Mi hijo llama papá a otro hombre». Que le pregunten al Hank de la serie de qué va la cosa.

No se encontró con Julia y Nathan en la propia abadía de Rievaulx, sino en los bancales que hay sobre ella, desde donde se disfrutaba de una vista que lo dejaba a uno sin aliento. Hizo surgir el alma romántica de Jackson, antaño oculta en un oscuro pozo de mina, pero que últimamente asomaba la cabeza, sin reparos, a la luz del sol. Quizá se había vuelto una versión más dura de sí mismo por fuera, pero por dentro su espíritu aún podía levantar el vuelo. Rievaulx, la Quinta de Beethoven, un encuentro con madre e hijo.

Habían paseado entre los dos templos griegos, caprichos erigidos para divertir a aristócratas dieciochescos, y ahora bajo custodia de Patrimonio Nacional.

–¡Jo!, qué increíble tener todo esto como tu jardín privado –comentó Julia–. ¿Te imaginas? –Se la oía más ronca incluso de lo habitual–. El polen está por las nubes –explicó, blandiendo ante él una caja de antihistamínicos.

Jackson sintió alivio de que Nathan no diera muestras de haber heredado los pulmones de su madre (o, de hecho, su temperamento histriónico).

–No debería estar permitido que alguien fuera propietario de una vista como esta –opinó él.

–Ah, puedes sacar al chico de su pasado colectivista, pero no puedes sacar el pasado colectivista del chico.

–Eso es una chorrada –repuso Jackson.

–¿De verdad?

Nathan se adelantó brincando sobre la hierba. «Mi niño», lo llamaba Julia, toda simpatía y amor. El único niño. Los hombres eran una presencia continua en la vida de Julia, pero siempre tenían una importancia secundaria, incluido, sospechaba Jackson, su marido, el artista de pacotilla (había que quitarse el sombrero ante el hombre que se las apañaba para seguir casado con la inconstante Julia). Pero con su niño no pasaba eso; su niño relucía intensamente en el centro del universo de Julia.

–¿Sabe Jonathan que estáis aquí? –preguntó.

–¿Por qué debería saberlo? –contestó Julia.

–¿Por qué no debería saberlo? –repuso él.

Julia ignoró la pregunta. No había nada que hacer con ella, era imposible (en eso, al menos, era constante.)

–Ruinas desnudas y todo eso –comentó Julia, cambiando de tema–. Shakespeare, la disolución de los monasterios –añadió con tono aleccionador, pues con los años había llegado a advertir los grandes agujeros negros en la cultura general de Jackson.

–Ya –repuso él–. Ya sé todo eso. No soy ignorante del todo.

–¿No me digas? –contestó ella, más distraída que irónica.

Toda su atención se centraba en el niño, y ninguna en el hombre.

En realidad, Jackson había aprendido un montón de cosas sobre la profunda impresión causada por la Reforma en el transcurso de sus visitas a las abadías de Yorkshire, pero no tenía sentido ponerse didáctico con Julia, porque ella siempre iba a saber más que él sobre lo que fuera. Julia era producto de una educación sensata y tenía buena memoria, mientras que él, aunque costara reconocerlo, no estaba en posesión de ninguna de las dos cosas.

Jackson ignoró a su vez a Julia para observar con expresión meditabunda (algunos, sobre todo las mujeres, habrían dicho que sin interés) el anfiteatro, la magnífica hondonada natural que contenía Rievaulx. Incluso en ruinas, la abadía resultaba incomparable, celestial. Alucinante. «Alucinante», repitió en sus pensamientos la voz adolescente y pasota de su hija Marlee. Cuando Nathan fuera adolescente, él ya habría entrado en los sesenta. Sus años de diamante.

–Alegra esa cara, cariñito –dijo Julia–; igual nunca pasa.

–Ya ha pasado –respondió con tono sombrío.

Jackson tenía que recordarse de vez en cuando que había un tercer motivo para su pausado y bizantino recorrido por el país. Por lo que veía, todo venía (y se iba) en grupos de tres. Tres Parcas, tres Furias, tres Gracias, tres reyes, tres monos, un Dios trino.

–Perros de tres cabezas –añadió Julia–. Para los pitagóricos, el tres era el primer número real, porque consideraban que tenía un principio, un centro y un final.

Jackson estaba trabajando por cuenta de una clienta. Pese al hecho de que ya no era detective privado, de que ya no tenía clientes, de que ya no tenía roces con el tedio desmoralizador de casos de divorcio y cobros de deudas y mascotas desaparecidas, pese a todo eso, se las había apañado de algún modo para hacerse con una mujer llamada Hope McMaster, que vivía tan lejos como era posible de Yorkshire sin acercarse por el otro lado. Por decirlo de otro modo, en Nueva Zelanda.

Debería haber dicho que no; de hecho, estaba bastante seguro de haber dicho «no» cuando Hope McMaster le envió un largo correo electrónico (demasiado largo, la historia de una vida) caído del cielo a finales del año anterior. «Soy adoptada, y me pregunto si podría usted averiguar algo sobre mis padres biológicos». Qué poco complicado le sonaba eso ahora.

No estaba muy claro cómo había conseguido exactamente Hope McMaster contactar con él, pero en algún punto del trayecto, como sucedía tantas veces, parecía estar involucrada Julia («una amiga de una amiga de una amiga»). En ningún rincón del mundo se estaba a salvo. Era probable que Julia tuviese amigos en la luna (o amigos de amigos de amigos, *ad infinitum*). Y, de algún modo, una separación en sexto grado de Julia acababa siempre en Jackson.

En el transcurso de su apática odisea por el país, había sido capaz de encajar pulcramente la búsqueda de su esposa impostora y ladrona con la investigación del caso de Hope McMaster.

—Bueno —dijo Julia cuando dejaban atrás las lomas de Rievaulx y ponían rumbo a los reconfortantes brazos del hotel Black Swan en Helmsley—; básicamente vas en busca de dos mujeres, tu esposa y Hope McMaster, y no tienes ni idea de quién es en realidad ninguna de las dos.

—Sí —respondió él—. Exacto.

A las afueras de Leeds había añadido a la cuenta la abadía de Kirkstall. Era la primera con piedras ennegrecidas por el hollín industrial de los tiempos en que todos los vellocinos de oro se convirtieron en rollos de tela. Al día siguiente tenía una cita con una mujer llamada Linda Pallister, una orientadora en adopciones de los Servicios Sociales con los que Hope Mc-Master ya se había puesto en contacto. El abogado de Hope en Christchurch había redactado un poder notarial en el que se autorizaba a Jackson a actuar en su nombre. Él tenía sus esperanzas puestas en Leeds. Leeds era el lugar en el que todo había empezado para Hope McMaster, y confiaba de veras en que fuera el sitio en el que acabara todo.

Linda Pallister no acudió a la cita.

–Me temo que Linda ha tenido que irse a casa. Una emergencia familiar –le dijo la recepcionista en los Servicios Sociales–. Pero ha dicho que concierte la cita para mañana.

Después de que Linda Pallister no se presentara a la cita, Jackson había pasado el resto de la tarde paseando –un *boulevardier*– por las calles Briggate y The Calis, por los pórticos victorianos. El edificio del Corn Exchange, el ayuntamiento (ese gran monumento al peso municipal), el centro comercial Merrion, Roundhay Park, todos ellos formaban una ciudad que se le antojaba familiar y absolutamente extraña a un tiempo. Se sentía como si anduviese en busca de algo que solo reconocería cuando lo encontrase. Su juventud perdida, quizá. O el joven perdido que había sido. La ciudad vieja y sucia que, recordaba, se había visto recubierta por algo nuevo y reluciente. Por supuesto, eso no significaba que la vieja y sucia ciudad no siguiese ahí.

Calculaba que habrían pasado más de treinta años desde la última vez que estuvo en Leeds. Solía acudir de niño, cuando representaba la cúspide de la sofisticación metropolitana, aunque «metropolitana» no era una palabra que se incluyera en su vocabulario en aquellos tiempos y la «sofisticación» no iba mucho más allá de comprar un paquete de cigarrillos Embassy y entrar a hurtadillas a ver una película porno. Recordaba haber cometido pequeños robos en el Woolworths de Leeds. Cosas sin importancia como caramelos, llaveros, pilas. Su padre lo habría desollado vivo si lo hubiese descubierto, pero en realidad nunca le habían parecido robos, solo un atrevido desacato a la autoridad. Ahora Woolworths ni siquiera existía. ¿Quién iba a imaginarlo? Quizá aún estaría ahí si los niños no hubiesen seguido birlando caramelos, llaveros y pilas. Con los años, todo aquel botín probablemente había supuesto una fortuna.

En el centro comercial Merrion había acudido en ayuda de una anciana confusa a la que un segurata tarado trataba de echar.

–¿Se encuentra bien? –le había preguntado–. ¿Necesita ayuda? –Y luego soltó su mantra personal–: Yo antes era policía –lo cual pareció tranquilizarla.

La anciana le había resultado familiar, pero no supo decir por qué. Llevaba una peluca que se le había torcido de un modo tristemente llamativo. Jackson confió en que alguien lo liquidara antes de llegar a esa etapa. Supuso que acabaría teniendo que liquidarse él mismo. Tenía planeado alejarse por el hielo («Voy a salir y puede que tarde un rato»), tenderse con una botella de algo tan viejo como él y sumirse poco a poco en el sueño eterno. Confiaba en que el calentamiento global no echara por tierra esos planes.

Su última parada había sido Roundhay, donde pensaba pasear y tomar un poco de sol y aire fresco, lejos de las multitudes urbanas. No esperaba salir del parque convertido en el propietario de un perro. El viaje interrumpido, el regalo inesperado, el encuentro imprevisto. La vida tenía sus tramas.

Más adelante, mirando atrás, Jackson vería que la cita frustrada con Linda Pallister marcaría el momento en que todo había empezado a salir mal. Si ella hubiese acudido al encuentro, él habría pasado con ella una horita constructiva, se habría sentido satisfecho y lleno de determinación, y es bien posible que hubiera pasado otra velada en un hotel, cenando en la habitación y viendo una película mala y de pago, en lugar de pasar unas horas agitadas, inconsciente durante buena parte de ellas y teniendo relaciones sexuales promiscuas y sin sentido. Por falta de un clavo. Culpemos a Linda Pallister. Al final, todo el mundo lo haría.

* * *

Tracy llamó para decir que se encontraba mal y así cubrir sus huellas.

–Debe de ser una gripe intestinal de esas, me parece; voy a tener que irme a casa temprano.

–Tranquila, espero que te pongas bien pronto –repuso Leslie.

Tracy volvió a hurtadillas al aparcamiento a recuperar su Audi A4 y llevar a Courtney a una tienda Mamas and Papas en el centro comercial Birstall, donde compró una silla de coche para niños que le costó un ojo y parte del otro. Se pasó todo el trayecto hasta allí esperando que la arrestaran por no llevar la susodicha silla y, en un arranque de paranoia, había hecho que la niña se tendiera en el asiento de atrás, exactamente igual que una víctima de secuestro en toda regla. Se sentía como si llevase un letrero de neón en el techo del coche que anunciara en grandes letras ¡ESTA NO ES LA MADRE! Le dio a la niña el hojaldre de salchicha de Greggs para tenerla ocupada. Llevaba una manta de cuadros escoceses en el maletero y se preguntó si la niña se asustaría si la tapaba con ella. Probablemente. Decidió no hacerlo.

Un inquieto recorrido de Mamas and Papas reveló algo que siempre había sospechado: los niños eran increíblemente caros. Bien que debería saberlo, pues acababa de comprar uno, aunque hubiese sido a precio de ganga. Con los niños, todo giraba en torno a la compraventa. Si una no andaba comprando y vendiendo a los niños en sí, andaba comprando y vendiendo para ellos. Tracy sintió una repentina punzada de ansiedad. Las dos mil libras que le quedaban en el bolso pesaban mucho. Debería haberle dado la suma íntegra de cinco mil libras a Kelly Cross. Ahora le parecía un error haber comprado barato a la niña.

Dejó la silla de coche en la tienda mientras se acercaba a Gap, con Courtney caminando pesadamente a su lado como un perro dopado. En el centro comercial Merrion se había dejado oír lo suyo, gritando hasta desgañitarse, pero ahora parecía seguir el ejemplo de Helen Keller.

Era tremendamente consciente de todas las cámaras de seguridad. Se las imaginó a las dos en el programa *Crimewatch*, Courtney con el rostro convertido en un borrón y el de ella aumentado para los espectadores. «¿Han visto ustedes a esta mujer? Ha secuestrado a una niña a la salida de un centro comercial en Leeds». Había pasado al otro lado de la fina línea azul, de cazadora a presa en un solo paso.

¿Qué iba a decir si la paraban? «No pasa nada, he comprado a la niña con todas las de la ley». Sí, claro, eso quedaría estupendo cuando la arrastraran para meterla en chirona. Era el coco, la mujer del saco, la pesadilla de cualquier madre. Pero no de Kelly. Probablemente, Kelly la consideraba su salvadora. Desde luego, Kelly no era la primera madre que vendía a su retoño. Pero ¿y si... y si Kelly no era en realidad la madre de la niña? Tracy había perdido la cuenta de cuántos críos había parido Kelly. ¿Estaban todos a cargo de los Servicios Sociales? ¿Y si Kelly estaba cuidando a Courtney por cuenta de algún otro? En ese caso, reflexionó –haciendo acopio ya de argumentos para los asistentes sociales, la policía, los tribunales–, fuera quien fuese la madre, Courtney no le había importado lo suficiente para dejarla en unas manos de confianza. Dejar a tu hija al cuidado de Kelly Cross era como dejarla al cuidado de un pitbull. Conclusión: la niña corría peligro.

Recordó a Kelly de pie en la entrada del autobús antes de que se cerraran las puertas, la expresión de desconcierto en su cara cuando dijo: «Pero no es...». ¿No es qué? ¿No es mi hija? Tracy cerró mentalmente las puertas del autobús. Y cerró sobre ellas pesados postigos blindados. Ella no había oído nada. Pensó en cambio en aquella manita caliente deslizándose en la suya.

Conocía a alguien que podía averiguar más cosas para ella. Linda Pallister. Aún seguía en adopciones y acogidas, ¿no? Si no se había jubilado todavía, podría averiguar en qué situación se encontraban los hijos de Kelly Cross.

No se acordaba de cuándo había visto por última vez a Linda Pallister. Debía de haber sido en la boda de la hija de Barry Crawford, tres años atrás. El comisario jefe Barry Crawford, ex colega de Tracy. La hija de Linda, Chloe, era amiga íntima de la hija de Barry, Amy, y su principal dama de honor, un espantajo en satén naranja oscuro. «Lo que me vino a la cabeza para los vestidos de mis damas fue "bronce", ¿sabes?», le comentó a Tracy una compungida Amy Crawford. Ahora que habitaba la tierra de los muertos vivientes, en la cabeza de la pobre chica solo había papilla. El vestido que llevaba ella había sido el habitual blanco y rimbombante, y el ramo era de flores naranjas y amarillas que parecían de rafia. La flor que los hombres llevaban en el ojal era una gerbera naranja, como una de esas con las que un payaso lanzaría chorritos de agua («Quería algo un poco diferente», dijo Amy).

–Muy alegre –había comentado Barbara Crawford, madre de la novia, esbozando una mueca ante tanta chabacanería.

La propia Barbara iba demasiado vestida, aunque con mucho gusto, en seda turquesa («Paule Vasseur», le murmuró a Tracy como si fuera un secreto). La celebración de la hija única de Barry y Barbara no había sido un té parroquial, sino un caso flagrante de absoluto despilfarro. Con mucha educación, nadie mencionó que el vientre de la novia ya tensaba en exceso el vestido nupcial.

Los zapatos de las damas de honor eran también naranja oscuro y sus puntas sobresalían bajo unos vestidos ictéricos que parecían la puesta de sol del fin del mundo. Los ramos les pendían de los brazos en lo que semejaban bolsos de cintas, o bolas de hierbas aromáticas o quizá vistosas balas de cañón.

–Traté de sugerirle algo distinto, de veras que sí –le dijo Barbara Crawford en la *sotto voce* más alta que había oído nunca–. Amy ha sido siempre muy testaruda.

El marido de Amy se llamaba Ivan. Iván el Terrible, lo llamaba siempre Barry, cómo no.

–¿Ivan? ¿Qué clase de nombre es ese? –le dijo a Tracy después del anuncio del compromiso de Amy–. Un maldito ruso.

–En realidad, creo que es porque tuvo un abuelo noruego –repuso ella.

–¿Noruego? –preguntó Barry con tono de incredulidad, como si acabaran de anunciarle que la familia de Ivan venía de la luna.

Ivan era consejero financiero; Tracy lo había consultado cuando se preguntaba dónde invertir su cuenta de ahorro anual.

–Ven a verme y charlamos un poco; a una amiga de Barry no voy a cobrarle –le dijo en la boda.

Parecía un chaval simpático, en general bastante inofensivo, que en opinión de Tracy era de lo mejorcito que podía esperarse de un ser humano. Por desgracia, poco después se arruinó y perdió su negocio. Nadie quiso consejo financiero de un hombre que ni siquiera era capaz de conservar su dinero. Barry dio a entender que había habido fraude en algún sitio, pero cuando Tracy fue a ver a Ivan para recuperar unos documentos, él le explicó que había perdido un lápiz de memoria con los detalles de todos sus clientes.

—Debe de habérseme caído del bolsillo —le confesó con tristeza. Después de eso, casi todos los clientes se habían llevado sus carteras—. Yo habría hecho lo mismo —añadió.

—Ni siquiera un pastel de frutas tradicional —se quejó Barbara cuando se encontró a Tracy comiéndose la tarta nupcial de *mousse* de chocolate y crema de mantequilla.

—Bueno, al menos no es naranja —contestó ella.

Por supuesto, Tracy no estaba en situación de hacer comentarios sobre el estilo de lo que fuera. Incómoda en un traje chaqueta azul pastel con mezcla de poliéster, le preocupaba ser víctima de una combustión espontánea antes de que cortaran el pastel. Había comprado un sombrero, pero no lo llevaba porque parecía un hombre vestido de mujer. Podía contar las bodas a las que la habían invitado con los dedos de una mano, mientras que los funerales a los que había asistido en sus tiempos se contaban a montones. De víctimas de asesinato, en su mayoría. Nunca había estado en un bautizo. Eso revelaba ciertas cosas sobre la vida de una, ¿no?

El naranja oscuro había supuesto una elección especialmente desafortunada en el caso de la amiga de Amy, Chloe Pallister, con su pelo castaño desvaído y cutis ceroso.

—Madre de la dama de honor, nunca madre de la novia —dijo Linda Pallister, acercándose a Tracy con una sonrisa esperanzada.

No tenía nadie más con quien hablar. El atuendo de boda de Linda, una camiseta de terciopelo negro y una falda que parecía hecha con telarañas mal teñidas, no podría haber estado más fuera de lugar. Lucía también un gran surtido de anillos y pulseras de plata, así como un enorme crucifijo pendiendo de un cordón de zapato de piel. El crucifijo parecía más una penitencia que un símbolo religioso. Linda se había convertido al cristianismo en los ochenta, una década en la que no estaba de moda la corriente evangélica, aunque ella, cosa rara, se había decantado por algo que quedaba exactamente a medio camino entre ambos. No había rastro en la boda de su hijo mayor, Jacob. A Tracy le habían llegado rumores de que era director de un banco.

–Tu Chloe está preciosa –mintió.

Si Tracy llamaba a Linda Pallister y empezaba a hacerle preguntas por los hijos de Kelly Cross, estaría delatándose, ¿no? «¿Cómo, que ha desaparecido uno de los críos de Kelly Cross? ¡Si hace solo unos días Tracy Waterhouse estaba pidiéndome que los contara!». Tracy había birlado una niña. No importaba cuánto hubiese pagado, no importaba que lo disfrazara de rectitud; eso no lo volvía legal.

Llevó a la niña a comer a Bella Italia. La cría se abrió paso en un plato de macarrones más grande que ella y Tracy mordisqueó un poco de pan de ajo. Había perdido el apetito. La dieta de la secuestradora. Las había hecho todas en sus tiempos: la de la uva, el plan F, la del repollo, la Atkins. Tortura autoinfligida. Había sido un bebé grandote, una niña grandota, una adolescente grandota, y no parecía probable que fuera a convertirse de pronto en una mujer posmenopáusica menuda.

En Gap compró ropa para Courtney, sosteniéndola frente a ella para comprobar que le fueran bien en lugar de mirar las etiquetas, que no parecían guardar relación con el tamaño real de la cría.

–¿Cuántos años tienes, Courtney?

–Cuatro –contestó la niña en un tono que fue más de pregunta que de respuesta.

Le quedaba bien la talla 2-3.

–Eres pequeña para tu edad.

–Tú eres grande –repuso Courtney.

–Eso no te lo puedo discutir –contestó Tracy.

No muy segura de las reglas para entablar relación con una niña pequeña, había decidido que lo mejor sería que las dos se fingieran adultas y conversaran en consecuencia.

Compró más prendas para Courtney de las que pretendía, pero es que eran preciosas, la clase de prendas que ella nunca había tenido de niña. Medio siglo atrás, su madre la había vestido con faldas de peto sin ninguna gracia, jerséis de nailon y zapatos marrones de cordones, un atuendo con el que hasta una niña mona, no digamos Tracy, habría tenido problemas para salir airosa. Sus padres tenían más de cuarenta años cuando ella nació, y ya eran viejos antes de tiempo.

–Habíamos perdido la esperanza –explicó su madre, como si hubiera supuesto un alivio hacerlo–, y entonces llegaste tú.

Sus padres habían estado demasiado inmersos en su guerra privada para preocuparse por su hija. Se enzarzaban en batallas pasivas, encerrados en su silenciosa hostilidad mientras Tracy vivía en la solitaria reclusión de la hija única. Se consideraba una niña nacida durante la guerra pese a que hacía mucho que la guerra había terminado cuando ella nació.

Courtney se limpió los mocos siempre presentes con la manga de la mugrienta camiseta rosa. Tracy tendría que comprarle pañuelos de papel; esa era la clase de cosas que la gente con niños a su cuidado llevaba en el bolso en todo momento. Debía de haber un camión entero de cosas para niño que le hacían falta, pero no tenía ni idea de cuáles podían ser. Sería útil que los críos vinieran con instrucciones y una lista de necesidades básicas.

Lo último que compró para Courtney fue un abrigo rojo de lana gruesa en las rebajas, una prenda que una Tracy más joven, con su aburrida gabardina marrón, siempre había codiciado. El abrigo tenía un suave forro de cuadros escoceses y auténticas muletillas de madera. Era un artículo que revelaba que alguien se preocupaba por ti. Si no hubiese hecho tanto calor en la tienda le habría sugerido a la niña que se lo pusiera de inmediato, pero Tracy sentía incómodas gotas de sudor recorriéndole la espalda y a la cría se la veía decididamente acalorada.

Tracy estaba desfallecida. Había leído en algún sitio que las tiendas y los museos eran los sitios más agotadores para la gente. La niña parecía hecha polvo.

—¿Quieres que te lleve? —preguntó.

Las rodillas casi se le doblaron por el peso. ¿Quién iba a pensar que una niñita pesaría tanto? Tenía la gravedad de un planeta pequeño y denso. Trastabilló de vuelta a Mamas and Papas con Courtney en brazos y recogió la silla para el coche, y luego lo instaló en el Audi. Hacía menos de tres horas que tenía a la niña y ya estaba destrozada; no era de extrañar que los padres que veía en el centro comercial Merrion anduviesen por ahí como zombis.

Ayudó a Courtney a instalarse en la silla y se sorprendió cuando ella sola se puso el cinturón de seguridad. ¿Deberían ser capaces de hacer eso? Si una podía abrocharse un cinturón significaba que también podía desabrochárselo.

—No te lo quites —le recomendó a la niña—. Hay un montón de malos conductores en las calles.

La niña murmuró unas palabras de asentimiento. Tenía los párpados azules de cansancio y la expresión pasmada que había visto en críos víctimas de abusos. La hizo preguntarse si lo sería. Difícilmente supondría una sorpresa; era lo más probable, en realidad. Las cosas que la gente hacía a los niños podían taladrarte el cerebro. Agujas al rojo vivo, etcétera. O quizá, al igual que ella, la niña estaba simplemente exhausta por la forma en que había acabado ese día. Eran las cuatro de la tarde, pero el tiempo se había vuelto elástico, alargando el día hasta el infinito.

Miró por el espejo retrovisor y vio que Courtney ya se había dormido y emitía pequeños zumbidos, como una abeja gigante.

* * *

Jackson se preguntó qué necesitaría un perro. Comida y un cuenco del que comerla, supuso. Encontró ambas cosas en una tienda llamada Paws for Thought. Le dio la sensación de internarse en territorio desconocido. Tenía un nuevo papel. Sabía quién era: era el propietario de un perro. Ya le parecía bastante duro tener un hijo; el perro aún parecía una responsabilidad mayor.

–¡Qué bonito border terrier lleva usted ahí! –le dijo la mujer al otro lado del mostrador.

–¿Sí? –repuso Jackson, mirando al perro.

Había asumido que era alguna clase de chucho callejero, no un perro de raza. Desde luego parecía callejero, y no especialmente atractivo, además. Tenía rastros de sangre en el hocico y en el pelaje, y la mujer dijo:

–Oh, Dios santo, ¿se ha visto envuelto en una pelea?

–Más o menos –contestó él.

La mujer miró con desaprobación la cuerda que rodeaba el cuello del animal y preguntó:

–¿Cómo se llama nuestro pobre amiguito?

Jackson trató de hacer una lista mental de nombres que resultaran más adecuados que el que ya tenía el perro y no dio con ninguno, aparte de Jess, pero ese nombre le pertenecería siempre al perro pastor de los Atwell.

–Embajador –admitió por fin–. Se llama Embajador.

El chucho levantó las orejas. Jackson se preguntó de dónde habría salido aquel nombre. Trató de imaginarse a su feo y grandote propietario –ex propietario– gritando: «¡Embajador!» de un extremo a otro de un campo. En Roundhay, de la boca de Colin había manado un torrente de improperios. Supuso que era una broma, e imaginó a alguien diciendo: «Al Embajador le hace falta un cepillado» o «El Embajador está dormido en su cesta».

La mujer de la tienda de animales enarcó unas escépticas cejas.

–¿Embajador? Habría dicho que era un nombre para un perro más grande.

–Es grande por dentro –repuso él a la defensiva.

La mujer indicó la tienda con la mano y preguntó:

–¿Quiere algo más? ¿Qué me dice de un abrigo? –Al ver que Jackson la miraba sin comprender, añadió–: Para el perro.

Le pareció que la naturaleza le había dado al perro un abrigo perfectamente adecuado, de manera que dijo que no, pero compró una correa de cuero y salió de la tienda antes de caer en la tentación de llevarse, por ejemplo, el pequeño uniforme de marinero con cuatro perneras que pendía tras el mostrador, con un vistoso sombrerito incluido.

Jackson cogió su navaja suiza y, mostrándosela al perro, dijo: «El mejor amigo del hombre». El perro se sentó tranquilamente mientras Jackson cortaba la cuerda atada muy prieta alrededor de su cuello. «Buen perro», dijo Jackson.

Cuando había visto al perro por primera vez le pareció muy revoltoso, pero ahora se lo veía sencillamente muy animado, paseando muy bien con la correa, sin dar tirones y sin hacer el tonto, y por lo visto encantado con su compañía. Se preguntó si se veía ridículo caminando por las calles llevando de la correa un perro pequeño que trotaba a su lado. Se preguntó qué opinión tendrían las mujeres de los hombres con perros pequeños. ¿Pensarían que era gay? ¿Les parecería más digno de confianza que un hombre sin perro? (a Hitler le gustaban los perros, recordó).

Se encontró deteniéndose en los semáforos. Normalmente habría cruzado a la carrera en plan heroico (o en plan lunático, dependiendo de qué lado estuviera uno, del de Jackson o del de la mayoría de las mujeres en su vida), pero ahora esperaba estoicamente a que apareciera el hombrecito verde, transformado de pronto de nuevo en un padre al tener a su cargo algo más pequeño que él.

De vuelta en las proximidades del centro comercial Merrion (se preguntó cómo le habría ido a aquella anciana; confiaba en que la chica canadiense no hubiese llamado a la policía), entró en un Best Western bastante antiestético y pidió una habitación doble porque no le gustaba considerarse un hombre solo en una habitación individual.

(–Pareces llevar la vida de un representante –dijo Josie.

–Confiemos en que no te conviertas en un insecto gigante –añadió Julia riendo.

–¿Eh? –repuso él.)

En el hotel le dieron una habitación con dos camas individuales, lo que fue peor, porque la cama sin ocupar le pareció una especie de reproche.

Jackson era un viajero frugal por naturaleza. «Más estrecho que un culo apretado», habría dicho su hermano. Lo habían criado en la prudencia y el ahorro, o, por expresarlo de otra manera, en la pobreza, y cuanto mayor se hacía más se encontraba volviendo a la frugalidad excesiva. Eso no significaba que fuera inmune a algún sorprendente gesto espléndido ocasional, a las camareras de Betty's, por ejemplo.

Se había alojado en algunos de los mejores hoteles del mundo, pero ahora se conformaba con dormir entre las paredes anodinas y de bajo presupuesto de los Travelodge y Premier Inn que encontrara en su ruta de nómada. Eran sitios en los que uno se detenía y luego dejaba atrás sin que nada se le pegara. Si despertaba en plena noche, encontraba cierto consuelo en el zumbido del motor del hotel en su navegar solitario hacia la mañana. Sabía quién era en un hotel: era un huésped.

Al cabo de seis meses en la carretera empezaba a preguntarse si tendría alguna vez deseos de detenerse. Jackson Brodie, el hombre errante. Un vagabundo. Los hoteles se estaban volviendo aburridos, pero ¿qué tal una caravana? Los padres de Josie habían tenido una pequeña Sprite que les prestaban a él y a Josie en los primeros tiempos de su matrimonio cuando aún entraban en la categoría de recién casados y Jackson, que acababa de volver del Golfo y de dejar el Ejército, había pensado en alistarse en la Legión Extranjera francesa si su vida iba a consistir en eso a partir de entonces: en pasar las vacaciones en caravana acompañado de pequeños inglesitos. Ahora, sin embargo, le veía cierto encanto a la obsesión de sus ex suegros por cargar la caravana y emprender viaje, pioneros en la carretera.

Podía equipar una caravana (se imaginaba más en una Romany que en una Sprite) tan bien como un pequeño barco, y un Jackson pulcro y ordenado podría hervir agua en una hoguera, cazar conejos con pequeñas trampas de alambre, dormir con el pelo oliendo a leña. Aparte de algún atropello accidental o la muerte clemente de una víctima de mixomatosis, nunca había matado conscientemente un conejo, pero suponía que podría hacerlo si fuera necesario. Sobre todo si era un conejo grande llamado Muffin.

Pensándolo bien, él no era un hombre de caravana. Y, la verdad sea dicha, empezaba a cansarse de su vida errante. Quería un hogar. Le gustaría que hubiese una mujer en ese hogar.

No todo el tiempo, pues se había acostumbrado demasiado a su propia compañía. Hubo una época en la que era un hombre que solo se sentía completo cuando se enfrentaba a la vida hombro con hombro con una mujer. Había disfrutado siendo un hombre casado, quizá más que su esposa. Su esposa real, no la retorcida artimaña que había sido su segunda esposa. («Un hada Morgana –dijo Julia–. Un espejismo»).

Julia le había contado una vez que la pareja ideal era aquella que podías meter en un armario y sacarla cuando te apeteciera. A Jackson le parecía poco probable que hubiese mujeres por ahí dispuestas a que las metieran en un armario. Eso no impedía a los hombres tratar de encontrarlas, sin embargo.

Como tuvo la sensación de que no admitirían animales en el Best Western, había colado al perro oculto en la mochila. De antemano, en el aparcamiento, había sacado la mitad del contenido e invitado a entrar a un perro no del todo conforme en el espacio indicado. Con un poco de ánimo por su parte, el animal se había instalado por fin en las entrañas de la mochila. Había algo admirable en la personalidad de ese bicho.

–Buen perro –le dijo, porque le pareció que tocaba alabarlo.

Una vez en la habitación, liberó al perro de su prisión. Abrió una lata de comida y la vertió en el cuenco que había comprado, y el animal se la comió como si estuviera muerto de hambre. Había una «bandeja de bienvenida» en la habitación con té, café, una tetera y tazas y platillos. Cogió uno de los platos y lo llenó de agua del lavabo. El perro se la bebió como si hubiese pasado una sequía.

Había parado en una farmacia de camino al hotel y comprado un botiquín de primeros auxilios, y utilizó ahora el antiséptico y un algodón para limpiar los arañazos del perro. El animal esperó estoicamente mientras le daba golpecitos aquí y allá y solo se estremeció un poco cuando el antiséptico tocó la piel lacerada o Jackson presionó un moretón.

–Buen perro –repitió.

Encendió el interruptor del hervidor y se preparó una taza de té, y dividió el paquetito de galletas entre él y el perro. Cuando hubo acabado, el perro subió de un brinco a una de las camas, dio vueltas y vueltas hasta quedar satisfecho y entonces se hizo un ovillo y se durmió de inmediato. Era la cama que Jackson habría elegido para él porque estaba más cerca de la puerta (para él, una habitación consistía en las posibles salidas), pero el perro, pese a su tamaño, tenía pinta de inamovible.

Le vibró el teléfono en el bolsillo como una gruesa avispa atrapada. Dos mensajes. El primero era un mensaje de texto de Marlee en el que le pedía que le diera antes de hora el dinero de su cumpleaños. Faltaban seis meses para el cumpleaños de su hija; le pareció que eso le daba un nuevo significado a la expresión «antes de hora». Era un mensaje descaradamente materialista con un mecánico «te quiero» al final. Se dijo que lo ignoraría y la haría sudar unos días. No podía imaginar, cuando su niña era pequeña e infinitamente adorable, que llegaría a entablar con ella una relación combativa.

El segundo mensaje era más benigno: un correo electrónico de Hope McMaster. «¿Qué tal va todo? Hace tiempo que no tengo noticias tuyas». Trató de calcular qué hora sería en Nueva Zelanda. ¿Era doce horas más tarde? Primera hora de la mañana. Hope McMaster vivía en el día de mañana, una idea que lo confundía totalmente. Le parecía la clase de persona que se levantaría temprano para enviarle un correo. ¿O sería una insomne, más y más ansiosa a medida que él se acercaba al agujero negro en los inicios de su vida? («Es un vacío», decía).

Jackson exhaló un suspiro y escribió un mensaje. «Estoy en Leeds. He quedado con Linda Pallister para mañana».

Hubo una respuesta inmediata de Hope McMaster. «¡Fantástico! –decía–. Confiemos en que tenga algunas respuestas».

–Vale, lo que tú digas –le dijo al teléfono, y se desconcertó un poco al comprender que sonaba como su testaruda hija.

–No –le había dicho la última vez que estuvieron juntos–, no puedes hacerte un tatuaje; no importa lo «bonito» que sea, ni ponerte un aro en el ombligo, ni teñirte de azul un mechón de pelo, ni tener un novio. Sobre todo no puedes tener novio.

«Sí –le escribió a Hope McMaster–, confiemos en que así sea».

El caso de Hope McMaster había resultado un asunto bastante cabreante. Jackson llevaba varios meses informándola de sus averiguaciones, con correos ocasionales y lacónicos que suscitaban una inmediata y alegre respuesta sobre el tiempo en Christchurch («¡Nieva!») o sobre el primer día en la guardería del «pequeño Aaron» («No me importa contarte que al volver a casa he llorado como una Magdalena»). Hope McMaster compartía con Julia una fe (injustificada) en los signos de exclamación. En opinión de Jackson, el entusiasmo nunca se expresaba bien por escrito.

Siempre había pensado que los neozelandeses eran una raza más bien fúnebre –los escoceses en el extranjero–, pero Hope parecía tan dicharachera como la que más. Por supuesto, gran parte de la información de Jackson procedía de ver *El piano*. En el cine, en los primeros tiempos de su matrimonio (el auténtico), antes de que tuvieran un bebé, antes de que todo empezara a ir mal. Después del nacimiento de Marlee alquilaban vídeos y se quedaban dormidos viéndolos. Ahora, como tantas cosas en la vida de Jackson, los vídeos habían quedado obsoletos.

Aun así, Nueva Zelanda lo intrigaba, aunque no tanto por Hope McMaster como por el hecho de que el año anterior había leído los diarios del capitán Cook y había quedado impresionado por el heroísmo de que hacía gala como navegante y como líder. Fue el primer hombre en dar la vuelta al mundo navegando en ambas direcciones. Como el del *Mallard*, el suyo era un récord que jamás se batiría. El *Endeavour* y el *Mallard*, ambos con formas tan bellas como las femeninas.

Cook era oriundo de Yorkshire, como es natural. Uno no podía sino sobrecogerse ante el primer viaje, aquel magnífico viaje, para observar el tránsito de Venus, para descubrir el mítico continente austral, que lo llevó a Tahití, Australia, Nueva Zelanda. Un corazón de roble. A veces, Jackson lamentaba que nunca sería capaz de dejar huella en la historia, que nunca podría trazar el mapa de un nuevo territorio, que nunca lucharía en una guerra justa.

–Da las gracias por tener una vida corriente –dijo Julia; Julia, que siempre había querido ser extraordinaria en algún sentido.

–Doy gracias –repuso él–. De veras que sí.

Pero bueno.

Imagina cómo sería entrar en la bahía de la Pobreza por primera vez; imagínate capitaneando una heroica corbeta de tres palos hasta los confines del mundo. Una tierra recién descubierta donde el sol sale primero. «Bueno, en realidad Christchurch es bastante inglesa en muchos sentidos –le escribió Hope McMaster–. No me gustaría que te llevaras una decepción. ¡Deberías visitarnos! ¡Te encantaría Nueva Zelanda!». ¿De veras le encantaría?

Ella tenía dos años la última vez que vio Inglaterra. ¿Cuánto recordaba de su país? Nada. ¿Cuánto podía recordar sobre su vida antes de que la adoptaran? Nada.

La siguiente parada que planeaba hacer después de Leeds era en Whitby, el antiguo territorio de Cook. Le apetecía bastante la idea de vivir junto al mar; se veía en una vieja cabaña de pescadores construida con antiguos tablones de barco. Corazones de roble. Podría dar tonificantes paseos por la playa todos los días, acompañado por el perro, y meterse una cerveza cada noche entre pecho y espalda con viejos marineros. Jackson, el amigo de los pescadores.

Era en Whitby donde Cook había hecho su aprendizaje y donde el *Endeavour* había iniciado su singladura como corbeta panzuda, llevando carbón por toda la costa este. Un barco carbonero. Un *collier,* en inglés. Soltó un gruñido ante esa palabra. Odiaba la serie *Collier.* Un detective de la tele. Vince Collier no era un hombre, sino un constructo, un híbrido de todas las cosas malas, ensamblado por un comité y aprobado por un grupo focal.

«Mi madre me dijo que al nacer me llamaba Sharon Costelio», le escribió Hope. Sus padres adoptivos habían sido una pareja sin hijos de Harrogate: el doctor Ian Winfield, pediatra en el Saint James Infirmary de Leeds, y su esposa, Kitty, antigua modelo. Los Winfield volvieron a bautizar a Sharon con el nombre de Hope.

«Ahora que mi madre ha muerto (de cáncer de pulmón, no es una gran forma de irse), siento que puedo hacer estas averiguaciones sobre mis orígenes», le había escrito Hope. («Le gusta dar detalles, ¿no?», comentó Julia.) A él le pareció que el mejor momento para encontrar respuestas a las preguntas de Hope McMaster habría sido antes de que muriera su madre, pero no se lo dijo.

Hope Winfield se casó con Dave McMaster («dirige una inmobiliaria que va muy bien») cinco años atrás y había dejado de dar clases de geografía en una escuela de secundaria para criar al pequeño Aaron y a su segunda hija aún en camino («¡el calamar, como la llamamos nosotros!»). Al principio, había sido mera cuestión de curiosidad, le dijo. Le gustaría ser capaz de contarles a los niños más cosas sobre su genealogía. «Cuando una tiene un hijo empieza a hacerse preguntas sobre su herencia genética, y aunque mis padres "reales" siempre serán mamá y papá, no puedo evitar sentir curiosidad... Ya sabe cómo son estas cosas, uno se siente como si hubiera perdido algo pero sencillamente no sabe qué es».

Los genes defectuosos del propio Jackson se habían visto modificados en Marlee (o eso esperaba) gracias a los derechos de nacimiento más moderados de Josie. Pero ¿qué esperanzas había para Nathan? El riesgo no lo constituían tan solo los pulmones de Julia. Su familia entera había sido escandalosamente disfuncional, en un sentido que iba más allá de lo gótico. Traicionada emocionalmente por sus padres, Julia había perdido varias hermanas: Sylvia se había suicidado, Amelia fue víctima del cáncer y la benjamina de la familia, Olivia, de asesinato... perpetrado por Sylvia. Hubo otro bebé, Annabelle, que había vivido tan solo unas cuantas horas, para verse acompañada muy poco después en su tumba por la madre de las niñas.

Julia era la única persona a la que Jackson conocía capaz de ganarle en el juego de la desdicha personal. Fue eso lo que los atrajo mutuamente al principio, fue eso lo que los separó al final.

—Uno por uno, todos aquellos pajaritos cayeron del nido —dijo Julia. Afirmaba que las metáforas «ofrecían consuelo».

Jackson no lo veía así. No le señaló que Amelia había sido más bien una lenta y pesada avutarda, y que la suicida y asesina Sylvia era peor que un cuco.

—Cristo roba del nido / un petirrojo tras otro / se los lleva y les da reposo —declamó Julia.

—Emily Dickinson —repuso Jackson, solo por ver la expresión de asombro en el rostro de ella.

—No estarás enfermo, ¿verdad? ¿O loco?

—«Mucha locura es juicio divino» —contestó alegremente.

–El asesinato y el suicidio no son genéticos –dijo Julia, devorando sándwiches en el Black Swan de Helmsley tras la visita a Rievaulx–. Nathan no está predispuesto a la tragedia.

Jackson no estaba tan seguro, pero se lo calló.

Según Hope, John y Angela Costello, de Doncaster, murieron cuando un conductor de camión borracho se estampó contra la parte de atrás de su coche. Su hija de dos años, Sharon, no estaba con ellos en aquel momento, algo que parecía pedir a gritos la pregunta «¿Dónde estaba?». La niña huérfana fue adoptada por los Winfield, que la llamaron Hope, que significaba Esperanza, y poco después emigraron a Nueva Zelanda.

«Habían perdido la esperanza de tener niños –contaba Hope–, y entonces llegué yo, como un regalo». Había gente que donaba órganos al morir. John y Angela Costello donaron a su hija.

–O sea, que no fueron los Winfield quienes perdieron la esperanza –comentó Julia–. Fueron los Costello.

Mirando atrás, Jackson advirtió que incluso cuando leía la misiva introductoria de Hope llegada del éter (había novelas más cortas y con menos detalles que los correos electrónicos de Hope McMaster), sus intuitivas antenas habían vibrado. ¿Sin parientes? ¿El pasado totalmente borrado? ¿Un cambio de nombre? ¿Una niña demasiado pequeña para recordar algo? ¿Un repentino traslado a tierras lejanas?

–Secuestro –había afirmado Julia, untando de mantequilla un bollo, que siempre había tenido pasión por lo dramático.

Antes de aceptar el encargo de investigar su pasado, se había sentido obligado a recordarle a Hope McMaster cómo le había ido al gato con lo de la curiosidad.

–La caja de Pandora –sugirió Julia, tendiendo la mano hacia un segundo bollo antes de acabarse el primero–. Aunque la traducción del término *pithos* es en realidad «vasija grande». Pandora liberó el mal en el mundo y...

—Ya lo sé —la interrumpió él—. Ya sé qué hizo.

—La gente tiene la necesidad de encontrar la verdad —declaró Julia—. La naturaleza humana es incapaz de soportar un misterio.

Por la experiencia de Jackson, encontrar la verdad —fuera la que fuese— no hacía sino volver más profundo el misterio de lo ocurrido realmente en el pasado. Y quizá el pequeño Aaron y el calamar de Hope descubrirían una historia familiar que preferirían haber mantenido bien guardada bajo llave, lejos del alcance de la pesada de Pandora.

—Sí, pero no se trata de que lo que averigües te guste o no, sino de saberlo —opinó Julia.

Cualquier tiempo pasado con Julia acababa siempre por degenerar en una mezcla de reconfortante familiaridad e irritable discusión. Se parecía bastante al matrimonio pero sin el divorcio. O sin la boda, ya puestos.

Nathan se había sumido en la inconsciencia después de correr en los valles y, un sándwich y un plato de helado después, dormía en brazos de Jackson, permitiendo a Julia emprenderla con el té sin ataduras. El suave peso como de saco de arena de su hijo en los brazos le resultó inquietante. No estaba seguro de querer que unos lazos irrompibles y llenos de sacrificios agitaran su corazón.

Lo había sorprendido sentirse más intimidado que feliz al descubrir que Nathan era, en efecto, hijo suyo. No hizo sino demostrar que uno nunca sabía qué iba a sentir hasta que lo sentía.

Poco antes, Julia había empezado a insinuar que Jackson debería comportarse «más como un padre» con Nathan y que deberían pasar más tiempo «como una familia».

—Pero no lo somos —había protestado él—. Tú te has casado con otro.

Cuando se había visto obligado a decidir con qué retoño pasaba el día de Navidad, se decidió por su malhumorada hija (una decisión desastrosa). Julia lo consideró, quizá con cierta razón, un caso flagrante de favoritismo.

–La elección es de Jackson –ironizó.

–No puedo estar en dos sitios a la vez –se lamentó él.

–Un átomo puede estar en varios sitios al mismo tiempo, según la física cuántica –dijo Julia.

–Yo no soy un átomo.

–No eres otra cosa que átomos, Jackson.

–Es posible, pero aun así no puedo estar en dos sitios a la vez. Solo hay un Jackson.

–Y tanto. Bueno, que pases unas felices Navidades. Dios amaba tanto al mundo que entregó a su único hijo, etcétera. Jackson ni siquiera se las ha apañado para darle al suyo un regalo el día de Navidad.

–Bah, patrañas –repuso él.

En el Black Swan, Julia se lamió el helado de los dedos de una forma que antaño le habría resultado provocativa. Antes solía llevar lápiz de labios rojo escarlata, pero últimamente no se los pintaba. De forma similar, llevaba el alborotado cabello peinado hacia atrás y sujeto con un clip. La maternidad la había convertido de algún modo en una versión más diluida de la mujer que era antes. Le sorprendía lo mucho que echaba a veces de menos a la vieja Julia. O quizá era la misma Julia y lo que echaba de menos era estar con ella. Esperaba que no. De todos modos, ya no tenía sitio en el corazón. El espacio (más bien pequeño) disponible para una mujer en el armario del corazón de Jackson lo ocupaba últimamente casi por entero su némesis escocesa, la inspectora jefe Louise Monroe. Más que una hoguera era una llamita vacilante, a la que su mutua ausencia negaba el oxígeno. Nunca se habían acostado juntos, llevaba dos años sin verla, estaba casada con otro y tenían un hijo. No era lo que la mayoría de la gente consideraba una relación. Alguien debería apagar esa vela.

–El corazón es infinito –dijo Julia–. Hay espacio de sobra.

En el de Julia, quizá, pero no en el de Jackson, contraído y volviéndose más y más pequeño con cada golpe que sufría. «Un pobre corazón desgarrado, un corazón hecho jirones».

–Paparruchas –soltó Julia.

La cuestión era que John y Angela Costello, los supuestos padres de la pequeña Sharon, que no tardaría en transformarse en Hope Winfield, nunca se habían convertido en polvo. Nunca habían quedado destrozados en un accidente de tráfico, nunca recorrieron las sombrías calles de Doncaster. No habían muerto, porque nunca habían vivido.

Ni accidente de tráfico, ni certificados de defunción; no había constancia de que una pareja así llamada hubiese vivido antes en Doncaster. No había partida de nacimiento de una tal «Sharon Costello» con unos padres con ese apellido. Solo por estar seguro, Jackson había seguido el rastro de otra Sharon Costello, nacida el mismo día que Hope McMaster, el 15 de octubre de 1972, y que vivía en Truro. Resultó ser una pista falsa, y la mujer quedó desconcertada por su interés en ella.

Por supuesto, los Winfield podían haber cambiado la fecha de nacimiento de Hope además de su nombre. Él lo habría hecho de haber tratado de ocultar a un crío.

La existencia de los propios Winfield sí quedó verificada. No cabía duda de que habían vivido en Harrogate, hogar del buque nodriza de Betty's y una excusa, si necesitaba alguna, para pasarse unas agradables veinticuatro horas en la ciudad, posiblemente uno de los sitios más civilizados que había visitado nunca. Pero por supuesto, como todo el mundo sabía, y Jackson en especial, la civilización era una capa muy fina.

En efecto, Ian Winfield fue pediatra en el Saint James de 1969 a 1975, cuando se marchó para ocupar un puesto en Christchurch. Y estaba casado con Kitty, que realmente había sido modelo. Hope McMaster le había mandado por correo electrónico varias fotografías profesionales de Kitty Gillespie, muy años sesenta, con su flequillo y los ojos muy maquillados, una clase de mujer por la que Jackson sentía una extraña e instintiva atracción. Le vino a la cabeza un vago recuerdo: «Kitty Gillespie, la Jean Shrimpton de los pobres». No tan pobres, visto el aspecto de la chica. A él no le parecía que los sesenta fueran historia; quizá nunca lo serían.

«Mamá era una monada, ¿verdad? –le escribió Hope McMaster–. No una regordeta como yo..., ¡prueba irrefutable de que fui adoptada!». Hope le había enviado muchas imágenes de su familia: de sí misma, de Dave, de Aaron, del perro (un golden retriever, cómo no), de los Winfield y de ella de niña («¡Dave lo ha escaneado todo!»).

En realidad, los Winfield parecían haberse desviado un buen trecho al adoptar una niña que no se les parecía en nada. Ellos habían sido altos, morenos y elegantes, Hope era una niña rubia, rechoncha y con pinta de pasada de moda que se había convertido en una mujer rubia, rechoncha y con pinta de pasada de moda, si las fotografías le hacían justicia. «¡La primera fotografía mía, que se sepa!», había escrito en una imagen de la llegada de los Winfield a Nueva Zelanda. La familia recién formada estaba en alguna clase de atracción turística, y Hope, con la carita redonda y pecosa y corte de pelo a lo *garçon*, sonreía a la cámara, la felicidad personificada. La cámara puede mentir, recordó Jackson. Todos esos niños víctimas de abusos que solo eran noticia cuando morían. Los periódicos siempre publicaban sus fotografías, sonriendo felices. Algunos niños las esbozaban de forma automática para la cámara. «¡Sonríe!».

Lo que había empezado como una petición inocua («Me pregunto si podría usted averiguar algo sobre mis padres biológicos») lo había llevado a un laberinto con callejones sin salida en cada esquina. Hope McMaster era un acertijo existencial. Era posible que existiera en el aquí y ahora de las Antípodas, esposa de Dave y madre del pequeño Aaron. Era posible que asistiera a clases prenatales con la compañía invisible del calamar («y a pilates... ¡vaya milagro!»), pero cualquier encarnación suya previa parecía un producto de la imaginación. Aunque Jackson no sabía muy bien de la imaginación de quién.

Pandora avanzaba hacia la caja; el gato curioso parecía correr peligro mortal.

–Quizá haya un gato dentro de la caja –caviló Julia–, como el de Schrodinger.

–¿Quién? –preguntó Jackson antes de poder impedirlo.

–Ya sabes, el gato de Schrödinger. En la caja. Vivo y muerto al mismo tiempo.

–Es una idea ridícula.

–En la práctica quizá, pero en teoría...

–¿Tiene esto alguna relación con los átomos, por casualidad?

–*Verschränkung*–dijo Julia, con tono de alivio. Por suerte, la llegada en ese momento de una tetera caliente la distrajo de aquellos misterios.

Tras el obligado paso por el orientador en adopciones de Nueva Zelanda, Hope McMaster había solicitado su partida de nacimiento original al registro civil de Leeds. La semana anterior había recibido la noticia de que no la había. Tampoco había constancia alguna de que su adopción hubiese tenido lugar alguna vez.

–Ya ves, secuestrada. ¿Te sirvo yo? Pero no te acostumbres.

* * *

Cuando entraron en la casa estaba sonando el teléfono. Tracy descolgó el auricular.

–¿Diga? –dijo, pero solo oyó silencio.

Había alguien ahí, estaba segura, e intercambió un diálogo mudo con su interlocutor, como una batalla de voluntades. La persona que llamaba se rindió primero, y Tracy oyó el clic cuando colgó.

–Hasta nunca –dijo. Tenía cosas más importantes en la agenda. Como una cría secuestrada.

No habían comprado nada de comer –no era que Tracy tuviera energías para cocinar– y fueron en busca de una pizza de camino a casa. Era una baza segura; a todos los niños les gustaba la pizza; quizá no fuera lo más sano del mundo, pero en ese momento no le importaba gran cosa, siempre y cuando Courtney no la vomitara. En el futuro habría tiempo de sobra para verduras y frutas. El futuro era de pronto un lugar en el que apetecía estar, en vez de verse enfrentada al duro aburrimiento del día a día. Un lugar realmente magnífico en el que agradaba hallarse.

La despensa estaba vacía; no había ni un hueso para un perro ni una lata de judías para una cría secuestrada; solo unos plátanos ennegrecidos esperando acusadores en un cuenco de fruta. En realidad, Tracy no había preparado nada desde que Janek había empezado con la cocina; vivía a base de comida para llevar y cosas listas para el microondas (no era ninguna novedad, por supuesto), pero al mirar ahora alrededor advirtió que la cocina estaba casi acabada; solo faltaban la decoración y el linóleo, y un par de toques aquí y allá. La bolsa con las herramientas de Janek esperaba pulcramente en un rincón. Tendría que volver al banco a sacar más dinero para él. Aquella misma mañana, la idea de que Janek no tardaría en marcharse le había parecido profundamente deprimente, y ahora apenas importaba. Se había embarcado en una aventura inesperada y peligrosa y era posible que acabara precipitándose en el confín del mundo.

–¿Otro pedazo? –preguntó.

Courtney la miró con cara inexpresiva y la boca abierta. ¿Tendrían que quitarle las vegetaciones; todavía se hacía eso? No era una cría muy mona, pero Tracy podía identificarse con algo así. Sus palabras tardaron unos segundos en llegar al cerebro de Courtney (probablemente sería buena idea que le hicieran también una audiometría) y entonces asintió con la cabeza, y siguió haciéndolo hasta que ella le dijo que parara. ¿Sería un poco cortita? Retrasada, pero esa palabra ya no podía utilizarse. Qué más daba, una niña era una niña.

Ella estaba demasiado agotada para comer. Solo el alcohol podría convenirle al estado anímico en que se encontraba, pero no quería que la cría la viera bebiendo, pues probablemente llevaba toda su corta vida entre borrachos, así que se preparó una sobria taza de té Typhoo y observó comer a la niña, imaginando clases privadas para ponerla al día rápidamente, numerosas visitas al otorrino, una revisión de la vista (tenía un ojo un poquito bizco), un buen corte de pelo, seguidos de una escuela atenta y que velara por los niños, quizá una de esas un poco hippies; Linda Pallister sabría de esas cosas. Después, quién sabe, la cría quizá sería capaz de conseguir una plaza en una de esas universidades que eran politécnicas con otro nombre, y Tracy estaría allí cuando se licenciara con el birrete y la toga, bebiendo vino blanco barato al acabar con otros orgullosos padres.

Parte del cerebro de Tracy seguía aún en el centro comercial Merrion y no había asimilado el estrafalario giro de los acontecimientos del día. Esa aislada parte del cerebro pareció incorporarse de pronto y advertir qué ocurría. Pero ¿qué demonios está pasando?, preguntó. ¡Estás haciendo planes a largo plazo para vivir fuera de la ley! Sí, le dijo Tracy al pedacito recalcitrante de cerebro. Estoy haciendo eso exactamente. Había cometido un rapto. Y ella misma había sido víctima de un rapto, de un arrebato. Nunca se le había ocurrido pensar en el doble sentido de aquella palabra.

¿Cómo diantre iba a explicar la repentina aparición de una niña en su vida? Sería más fácil si las dos desaparecían, si empezaban de cero en otro sitio en el que no las conociera nadie («Soy la señora Waterhouse, y esta es mi hijita, Courtney»). Le cambiaría el nombre a Courtney por otro más de clase media, como Emily o Lucy. Quizá echarían raíces en el campo, en la zona de los valles o los lagos de Yorkshire; podían vivir sin problemas de la pensión de la policía. La chica podía asistir a la escuela primaria de algún pueblecito, y ella tendría unas cuantas gallinas, cultivaría algunas verduras, prepararía comidas sanas. Se imaginó en la feria anual del pueblo, pintando caras, horneando magdalenas («Oh, qué mamá tan estupenda es esta Tracy, ¿verdad?»). Por supuesto, jamás en su vida había horneado una magdalena, pero todo el mundo empezaba por algún sitio.

Échate al monte. Vete a los valles o a los lagos. Caray, qué buena jugada haber reservado aquella casita de Patrimonio Nacional; no podía haber sido más oportuno ni aunque hubiese sabido de antemano que su vida iba a volverse del revés. Un sitio donde respirar tranquila. Tiempo para pensar. Zorros en un agujero, escondiéndose de los sabuesos. Solo por si a alguien se le ocurría buscarlas antes de que pudiesen emprender la huida definitiva. Alguien como Kelly Cross, que hubiese cambiado de opinión sobre la reciente transacción. *Caveat emptor*. ¿Qué venía entonces, quedarse o echar a correr? Luchar o huir. ¿Empezar una nueva vida («Imogen Brown y su hijita, Lucy») o tratar de seguir con la vieja (la machota Tracy y la cría secuestrada) y arriesgarse a que las descubrieran y a las consecuencias de que así fuera?

Ella también tendría que cambiarse el nombre, Tracy no le había gustado nunca. Imogen o Isobel, algo femenino y romántico. Suponía que no tenía aspecto de llamarse Imogen. Las Imogen eran chicas de clase media de los alrededores de Londres, de largo cabello rubio y con madres ligeramente bohemias. También tendría que cambiar su apellido, por algo más simple, anodino, quizá. «Imogen Brown y su hijita, Lucy» caminando cogidas de la mano hacia un futuro limpio, blanco, sin mácula. Sería una compensación por todos los demás niños perdidos. Un pajarillo caído devuelto al nido.

¿Era demasiado mayor para hacerse pasar por una madre? Una fecundación in vitro, seguida por una repentina viudedad temprana, acabarían con un montón de preguntas. Nombres nuevos, identidades nuevas, sería como estar en el programa de protección de testigos. Había una cosa un poco rara, y era que Courtney no hubiese mencionado a su madre. Nada de «¿Dónde está mamá?» o «Quiero a mi mamá». No había indicios de que echara de menos a alguien. ¿Era una cría de usar y tirar, o algo muy preciado que habían robado?

–Courtney –dijo con voz titubeante–, ¿dónde crees tú que está ahora tu mamá?

Courtney se encogió exageradamente de hombros y le hincó el diente a otro pedazo de pizza antes de responder.

–Yo no tengo mamá.

(¿De verdad? Eso era una buenísima noticia, al menos para Tracy).

–Bueno, pues ahora sí la tienes –dijo.

La cría alzó de pronto la cabeza y miró a Tracy antes de pasear una mirada cautelosa por la cocina.

–¿Dónde?

Tracy se llevó la mano al pecho y contestó de forma bastante heroica:

–Aquí. Yo voy a ser tu mamá.

–¿Sí? –Courtney no pareció muy convencida.

Y bien que hacía, se dijo Tracy. ¿A quién trataba de engañar?

–¿El último pedazo?

Courtney señaló con el pulgar para abajo, una pequeña emperadora en el Coliseo. Bostezó.

–Hora de irse a la cama –dijo Tracy, intentando que pareciera que sabía lo que se hacía.

Le dio un baño a la niña secuestrada. Tenía un montón de mugre pero ninguna magulladura, ningún indicio de maltrato. Miembros flacuchos y unos omóplatos pequeñitos que parecían nudos de alas. Una marca de nacimiento bien visible, tatuada por alguna mala interpretación del código genético en el antebrazo de la cría. La marca tenía la forma de la India, ¿o era de África? La geografía nunca había sido su fuerte. «¿Alguna marca distintiva?». Un sello de propiedad estampado para siempre en la piel de la niña. Un estigma. Quizá había alguna forma de borrársela. Algún tratamiento con láser, a lo mejor.

Courtney dejó pasivamente que Tracy la enjabonara y la aclarara, que le desenredara las escuálidas trenzas, que le lavara cuidadosamente el pelo y luego la envolviera en una toalla y la sacara del agua. Ella no había apreciado hasta entonces lo pequeña que podía llegar a ser una niña. Pequeña y vulnerable. Y pesada. Era como estar a cargo de un jarrón de la época Ming, aterrador y estimulante a un tiempo. Gracias a Dios que Courtney no era un bebé minúsculo; no creía que hubiese sido capaz de superar el nerviosismo.

La casa recién adquirida de Tracy se había redecorado por última vez en algún momento a principios de los ochenta –no era lo que se dice el no va más de la decoración interior–, y el cuarto de baño integrado en la habitación era de un fangoso tono aguacate, el color de Shrek. Había visto ella sola los tres DVD de *Shrek*. Si una tenía una niña podía ver dibujos animados y teatro infantil y visitar Disneyland sin sentirse una patética perdedora. La mera visión del cuerpecito desnudo en su propia bañera del color de los mocos había hecho que se sintiera al borde de las lágrimas. Le sorprendió descubrir (y no digamos explicar) aquellos pozos profundos de emociones primitivas y sin explotar en el interior de la cáscara calcificada.

–Un segundito, pequeñina –dijo, sentando a una Courtney envuelta en toalla en el taburete del baño. Rebuscó en el armario hasta encontrar unas tijeras de uñas–. Voy a adecentarte un poquito –añadió, asiendo un mechón del lacio cabello de la niña para cortarlo.

Le pareció una violación, pero solo era pelo, se dijo.

Ayudó a Courtney a ponerse el pijama nuevo de Gap.

–Métete en la camita, peque –dijo, y volvió a sentir una oleada de emoción cuando la niña la obedeció y se metió entre las sábanas para luego subírselas hasta la barbilla.

Madre mía, se podía hacer que un crío hiciera cualquier cosa, bastaba con decírselo y lo hacía. Daba pánico.

Tracy miró alrededor con otros ojos y comprendió que la pequeña habitación de invitados, con su cama estrecha, se veía desnuda y poco acogedora. Había un tercer dormitorio, pero estaba lleno de cajas de cartón de la mudanza, así como de toda la basura de la casa de sus padres que no había revisado por falta de energías o interés, un batiburrillo de mantelitos bordados, platos desportillados y viejas fotografías de parientes imposibles de identificar. Para qué desembalar esas cosas; podía simplemente cogerlo todo y dejarlo caer en la acera ante una tienda de Oxfam.

Tendría que haber hecho algo con las habitaciones antes de empezar con el piso de abajo. Le había encantado decorar la sala de estar. Había supuesto un duro trabajo que le llevó semanas de inmersión en las páginas de *El Mundo del Interiorismo* y *Casa & Jardín,* pero cuando hubo terminado, se dio cuenta de que su salón se parecía bastante más al vestíbulo de un hotel para ejecutivos que a un nidito acogedor. Su habitación la había decorado el anterior propietario, con un papel estampado con enormes flores de color violeta que le parecían un tanto obscenas.

La habitación de invitados era pequeña y estaba empapelada con una lámina aburrida que imitaba la madera; daba la sensación de que lo hubiesen utilizado como estudio. En la ventana colgaban unas cortinas venecianas de plástico endeble, y una moqueta barata de color beis cubría el suelo. Le habría gustado ser más previsora: haber comprado unas cortinas alegres, una alfombra bien gruesa y blandita, y haber pintado la habitación de agradables tonos pastel, o hasta blanca. Pura e inmaculada, del color de los cisnes y del azúcar glaseado de los pasteles de cumpleaños. Una mujer precavida habría pensado más antes de secuestrar a una criatura.

¿Leche caliente? ¿O chocolate? Tracy trataba de inventar la infancia que ella misma nunca había tenido, ya que sus padres, siempre absortos en sus asuntos, habían esperado que ella, de alguna manera, se criara sola. Nunca se habían interesado mucho por su hija, y solo cuando murieron Tracy cayó en la cuenta de que ya no iban a hacerlo. De haber tenido unos padres mejores –unos que la hubieran querido–, podría haber salido de otra manera: segura y popular, capaz de atraer al sexo opuesto hasta la cama e incluso hasta el amor, y ahora tendría un hijo propio y no uno de segunda mano.

Se decidió por el chocolate caliente, su idea de lo que era concederse un capricho. Cuando volvió con un tazón para cada una se encontró a Courtney sentada en la cama, con to-

112

das las cosas que llevaba en la mochila esparcidas por el fino edredón de Ikea. Por lo visto, la niña tenía una colección de objetos sagrados, cuyo significado solo conocía su pequeña propietaria.

un dedal de plata deslustrado
una moneda china con un agujero en medio
un monedero con la cara de un mono sonriente
una bola de nieve con un burdo modelo de plástico del edificio del Parlamento
una caracola con forma de cucurucho de crema
una caracola con forma de sombrero chino
una nuez moscada entera.

–¡Qué montón de tesoros secretos! –exclamó Tracy.

La niña levantó la vista de sus abalorios y le dirigió una mirada inescrutable. Y entonces, por primera vez desde que Tracy la había comprado, Courtney sonrió. Fue una sonrisa tranquila y serena como un rayo de sol. Ella también sonrió, mientras una oleada de emociones contradictorias –una mezcla a partes iguales de éxtasis y angustia que la conmovió– le estallaba en el pecho. ¡Madre mía! ¿Qué hacían normalmente los padres ante esa clase de cosas? Tracy se dio cuenta de que estaba conteniendo las lágrimas, y se apresuró a decir:

–Me temo que no tengo ningún cuento para leerte antes de dormir.

A ella le gustaba leer esos libros enormes y gordos de Jackie Collins, aunque nunca se lo habría dicho a nadie. Eran como un vicio secreto, un placer inconfesable como la pornografía (o como Disney). No eran muy recomendables para una niña pequeña, así que acabó inventando un cuento para la ocasión, sobre una pobre princesita llamada Courtney, que tenía una mamá malvada, pero un día una madrastra muy buena la rescataba. Le añadió un montón de parafernalia mitológica –ruecas, enanitos–, y cuando iban a probarle el zapatito de cristal a la princesa Courtney, la niña ya se había dormido.

Tracy la besó con cautela en la mejilla. La niña olía a jabón y a algodón nuevo. No recordaba haber besado antes a un niño, y en alguna parte de su interior, pequeña y primitiva, se sintió como si hubiera infringido o quebrantado alguna ley de la naturaleza. Casi esperó que ocurriera algo trascendental, como que el cielo se abriera como una cáscara de huevo o que apareciera un ángel, y cuando nada de eso sucedió, exhaló un suspiro de alivio. Se sintió como si hubiera logrado algo importante, aunque no supo muy bien de qué se trataba.

Cuando regresó al piso de abajo el contestador estaba parpadeando, aunque no había oído sonar el teléfono. Rebobinó el mensaje, temiendo que fuera a anunciar su perdición: «¿Podría confirmarnos que esconde a una cría que no le pertenece?». Los niños eran posesiones, y a la gente no le gustaba que uno robara sus cosas. Durante muchos años, su trabajo había consistido en velar para que eso no ocurriera: dormir, comer, proteger, y vuelta a empezar.

Fue un alivio para ella que solo se tratara de Linda Pallister, aunque el motivo de su llamada en ese momento, cuando menos se lo esperaba, fuera un misterio. Había algo espeluznante en el hecho de que Tracy hubiera estado pensando en llamar a Linda, y ahora Linda se pusiera en contacto con ella. ¿Cuándo la había llamado Linda a su casa? Nunca, que Tracy recordara. Su mensaje era todavía más desconcertante: «¿Tracy? ¿Tracy? No sabía a quién llamar. Tengo que hablar contigo. Creo que estoy en... un apuro». ¿Cómo podía meterse en líos esa mujer? ¿Y qué tenía que ver eso con ella? Hubo unos instantes de silencio y luego se oyó de nuevo la voz de Linda

Pallister que farfullaba: «Es sobre Carol Braithwaite. ¿Te acuerdas de Carol Braithwaite, Tracy? Han estado preguntándome por ella. Por favor, llámame cuando oigas este mensaje, ¿vale?».

¿Carol Braithwaite?, se preguntó Tracy con desconcierto. Después de tantos años, ¿Linda Pallister la llamaba para hablarle de Carol Braithwaite? Tracy había guardado a Carol Braithwaite en una cajita, y había puesto esa cajita en el fondo de un armario, había cerrado la puerta de ese armario y no la había abierto en más de treinta años. Y ahora llegaba Linda Pallister, y quería hablar de ella. Linda Pallister, esa loba con piel de cordero. La misma Linda Pallister que había hecho desaparecer a un crío así como así, ¡puf!

Pero el pasado es el pasado, se dijo, y el pasado estaba muerto o extraviado, mientras que el presente estaba vivo y bien, y durmiendo arriba en la habitación. Por otro lado, si le devolvía la llamada a Linda podía deslizar algo en la conversación, como quien no quiere la cosa: ¿Te acuerdas de Kelly Cross, Linda? ¿Están todos sus hijos en hogares de acogida? Cuando marcó el número, sin embargo, nadie respondió al teléfono, y se sintió aliviada: ya tenía bastantes problemas para cargar encima con los de Linda Pallister. Aun así... ¡Carol Braithwaite! Llevaba muchísimo tiempo sin pensar en ella. En aquel día horrible, y en aquella pobre criatura.

Sacó del frigorífico un botellín de Becks. Abrió la cerveza y llamó a Barry Crawford, su ex compañero de trabajo. Al principio le pareció que estaba algo irritado, pero luego recordó que ese era su estado normal.

–Barry, solo me preguntaba..., ¿no habrás visto últimamente a Kelly Cross?

–¿A quién, a esa putilla tan peculiar? Qué va, estoy demasiado arriba en la cadena alimenticia para cruzarme con carroñeras de su calaña. ¿Por qué? Echas de menos las calles, ¿eh?

–No, por nada. ¿Y no han denunciado la desaparición de ningún crío?

–¿Un crío? Ya preguntaré. No sé si empiezas a chochear, pero ¿te acuerdas de que te jubilaste hace meses?

–Sí, sí, claro.

Barry le devolvió la llamada casi de inmediato. Nada, cero patatero: ningún pollito había caído del nido. A Tracy le llegó el ruido de fondo de una sirena, y el barullo de un montón de policías parloteando. Caray, echaba de menos todo aquello.

–¿Dónde estás, Barry?

–En la furgoneta de atestados. Una mujer muerta en un contenedor, en Mabgate. Una trabajadora.

–Todas somos trabajadoras, Barry. ¿Y qué haces ahí?

–Solo echaba una ojeada. Estaba de guardia y me he encontrado con esto.

–¿Quién está al mando?

–He puesto a Andy Miller. No lo conoces, es nuevo. Graduado por la vía rápida, recién salido del horno –nada que ver con Barry, un jurásico, igual que ella. Educados en la escuela de los palos antes de licenciarse en la universidad de la vida–. Tengo a una chavala nueva, y esa es de tu misma pasta, creo yo. Viene del departamento de narcóticos y crimen organizado. Gemma no sé qué.

–Gemma Holroyd. Ascendió a inspectora hace cosa de dos meses. ¿Por qué no la has puesto a ella al mando del caso? Habría sido su primera vez.

–¿Una virgen? No, gracias.

–Es buena y no es ninguna chavala, Barry. Se las llama mujeres, ¿sabes?

–Pensaba que era lesbiana.

–Bueno, sigue siendo una mujer.

¿Para qué molestarse? Barry era un retrógrado como el que más. Se jubilaría y se moriría igual que estaba ahora, comple-

116

tamente desfasado con respecto a los tiempos que corrían. Si lo hubieran devuelto a los años setenta habría encajado a la perfección: un Gene Hunt sin el carisma, un Jack Regan sin el durísimo núcleo moral.

–Bueno, ¿y quién crees que lo ha hecho? –quiso saber Tracy–. Un cliente, supongo.

–¿Quién si no?

Seguramente Barry pensaba que las prostitutas se lo buscaban. De hecho, Tracy sabía que pensaba así. «Putas», las había llamado siempre, y no había forma de hacerlo cambiar de actitud dijeras lo que dijeras. («¿Lo políticamente correcto, tratándose de putas? ¡Venga ya!»).

De repente la asaltó el recuerdo inesperado de la tarea interminable y nada gratificante de clasificar las fichas durante la investigación del Destripador. La policía tenía a sus agentes registrando vehículos en la zona roja, fichando a los que acudían regularmente a los burdeles, a los que se había visto en Bradford, Leeds y Manchester. Sutcliffe estuvo entre los registrados, por supuesto: lo interrogaron nueve veces y lo dejaron ir. Cuántos errores. Tracy era todavía muy ingenua, y no tenía ni idea de la cantidad de hombres que utilizaban los servicios de las prostitutas: eran miles, y de todas las clases y grupos sociales. Le costó creerlo. El juego, la bebida y las putas: los tres pilares de la civilización occidental.

Todavía recordaba la primera vez que vio a una prostituta. Tenía doce años, y fue un sábado en el centro de Leeds. Iba con una amiguita del colegio, Pauline Barratt. Para las niñas, no había nada más sofisticado que una hamburguesa en Wimpy, y la visita furtiva a los lavabos de Schofields, el centro comercial, para pintarse los ojos con su perfilador Miners, les pareció el colmo del atrevimiento. Habían ido a la sesión de tarde de *¿Qué fue de Baby Jane?* en el viejo cine Odeon de Leeds, y al salir, en alguna calle lateral cerca de la estación, surgió de entre la niebla espesa de un crepúsculo de invierno una mujer extrañísima. Estaba apoyada en un umbral, llevaba el pelo a lo Myra Hindley y una falda cortísima que dejaba al descubierto sus muslos celulíticos, azules de frío, y con moretones. Su sombra de ojos verde brillante hizo pensar a Tracy en una serpiente. «Es una puta», masculló Pauline, y las dos echaron a correr, aterrorizadas.

Era la mujer menos atractiva que Tracy había visto en su vida, lo cual volvía aún más oscuro el misterio de qué buscaban los chicos en las chicas. Si pensaba en su madre, reprimida y convencional, o en ella misma y en sus doce años más bien poco agraciados, entendía que no podían competir en la misma liga que esa mujer de la noche con sus ojos verdes.

—No voy a echar de menos todo esto —dijo Barry—. Plantado en la calle con este frío viendo putas muertas.

—¿En la calle? Pensaba que estabas en la furgoneta de atestados.

Barry exhaló un profundo suspiro y, sin que viniera muy a cuento, dijo:

—Ahora el mundo es distinto, Trace.

—Sí, Barry, es mejor. ¿Qué te pasa? ¿Sufres de pánico existencial por primera vez en tu vida?

Probablemente no era lo más adecuado que decirle a un hombre que había perdido a un nieto, y con una hija como un vegetal («en estado vegetativo persistente», corregía Barbara). Algunas mañanas, al levantarse, y sobre todo si había tomado unas Becks de más, se preguntaba si no estaría ella también en estado vegetativo persistente, estancada.

—Echo de menos los viejos tiempos. Eran buenos tiempos.

—No eran buenos, Barry; eran una mierda.

The Good Old Days. De repente le vino a la memoria aquella señora de Cookridge muerta en su lujosa butaca de terciopelo en el City Varieties. Barry debía de acordarse de su nombre, pero no iba a darle esa satisfacción.

–¿Cuánto te queda para jubilarte, Barry?

Él llevaba en el cuerpo más tiempo incluso del que había pasado Tracy.

–Dos semanas. Y me voy de crucero, al Caribe. Ha sido idea de Barbara, Dios sabe por qué. Seguro que tú te alegraste de dejar todo esto, ¿verdad?

–Tan seguro como que el Papa es nazi –contestó ella forzando una carcajada–. De haberlo sabido lo habría dejado mucho antes. –«Mentirosa», se dijo.

–¿Te has enterado de lo de Rex Marshall? –quiso saber Barry.

–Cayó muerto en el campo de golf. Ya era hora. ¡Adiós muy buenas!

–Sí, bueno, no era mal jefe –contestó Barry, poniéndose a la defensiva.

–Puede que para ti no.

–¿Entonces no vas el sábado al entierro?

–No, a menos que me pagues... ¿Barry? Una cosa más.

–Siempre hay una cosa más, Tracy. Y entonces nos morimos y no hay nada más. Claro que no hace falta que uno se muera para eso –dijo Barry con audible abatimiento.

–Linda Pallister me ha dejado un mensaje en el contestador.

–¿Linda Pallister? ¿Esa loca de remate? –Barry no pudo contener un bufido de risa. Pero la risa se transformó al instante en un tremendo suspiro de descontento.

Tracy sabía qué le pasaba a Barry: Linda Pallister lo hacía pensar en Chloe Pallister, y Chloe lo llevaba a pensar en Amy, y pensar en Amy lo hacía internarse en un lugar sombrío.

–¿Y qué decía el mensaje?

–Dice que se ha metido en algún lío, y ha mencionado el nombre de Carol Braithwaite.

119

–¿Carol Braithwaite? –repitió Barry como si nunca hubiera oído ese nombre. Barry era malísimo mintiendo; siempre lo había sido.

–Sí, Barry, Carol Braithwaite. El asesinato de Lovell Park. Y no me digas que no te acuerdas, que ya sé que sí.

–Ah, esa Carol Braithwaite –contestó Barry con fingida despreocupación–. ¿Qué pasa con ella?

–No lo sé. Linda no lo ha dicho. He intentado devolverle la llamada pero no contestaba. ¿Ha contactado contigo?

–¿Quién? ¿Carol Braithwaite?

–No, Barry –dijo ella con tono de paciencia–, salvo que se haya levantado de la tumba... Linda Pallister, ¿te ha llamado?

–No.

–Bueno, pues si te llama, intenta averiguar en qué anda metida. Puede que al final cante.

–¿Que cante?

–Lo que pasó con aquel crío.

Tracy no sabía por qué se molestaba ahora con aquello. Tenía cosas más importantes de las que preocuparse, y eso ya no tenía nada que ver con ella: estaba empezando una nueva vida. Borrón y cuenta nueva.

–De todas formas, gracias por la información, Barry –concluyó Tracy de pronto–. Supongo que ya te veré por ahí.

–Igual te veo yo antes, vieja sabuesa.

–Me voy de vacaciones, por cierto, a partir del viernes.

–Bueno, pues asegúrate de volver antes de mi fiesta de despedida.

–¿Qué fiesta de despedida?

–¡Ja, ja! Que te den.

¿Es que nunca iba a acabarse ese día? Por lo visto, no.

Justo antes de medianoche volvió a sonar el teléfono. ¿Quién sería a aquellas horas? Problemas, seguro. El corazón se le encogió de miedo. La habrían descubierto, y querrían recuperar a la niña. Pensó en la cosita indefensa que dormía arriba, en la habitación de invitados, y el corazón se le encogió aún más.

Respiró hondo y descolgó el auricular. Ojalá sea solo la loca de remate de Linda Pallister, rogó para sí. Sintió alivio cuando comprendió que se trataba solo del interlocutor misterioso. Durante cosa de un minuto, se escucharon sin decir nada; ese silencio fue casi lenitivo.

* * *

«Igual te veo yo antes, vieja sabuesa». Es lo más cercano al afecto que soy capaz expresar, se dijo Barry. ¿De qué iba todo aquello? «¿Y no han denunciado la desaparición de ningún crío?». Siempre habían sido los críos los que más afectaban a Tracy. Bueno, sí, le pasaba a todo el mundo, pero ella tenía esa obsesión especial con los niños. Todo había empezado en Lovell Park.

Barry no había esperado volver a oír en su vida el nombre de Carol Braithwaite, pero esa chiflada de Linda Pallister lo había llamado hacía un rato, balbuceando que andaba metida en problemas. No había hablado con ella desde el entierro de Sam. Chloe había sido la dama de honor de Amy. Él no podía volver ahora a aquella escena, no podía pensar de nuevo en aquel día, llevándola al altar. No debería haberla entregado a su marido, debería habérsela quedado, haberla mantenido a salvo.

–¿Señor Crawford? –le había dicho Linda–. ¿Barry? ¿Se acuerda de Lovell Park?

–No, Linda. No me acuerdo de nada.

–Alguien anda haciendo preguntas.

–Siempre hay quien hace preguntas –respondió Barry–, y es porque nunca hay respuestas suficientes para cerrar el círculo.

–Un detective privado que se llama Jackson ha venido esta mañana a verme. Preguntaba cosas sobre Carol Braithwaite. No sabía qué decirle.

–Yo que tú seguiría manteniendo la boca cerrada –dijo Barry–; lo has hecho muy bien estos treinta y cinco años.

Y ahora lo llamaba Tracy, preguntándole si Linda había contactado con él para hablar de Carol Braithwaite. Y él había mentido, por supuesto. Todo eso no eran más que chorradas, ¿no? «A menos que se haya levantado de la tumba», había dicho Tracy. Sí, malditas chorradas, pero serias de la hostia.

Tracy había dado mucho la lata con Linda Pallister y Carol Braithwaite: decía que Linda había hecho «desaparecer» al crío. En aquel momento, él le había dicho a Tracy que hablaba por hablar, pero en efecto tenía razón, todo el mundo había callado cosas con lo de Lovell Park; todo el mundo menos Tracy. Ella había actuado como un auténtico sabueso, intentando averiguarlo todo. De eso hacía ya mucho tiempo. Todos aquellos tipos, el inspector jefe Walter Eastman, Ray Strickland, Rex Marshall, Len Lomax, aplicaban una ley para ellos mismos y otra para el resto del mundo. Eastman había muerto tiempo atrás, y ahora también Rex Marshall había jugado su última partida de golf y debía de estar tirado en alguna funeraria con las arterias obstruidas como viejas tuberías de plomo. Estaban cayendo como moscas. Solo quedaban Strickland y Lomax. Y él mismo. ¿Quién sería el último que aguantaría en pie?

Barry tendría que haber dicho algo, o hecho algo, pero en aquel entonces una prostituta muerta no había parecido muy importante en el conjunto global de las cosas. Después, al hacerse uno mayor, se daba cuenta de que todas y cada una de las cosas que ocurrían eran relevantes. Especialmente los muertos.

Se subió el cuello de la chaqueta para protegerse del frío. Todo el calor del día se había esfumado. ¿Por qué los hombres de su edad ya no llevaban sombrero? ¿Cuándo habían dejado de hacerlo? Su padre siempre llevaba una boina de *tweed*. Y a él también le habría gustado llevar una, pero Barbara nunca le habría dejado ponérsela. Ella controlaba su vestuario. Prefería estar ahí, en medio del frío y ante esa puta muerta en un contenedor que en casa con su mujer. Barbara debía de estar sentada en el sofá, toda correcta y formal, sin un pelo fuera de sitio, viendo cualquier porquería que dieran en la tele, conteniendo la furia bajo la capa de maquillaje. Había pasado treinta años intentando cambiarle, y ahora no iba a rendirse. La tarea de una mujer consistía en tratar de mejorar a un hombre. La tarea del hombre era resistirse a esa mejora. Así funcionaba el mundo; siempre lo había hecho así y siempre lo haría.

Tiempo atrás, antes de que su nieto muriera, y antes de que Amy, su querida hija, se convirtiera en una cáscara vacía, nunca le había importado cómo iba la relación con Barbara. Era un matrimonio tradicional, a la antigua, con toda la parafernalia: él salía a trabajar, ella se quedaba en casa y daba la lata. Se había pasado media vida castigado por una u otra negligencia doméstica, pero le daba igual: bajaba al bar y ya está.

Después del accidente ya nada tenía sentido. Lo había abandonado toda esperanza. Aun así, seguía adelante arrastrando los pies, paso a paso. El señor Va Tirando, policía. Hacía su trabajo, porque sabía que cuando lo dejara tendría que pasarse el día entero en casa con Barbara, afrontar el sinsentido de todo aquello. Y esa mierda de crucero por el Caribe, como si fuera a solucionar algo.

—¿Jefe?

—Dime.

—Los de la científica dicen que podemos mover el cuerpo.

123

–No es mi caso, chaval. Habla con el inspector Miller. Yo solo soy un tipo inocente que pasaba por aquí.

* * *

Las diez. Una noche larga y solitaria se extendía ante él.

Jackson pensó en llamar a Julia, el último recurso contra el insomnio, una mujer que detestaba el vacío de un silencio. Podía hablarle a uno hasta hacerlo caer dormido; era capaz de hacer sudar la gota gorda al rebaño entero de ovejas; pegaba unas palizas de campeonato. Pero luego recordó cómo se había enfadado la última vez que la llamó tan tarde («Tengo que estar en el plató a las seis, ¿es importante?»), y decidió no arriesgarse a cabrearla.

El aburrimiento lo llevó a leer de cabo a rabo la carpeta de información del hotel, los planos de las salidas de emergencia que había detrás de la puerta, un ejemplar de *Yorkshire Life* y cualquier cosa que le cayera en las manos. Consideró la idea, aunque luego la rehusó, de ponerse uno de esos juegos estúpidos del teléfono, y al final se decidió a buscar una de esas Biblias de Gedeón que siempre hay en las mesitas de noche de los hoteles, pero cuando la encontró comprendió que todavía no estaba tan desesperado. De entre las páginas de la Biblia cayó una nota adhesiva amarilla, en la que alguien había escrito a lápiz: «Aquí, el tesoro eres tú». Jackson se pegó la notita en la frente y se murió de aburrimiento.

Regresó de entre los muertos diez minutos más tarde, un Lázaro devuelto a la vida por los lametazos redentores de su perro, que parecía bastante preocupado. ¿Podía un perro parecer preocupado? Jackson bostezó. La vida tenía que consistir en algo más que eso. Dobló la nota y la metió en la cartera, por si se moría de repente y los que lo encontraban ponían en duda su verdadero valor.

–Bueno, hace ya un buen rato que el sol está más bajo que el penol –dijo Jackson–; es hora de poner rumbo al minibar –¿pensaba en voz alta, antes de tener al perro? Estaba casi seguro de que no. *Ergo,* como habría dicho Julia, estaba hablando con el perro. ¿Era mala señal? El perro lo miró como si tuviera interés en lo que estaba diciendo. Jackson se dio cuenta de que estaba atribuyéndole emociones al animal que en realidad no estaba experimentando.

Apuró una botella de whisky como de casita de muñecas, y siguió con otra. «Leeds era una ciudad famosa por su vida nocturna», se dijo. ¿Por qué no salir a comprobarlo? Que estuviera ya en la edad dorada no le impedía salir a mover las piernas un rato, a reencontrarse con el resplandor plateado de la juventud que llevaba dentro. Sin duda, sería mejor que quedarse en una habitación de hotel, hablando con un perro.

Su hermana solía ir a bailar a Leeds con sus amigos las noches de los sábados. Aún era capaz de recordar aquellas tardes de sábado, con Francis tomándose el té a toda prisa para salir a beber y ligar con chicas, y con Niamh, envuelta en una nube de laca y perfume, preocupada porque iba a perder el autobús. Siempre volvía a casa en el último autobús, hasta el día que ya no volvió más.

Después, cuando aún no habían cogido a Peter Sutcliffe para hacerlo confesar, cuando todavía era el Destripador anónimo y tenía una larga lista de asesinatos en su currículo, Jackson se preguntaría si Niamh no habría caído en sus malévolas garras. Su primera víctima no apareció hasta 1975, pero antes ya había atacado a mujeres; en 1969 lo pillaron con un martillo y fue acusado de llevar «útiles para cometer un robo», aunque solo en retrospectiva comprendía uno para qué era en realidad ese martillo. Manchester, Keighley, Huddersfield, Halifax, Leeds y Bradford conformaban su terreno de caza, y estaban a poca distancia en coche de la ciudad natal de Jackson. A Niamh la estrangularon, y Sutcliffe golpeaba a sus víctimas en la cabeza y luego las apuñalaba. Siempre seguía esa pauta, pero ¿quién sabe? Un hombre puede cometer errores cuando todavía es nuevo en el trabajo.

¿Por qué los hombres matan a las mujeres? Después de tantos años, seguía sin conocer la respuesta, y no estaba seguro de querer hacerlo.

Se dio una ducha rápida y trató de acicalarse un poco antes de sacar al perro para que hiciera sus necesidades nocturnas, otra vez con el consabido lío de la mochila. Pensó en comprar algo más pequeño, una bolsa medida terrier; seguro que en Paws for Thought las vendían. Había tratado de esconder al perro bajo la chaqueta, pero parecía que estuviera embarazado. No era una imagen que sentara muy bien, al menos a un hombre.

El zurullo marrón y humeante que el perro dejó tras de sí le hizo sentirse bastante mal, y tuvo que sacar un periódico viejo de una papelera para recogerlo. Era un problema que no había considerado antes, y comprendió que tendría que comprar algo para recoger la caca del perro. Se había tropezado con el primer inconveniente serio de tener al animal.

Llevó al perro de vuelta a la habitación y lo dejó tendido en la cama como una esfinge, mirándolo con ojos tristes. Siguió notando esa mirada desolada, de abandono, al bajar en el ascensor, cruzar la recepción y salir a la calle. Tal vez debía haberle dejado la tele encendida.

Una vez en la calle, cayó en la cuenta de que estaba muriéndose de hambre. No había comido nada desde el café y el sándwich en la abadía de Kirkstall, muchas horas antes. Fue en busca de comida y acabó en un restaurante italiano que parecía un centro de jardinería, donde tomó media jarra de

126

Chianti y un plato de pasta cualquiera antes de marcharse en busca de las luces de neón. Todo lo que siguió estaba bastante borroso en su memoria. Lástima.

* * *

Despertó en la oscuridad, sin saber cuánto tiempo había dormido. Pensó que estaba de vuelta en casa, en su cama. Le llevó un buen rato recordar que estaba en la casita Campanilla. Tilly echaba de menos el ruido de Londres; lo necesitaba para dormir. Aquí estaba todo muy oscuro, demasiado oscuro, y había mucho silencio; era antinatural.

Se incorporó y escuchó sentada en la cama, pero el silencio era profundo. A veces, cuando se ponía a escuchar en plena noche, oía toda clase de leves crujidos, chirridos y chillidos como si en los alrededores de la casita se agitara una misteriosa fauna salvaje. Otras veces la despertaba un quejido espantoso, agudo y penetrante, que atribuía a algún animalito cuya vida se apagaba en las fauces de un zorro. Siempre había imaginado a los zorros con chaleco de cuadros, pantalones bombachos y sombrero con pluma. Era el legado, suponía, de algún libro de su infancia. De niña había visto un diorama con conejos disecados vestidos como personas. Las conejitas iban con largos vestidos y abrigos de época, y ellos ataviados como dandis y terratenientes; había un cuarteto de cuerda, con instrumentos en miniatura y todo. Otras conejitas iban de criadas, con cofia y delantal. Había una desgarradora hilera de bebés conejo acostaditos uno al lado del otro en la cama, durmiendo para siempre. Era repulsivo y fascinante a la vez, y se grabó en el imaginario de Tilly de tal forma que seguía ahí mucho tiempo después.

Pero esa noche no había bailes de conejos ni cuadrillas de ratones; no estaba el astuto señor Zorro seduciendo al galli-

127

nero; solo había un silencio tan oscuro y profundo que, más que ausencia de ruido, parecía el sonido de otra dimensión.

Se levantó con torpeza de la cama y se dirigió a la ventana abierta. Cuando descorrió las cortinas le sorprendió ver la luz de una vela ardiendo suavemente en la casa del otro lado del camino, en la ventana de un dormitorio. «Jesús nos hace brillar con luz pura e inmaculada». ¿Alguien que velaba en la noche, o que hacía alguna clase de señal? ¿Se iba tarde a la cama o se había levantado muy pronto? La vela parecía tener algún significado oculto, pero no supo descifrarlo. «Como la llamita de una vela ardiendo en la noche».

Y entonces una mano invisible levantó la vela y la apartó de la ventana. Unas sombras bailaron en la pared, y luego la habitación se sumió en la penumbra.

De repente estaba despierta otra vez. Había estado persiguiendo a una niña, corriendo sin parar tras ella por pasillos interminables, subiendo y bajando escaleras, pero sin poder alcanzarla. Y luego la niña pequeña era ella, y llevaba a un conejito de la mano. Corrían a vida o muerte, asidos de la mano y la patita, y un bacalao gigante les daba caza. El bacalao nadaba por el aire, sinuoso y poderoso, batiendo su cuerpo plateado de un lado a otro. Era completamente ridículo; hacía que se preguntara de dónde vienen los sueños. El conejo profirió un grito espantoso cuando los labios horribles y gordos del bacalao se cerraron sobre su cola. Tilly comprendió que el conejito era su bebé, el que había perdido tantos años atrás. Se despertó al oír una voz que decía: «Alguien debería hacer algo, Matilda». ¿Quién había hablado? ¿El bacalao? El acento era muy pijo, y se hacía difícil imaginar un bacalao hablando con acento pijo. Bueno, en realidad, costaba imaginar a un bacalao hablando como fuera. Solo cuando estaba a punto de quedarse dormida otra vez, comprendió que se

128

trataba de la voz de su antigua profesora de teatro, Franny Anderson.

* * *

Tracy sacó las trufas vienesas del bolso. Las había comprado en otra vida, en Thornton's. En una vida distinta, antes de Courtney. A. C.

Encendió la tele. Las trufas se habían fundido y pegado unas con otras. Pero sabían igual, si no las miraba. Hacía rato que el programa *Tienes talento* había terminado, así que buscó una película en la tele por cable, pero lo mejor que pudo encontrar fue un episodio antiguo de *Elf*. Lo grabó en el Sky Plus para Courtney. El hecho de pulsar el botoncito rojo se le antojó una especie de compromiso con el futuro. No es que fueran a quedarse ahí sin más a ver la película, pero lo que contaba era la intención.

Si la vida de Carol Braithwaite no se hubiera interrumpido de manera tan repentina, ahora estaría sentada en el sofá, con los pies en alto y con su vaso y su cigarrillo, buscando algo que ver entre los seiscientos canales sin encontrar nada que valiera la pena. En esos años, su vida no habría tenido demasiada trascendencia, pero ¿acaso la vida de alguien la tenía? Sin embargo, hacía tiempo que se había ido. Lo lógico sería pensar que había desaparecido para siempre, pero por lo visto su nombre permanecía. La puerta del armario estaba abierta, y la caja fuera del estante, destapada. ¿Por qué Linda Pallister quería hablar con ella de Carol Braithwaite?

Linda había trabajado toda la vida en los Servicios a la Infancia, por lo que debía de haber visto la peor faceta de las personas. Tracy había visto la peor y más. Sentía que las cosas que había presenciado eran como una mancha que la en-

129

suciaba: pura y simple mugre. Salones de masajes y locales de *striptease* en el lado blando, mientras que en el lado más cruel estaban los durísimos DVD en los que unas personas hacían cosas repulsivas a otras. Toda esa porquería por clasificar que impregnaba los informes con su absoluta depravación. Las chiquillas que entregaban sus almas junto con sus cuerpos, los burdeles baratos y las saunas, lugares increíblemente sórdidos en los que chicas adictas al *crack* hacían cualquier cosa por diez libras. Cualquier cosa. Detenía a chicas por prostitución y las veía volver de cabeza a la calle; había chicas extranjeras que venían a trabajar como camareras o canguros y se encontraban encerradas en habitaciones infames, ofreciendo sus servicios a un hombre tras otro durante todo el día; y estudiantes que trabajaban en «clubes para caballeros» (¡Ja!) para cubrir sus gastos. La libertad de expresión, las buenas obras de supuestos liberales, la defensa de los derechos del individuo, siempre y cuando no perjudiquen a los demás. Pura palabrería. Ahí te llevaba todo eso, a la Roma de Nerón.

El mal no tenía fin, en realidad. ¿Y qué se podía hacer? Se podía empezar con una niña.

* * *

Nochevieja de 1974

Una cena de etiqueta en el Metropole, con baile incluido. Se celebraba en ayuda de alguna organización benéfica para niños enfermos, sordos o ciegos. Ray Strickland no había hecho mucho caso, solo sabía que era cara. «La caridad empieza por uno mismo», le había dicho Margaret, su mujer. Ray no estaba muy seguro de saber qué significaba esa frase. Su mujer era una persona buena, «hija de un pastor protestante», como decía ella.

—Me educaron en la creencia de que tenemos el deber de ayudar a los menos favorecidos.

—¡Pues yo soy uno de esos! —respondía Ray bromeando.

Margaret era de Aberdeen. Se habían conocido una noche de hacía diez años, en urgencias, cuando Ray, todavía de uniforme, estaba interrogando a un borracho que se había visto envuelto en una pelea. Ella había ido al Saint James a hacer sus prácticas de enfermera porque, según decía, «quería ver Inglaterra». Ray le dijo que Inglaterra abarcaba bastante más que Leeds, aunque en aquel entonces él no había llegado más allá de Manchester. Antes de conocerlo, Margaret tenía planeado irse de misionera a algún rincón lejano y oscuro del mundo. Entonces se prometieron y ahí acabó la cosa: él se convirtió en su misión, en su propio rincón oscuro del mundo.

Cuando eran novios, la iba a buscar al acabar Margaret su turno en el hospital y cruzaban la carretera hasta la antigua Cemetery Tavern, donde tomaban algo. Habían pasado muchos años desde entonces. Media Tetley suave para él y cerveza con limonada para Margaret, una gran osadía para ella en esa época, porque la habían educado en la abstinencia. También a Ray, por supuesto, un chico de West Yorkshire que estudió en Wesley y que de más joven había jurado no probar el alcohol ni nada por el estilo. Pero hacía ya mucho tiempo que había roto ese juramento.

En otra vida, Margaret habría sido una santa o una mártir. No en el mal sentido, no en el sentido en que los hombres que conocía hablaban de sus mujeres: «Se cree una jodida santa, la verdad», o «Es una mártir de la limpieza». Ray valoraba su bondad, y de alguna manera esperaba que se le contagiara. Siempre llegaba al final de la jornada con la sensación de haber fracasado en algo.

131

–No seas tonto –le decía Margaret–: tú haces que el mundo sea un lugar mejor, aunque solo sea poniendo tu granito de arena.

Pero la fe que Margaret depositaba en él no acababa de funcionar. Se pasaba la vida sintiéndose culpable, esperando cada día que lo descubrieran, aunque ni siquiera estaba muy seguro de qué había hecho.

Paseó la vista por la sala, pero no vio a Margaret por ninguna parte.

El sitio estaba lleno de peces gordos: magistrados, hombres de negocios, abogados, concejales, médicos, policías... Un montón de policías. La flor y nata del cuerpo congregados para despedir el año que terminaba. El aire estaba cargado, y el olor de puros, cigarrillos, alcohol y perfume se mezclaba con el de los restos de comida: cóctel de marisco, bandejas de jamón, de pollo y de huevos al curry, ensalada de patatas, cuencos de un postre a base de bizcocho y frutas. Ray se estaba mareando. Su superior, el inspector jefe Walter Eastman, lo había atiborrado de whisky de malta. Eran todos grandes bebedores: Eastman, Rex Marshall y Len Lomax.

–Tú eres uno de nosotros, chaval –le había dicho Eastman–; pues bebe como nosotros, joder.

Ray no supo muy bien a quiénes se refería con «nosotros»: ¿Francmasones? ¿Policías? ¿Socios del club de golf? Quizá solo había querido decir «hombres», en contraposición a las mujeres.

–Llegarás lejos, Strickland –le dijo Eastman–. Ahora eres un simple agente, pero antes de que te des cuenta habrás ascendido a inspector.

Sí señor; había un montón de peces gordos. Por eso estaba ahí Ray, incómodo en el traje de pingüino que había tenido que alquilar en Moss Bros. Eastman lo había convencido para que comprara las entradas.

—Te conviene venir, chico, y codearte con los veteranos y tus superiores.

Él era el protegido de Eastman.

—Eso es bueno, ¿no? —había comentado Margaret.

Las mujeres iban vestidas con sus mejores galas y, luciendo satén y piedras preciosas de imitación, arrastraban a sus maridos a la pista de baile, donde ellos trataban a regañadientes de llevar a cabo unos torpes pasos de foxtrot, tropezándose y desesperados por volver a su cerveza y a sus cigarrillos. Eastman estaba orgullosísimo de su forma de bailar el vals, y la verdad es que movía los pies con agilidad para ser un tipo tan pesado. Había insistido en sacar a Margaret a bailar.

—Tu mujer es un encanto —le dijo a Ray.

—Ya lo sé.

Ray siguió la mirada de Eastman y vio a Margaret en el otro extremo de la sala. Llevaba su vestido de encaje azul oscuro y el suave cabello le caía en rizos impecables. Tenía treinta años, pero la década de los sesenta no había existido para ella. Se la veía muy recatada en comparación con otras de las féminas presentes, viejas que vestían como jovencitas. Margaret era todo lo contrario, una joven que vestía como una mujer mayor. Ray admiraba la modestia en una mujer. Su madre era para él la encarnación de la esposa ideal, pero ella nunca se habría casado con alguien tan inestable como Ray. Le faltaba decisión, ese era su problema. «Deja de infravalorarte, Ray», le decía Margaret, abrazada a su espalda fría y tensa en el estéril lecho conyugal.

Estaba sentada a una mesa con Kitty Winfield, y sus cabezas estaban muy juntas, como si se estuvieran contando secretos. Formaban una pareja bien extraña. Kitty Winfield iba de terciopelo negro, con un collar de perlas y el pelo largo recogido en un moño alto y sofisticado. Era la única mujer en toda la sala que sabía que la elegancia reside en la sencillez.

Todo el mundo estaba al corriente de que había sido modelo. Kitty Gillespie, se llamaba en aquella época. Todos suponían que tenía un pasado picante, que había salido con gente famosa y aparecido en los periódicos y que había sido una de las primeras en llevar minifalda, pero ahora era la clase personificada. Las mujeres querían ser sus amigas, y los hombres se sentían sobrecogidos ante su presencia, más allá del reproche y casi más allá de la lujuria. Si Margaret era una santa, Kitty Winfield era una diosa.

–«Camina bella, como la noche» –declamó Eastman al oído de Ray.

Eastman era colega de golf del marido de Kitty Winfield, Ian, y Margaret trabajaba con este último en el hospital. Sentada al lado de Kitty, Margaret parecía de otra especie: una vulgar paloma al lado de un cisne.

–Kitty es tan frágil –dijo Eastman.

Ray comprendió que era una manera educada de llamarla neurótica.

Sabía muy bien qué unía a Margaret y a Kitty Winfield: la fertilidad. O la falta de ella. Kitty Winfield no podía concebir hijos, Margaret no conseguía retenerlos en el útero. Ya había pasado por tres abortos, y por un parto prematuro en que el bebé nació muerto. El año anterior, los médicos le habían dicho que no debía intentarlo más, que su cuerpo tenía algún problema. No paró de sollozar durante todo el camino de vuelta del hospital.

Había pasado años tejiendo toda esa ropita de punto, diminutas prendas de encaje de colores pastel. «Necesito tener algo en las agujas», decía, y acabaron con armarios llenos de ropa de bebé. Era muy triste. Ahora tejía para los bebés de África. Ray, por su parte, no estaba muy seguro de que los bebés de África fueran a apreciar la ropa de lana, pero no decía nada.

–Podemos adoptar –le había dicho a Margaret en aquel horroroso trayecto en coche del hospital a casa, pero su comentario la había hecho llorar todavía más.

Se disculpó ante Eastman y rodeó la pista de baile para dirigirse a donde estaban Margaret y Kitty Winfield. Lo trágico del asunto, por supuesto, era que Margaret trabajaba como enfermera en la sala infantil, y se pasaba el día con los hijos de otras mujeres. Y, otra ironía de la vida, el marido de Kitty Winfield era pediatra en el hospital Saint James.

Hasta hacía poco no se habían movido en los mismos círculos sociales. Los Winfield formaban parte de un grupo con el que celebraban sus cócteles, y tenían una casa enorme en Harrogate.

–Cosmopolita –comentó Margaret.

–Una palabra muy seria –repuso Ray.

Ahora todo era distinto. Margaret andaba siempre saliendo «un momentito» a ver a Kitty Winfield.

–Ella comprende lo que se siente cuando no puedes tener hijos –dijo Margaret.

–Yo también lo entiendo –contestó Ray.

–¿Sí?

–¿Por qué no adoptamos? –volvió a probar Ray.

Margaret estuvo más receptiva esta vez. Una enfermera y un policía, que iban a la iglesia cada domingo, sanos y jóvenes, serían sin duda la pareja ideal a los ojos de las agencias de adopción.

–Quizá sí –contestó Margaret.

–Pero nada de niños africanos –advirtió Ray–, no hace falta que vayamos tan lejos.

Antes de Navidad los habían invitado a una fiesta en la casa de Harrogate de los Winfield. Margaret estuvo dudando sobre qué ponerse, y al final se decidió una vez más por el vestido azul oscuro de encaje.

–¡Por el amor de Dios! –le dijo Ray–. Cómprate algo nuevo.

–Pero si este es perfecto –contestó ella.

Por eso Ray se sorprendió al verla bajar un rato después por las escaleras enfundada en un vestido negro sin mangas.

–Este vestidito negro me lo ha dado Kitty, tenemos la misma talla.

Viéndolas, no lo habría dicho nadie, la verdad.

–¿Me queda bien? –preguntó Margaret, no muy convencida.

Ray nunca la había visto llevar nada que le quedara peor que ese vestido de cóctel de Kitty Winfield.

–Preciosa –mintió–. Estás preciosa.

Ray se sintió muy fuera de lugar en casa de los Winfield. Ian Winfield fue todo simpatía y cordialidad.

–¡Agente!, ¿viene usted a detenernos? –bromeó al abrir la puerta con su corona de acebo, armado con una copa a rebosar.

–¿Por qué? Andáis metidos en algo, ¿no es eso? –contestó Ray.

No fue un saludo muy ingenioso, que digamos. Kitty Winfield lo había saludado bajo el muérdago que colgaba en el recibidor, y Ray se sonrojó cuando lo besó. Fue un beso discreto, en la mejilla, no como esas mujeres que hacían que uno se sintiera como si lo besuqueara un salmón, con los labios y la lengua. Aprovechaban cualquier oportunidad para ponerle las manos encima a un hombre siempre que no fuera su marido. Kitty Winfield olía como imaginaba que debían de oler las mujeres francesas, y además bebía champán. Ray nunca había conocido a nadie que bebiera champán.

–¿Te sirvo una copa? –había ofrecido ella.

Pero Ray se limitó a tomar dos dedos de whisky en toda la velada. La casa de Harrogate de los Winfield no era el sitio idóneo para emborracharse y desmadrarse. Por aquella época, Margaret solía tomar un Dubonnet con ginebra.

–Pero que sea pequeño.

La banda de música del Metropole terminó de tocar un cha-chachá que los asistentes bailaron con torpeza, y salió un cantante que parecía un despojo de la guerra. Si no se andaban con cuidado iba a lanzarse a cantar algún himno para carrozas tipo «Danny Boy». Pero sorprendió a Ray al cantar un tema de ese año, «Seasons in the Sun», que desató unas cuantas protestas en la pista de baile.

–Canta algo alegre, joder –farfulló Len Lomax.

El sargento Len Lomax era un mujeriego y un bebedor. Jugaba al rugby. Era un cabrón, y amigo de Ray. Su mujer, Alma, era una zorra muy terca que trabajaba como encargada de compras en una fábrica textil. Habían tomado la decisión de no tener hijos porque les gustaba demasiado el estilo de vida que llevaban. Alma era la única persona, por lo que él sabía, que le caía mal a Margaret. Si Ray pensaba en su propio estilo de vida (fuera lo que fuese eso), le daba la sensación de tener un grillete de hierro ciñéndole la frente.

–¡Ray! –exclamó Kitty Winfield cuando lo vio acercarse a ellas. Le sonrió como si lo hiciera para la cámara–. Lo siento, estoy acaparando a tu mujer.

–No, no pasa nada –contestó él con torpeza.

Cuando le encendió un cigarrillo, Kitty se acercó lo suficiente para que oliera de nuevo su perfume francés. Se preguntó cuál sería. Margaret no olía a otra cosa que a jabón.

Habían compartido mesa con los Winfield, los Eastman, Len y Alma Lomax y un concejal llamado Hargreaves que estaba en el comité de transporte. Len Lomax se inclinó por delante de Margaret para decirle a Ray en voz baja:

–¿Sabes que la que está con Hargreaves no es su mujer?

Margaret le hizo el vacío, como si fuera invisible. La mujer en cuestión, con cara más agria que sonrojada, miraba fijamente su plato vacío.

–Tu amigo es un grosero –le dijo Kitty Winfield a Ray en tono recriminatorio, y le dio una buena calada al cigarrillo–. Me ha dado pena esa pobre mujer. ¿Qué pasa si no están casados? Por el amor de Dios, estamos en 1975, no en la Edad Media.

–Bueno, en realidad estamos todavía en 1974 –contestó Ray mirando el reloj. «Dios, Ray, relájate», se dijo. Kitty Winfield lo volvía un zoquete.

La mesa estaba hecha un desastre, con el mantel manchado de vino y comida y los platos sucios que las camareras no se habían llevado todavía. Una gamba rosada y solitaria se hacía un ovillo sobre el mantel como un embrión. Se le revolvió el estómago otra vez.

–¿Estás bien? –quiso saber Margaret–. Se te ve pálido.

–Llamemos a un médico –repuso Kitty Winfield riendo, y le preguntó a Ray–: ¿Lo has visto?

–¿A quién? –contestó sin tener idea de qué le hablaba.

–A mi marido. Hace siglos que no lo veo. Creo que voy a echar un vistazo. Vosotros dos deberíais salir a bailar –concluyó, levantándose con elegancia de entre las ruinas de la mesa.

–¿Qué te parece? –dijo Margaret cuando Kitty Winfield hubo desaparecido entre la multitud–. ¿Bailamos?

–La verdad es que estoy un poco mareado –reconoció Ray–; me he pasado bebiendo este aguardiente nuestro.

En aquel momento regresó Eastman y dijo:

–Ray, hay unas personas a las que quiero presentarte –volviéndose hacia Margaret, continuó–: ¿Te importa si te robo a tu marido un momento?

–Mientras me lo devuelvas de una pieza...

Fue al lavabo y luego se perdió en algún pasillo. No había advertido lo borracho que estaba. Avanzó rebotando contra las paredes, como si estuviera en un barco surcando un mar picado. Tuvo que detenerse un par de veces y apoyarse en la pared, y en una ocasión se encontró desplomado en el suelo, intentando concentrarse en respirar. Zumbidos, todo eran zumbidos; se preguntó si alguien le habría echado droga en la bebida. Los camareros que pasaban por el pasillo en ambas direcciones lo ignoraban. Cuando por fin consiguió regresar al salón, Margaret lo agarró y le dijo:

–Conque estás aquí; pensaba que te habían secuestrado. Llegas a tiempo para las campanadas.

El cantante de antes estaba en plena cuenta atrás:

–... cinco, cuatro, tres, dos, uno... ¡Feliz año nuevo a todos! La sala entera estalló. Margaret lo besó y lo abrazó.

–Feliz año nuevo, Ray.

La orquesta empezó a tocar «Auld Lang Syne», y nadie se sabía más de dos versos de esa típica canción de año nuevo, salvo Margaret y un par de fanfarrones borrachos escoceses. Entonces se acercaron Eastman y algunos amigos suyos y le dieron efusivos apretones de manos.

–Brindo por 1975 –dijo Marshall–. Que todos vuestros problemas sean de faldas.

Con el rabillo del ojo, Ray vio estremecerse a Margaret. Qué cabrón más estúpido.

Todos los hombres besaron a Margaret y él advirtió que hacía un esfuerzo por no apartarse de su aliento apestoso. Reaparecieron los Winfield. Por lo visto, Kitty se las había apañado para encontrar a su marido, aunque parecía bastante más tocado que Ray. Hubo más besos y apretones de manos. Kitty ofrecía la pálida y preciosa mejilla de un modo que todos quisieron comportarse mejor. Pero no les duró mucho.

–¡Caballeros, al bar! –exclamó Len Lomax, tendiendo el brazo ante sí como si estuviera a punto de conducirlos en la carga de la brigada ligera.

Tanto Ray como Ian Winfield pusieron reparos, pero Kitty Winfield se rio de ellos, y empujando a su marido, le dijo:

–Venga, venga, ve –cogió del brazo a Margaret y añadió–: Vamos, Maggie, estos hombres tienen para rato. Voy a llamar un taxi, te dejo en casa si quieres.

–Buena idea. Que lo paséis bien –le dijo a Ray, dándole unas palmaditas cariñosas en la mejilla.

–¡Así son los chicos! –oyó él que murmuraba Kitty cuando ya se alejaban.

Los hombres no merecían a las mujeres.

–No nos las merecemos –le dijo a Ian Winfield cuando iban hacia el bar.

–¡Dios santo, no! Son mucho mejores que nosotros. Aunque no quisiera ser una de ellas.

Ray tuvo que escabullirse y abrirse paso de nuevo hasta los servicios, donde devolvió hasta el último trocito de gamba, pollo y bizcocho de frutas. Eastman entró de pronto como si tuviera mucha prisa y se plantó ante un urinario. Se bajó la cremallera con gesto algo exagerado, como si estuviera a punto de desvelar algo digno de admiración.

–Vaya meada de caballo –dijo con orgullo. Se abrochó, ignorando el lavabo, el agua y el jabón y, dándole unas palmaditas en la espalda a Ray, preguntó–: ¿Listo para continuar, chico?

Dios sabía cuánto tiempo había pasado, pero llevaban ya un buen rato en 1975, y el tiempo perdido sería irrecuperable. Estaba de vuelta en los servicios, apoyado contra uno de los cubículos e intentando permanecer consciente. Se preguntó si no acabaría en el hospital con una intoxicación etílica. Imaginó lo decepcionada que se sentiría su madre de haberlo visto en ese momento.

Sin saber cómo, se encontró en la cocina. El personal también estaba de celebración, a su manera. Eran todos extranjeros, los oyó hablar en español. El año anterior había llevado a Margaret a Benidorm, aunque no les había gustado mucho.

Un hombre vestido de chef prendió un recipiente con alcohol y la olla entera se convirtió en una enorme llama azul, etérea, como un sacrificio a los dioses antiguos. Entonces, el hombre agarró un cucharón y empezó a llenarlo del contenido del recipiente para volverlo a verter, dejando cada vez una estela de llama azul. Lo repitió muchas veces, cada vez más alto. Resultaba hipnótico, como una escalera al paraíso.

Había caído. Había tenido una aventura con una chica de la oficina. Se llamaba Anthea, era moderna y tenía carácter. Siempre andaba hablando de los derechos de la mujer. Esa chica sabía lo que quería, tenía que concedérselo. En realidad, lo único que quería de él era sexo, y suponía un alivio para Ray estar con alguien que no anduviera lamentándose constantemente por un útero vacío. «Diversión, Ray. La vida tiene que ser divertida», decía. Hasta entonces, Ray nunca había pensado en la vida de ese modo.

Lo hacían en cualquier parte y en todas partes: coches, bosques, callejones oscuros, la habitación de paredes de papel en el piso que ella compartía con una amiga. No tenía nada que ver con lo que él y Margaret hacían en la cama, donde siempre se sentía como si le estuviera haciendo algo indigno y ella trataba de fingir que no era así. Anthea hacía cosas de las que Ray ni siquiera había oído hablar; sin duda era todo un proceso educativo. Len Lomax le cubría siempre las espaldas, porque a Len le costaba menos mentir que respirar. Pero la educación terminó: Anthea dijo que no creía en las relaciones a largo plazo, y que le preocupaba que él se volviera emocionalmente dependiente. Una parte de él sintió un alivio tremendo porque había vivido aterrorizado de que Margaret lo descubriera, pero por otro lado iba a echar de menos la simplicidad de aquella relación.

–¡Ah, lo que es follar sin complicaciones! –comentó Len, muy comprensivo.

–Y que lo digas –contestó Ray, aunque detestó la crudeza de esa palabra aplicada a su propia vida.

–De verdad, Ray, eres como una abuelita –se burló Len.

Ray pensó que igual había perdido el conocimiento de pie o algo parecido, porque al instante siguiente todo el personal de cocina estaba enzarzado en una pelea, y se gritaban Dios sabe qué cosas unos a otros. Uno arrojó una olla enorme de un extremo a otro de la cocina, y al chocar contra el suelo produjo un estruendo terrible.

Salió de la cocina tambaleándose para volver a la barra. Se topó con Rex Marshall.

–Joder, Strickland, qué borracho estás. Tómate algo.

Si se acercaba una cerilla encendida empezaría a arder, seguro. Ardería con una llama azul. Apoyó la cabeza en la barra, preguntándose dónde estaría Len Lomax.

–Tengo que irme a casa –susurró cuando Walter Eastman se le acercó–. Quiero llegar a casa antes de morirme. ¿Me pides un taxi, por favor?

–No gastes dinero en un maldito taxi, ¡llama a la policía!

Estallaron carcajadas en la barra. Eastman usó el teléfono del bar para hacer una llamada, y al cabo de un rato –Ray no supo si diez minutos o diez años, porque ya no estaba en el mundo real– un agente joven entró en el bar y se dirigió a Eastman:

–¿Señor?

Así eran aquellos tiempos.

142

* * *

–¿Qué haces aquí? –quiso saber Tracy.

–Soy el chófer de la velada –contestó Barry Crawford–. Eastman me ha pedido que recoja a un poli que está como una cuba, que lo lleve a casa.

–Eres un lameculos.

–Sí, bueno, es mejor que quedarme en casa con mi mamá viendo las chorradas de año nuevo en la tele.

Fumaba apoyado contra el coche, con actitud indiferente. Ahí fuera hacía un frío espantoso. Tracy debería haberse puesto una camiseta térmica. Cada vez que alguien salía del Metropole, una oleada de luces y ruido escapaba de la fiesta.

–Ahí dentro parece que haya una orgía romana –comentó Barry.

–¿Tú crees?

Tracy se preguntó qué sabría Barry de romanos y orgías. Sospechaba que bien poco. Habían sido compañeros en la academia de policía, y tuvo ocasión de advertir que Barry era tan ambicioso como vago, por lo que seguramente le iría bien. Le gustaba una chica que se llamaba Barbara, una chica movida que llevaba el pelo en un cardado pasado de moda y trabajaba en una tienda de cosmética en Schofields, pero le daba miedo pedirle una cita.

–¿Y tú, qué haces aquí? –quiso saber Barry.

–Turno de noche, como puedes ver –repuso ella señalándose el uniforme–. Me han llamado por un altercado. Al parecer hay una pelea en la cocina. Seguro que se han dado cuenta de que no les iban a pagar horas extra a partir de medianoche o algo así.

¿Cómo había conseguido Barry que le dieran un coche patrulla? Ella había solicitado seguir el curso de conducción y no había obtenido respuesta.

–¿Estás sola? –preguntó él.

–No, con Ken Arkwright. Ha ido al lavabo. ¿Quién es ese poli al que tienes que llevar a casa?

–Strickland.

–Hablando del rey de Roma, por la puerta asoma tu pasajero de esta noche. Caray, mira cómo va. Vas a pasarte el primer día de 1975 limpiando vómito.

Dos polis corpulentos y fuertes sacaban a Ray del Metropole, casi en volandas.

–Vete a la mierda –repuso Barry de buen talante, dejando caer la colilla al suelo para aplastarla con el pie.

Ken Arkwright llegó arrastrando los pies.

–Eh –le dijo a Tracy–, ahí dentro ha estallado la tercera guerra mundial. Esos tíos mediterráneos no tienen ni idea de cómo liarse a palos. Más vale que entremos ahí y declaremos una tregua antes de que se maten unos a otros.

–Bueno –le dijo ella a Barry–, tú sigue con tu trabajo de taxista, que nosotros vamos a actuar como verdaderos policías.

–Que te den.

–Lo mismo digo –contestó Tracy alegremente–. Feliz año nuevo.

–Sí, feliz año nuevo, chaval –añadió Arkwright.

Cuando Tracy miró atrás, el inspector jefe Eastman estaba inclinado en la ventanilla del conductor, y lo oyó darle la dirección de Strickland a Barry. Después, con disimulo, le dio algo que no pudo ver, probablemente dinero o alcohol.

–Menudo gilipollas –comentó Arkwright.

–¿Quién, Barry Crawford?

–No, Ray Strickland.

–¿A casa, jefe? –preguntó Barry.

–No –contestó Ray.

–¿No?

144

–No.

Strickland se inclinó hacia delante y farfulló una dirección en Lovell Park.

–¿Está seguro?

–¡Claro que estoy seguro, joder!

Strickland se dejó caer contra el respaldo y cerró los ojos. Cuando llegaron a Lovell Park, casi se cayó al bajar. Barry lo vio avanzar haciendo eses hacia las puertas. Más le valía al pobre cabrón que los ascensores funcionaran.

A medio camino, Strickland se volvió y, levantando una botella de whisky medio vacía con gesto triunfal, exclamó:

–¡Feliz año nuevo! –recorrió unas yardas más, tambaleándose, y se volvió de nuevo para añadir, más alto incluso–: ¿Cómo te llamabas?

–Crawford –respondió Barry–, agente Barry Crawford. Feliz año nuevo, señor.

En peligro

En peligro

Jueves

Un grito, un sonido incipiente en la oscuridad, despertó a Tracy. Medio comatosa, pensó que eran los zorros que visitaban el jardín la mayoría de las noches y que al aparearse armaban un ruido de miedo. Oyó el grito de nuevo, y le llevó varios segundos recordar que no estaba sola en la casa.

¡Courtney!

Saltó de la cama y se dirigió a soñolientos trompicones a la habitación de invitados, donde encontró a la niña durmiendo boca arriba, con una respiración profunda, la boca abierta. Cuando se daba la vuelta para salir, Courtney soltó otro grito, una especie de graznido que pareció indicar angustia. De repente agitó un brazo como si intentara rechazar un ataque, pero al instante siguiente estaba tan profundamente dormida que podría haber sido un cadáver. Tracy sintió el impulso de tocarla con un dedo y sintió alivio cuando se estremeció, profiriendo un gemido, como un perro que soñara.

Tracy se sentó en la cama, esperando por si la niña se despertaba otra vez. No era de extrañar que el sueño de Courtney fuera agitado, porque no sabía dónde estaba ni con quién. Sintió una punzada de culpabilidad por haberla apartado de su hábitat natural, pero entonces recordó la expresión asesina en el rostro de Kelly Cross cuando arrastraba a Courtney a través del centro comercial Merrion. Tracy ya había visto suficientes niños apaleados y molidos a golpes que los agentes sociales habían dejado con familias a las que uno no les daría ni un perro. Las familias no eran siempre lugares tan buenos en los que estar, en especial para los niños.

Debió de quedarse dormida, porque cuando volvió a despertar se encontró despatarrada en una postura incómoda, a los pies de la estrecha cama, con la luz del amanecer derramándose en el feo revestimiento de imitación de madera de las paredes. No había ni rastro de Courtney, y Tracy experimentó un inesperado instante de pánico, como si una mano gigante le hubiese aferrado el corazón. Quizá la madre legítima de la niña había aparecido al amparo de la noche y la había secuestrado a su vez. O quizá un extraño había trepado hasta la ventana para llevársela. Pero ¿qué probabilidades había de que a una niña la secuestraran dos veces en veinticuatro horas? Seguramente no tantas como cabía imaginar.

Sin embargo, cuando una Tracy con los ojos nublados por el sueño entró dando tumbos a la cocina, encontró a la niña sentada a la mesa comiendo con estoicismo un tazón de cereales secos.

–Conque estás aquí –dijo.

Courtney le dirigió una mirada rápida.

–Sí –respondió–, estoy aquí. –Volvió a sus cereales.

–¿Quieres leche con eso? –preguntó ella señalando el tazón de cereales.

La niña dijo que sí con la cabeza, con exageración, y siguió haciéndolo hasta que Tracy le advirtió que parara.

No supo muy bien qué era más perturbador, si perder a la niña o encontrarla.

Tracy había dormido con un camisón descolorido del osito Winnie, de los almacenes British Home, que apenas le llegaba a los robustos muslos, y le salían disparados mechones de pelo en direcciones extrañas. Para completar el conjunto se había puesto a toda prisa unos viejos pantalones de chándal. Tenía un aspecto horrible, probablemente no muy distinto del que debía de tener Kelly Cross recién levantada, solo que en versión mucho más grande. Aun así, podría haber llevado una bolsa de basura y Courtney no se habría dado cuenta. A los niños no les interesaba cómo era una por fuera. Sin duda, había algo muy agradable en el hecho de estar con una persona pequeñita que no andaba juzgándola a una.

Por su parte, Courtney se había esforzado más, vistiéndose con una selección de la ropa nueva del día anterior. Llevaba alguna prenda al revés, pero la idea de conjunto era correcta. Los esfuerzos de Tracy por cortarle el pelo la noche anterior no habían tenido mucho éxito. A la cruda luz del día, el peinado de la niña rayaba en la chapuza casera. Había acabado sus cereales y contemplaba el tazón vacío, a lo Oliver Twist.

–¿Tostadas? –le ofreció.

La niña aceptó levantando el pulgar.

Tracy cortó las tostadas en triángulos y las dispuso en un plato. De haber sido por ella, habría puesto una rebanada gruesa de pan sobre un pedazo de papel de cocina y listos. Tener a alguien por quien hacer las cosas era diferente. Te volvía más cuidadosa. «Consciente», como habría dicho un budista. Lo sabía bien porque tiempo atrás había salido con un budista durante unas semanas. Era un tipo debilucho de Wrexham que tenía una tienda de libros de segunda mano. Ella iba en busca de que la iluminaran, y acabó con mononucleosis. Eso le quitó las ganas para siempre de tener algo que ver con la espiritualidad.

Dejó a Courtney en el sofá ante el televisor, donde se quedó hipnotizada con unos dibujos animados ruidosos e incomprensibles, extraños y japoneses. Estaba claro que la niña debería andar haciendo algo más estimulante para la mente, como jugar con Legos o aprender el alfabeto o lo que fuera que hacían los críos de cuatro años, quizá tres.

Puso en marcha el ordenador portátil y esperó a que se cargaran los programas para echar un vistazo a lo que ofrecían las agencias inmobiliarias. Todo lo bonito en un lugar agradable, como los valles o los lagos de Yorkshire, costaba más del doble de lo que sacaría ella por su casa de Leeds. El extranjero parecía mejor opción por toda clase de razones. Podrían perderse en la Francia rural o en la ajetreada y urbana Barcelona, en algún sitio en el que nadie le daría importancia al hecho de que se hubiesen mudado.

En España, últimamente, había propiedades casi regaladas, muchos británicos se estaban yendo allí. Podría criar a la niña bajo el sol. En la Costa del Gángster, como llamaban a la Costa del Sol. Bastantes criminales de carrera lo hacían, ¿por qué no la gente que había fracasado a la hora de pillarlos? Como decían por allí, mi casa es mi casa. Aunque esa clase de propiedades no podían comprarse por internet. Tendrían que volar hasta allí. Y sin billete de vuelta. Una vez que hubiese conseguido un pasaporte para la niña, claro. ¿O a otro sitio más lejano? Nueva Zelanda, Australia, Canadá. Leslie podría facilitarle algo de información sobre Canadá. Allí había un montón de tierras inexploradas en las que perderse. ¿Hasta dónde tenía una que huir para que no pudieran atraparla? ¿Hasta Liberia? ¿Hasta la Luna?

Cuando se acabaron los dibujos, puso el canal GMTV, en busca de los informativos. No había noticias, ni a escala nacional ni local, de que nadie echara en falta a una niña. Uno se daba cuenta de inmediato si perdía a una cría. (¿O no?). Kelly Cross era la madre de Courtney. Tenía que serlo, sin duda. Sin la más mínima duda.

Faltaba aún un día más para que le dieran la llave de la casa de vacaciones. Se preguntó qué podrían hacer. En el cine

Cottage Road de Headingley echaban una película para niños. O había un centro infantil Wacky Warehouse en Leeds, un sitio lleno de juegos para niños con un pub al lado, el sueño definitivo de quienes pertenecían a la clase de los Progenitores Negados, y había pasado con frecuencia por delante de un lugar llamado Diggerland cerca de Castleford donde, al parecer, los niños podían conducir maquinaria de construcción. Bob el constructor tenía la culpa de muchísimas cosas.

Tracy envió un correo electrónico a Leslie al centro comercial Merrion (no a Grant, un cadete de policía rechazado. Había un pueblo en alguna parte que echaba de menos a un idiota) para decirle que les vería después de sus vacaciones y que ese día no iría, porque «aún tengo una especie de virus y no quiero contagiároslo». Aquello les sorprendería, pues solía estar sana como un roble. Tenía la constitución de un toro. Era Tauro, nacida bajo el signo de ese animal. Aunque la verdad es que no creía en esas cosas. No creía en nada que no pudiera tocar.

—Ah, una empirista —le había dicho un hombre que conoció en el club social de solteros.

Era profesor en la universidad, un tipo calculador y que rebosaba palabrería. La llevó al Grand a ver *Siete novias para siete hermanos.*

—Está basada en el incidente, en gran medida legendario, del rapto de las Sabinas —le explicó—. Al igual que en el propio musical, «rapto», *raptio* se refiere a su abducción, y no a que fueran presas del arrobamiento. Se dice, por supuesto, que el interior del teatro está inspirado en la Scala de Milán.

—Etcétera, etcétera. Y etcétera.

La semana siguiente la llevó a ver *Crimen perfecto.*

—Eso debería ser justo lo que a ti te gusta —le había dicho.

Courtney se volvió para mirar a Tracy.

—Tengo hambre —dijo con voz lastimera.

–¿Otra vez?

–Sí.

La niña era una comilona, no cabía duda. Quizá trataba de compensar algo.

–¿Courtney? –preguntó con cautela–. Ya sabes que te llamas Courtney, ¿no?

La niña asintió con la cabeza. Parecía aburrida, aunque su expresión solía ser indescifrable la mayoría de las veces.

–Bueno, pues estaba pensando que, ahora que tienes un nuevo hogar –vio a Courtney pasear la mirada por la anodina sala de estar–, ¿qué te parecería tener también un nuevo nombre?

Courtney la miró con indiferencia. Tracy se preguntó si a la niña ya le habrían hecho cambiar antes de identidad, si ni siquiera se llamaba Courtney. ¿Era ese el motivo por el que nadie la buscaba? ¿Estaban buscando acaso a una clase distinta de niña? ¿Una Grace, una Lily, una Poppy? (Quizá una Lucy). Sintió una arcada de algo como bilis ácida. Algo que procedía, supuso, del pozo del terror que se había abierto en su estómago. ¿Qué había hecho? Cerró los ojos en un esfuerzo, inútil, por borrar la culpa, y cuando los abrió, la niña estaba de pie ante ella, mirándola con curiosidad.

–¿Qué nombre? –quiso saber.

Tenía que proporcionarle a la niña un poco de aire fresco. Se la veía paliducha, como si se hubiese pasado la vida en un sótano.

–Venga –dijo Tracy después de que hubieran comido más tostadas (resultó que a la niña le gustaba la pasta para untar Marmite)–, ¿qué tal si salimos a tomar un poco el aire? Me cambiaré –Courtney la miró con interés, de forma que añadió–: de ropa, quiero decir.

154

Se puso algo menos cómodo y, cuando regresó a la sala de estar, la niña se había levantado de la mesa para ir en busca de la mochila rosa. Era tan dócil como un perro, aunque sin el entusiasmo con que este agitaría su cola.

Antes de que pudieran abandonar la casa oyeron una llave que giraba en la cerradura de la puerta principal. Tracy se quedó en blanco; no se le ocurrió ningún motivo por el que alguien tuviera la llave de su puerta principal, por el que alguien fuera a entrar en su casa. Durante un instante de locura pensó que podía tratarse del desconocido silencioso que llamaba por teléfono. Durante un instante de locura aún mayor pensó que podía ser Kelly Cross, y echó un rápido vistazo por el recibidor en busca de algo que utilizar como arma. La puerta se abrió.

–¡Janek!

Tracy se había olvidado por completo de él.

Janek pareció desconcertado por su sorpresa, y entonces vio a Courtney junto a la puerta de la cocina y sonrió encantado.

–Hola –exclamó.

Courtney lo miró fijamente sin cambiar de expresión.

–Mi sobrina –dijo Tracy–. Mi hermana es mucho más joven que yo –añadió, avergonzada de repente por lo vieja que debía de parecerle a Janek. Por supuesto, él tenía hijos propios, ¿no? A los polacos probablemente les gustaban mucho los niños. A la mayoría de los extranjeros les gustaban más los niños que a los ingleses.

–Estábamos a punto de salir –dijo a toda prisa antes de embarcarse en mayores complicaciones con respecto a los orígenes de la niña, y añadió–: Coge todas las galletas que quieras.

Qué diferencia tan enorme podía suponer un solo día.

* * *

Despertó sin tener ni idea de dónde estaba o de cómo había llegado allí. El alcohol provocaba esas cosas.

Jackson no estaba solo. Había una mujer en la cama a su lado, con la cabeza hundida en la almohada y los rasgos parcialmente ocultos bajo una maraña de pelo. Nunca dejaba de asombrarlo que hubiese tantas mujeres promiscuas en el mundo. En un repentino instante de paranoia se inclinó para comprobar si la mujer respiraba, y notó con alivio su aliento amargo y regular. La piel tenía el aspecto magullado y céreo de un cadáver, pero, al inspeccionarla, advirtió que no era más que el maquillaje de la noche anterior, corrido y emborronado. De cerca, incluso en la penumbra de la habitación y con solo la luz de la calle, vio que era mayor de lo que había pensado en un primer momento. Pasaba de los cuarenta, calculó, quizá algo más joven. Quizá algo mayor. Era de esa clase de mujer.

Según un reloj digital que había junto a la cama, eran las cinco y media. De la madrugada, supuso. Fuera invierno o verano, era la hora a la que se levantaba, gracias a su propio reloj interno, fijado por el ejército mucho tiempo atrás. En pie con el canto de la alondra. Jackson no creía haber visto nunca una alondra. Ni oído cantar a una, ya puestos. «Abre a la alondra y encontrarás la música / bulbo tras bulbo, envuelta en plata». ¿A qué clase de mujer se le ocurría una imagen así? Jackson estaba casi seguro de que Emily Dickinson no se despertaba con resaca, con un extraño en su cama.

El amanecer empezaba a resquebrajar el cielo. Ganarle por la mano al día estaba bien. El tiempo era un ladrón, y Jackson creía lograr un pequeño triunfo al arrancarle esas horas tempranas. Tenía la sensación de que era jueves, pero no habría puesto la mano en el fuego.

La mujer sin nombre que yacía junto a él murmuró algo ininteligible en sueños. Volvió la cabeza y abrió los ojos, que

156

tenían la pátina blanquecina de los ojos de los muertos. Al ver a Jackson recobraron algo de vida, y murmuró:

–Madre mía, apuesto a que tengo un aspecto horrible.

Sí que tenía bastante mala pinta, pero Jackson se tragó su desafortunada compulsión por mostrarse franco.

–En realidad, no –respondió con una sonrisa.

En esos tiempos, no sonreía con frecuencia (¿lo había hecho alguna vez?), y solía pillar a las mujeres por sorpresa. La mujer de la cama (sin duda le habría dicho su nombre en algún momento, ¿no?) se estremeció de placer, soltó una risita y dijo:

–¿Me vas a preparar una taza de té, amorcito?

–Vuelve a dormirte. Aún es temprano.

Con extraña obediencia, la mujer cerró los ojos y al cabo de unos minutos roncaba con suavidad. Jackson supuso que estaba jugando en una liga inferior.

Tenía el recuerdo –vago al principio, pero por desgracia cada vez más claro– de haber entrado en un bar del centro de la ciudad, en un intento de dejar atrás sus años dorados. Le parecía recordar que andaba en busca de un *pastis,* en algún local cálido en una ciudad fría, pero había acabado en una especie de coctelería cutre llena de hombres hechos polvo, muy superados en número por las mujeres, sobradas de desparpajo. Un grupito de ellas se había abalanzado sobre él, febriles de tanto alcohol e impacientes por apartarlo de la manada de lugareños con traje. Daba la sensación de que aquellas mujeres hubiesen empezado a beber en algún momento del siglo anterior.

Estaban celebrando el divorcio de una del grupo. Jackson pensó que un divorcio era más bien motivo de duelo que una ocasión para irse de farra, pero qué sabía él con el historial tan pobre que tenía en lo concerniente al matrimonio. Le sorprendió descubrir que todas las mujeres parecían ser profesoras o asistentes sociales. No hay nada más terrorífico que una mujer de clase media cuando se desmelena. ¿Cómo se llamaban aquellas mujeres griegas que hacían pedazos a los hombres? Julia lo sabría.

Aunque era una noche entre semana, todas las mujeres tomaban chupitos con nombres ridículos: Lamborghini Flameante, Extracto de Rana, Fulana Pelirroja; Jackson sintió cierta inquietud ante el asqueroso contenido de sus vasos. Solo Dios sabía qué cara tendrían cuando aparecieran en el trabajo a la mañana siguiente.

–Soy Mandy –dijo alegremente una de las mujeres.

–Vamos, cariño, pégale un revolcón –exclamó otra con la garganta hecha un asco de tantos años fumando.

–Así funciona la cosa –prosiguió Mandy ignorando a su amiga–. Yo me llamo Mandy, y tú eres...

–Jackson –respondió él a regañadientes.

–¿Qué es Jackson? –quiso saber una de ellas–. ¿Nombre o apellido?

–Lo que tú quieras –repuso.

Le gustaba mantener conversaciones bien simples. No había gran cosa que no pudiera expresarse con «sí», «no», «hazlo», «no lo hagas»; todo lo demás era bastante ornamental, aunque agregar un «por favor» de vez en cuando podía hacerte avanzar un trecho sorprendente, y un «gracias» todavía más. Su primera mujer se había quejado de su falta de verborrea («Por Dios, Jackson, ¿va a matarte charlar por charlar?»). Esa era la misma esposa que en los inicios de su noviazgo lo había admirado por ser uno de esos hombres «fuertes y callados».

Quizá debería haberse esforzado en hablar más con Josie. Entonces es posible que ella no le hubiese dejado, y si ella no le hubiese dejado él no habría empezado con Julia, que lo sacaba de quicio, y sin duda no habría encontrado después a la farsante de su segunda esposa, Tessa, que lo había desplumado hasta dejarlo pelado. Por falta de un clavo.

–Esposa buena, esposa mala –comentó Julia–. En el fondo del corazón sabes a cuál prefieres en realidad, Jackson.

¿Lo sabía? ¿A cuál? Nadie, ni siquiera Tessa, era capaz de hurgar en sus pensamientos del modo en que lo hacía Julia.

–La viuda negra –declaró ella encantada–. Tuviste suerte de que no te comiera.

Las mujeres se sentían con frecuencia atraídas por él, por lo menos al principio, pero Jackson ya no valoraba tanto la apariencia, ni la propia o (por lo visto) la del sexo opuesto, pues había sido testigo demasiadas veces de los estragos que acarreaba la belleza sin la verdad. Aunque hubo un tiempo en que no se habría sentido atraído, por borracho que estuviera, por alguien como la mujer con la que se había despertado aquella mañana. O quizá uno va bajando simplemente el listón a medida que se hace mayor. Claro que él, que en el fondo era tan fiel como un perro, se había pasado la mayor parte de su vida adulta en relaciones monógamas en las que esos problemas no habían sido más que hipotéticos.

Nunca se había considerado muy promiscuo. Desde lo de Tessa, había llevado una vida ascética, casi monacal, apreciando la ausencia de necesidad en su vida. Un monje cisterciense. Y entonces, de pronto, había traicionado todos los votos no profesados con solo pasarle por delante un regimiento monstruoso al más puro estilo Terry Pratchett.

–¿Qué te trae a este rincón del bosque? –quiso saber una de las más sobrias del aquelarre («Me llamo Abi, y me han nombrado la adulta de este grupo», un hecho que parecía provocarle amargura).

A Jackson no se le daban bien las preguntas, y puestos a elegir, prefería hacerlas él que responderlas. Recordó que eran profesoras y asistentes sociales.

–Supongo que ninguna de vosotras conoce a Linda Pallister por casualidad, ¿no? –preguntó.

Hubo un par que aullaron de risa como hienas.

–No pillarías a Linda ni muerta en un sitio como este. Estará reciclando gatos o idolatrando árboles en alguna parte.

–No, no es pagana, es cristiana –dijo alguien.

El comentario pareció transportarlas a un nuevo nivel de hilaridad.

–De todas formas, ¿para qué la quieres? –quiso saber Abi, de bastante mal humor.

–Tenía una cita con ella esta tarde, pero no se ha presentado.

–Trabaja en adopciones. ¿Eres adoptado? –dijo una de ellas tendiendo la mano para coger la de Jackson–. Pobre niño. ¿Eras huérfano? ¿Te abandonaron? ¿No te querían? Ven con mamá, pequeñín.

–Ella es más vieja que Matusalén –repuso otra–. No la quieres. Nos quieres a nosotras.

Una de las mujeres se le acercó tanto que sintió el calor de su cara junto la suya. Estaba lo bastante borracha para creerse seductora cuando le preguntó con voz entrecortada:

–¿Te apetece un pezón escurridizo?

–¿O una mamada? –chilló otra.

–Te están tomando el pelo –añadió otra más acercándose con sigilo–; son nombres de cócteles.

–Para ti igual sí –exclamó entre risas la primera.

–Vamos, amorcito, échale un polvo –soltó otra–. Se muere de ganas; no la hagas sufrir más.

¿Qué les había pasado a las mujeres?, se preguntó Jackson. Hacían que se sintiera casi mojigato (no lo suficientemente mojigato, claro está, para resistirse a los dudosos encantos de una de ellas). Había advertido que, últimamente, se sentía como un visitante de otro planeta, cada vez más. O del pasado. A veces pensaba que el pasado no era tan solo otro país, sino un continente perdido en algún lugar en el fondo de un océano ignoto.

—Tienes cara de enfadado —dijo Abi.

—Es mi aspecto habitual; no tengo otro —respondió él.

—No te preocupes, no mordemos.

—Todavía no —añadió una entre risas.

Jackson sonrió y la temperatura alrededor de él se elevó un grado. Quedó claro que, ahí, el tesoro era él. El ambiente en el bar estaba tan cargado que existía un peligro real de que aquellas mujeres enloquecidas estallaran simplemente de pura excitación.

Bueno, se dijo, lo que pasa en Leeds se queda en Leeds. ¿No era así el dicho?

—No estoy preocupado —respondió—. Pero si vais a invitarme, señoritas, tomaré un Pernod.

Había llegado el momento de poner pies en polvorosa. Jackson se levantó con sigilo de la cama y encontró su ropa en el suelo donde debía de habérsela quitado unas horas antes. Se movía con cierta delicadeza. Sentía la cabeza de plomo, como si pesara demasiado para el frágil tallo de su cuello. Recorrió de puntillas un pasillo estrecho y se sintió agradecido al dar a la primera con la puerta del cuarto de baño. Comportarse en aquella casa como si estuviera en plena operación de reconocimiento en un territorio hostil le pareció una opción tan válida como cualquier otra. Era una versión mejor de la casa en la que había crecido, un detalle que lo perturbó, como lo hacían algunos sueños.

El cuarto de baño estaba calentito y limpio y tenía unas alfombrillas a juego para el lavabo y la bañera de un tono fresa. Los sanitarios también eran de color rosa. No recordaba haber orinado en un inodoro rosa con anterioridad. Para todo hay una primera vez. Los azulejos de la bañera tenían flores, los productos de cuidado corporal del supermercado se alineaban pulcramente en su extremo. Pensó en la mujer que vivía allí y se preguntó por qué se acostaría con un completo extraño. Podía hacerse la misma pregunta, por supuesto, pero parecía menos relevante. Había dos cepillos de dientes en una taza sobre el estante de encima del lavabo. Se cuestionó su significado.

Se lavó las manos (había sido bien enseñado por toda una estirpe de mujeres que se remontaba hasta la Edad de Piedra) y se vio reflejado en el espejo. Tenía aspecto de vicioso, que era más o menos como se sentía. Había caído. Como Lucifer.

Estaba desesperado por ducharse, pero aún lo estaba más por salir de aquella casa claustrofóbica. Bajó por la escalera enmoquetada, pisando en el borde de los peldaños para que no crujieran demasiado. La mujer vivía con alguien que había dejado una bicicleta aparcada en el vestíbulo. Probablemente la misma persona que había dejado tiradas unas botas de fútbol llenas de barro junto a la puerta principal. Había un monopatín apoyado contra la pared, y verlo (¿dónde estaba su dueño?) lo deprimió un poco.

De algún modo habría preferido que el segundo cepillo de dientes perteneciera a una pareja o a un amante y no a un hijo adolescente. De pronto se sintió agradecido de que su primera mujer hubiera vuelto a casarse, no porque fuera (al parecer) feliz, pues le importaba un bledo su felicidad, sino porque significaba que no andaba recogiendo a desconocidos (como él mismo) para pasar la noche. Desconocidos que tendrían la libertad de merodear por la casa en la que su hija se encontraba inmersa en una intensa e inquietante adolescencia.

No respiró hasta que hubo cerrado la puerta principal tras de sí para salir al neblinoso aire de primera hora de la mañana. El día tenía pinta de poder acabar de cualquier manera, y no estaba pensando solo en el clima.

Fijó su brújula interna en «centro de la ciudad» y correteó hacia allí a un ritmo más pausado del habitual, con la esperanza de dejar atrás una resaca colosal. Hacía poco que había empezado a correr de nuevo. Con un poco de suerte, si le aguantaban las rodillas, planeaba seguir corriendo el resto de su edad dorada y buena parte de la de diamante.

(¿Por qué? –preguntó Julia–, ¿por qué correr?

–Te impide pensar –respondió él alegremente.

–¿Eso es bueno?

–Sin ninguna duda).

En sus viajes por Inglaterra y Gales había descubierto otra ventaja: correr era un buen sistema para ver un lugar. Uno podía ir de la ciudad al campo antes del desayuno y pasar del deterioro urbano a un barrio burgués de las afueras sin perder la zancada. Era un gran sistema para echar un vistazo a las propiedades que hubiese en venta. Y nadie se fijaba en ti, no eras más que un chiflado que salía al amanecer para probar que aún era joven.

Jackson llegó por fin al Best Western, donde había tenido toda la intención de pasar la noche, y no en brazos de una extraña. Hacía mucho tiempo que no tenía una aventura de una noche. Como decía la canción «¿Me amarás aún mañana?». Esperemos que no.

Cogió el ascensor para subir a su planta y pensó que podría recuperar un poco el sueño perdido. Su cita con Linda Pallister era a las diez, a un tiro de piedra del hotel. Tiempo de sobra para una cabezadita, una ducha y un afeitado y algo de desayuno, pensó cuando entraba en la habitación. Una taza de café decente. Incluso una indecente le serviría en aquel momento.

Se había olvidado por completo del perro.

Esperaba con ansiedad al otro lado de la puerta como si no supiera muy bien quién iba a aparecer por ella. Cuando vio que no era su antiguo colega Colin, empezó a menear la cola como un loco. Jackson se agachó y le permitió dar rienda suelta a su felicidad durante un momento. Se sintió mal por haberlo dejado solo y encerrado toda la noche. Si se lo hubiera llevado consigo la noche anterior, quizá el perro podría haber controlado sus payasadas y protegido su moral; una pata amistosa en el hombro en un momento determinado, el consejo de que se lo pensara dos veces, «Vete a casa, Jackson. No lo hagas. Limítate a decir que no».

Echó un vistazo a la habitación del hotel para comprobar si había depositado algún regalito marrón, y al no encontrar nada, dijo:

—Buen perro —y, aunque seguramente era lo último que deseaba hacer en aquel momento, cogió la correa y añadió—: Venga, vamos. —Y abrió la cremallera de la mochila para el animal.

* * *

No había hecho nada por ayudar a aquella criaturita. Era una de esas que sufren, como en aquella canción de The Smiths. Pensó en la niñita que entonaba su inocente canción, «Brilla, brilla, estrellita», en el centro comercial Merrion y en la horrible bruta que tenía por madre. Courtney. «Joder, Courtney, cierra el pico de una vez». ¿Cómo podía haber gente capaz de actuar de ese modo? Un eco de su padre: «A los niños hay que verlos pero no oírlos, Matilda». El pensaba en realidad que no había que oírlos ni verlos. Sus padres habían tenido otro hijo, un hermano de Tilly, que ya había muerto cuando ella nació, y tuvo que caminar a su sombra toda la infancia. Todos aquellos cementerios del pasado, llenos de niños, con sus lápidas como pequeños dientes rotos. La medicina moderna habría salvado a la mayoría de ellos, habría salvado a su hermano. Aunque haría falta algo más que medicina para salvar a las pequeñas Courtneys de este mundo.

Era extraño que recordara el nombre de una niña a la que no conocía y tuviera problemas para saber cómo se llamaban los simples objetos de la vida cotidiana. Tetera. Aquella mañana le había llevado diez minutos dar con la palabra «tetera». El cachivache ese que se utiliza para el agua, le había dicho a Saskia.

–¿Cachivache? –había repetido Saskia, claramente sin saber de qué hablaba.

–Como el de la canción «Waltzing Matilda» –dijo Tilly–. Que es mi nombre, por supuesto. Matilda –y añadió–: Eso que el vagabundo está esperando a que hierva, ya sabes...

–Oh, la tetera, claro –repuso Saskia.

Al menos con lo de la canción había ido bien encaminada. La primera palabra que había pescado en las profundidades de su mente fue «pollo», por absurdo que fuera.

–Voy a poner... ¿cómo se llama ese trasto? El pollo para preparar una taza de té, ¿te parece?

Saskia la había mirado como si tuviera dos cabezas. Tilly la tontita. Tilly teterita tontita. El día anterior había llamado lirios a las luces. Oh, está oscuro, ¿enciendo los lirios? «Fíjense en los lirios, no hilan ni tejen», decía san Lucas. «Las luces se están apagando en toda Europa.» Y utilizaba palabras sin sentido para objetos cotidianos: cortinas, cajones, tazas, se transformaban en paparruchas impronunciables. Todas sus palabras se hacían puré; el lenguaje se desvanecía hasta que no quedaba otra cosa que sonidos sin significado alguno y, al final, solo silencio.

La muchacha le tenía miedo a Tilly. La locura de Lear. La pobre Ofelia arrastrada por la corriente río abajo, con un bolso lleno de cuchillos y tenedores y, precisamente aquella mañana, un carrete de cinta roja y una aguja de tejer, como si hubiese deambulado en sueños por una mercería. Había hecho el papel de Ofelia con una compañía de repertorio. El actor que daba vida a Hamlet era más bien bajito. «Rema, rema, rema suavemente con tu barquita, río abajo».

–¿Has interpretado alguna vez papeles clásicos? –le preguntó a Saskia unos días atrás–. ¿De Shakespeare y compañía?

–Oh, no, por Dios –respondió Saskia, como si Tilly hubiera sugerido algo desagradable.

Saskia no tenía nada que ver con Padma. Padma era una chica amable, siempre preguntando si podía hacer algo por ella. A veces hacía que se sintiera una inválida por la forma en que la trataba. Inválida. Esa palabra tenía doble sentido, ¿no? Enferma o nula, inservible. Se estaba volviendo ambas cosas. Más valía muerta que loca. Ofelia lo sabía bien.

La niña de «Brilla, brilla, estrellita» se le había mezclado ahora con todas las demás pobres criaturitas del mundo. Y había también unos cuantos bebés conejo disecados. Y su propio bebé, el que perdió. Todos se habían refundido en una sola criatura indefensa que daba alaridos bajo el viento. El nombre de la niña de la «estrellita» se le había ido de la cabeza; solo un minuto antes lo recordaba, y de pronto... se había ido, al mismo sitio que todas las teteras. Oh, Dios mío.

Había querido hablarle al hombre que antes era policía de la niñita de la «estrellita». ¿Le contó algo a aquella chica tan amable del centro no sé qué? Centro comercial Marrón, Morrión..., ah, sí, Merrion. En aquel momento estaba tan preocupada por sus propios problemas que probablemente no había dicho nada. Si las mujeres buenas no hacen nada, el mal se saldrá con la suya. Todavía no había encontrado el monedero, por supuesto. Julia y Padma le habían prestado algo de dinero. Y hasta Saskia le había dado un billete de cinco libras.

–Esto te ayudará a ir tirando –dijo.

Tilly estaba segura de que la chica en el fondo tenía buen corazón, aunque la hubiese oído quejarse a alguien del equipo de producción, diciéndole:

–Esa vieja horrible. Y encima es sucia. Necesito vivir sola.

Pues mala pata, chata; esta gente es de la virgen del puño.

Debió haber intervenido. Se imaginó arrancando a la niña de su madre y saliendo a la carrera del centro comercial con ella en brazos. Podría haberla metido en su coche (de haber recordado cómo se ponía en marcha) y habérsela llevado a la casita Campanilla, donde habría alimentado a la criaturita con huevos escalfados y unas peras de Anjou de esas tan buenas que le había comprado Padma. No sabía escalfar un huevo, por supuesto. Su madre se los preparaba en una pequeña escalfadora de huevos de porcelana. Una cosa muy bonita. «Escalfado» era una palabra encantadora, la hacía pensar en algo acurrucado y calentito. Si ella tuviese una niñita de la que cuidar, la mimaría mucho. O un conejo, un pobre conejito aterciopelado que huyera del zorro o de la escopeta. «Corre, conejito, corre».

Sus pensamientos se vieron interrumpidos por alguien que aporreaba la puerta.

No consiguió figurarse quién sería a aquellas horas. Abrió la puerta con cautela. Ahí fuera, de pie, había una joven que le resultaba familiar. Estaba sin aliento, sus pechos casi inexistentes subían y bajaban. Iba maquilladísima. Bajo el maquillaje, reconoció por fin a Saskia. La muchacha se abrió paso con rudeza y entró en la casa.

–¿Está Vince? –preguntó, como si su vida dependiese de ello.

–¿Vince? –repitió Tilly–. Aquí no hay nadie que se llame Vince, querida.

Supuso que en la casita Campanilla se había alojado un montón de gente de toda clase, siendo como era una vivienda de alquiler para las vacaciones. Aunque no tenía ni idea de por qué Saskia andaría buscando a una de esas personas. Reparó de pronto en la pistola que empuñaba la muchacha.

–Oh, querida, ¿qué diantre vas a hacer con eso?

–¡Corten! –bramó alguien.

¿Corten? ¿Que corten qué?, se preguntó Tilly.

* * *

Tracy decidió parar en un supermercado a comprar provisiones. Primero cargó el carrito con plátanos, la comida rápida ideal para niños pequeños. Cuando recorrían los pasillos, sus pensamientos estaban divididos entre preocuparse por las cámaras de seguridad y preguntarse si Courtney iba a quedarse atascada en el asiento del carrito, y qué haría ella si ocurría, cuando vio un rostro conocido que iba hacia ellas.

Era la esposa de Barry Crawford, Barbara. Mierda. Querría saber quién era Courtney. ¡Mira que había supermercados en el mundo...!

Barbara Crawford avanzaba por el pasillo de las verduras enlatadas como si anduviese sobre alfileres, empujando el carrito como si fuera un cochecito de bebé Silver Cross. Una zombi maquillada y con tacones. No importaba qué le pasara por dentro; Barbara siempre estaba a punto para una invitación imprevista a comer con la reina. La manicura y el maquillaje eran impecables, así como el vestido de lana, el cinturón de cadenilla dorada, las medias finas y el cabello negro tan acharolado como los zapatos. Tracy se dijo que si ella estuviera destrozada por el dolor se vestiría con harapos, se embadurnaría el rostro con carbón y barro, y dejaría que el pelo se le volviera de rastafari. A cada cual lo suyo, supuso. Después de casarse con Barry, Barbara había pasado años como vendedora de Avon. Ding dong, Avon llama. «No has pensado en ponerte colorete, Tracy? Obraría maravillas en ti». Le haría falta algo más que colorete.

Barbara llevaba una rígida sonrisa en la cara, como si se la hubiese puesto esa mañana y no pensara quitársela por nadie. Era la clase de esposa que uno se alegraba de dejar en casa, de esas estrictas con las normas y los deberes, una criatura rutinaria, casada con alguien cuyo trabajo era cualquier cosa menos rutinario. La ponía frenética. Y a Barry lo empujaba a los pubs y a las prostitutas.

–Lo que haría cualquier hombre que amase a su mujer –decía él–. Las esposas para la postura del misionero, para mostrarles respeto, y las putas para divertirse.

Barry le «explicó» a Tracy que las fulanas solo querían dinero. Y a las esposas tenías que pagarles hasta con el alma. Aquello la hizo alegrarse de no ser la esposa de nadie. La mayor parte de los días agradecía seguir soltera, aliviada por no tener que envejecer en compañía de alguien que la mirase con indiferencia sobre las tostadas con mermelada mientras ella se preguntaba qué estaría pensando en realidad.

Aunque esos días ya eran cosa del pasado para Barry. Para él se acabaron muchas cosas el día en que murió el pequeño Sam.

–Oh, mierda –musitó cuando Barbara se acercaba. Un día de esos era el aniversario, ¿no? Hacía dos años–. Mierda, mierda, mierda.

Courtney la miró presa de la alarma, haciendo pucheros.

–No pasa nada, cariño –la tranquilizó–. Solo me he acordado de pronto de algo, nada más... ¡Barbara! ¡Hola! –modificó el tono para volverlo más sensible y compasivo, más adecuado al luto–. ¿Cómo estás?

Tracy estaba con Barry cuando recibió la llamada, la mano le había empezado a temblar tanto que dejó caer el teléfono.

Ella lo recogió, dijo «Hola» y recibió de primera mano las malas noticias de otro.

Barry Crawford era un viejo miserable e imbécil de nacimiento, pero se llevaban bien. Tracy se acordaba de cuando Amy nació, recordaba haber celebrado la llegada del bebé en un pub lleno de polis. Barry era un simple agente de homicidios por aquel entonces y ella aún llevaba uniforme (por supuesto). Fue no mucho después de que atraparan al Destripador.

—Las mujeres vuelven a estar a salvo —le dijo un inspector ante las cervezas con las que brindaron, y Tracy estaba tan borracha que se había reído en su cara. Como si sacar a un tipo malo y chiflado de las calles supusiera que las mujeres estaban a salvo.

—Por mi hija recién nacida —brindó Barry, levantando el vaso con un whisky de malta doble hacia el local en general. Debía de ser más o menos el sexto de aquella noche.

—Que tengas más suerte la próxima vez —repuso algún bromista al fondo de la sala.

Cuando nació el bebé de la propia Amy, Sam, el marido, Ivan, estuvo en la sala de partos con ella, asistiendo sudoroso a cada minuto del alumbramiento.

—Los tiempos han cambiado —le dijo Barry con ironía a Tracy—. Ahora uno tiene que prestar todo su apoyo. Hoy en día, los hombres tienen que ser como las mujeres, que Dios nos ayude.

—Algunas nos estamos convirtiendo en los hombres con los que queríamos casarnos —repuso Tracy.

—¿Eh?

—Gloria Steinem, feminista pionera.

—Caray, Tracy.

—Es la cita del día en mi calendario. Solo lo comento.

Barry exhaló un suspiro y levantó el vaso.

–Por mi nieto, Sam.

Estaban en un pub en Bingley, lugar de nacimiento del Destripador. Deberían haber puesto una placa. Ahora todo aquello era historia remota. Esa vez solo estaban ellos dos celebrando lo del bebé, dinosaurios, vestigios de tiempos prehistóricos.

–Si no evolucionas, te quedas atrás –comentó Barry.

–Si no evolucionas, te mueres –repuso ella.

A Amy no la bautizaron de pequeñita.

–En realidad no somos religiosos –comentó Barry.

Pero sí la habían bautizado después del accidente, cuando estaba conectada a una máquina que mantenía sus constantes vitales.

–Solo por si acaso –dijo Barry.

A eso se le llamaba aferrarse a la esperanza. Amy siguió viviendo cuando la desconectaron, Sam no. El propio Ivan estaba en otra sala, sometido a tracción como una mosca en una telaraña. Barry y Barbara solo fueron a visitarlo una vez, cuando tuvieron que hablarle de desconectar todas esas máquinas brillantes y consignar a Sam a la eternidad.

–Tú no puedes entenderlo –le había dicho Barbara Crawford cuando Tracy le dio el pésame en el crematorio–. Tú no tienes hijos, ni nietos. Ojalá me hubiese pasado a mí en su lugar.

Tracy se preguntó si sus padres habrían estado dispuestos a sacrificarse para salvarla. Su madre había aguantado un tiempo después de que su padre muriera, y en sus últimos días dio la impresión de que no fuera a irse a menos que se llevara a Tracy consigo. Su madre tenía el ADN de un escorpión; estaba hecha para sobrevivir a un invierno nuclear. Aunque el cáncer pudo con ella al final. Nadie duraba para siempre, ni siquiera Dorothy Waterhouse. Los diamantes y las cucarachas eran libres para heredar la tierra ahora que ella se había ido.

Barbara Crawford tenía razón, por supuesto. Tracy nunca había experimentado ese sentimiento, esa clase de amor incontenible que te desgarra las entrañas, por el que darías la vida. Excepto quizá en aquella única ocasión con el crío de Carol Braithwaite en aquel piso infernal en Lovell Park. Y ahora, con ese pedacito de ser humano sentado en un carrito de supermercado. Ni siquiera estaba segura de que amor fuera la palabra adecuada para eso que sentía, pero fuera lo que fuese hacía que sintiera deseos de llorar, estuvieran tus críos vivos o muertos.

La hija de Barbara y Barry, Amy, no estaba viva ni muerta, sino flotando en algún lugar intermedio. En un «centro». Se preguntó con cuánta frecuencia Barbara visitaba a Amy. ¿Todos los días? ¿Cada semana? ¿Lo hacía cada vez con menor frecuencia a medida que pasaba el tiempo?

Tracy había acudido a verla una vez. Solo pudo pensar en Disney, en Blancanieves, en la Bella Durmiente. Parecía un marco de referencia de porquería. Tuvo deseos de acabar con aquello por ella, de hacerles a Barry y Barbara el favor que no podían hacerse a sí mismos. Nunca volvió a hacer una segunda visita. Aún podía ver a Amy bailando con su padre el día de su boda, con la enorme falda del vestido blanco aplastada contra el traje oscuro de él, la gran flor de payaso en el ojal de Barry. Ahora Amy se encontraba suspendida para siempre, una princesa dormida de cuento de hadas sin un final, ni feliz ni de otro modo. ¿Qué había dicho Barry? «Y entonces nos morimos y no hay nada más. Claro que no hace falta que uno se muera para eso».

Pero Sam sí estaba muerto. Había quedado hecho trizas en un accidente, en el coche que conducía su propio padre, Ivan. Iba casi al triple de la velocidad permitida, «conduciendo como un loco», según un testigo. Había resultado ser Ivan el Terrible, después de todo. ¿Por qué había subido Amy al coche con él, y con un crío? Ya no había forma de saberlo, era demasiado tarde. Ivan fue condenado a una breve temporada en prisión, pues el juez consideró que ya había «pagado un precio muy alto por un día que lamentará el resto de su vida».

–Y un huevo –soltó Barry.

Tracy apenas pudo soportar ver a Barry Crawford recorriendo el pasillo de la iglesia, trastabillando bajo el peso del pequeño ataúd blanco.

–Era pesado –le contó después a Tracy– para contener algo tan pequeño.

Los ojos rojos inyectados en whisky. Pobre tipo. Era el mismo pasillo por el que había llevado a su hija un año antes. A Ivan no tardarían en soltarlo. Se preguntó si Barry lo mataría cuando saliera a la luz del día, libre. Había veces en que Tracy se preguntaba si debía hacerlo por él, algo encubierto. Estaba bastante segura de poder cometer el asesinato perfecto si tenía que hacerlo. Todo el mundo llevaba un asesino dentro que solo esperaba salir, unos más pacientes que otros.

–¿Que cómo estoy? –dijo Barbara, como si fuera una pregunta que precisara una seria consideración en lugar de un saludo educado–. Bueno, ya sabes –añadió, cogiendo una lata de guisantes para examinarla como si un alienígena acabara de dársela diciendo «En nuestro planeta comemos esto».

Iba drogada hasta las cejas, por supuesto. Bueno, ¿por qué no? No hizo comentario alguno sobre la presencia de Courtney en el carrito; ni siquiera pareció advertir que estaba ahí. Tracy tenía preparado un discursito («La cría está en un hogar de acogida; he pensado que podía hacer algo útil ahora que tengo un trabajo más fácil»), pero no hizo falta.

Barbara volvió a dejar la lata en el estante e hizo un ademán como si fuera a decir algo pero no encontrara las palabras.

–Bueno –concluyó Tracy–. Me ha encantado verte, Barbara. Recuerdos a Barry.

No dijo: «Hablé con Barry anoche, estaba con una mujer muerta» (él le había dicho una vez que las prefería muertas, así no te contestaban.

–Es broma, Tracy –añadió–. Caray, ¿qué os pasa a las mujeres? ¿No tienes sentido del humor o qué?

–Por lo visto, no).

–Bueno –repitió ahora–, tengo que irme.

–Sí –musitó Barbara. Su mirada se posó de pronto en Courtney, y retrocedió un poco.

–Estoy haciendo de canguro –repuso Tracy.

Hizo un giro de ciento ochenta grados y aceleró por el pasillo de los lácteos, cogiendo cartones de leche y yogures como si las vacas estuviesen a punto de quedar pasadas de moda.

La niña, entretanto, se zampaba en silencio un paquete de galletas de chocolate y naranja que había birlado de algún sitio.

–Robar en las tiendas es un delito.

Courtney le ofreció el paquete. Tracy cogió dos galletas y se las metió en la boca.

–Gracias –murmuró.

–De nada –respondió Courtney.

El corazón de Tracy dio un vuelco. ¿Dónde había aprendido modales la niña? No parecía probable que hubiese sido de Kelly Cross.

–¿Qué te gustaría hacer ahora? –le preguntó.

Daba la sensación de que nunca hubiese tenido posibilidad de elegir, y Tracy se dijo que se la daría por una vez. Démosle una posibilidad de elegir a la niña. Démosle una oportunidad a la niña. Démosles una oportunidad a todos.

21 de marzo de 1975

Eran las ocho de la tarde. Kitty tenía frío y había ido al piso de arriba en busca de un cárdigan. Había corriente; el viento trataba de entrar en la casa por cualquier resquicio que encontrara. «El viento suena a lluvia / cuando gime en la ciudad». ¿Quién había escrito eso? Nunca había sido muy amante de la literatura. Fue la «musa» de un escritor durante un tiempo. Ahora ya apenas se lo oía nombrar. En aquella época era bastante famoso, aunque posiblemente más por su estilo de vida que por sus obras. Era infiel y bebía de la mañana a la noche. Alcohol y fulanas, los derechos del hombre, decía. Ella había sido uno de sus trofeos; «musa» era solo una palabra elegante para no decir «amante». El tipo vivía en Chelsea, pero tenía mujer y tres hijos en el campo, en alguna parte.

Ella era muy joven; aquello fue justo al principio de su carrera, y la habían impresionado terriblemente algunas de las cosas que él la obligó a hacer. Nunca hablaba con Ian de esa parte de su vida. Se estremeció. En los dormitorios hacía más frío que en cualquier otra parte de la casa. Dejaban los radiadores de arriba apagados, porque Ian pensaba que dormir en una habitación caldeada no era sano. Siempre andaba abriendo ventanas, y Kitty siempre andaba cerrándolas. No era un motivo de disputa, solo una diferencia de opiniones. Después de todo, no era un tema sobre el que pudiera llegarse a un compromiso. Una ventana solo podía estar abierta o cerrada.

Sacó de un cajón un cárdigan de cachemir de color beis y se lo echó con elegancia sobre los hombros. Esas fueron las palabras que aparecieron en sus pensamientos: «Kitty Winfield se echó el cárdigan de cachemir con elegancia sobre los hombros». Hacía aquello desde niña, comentaba mentalmente todo lo que hacía. Salía al exterior para observarse, en algo parecido a una de esas experiencias extrasensoriales en que la gente abandona su cuerpo. Todas aquellas clases de ballet, claqué, dicción, porte; su madre le dijo que estaba predestinada a ser alguien. Tuvo un papel en la obra de Navidad de su pueblo, todos los años; parecía prometer mucho. Se había criado en Solihull; invirtió mucho tiempo en perder el acento. Cuando cumplió los diecisiete decidió que había llegado el momento de probar suerte en Londres. ¿Qué muchacha «prometedora» habría querido quedarse en la región central de Inglaterra en 1962? «La recién llegada Kathryn Gillespie está predestinada a lograr grandes cosas».

Se trasladó a la capital para asistir a una academia de baile durante toda la jornada, con la matrícula costeada por su madre, y no llevaba allí más de una semana cuando la abordó un hombre en la calle.

–¿No te ha dicho nadie que podrías ser modelo? –preguntó.

Ella pensó que hablaba en broma, o que no era de fiar, pues su madre se había pasado la vida advirtiéndola sobre hombres como aquel, pero resultó que era legal y en efecto era cazatalentos de una agencia. Y de la noche a la mañana dejó de ser Kathryn para convertirse en Kitty. Trataron de que triunfara tan solo con ese nombre, como Twiggy, pero nunca cuajó.

Su madre había muerto unos meses atrás. «Kitty Winfield estaba junto a la tumba de su madre, sollozando quedamente». Cáncer de pulmón, horroroso. Volvió a Solihull a cuidar de ella. No supo qué fue peor, si ver morir a su madre o revisitar su propio y prometedor pasado. Le estaba costando muchísimo superar la muerte de su madre, y en realidad era una tontería porque apenas la veía.

Hacer de modelo era mucho más fácil que bailar. Lo único que hacía falta eran unos buenos huesos y cierto temperamento estoico. Nunca le pidieron que hiciese nada de mal gusto, ni que se desnudara. Numerosos retratos preciosos en blanco y negro, obra de fotógrafos famosos. Grandes reportajes de moda, en todas las revistas, y en una ocasión en la portada de *Vogue*. La gente la llamó durante un tiempo «el rostro de los sesenta». Todavía recordaban su nombre. «Kitty Gillespie, el icono de los sesenta, ¿dónde está ahora?» La semana anterior, sin ir más lejos, habían llamado de un suplemento dominical para hacerle una entrevista sobre su «oscuridad». Ian se quitó de encima con educación a la persona que llamaba.

En 1969 todo había acabado. Conoció a Ian y decidió renunciar a los focos a cambio de la seguridad, de la perseverancia. Podía decir con toda sinceridad, con la mano en el corazón, que jamás había lamentado su decisión.

Había querido ser una estrella del cine, por supuesto, pero tuvo que reconocer que era una pésima actriz. «Kitty Gillespie entraba en el plató y lo iluminaba». Por desgracia, no era así. Era físicamente adecuada para los papeles, pero incapaz de pronunciar las palabras. Rígida e inexpresiva, como un ladrillo. Había tenido un papel minúsculo en una película, una de esas cintas tensas de vanguardia protagonizada por un controvertido cantante de rock. Todo muy bohemio. Kitty aparecía apoltronada en un sofá, supuestamente aturdida por el sexo y las drogas. Solo tenía que decir una frase: «¿Adónde vas, tesoro?». Ahora casi nadie recordaba aquella película, y nadie se acordaba de la interpretación de Kitty. Gracias a Dios.

La estrella del rock se rio de ella y le dijo:

–No dejes el empleo que tienes, cariño.

Se acostó con él una vez, prácticamente se esperaba que lo hicieran. «De rigueur», dijo el rockero. A veces pensaba que cuando fuera muy vieja y todos los demás hubiesen muerto, escribiría su autobiografía. De su vida durante aquellos años, al menos; los años posteriores a su matrimonio habrían dado para un libro muy aburrido a los ojos de otras personas.

Hizo la película el año después de que dejara al escritor. Estuvo bajo su hechizo casi dos años, fue casi como ser su rehén. Era la época en que debería haberse divertido por ahí con sus amigos, disfrutando de todas las cosas de las que disfrutaría normalmente una chica de su edad. En cambio estaba sirviéndole copas al escritor y alimentando su ego, viéndose obligada a leer sus aburridos manuscritos. La gente pensaba que todo aquello era glamuroso y muy adulto, pero no lo era. Se parecía a ser una niñera que de vez en cuando tuviese que llevar a cabo sórdidos actos sexuales. Él tenía casi veinte años más que ella y solía irritarlo que la mayor parte del tiempo Kitty no supiese de qué le estaba hablando.

Kitty se sentó ante el espejo del tocador y sacó un cigarrillo de la pitillera de plata. Estaba grabada con sus iniciales, y bajo la tapa había otro grabado, un mensaje de cumpleaños de Ian: «Para Kitty, la mujer a la que más querré siempre en este mundo». El escritor famoso le había regalado en cierta ocasión un encendedor con una frase obscena grabada, en latín. «De Catulo», había dicho al traducírsela. Le hizo pasar vergüenza. Nunca lo había utilizado, por si alguien que entendiera latín veía aquellas palabras. Era mucho más mojigata de lo que creía la gente. Arrojó el encendedor al Támesis desde el Victoria Embankment la mañana en que se marchó de la casa del escritor. «Ataron a Kitty Gillespie a uno de los pilares de la cama y la hicieron degradarse». Había ciertos límites. Además, él se había cansado de ella: el sitio de Kitty en su cama y a su lado lo había usurpado una poetisa sueca, «una mujer inteligente», decía él, como si Kitty no lo fuera. El escritor fue víctima de una gran tragedia no mucho después, y Kitty no pudo sino sentir lástima de alguien tan incapaz de enfrentarse a cualquier drama del que no fuera el centro.

Cuánto mejor era ser ahora la esposa de un médico encantador y vivir en una casa preciosa en la encantadora Harrogate y mirarse al espejo y verse el precioso y blanco cuello con unas perlas preciosas brillando contra la piel. «Kitty Winfield se puso un mechón de cabello detrás de una de sus bonitas orejas». Exhaló un suspiro. Había veces en que solo deseaba hacerse un ovillo en el suelo y fingir que nada existía. «Kitty Winfield abrió el frasco de píldoras para dormir que le había recetado su marido».

Apagó el cigarrillo, volvió a pintarse los labios, roció con un poquito de Shalimar la delicada y venosa piel del interior de las muñecas. Había unas levísimas cicatrices, como finas pulseras de algodón blanco, donde había tratado de cortarse las venas, mucho tiempo atrás.

Ian estaba en el piso de abajo leyendo una revista médica y escuchando a Chaikovski. No tardaría en dirigirse a la cocina para preparar una taza de algo con leche para ambos.

—Realmente somos como un par de viejecitos anticuados —comentaba riendo.

Qué gran vacío sentía ella dentro, donde debería haber habido un bebé.

—Nunca podrá concebir —le había dicho un obstetra en Londres, no mucho antes de que ella e Ian se casaran.

Ian estaba en el hospital Great Ormond Street en aquellos tiempos, y Kitty lo había conocido en Fortnum & Mason. Ian estaba comprando bombones para el cumpleaños de su madre, y ella se resguardaba de la lluvia; la había invitado a tomar un té con pastas en el Fountain y ella se dijo ¿por qué no?

—¿Quiere que tenga una pequeña charla con su prometido? —preguntó el ginecólogo—. Es médico, ¿verdad? ¿O se lo dejo a usted?

Estaban hablando en un código cortés. ¿Quería ella que el ginecólogo le explicara a Ian cómo un «procedimiento médico» al que se había sometido de joven tuvo como resultado que fuese incapaz de concebir un bebé? Pero Ian, un médico, querría saber más, y sin duda entendería muy bien en qué había consistido aquel «procedimiento médico». «Kitty Gillespie se tendió bajo la sábana blanca y abrió las piernas».

Después de dejar al escritor, después de que hubiese tirado al Támesis aquel encendedor obsceno, había descubierto que estaba embarazada. Lo ignoró, pensando que se le pasaría, pero no se le pasó. Supo que el escritor no tendría el más mínimo interés en sus dificultades, y tampoco quería que lo tuviese. Estaba ya de cinco meses cuando le practicaron un aborto. Phoebe March le había dado el nombre de un médico.

–Él te lo hará. Todas las chicas acuden a ese médico, y no es nada, es como ir al dentista.

Y no tenía un local chapucero en un piso mugriento al fondo de algún callejón. Tenía la consulta en Harley Street, con una recepcionista y flores en el escritorio. Era un hombre menudo, con los pies pequeños, una siempre se fijaba en los pies. «A ver, señorita Gillespie, si hace el favor de abrir las piernas». Incluso ahora se estremecía con solo pensarlo. Esperaba que fuera aséptico, indoloro, pero había sido una escena brutal. El médico pellizcó una arteria, y casi murió desangrada. La llevó al hospital más cercano y le dijo que se bajara del coche en la entrada de urgencias.

Phoebe fue a visitarla al hospital y le llevó alegres narcisos.

–Has tenido mala suerte, pero al menos te has librado de él. Somos chicas trabajadoras, cariño, tenemos que tomar decisiones difíciles. Ha sido lo mejor.

En ese momento, Phoebe interpretaba a Cleopatra en Stratford. Kitty e Ian habían ido a ver la obra; era algo que hacían muchas veces, quedándose el fin de semana entero en un bonito hostal. No le mencionó a Ian que conocía a Phoebe de tiempo atrás. Aún pensaba en aquel hombre menudo de Harley Street y en sus pequeños pies. Le parecía que debía de haber sentido desprecio hacia las mujeres. Le destrozó las entrañas para siempre.

Un rudo especialista escocés había tenido que abandonar su partido de golf en Surrey para tratar de remendarla.

–Has sido una chica muy estúpida –le dijo–. Y me temo que vas a pagar por ello el resto de tu vida.

Pero no se lo dijo a la policía; podía ser antipático, pero tenía corazón.

Kitty le había contado a Ian que nunca podría tener niños, le pareció de justicia. Le dijo que se trataba de «un problema de fontanería», de un defecto.

–¿A qué médicos has visto? –quiso saber él–. ¿A qué especialistas?

–A los mejores, en Suiza.

–Pues consultaremos a otros.

–Por favor –pidió ella–, no me hagas ver a más médicos, cariño, no lo soportaría.

Él era bastante mayor que ella, y dijo que siempre había pensado que tendría un hijo varón al que enseñaría a jugar al críquet y esas cosas.

–Deberías casarte con otra –le dijo Kitty la víspera de la boda.

–No.

Ian estaba dispuesto a sacrificarlo todo por ella, incluidos los niños.

–¿Va todo bien ahí arriba?

–Perdona, cariño, me he distraído; me he puesto a ordenar cajones, ahora mismo voy.

181

«Kitty Winfield se levantó del tocador y fue al encuentro de su marido». Antes de que lo hiciera, sonó el timbre de la puerta. Miró el reloj, una preciosa y delicada joya de oro que Ian le había regalado por Navidad (sin grabar). Eran casi las nueve. Nunca recibían visitas a esas horas. Se asomó a la barandilla del rellano cuando Ian abrió la puerta, dejando entrar una gran bocanada del gélido aire de marzo.

—Dios santo —oyó decir a Ian—. ¿Qué ha pasado, Ray?

«Kitty Winfield bajó con suavidad por las escaleras». Ray Strickland estaba de pie en el umbral, con una criaturita en los brazos.

* * *

Pasear al perro le llevó más tiempo del que esperaba. Después de volver al hotel y darse una ducha para borrar las pruebas de la noche anterior, vio que se le hacía tarde y tenía que volver a salir a toda prisa. Comprendió que tendría que llevarse al perro; difícilmente podía dejarlo solo para que lo descubriera quien entrara a hacer la habitación. Una criada, una «doncella», por utilizar un término anticuado. Una virgen. Su hermana había sido doncella. Una joven doncella. Pertenecía a otra época, en la que las muchachas guardaban su virginidad como un tesoro.

Abrió la cremallera de la mochila.

—Vamos, adentro —le dijo al perro.

No se había percatado de que los perros fueran capaces de fruncir el entrecejo.

Sentía la boca como si un ratón hubiese pasado la noche en ella. Varios ratones, posiblemente. En el ascensor había un espejo, y en el descenso al vestíbulo contempló por segunda vez aquella mañana su cara de vicioso. No le pareció que fuera a causarle muy buena impresión a Linda

Pallister («¿Cuándo te ha preocupado en realidad causar buena impresión?», oyó decir a Julia. A la Julia que vivía en su cabeza). Solo eran las diez menos cuarto de la mañana, y ya le daba la sensación de que era un día demasiado largo. La mujer con traje de sastre tras el mostrador de recepción lo miró con suspicacia cuando salió del ascensor. Jackson la saludó con un ademán a lo reina madre. La mujer frunció el entrecejo.

Un bocadillo de beicon de un tugurio grasiento en el corto camino desde el Best Western lo reanimó un poco. Arrancó un pedazo y lo dejó caer en la mochila para el perro.

Hope McMaster había estado callada durante su noche según la hora de Greenwich, que para ella era su día en Nueva Zelanda. Si Linda Pallister no podía ilustrarlo sobre los orígenes de Hope McMaster, no tendría ni idea de qué camino seguir entonces. Un árbol genealógico era fractal, con ramas que se dividían interminablemente. Julia, de familia de clase media, era capaz de remontarse en sus orígenes hasta el arca de Noé, pero Hope McMaster no tenía ni las raíces más superficiales.

Una joven, una secretaria quizá, pues su función no quedó muy clara, apareció para decirle:

–¿Señor Brodie? Me llamo Eleanor, lo acompañaré al despacho de Linda.

Aquello suponía una mejora. El día anterior no había pasado de la recepción cuando le dijeron que Linda Pallister no podría verlo. Eleanor tenía una cara poco agraciada y el cabello muy liso, como si se resistiera a cualquier clase de peinado. Y unas piernas fantásticas, que en ella parecían un desperdicio. Me limito a observar, no a juzgar, se dijo Jackson en su defensa contra el regimiento monstruoso.

Llevaba una carpeta. La había comprado el día anterior en una tienda de todo a una libra. Hacía mucho, en sus tiempos en la policía militar, Jackson había aprendido que llevar una carpeta podía conferir cierta autoridad oficial, incluso transmitir cierta amenaza, a veces. En los interrogatorios, daba a entender que tenía un alijo de datos sobre un sospechoso, datos que se disponía a utilizar en su contra. Se recordó que Linda Pallister no era una sospechosa, en realidad. Y desde luego él ya no estaba en el ejército, se dijo mientras seguía pasillo abajo las bonitas piernas de Eleanor. La carpeta era de plástico y de un fucsia chillón totalmente antinatural que desmerecía bastante cualquier autoridad que pudiese entrañar. No contenía nada ni remotamente oficial, solo una fina guía de Sissinghurst de Patrimonio Nacional y un folleto de inmobiliaria de una casita con tejado de paja en Shropshire que había llamado su atención brevemente, muy brevemente.

A Eleanor le gustaba hablar, advirtió Jackson con cierto cansancio, pero la falta de café se estaba cobrando su precio en él. Eleanor se detuvo ante una puerta y llamó con los nudillos.

–¿Linda? –preguntó cuando no hubo respuesta–. Ha venido a verte el señor Brodie.

Ante la ausencia de Linda, Eleanor pareció no saber muy bien qué hacer con él.

–No se preocupe por mí –la tranquilizó Jackson–. Esperaré aquí fuera.

–Voy a ver si encuentro a Linda –repuso ella escabulléndose.

Veinte minutos más tarde, no había rastro de Linda ni de Eleanor. Se dijo que no haría ningún daño echando un rápido vistazo al despacho de la misteriosa y ausente Linda Pallister. Después de todo, tenía la autoridad que le confería la carpeta.

En el despacho reinaba el desorden. El escritorio albergaba todo un batiburrillo de cosas: toscos adornos que parecían obra de niños, bolígrafos, sujetapapeles, libros, papeles, un sándwich de Marks & Spencer todavía sin abrir aunque llevaba fecha del día anterior. Había fajos de papeles y carpetas por todas partes, sin orden ni concierto. No parecía una persona muy pulcra.

El sándwich estaba al lado de una agenda abierta. Todas las citas de Linda Pallister para ese día, incluyendo la suya, estaban tachadas, lo que no parecía muy buena señal. Hojeó la agenda con gesto despreocupado, sin buscar nada en particular («¡Deja de fisgonear en mis cosas!», le había gritado Marlee cuando lo pescó curioseando en su diario).

El día anterior, la cita con él («J. Brodie») a las dos, que había cancelado, estaba debidamente tachada, al igual que cualquier cita después de «B. Jackson» a las diez. Le pareció una extraña coincidencia. Los dos Jackson. ¿Se había confundido Linda o ese otro Jackson anterior la había perturbado tanto que empezó a cancelarlo todo?

Cuando concertó la primera cita con Linda Pallister, había hablado con ella por teléfono. No le mencionó que era detective privado, porque no lo era, se dijo con insistencia. Iba a ocuparse de ese único caso («Un argumento engañoso», imaginó que diría Julia).

Al principio, Linda Pallister le había parecido perfectamente normal y agradablemente eficiente, una conducta que no casaba con el estado de su despacho. La mención del nombre de Hope McMaster no cambió las cosas –Hope ya se había puesto en contacto con ella por correo electrónico con respecto a la partida de nacimiento perdida–, y tampoco los nombres de John y Angela Costello, pero cuando Jackson le mencionó al doctor Ian Winfield, Pallister pareció totalmente desconcertada.

–¿Quién?

–Ian Winfield, y su esposa Kitty. Él era médico especialista en Saint James. Ella era modelo, Kitty Gillespie. Fueron los padres adoptivos de Hope McMaster.

–Los Winfield... –empezó a decir Pallister, y se interrumpió.

Jackson se sintió intrigado, pero asumió que cualquier confusión al respecto se aclararía cuando conociera en persona a Linda Pallister. Esperaba, por ejemplo, que fuera capaz de explicarle por qué John y Angela Costello no existían.

Hope McMaster había tirado del hilo y todas sus creencias anteriores sobre la madeja de su vida habían empezado a deshilvanarse. «Pero tengo que haber salido de algún sitio –le escribió–. ¡Todo el mundo procede de alguna parte!». Jackson pensó que quizá ya era hora de acabar con aquellos signos de exclamación, que empezaban a sonar a ataque de pánico. Pese a sus derroches de simpatía, Hope parecía haber empezado a lidiar con reflexiones existencialistas sobre la naturaleza de la identidad. «¿Quiénes somos, después de todo?». Una pizca de sospecha era cuanto hacía falta, hasta que acababa por devorar en silencio todo lo que uno había creído hasta entonces.

«Muchas de esas antiguas agencias de adopción han perdido sus historiales», escribió para tranquilizarla un poco. Quizá fuera así, se dijo, pero sin duda no era el caso cuando se trataba del registro civil. Hope no había aparecido de repente en la Tierra, plenamente formada, cuando tenía dos años. Una mujer la había traído a este mundo.

«¡Es como si no existiera en realidad! ¡Estoy perpleja!».

Lo estamos los dos, se dijo Jackson. El pasado de Hope McMaster no consistía más que en ecos y sombras; era como echar un vistazo en una caja llena de niebla.

El perro estaba profundamente dormido en la mochila, en el suelo. O eso o estaba muerto. Jackson le dio un suave puntapié, y la mochila se retorció. Se acordó de la mujer junto a la que había despertado. Normalmente no tenía que comprobar que sus *inamoratas* siguiesen vivas a la mañana siguiente. Abrió la mochila y el perro levantó un cansino párpado para mirarlo con la resignación de un rehén pesimista.

–Lo siento. Después de esto iremos a dar un paseo.

El sándwich era de huevo y berros. No era su favorito, aunque tenía tanta hambre que empezaba a parecerle atractivo. El plato de pasta de la tarde anterior en Headrow le había proporcionado un cojín inadecuado para el alcohol y la conducta disoluta que vinieron después. El bocadillo de beicon de un rato antes había desaparecido en las fauces de la resaca. Oyó que un reloj daba las once. Sonó como un campanario de iglesia, incongruente de algún modo en esa zona. Por lo visto, se habían olvidado de él.

Se rindió y escribió una nota de esas de «he estado aquí» en el dorso de una de sus tarjetas de visita. La tarjeta –JACKSON BRODIE, INVESTIGADOR PRIVADO– era una de las muchas que había encargado cuando se estableció por su cuenta varios años atrás. Había hecho imprimir mil, qué optimismo. Era probable que no hubiese entregado más de un centenar de ellas, normalmente porque se olvidaba de su existencia.

Dejó la tarjeta encima del sándwich, donde cabía esperar que Linda Pallister la vería. El emparedado de huevo y berros del día anterior estaba a su vez sobre una fotografía, que quedaba prácticamente oculta por el envase triangular. La fotografía parecía dar brincos y pedirle que le permitiera ver la luz del día. Casi le saltó a las manos cuando la destapó. Era una foto antigua, sin enmarcar y con una esquina doblada. No la había visto nunca, pero sin duda había visto recientemente a la persona que aparecía en ella. Nariz respingona, pecas, cierto deje anticuado en las rechonchas facciones: era el vivo retrato de Hope McMaster en la imagen tomada a su llegada a

Nueva Zelanda. En el borde superior de la fotografía se veía la huella de un clip oxidado que la había sujetado a algo.

La fotografía sobre el escritorio de Linda Pallister se había tomado en una playa. En una playa inglesa, a juzgar por lo abrigada que iba la niña. Aunque pareciera congelada, tenía una gran sonrisa en la cara. Llevaba el cabello recogido en dos coletas torcidas. Lo primero que haría uno con una cría ilícita sería cortarle el largo cabello, disfrazarla con un nuevo corte de pelo, a lo *garçon*. Pelo nuevo, ropa nueva, un nombre nuevo, un país nuevo.

Habría jurado sobre la Biblia que tenía en la mano una fotografía de Hope McMaster. Le dio la vuelta. Nada. Ni un nombre ni una fecha, por desgracia, y aun así, Jackson experimentó un sentimiento visceral, algo que reconoció de sus días como agente de la ley. Era la reacción de un perro ante un hueso, de un detective ante una pista bien gorda. No sabía qué significaba aquella fotografía, solo que significaba algo tremendamente importante. Invirtió solo un par de segundos en considerar si era ético llevarse la foto antes de meterla en la cartera. Una prueba fotográfica, nunca se sabía cuándo podría hacerle falta.

Entusiasmado con aquel descubrimiento y siguiendo la teoría de que una pista solía llevar a otra, empezó a hurgar en el despliegue de papeles sobre el escritorio de Linda Pallister. Nada de nada. Ni una sola referencia a los Winfield o a los Costello. Probó con los cajones. Más confusión y caos. Pero ahí, en el último cajón –siempre pasaba en el último cajón, en la última puerta, en la última caja–, había otro objeto tratando de emerger a zarpazos de la oscuridad.

–Eureka –musitó para sí.

Era una carpeta, antigua y de papel manila, y en la cara anterior llevaba sujeto un clip oxidado, exactamente del mismo tamaño que la huella dejada en la fotografía de la niñita de las coletas torcidas. Instintivamente y como por arte de magia, deslizó la carpeta dentro de la suya de plástico fucsia. Se sintió como un espía que acabase de descubrir un dosier lleno de secretos. Y en el momento justo, además, pues Eleanor, la de las piernas estupendas y la cara no tan estupenda, decidió volver a aparecer al fin. Jackson advirtió la expresión de su rostro, una mezcla de desagrado y confusión que acabó por convertirse en algo más enigmático. Normalmente hacía falta que las mujeres lo conocieran un poco más para lucir aquella expresión en sus rostros.

–Oh –dijo Eleanor–. Sigue aquí. De hecho, ha entrado aquí.

–La señorita Pallister no ha aparecido –repuso él abriendo los brazos, un mago mostrando su inocencia, como si hubiese podido ocultar a Linda Pallister en su persona.

Eleanor frunció el entrecejo.

–¿Ha llegado a verla esta mañana, en realidad? –quiso saber Jackson.

La arruga en el entrecejo de Eleanor se volvió más profunda. Tenía una de esas caras que más valía dejar en una expresión neutra.

–No lo sé –respondió.

–Quizá esté enferma –sugirió él–. Quizá por culpa del sándwich que no se ha comido.

La expresión del entrecejo pasó a volverse amenazadora. Jackson se fue antes de que lo convirtieran en piedra.

Se refugió en el café más cercano, un sitio italiano y pequeño en el que asumió que sabrían preparar café, y no quedó decepcionado. Se sentó a una mesa en el rincón y, ante un expreso doble, examinó sus trofeos robados.

La fina cartulina de la carpeta manila se había vuelto suave y afelpada con el paso de los años. Así eran las carpetas antes de convertirse en plástico fucsia. Había manejado muchas de ellas en sus tiempos. Por supuesto, hasta la fucsia constituía un anacronismo en esos días de las oficinas sin papel. Linda Pallister no había oído hablar de eso, pensó al acordarse de los dickensianos montones de papeles y archivos en su caótico despacho. Se podría esconder a un niño pequeño –o un perro– allí dentro y tardarían días en descubrirlo.

Abrió la carpeta esperando encontrar algo sorprendente –una pista, un secreto, incluso una muestra de tedio burocrático–, pero lo sorprendente fue que no había nada. La volvió del revés y la agitó, solo para estar seguro.

Aun así, pese a estar vacía, la gastada carpeta beis sí tenía algo que decir. Llevaba una pequeña etiqueta escrita a máquina en la esquina superior izquierda. Ya nadie utilizaba máquinas de escribir, fue como ver un mensaje de una cultura primitiva, de un tiempo perdido. «Carol Braithwaite –leyó–. Encargada del caso: Linda Pallister», y una fecha, el 2 de febrero de 1975. Linda Pallister debía de ser muy joven en aquella época. Jackson tendría quince años en 1975, solo uno más de los que tenía ahora su hija. No andaba haciendo nada bueno: novillos en el colegio, pequeños robos y actos de vandalismo, hundiendo el gran barco de Woolworths. Hacía mucho tiempo de todo aquello.

Y a través de la cara anterior de la carpeta había otro nombre escrito, «agente de policía Tracy Waterhouse», esta vez en descolorido bolígrafo negro, y otra fecha, el 10 de abril de 1975. También había un número de teléfono, de antes de que se cambiaran los prefijos nacionales. El año coincidía con el que había sido adoptada Hope McMaster. Abril era el mes que figuraba en su certificado de adopción, ese que no existía oficialmente. Lo había escaneado para mandárselo por correo electrónico junto con la partida de nacimiento, que tampoco existía oficialmente. Había falsificaciones que parecían casi auténticas, aunque suponía que un documento escaneado no era lo mejor para averiguarlo. Su propia esposa falsa había estado en posesión de una partida de nacimiento con aspecto muy auténtico; no era tan difícil conseguir algo así.

En su agenda, Linda Pallister había escrito «Llamar a Tracy Waterhouse», y ahí estaba el nombre de Tracy Waterhouse escrito treinta y cinco años antes. Jackson sacó la fotografía de la cartera y observó a la niñita regordeta de las coletas torcidas. Como sabía que pasaría, el clip en la carpeta encajaba a la perfección con la huella de óxido dejada en la fotografía.

Schrodinger, quienquiera que fuese, y su gato, y todos los demás con ganas de hacerlo habían entrado de un brinco en la caja de Pandora y se estaban poniendo las botas y, de paso, camisas de once varas. Jackson sintió el inicio de un dolor de cabeza, de otro más sobre el que ya tenía.

* * *

Tracy se sorprendió de que no se mataran más críos en las instalaciones de los supuestos parques infantiles. La gente (los padres) parecía alegremente ajena al peligro que corrían los cuerpecitos al elevarse en el cielo en columpios que no estaban sujetos al suelo, o los mismos cuerpecitos al aterrizar desde lo alto de un tobogán cuando no le llegaban a un mosquito mucho más arriba de la rodilla. Courtney era increíblemente imprudente, y una cría sin prudencia era un peligro.

Otros niños en el parque gritaban y lloraban y reían, pero Courtney parecía simplemente resuelta a probarlo todo hasta el límite, incluyéndose a sí misma, como un pequeño y emperrado muñeco de pruebas para accidentes. No parecía que la cosa tuviese mucho que ver con el placer. Los niños víctimas de abusos –y los abusos asumían muchas formas– solían permanecer aislados de cualquier clase de diversión.

Volvía a hacer un día precioso y había ya grandes multitudes en Roundhay, cuerpos blancos y medio desnudos que yacían como cadáveres sobre la hierba verde, gente desesperada por tomar unos rayos de sol y un poco de aire fresco. Así habían sido siempre los parques, respiros para los pobrecillos que se pasaban seis largos días por semana en las fábricas. Todos aquellos críos, esclavos de las máquinas, con los pequeños e indefensos pulmones llenos de húmedas fibras de lana.

Quizá era una insensatez que estuvieran ahí fuera, expuestas al mundo entero y a perico de los palotes, pero, por otro lado, qué mejor sitio para ocultar a una niña que a plena luz del día, en un parque lleno de padres y de otros críos. La gente se llevaba a los niños de los parques, no los llevaba a ellos. Y además Roundhay no era la clase de sitio al que Kelly Cross acudiría durante el día. Asimismo, razonó contra toda lógica, era bueno que hiciera prácticas en público. Tarde o temprano tendría que presentarse ante el mundo (y perico de los palotes) como una madre, de modo que ahí estaba, Imogen Brown, empujando a su pequeña Lucy en los columpios, haciéndola girar en el tiovivo y ayudándola a apañárselas con una variada serie de aparatos que ni siquiera era capaz de nombrar, la mayoría irreconocibles en comparación con los parques poco inspirados de su propia infancia.

Sintió alivio cuando Courtney se bajó de una gallina gigante sobre muelles y anunció:

—Tengo hambre.

Tracy miró el reloj; apenas llevaban un cuarto de hora en el parque. Le pareció una eternidad. Le tendió un plátano a Courtney.

—¿Bien? —preguntó cuando la niña se lo hubo acabado.

Courtney le hizo un gesto solemne levantando los pulgares. Era ahorrativa con el lenguaje, ¿y por qué no? Quizá de pequeña una pensaba que si utilizaba todas las palabras al principio podía quedarse sin para el final.

Limpió el gusano de moco verde que asomaba en una ventanilla de la nariz de Courtney y se alegró de haberse acordado de comprar pañuelos de papel en el supermercado. Del pozo sin fondo de su bolso, rescató el cadáver del dónut que había comprado un millón de años antes en Ainsleys, lo partió en dos y lo compartió con la niña, sentadas en la hierba. («¿Una pasta, antes de comer?», oyó decir a su madre, y le respondió en silencio: «Pues sí, ¿qué vas a hacer al respecto, vieja arpía?»).

Cuando Courtney hubo acabado su mitad del dónut, se lamió religiosamente cada dedo antes de volver a hacer el gesto con los pulgares hacia arriba, y se dedicó entonces a sacar el contenido de la mochilita rosa e ir dejando los objetos sobre la hierba, uno por uno, para examinarlos:

el dedal de plata deslustrado
la moneda china con un agujero en medio
el monedero con la cara de un mono sonriente
la bola de nieve con un burdo modelo de plástico del edificio del Parlamento
la caracola con forma de cucurucho de crema
la caracola con forma de sombrero chino
la nuez moscada entera
una piña

Tracy advirtió que la piña era nueva. Se preguntó de dónde habría salido. Parecía aquel juego de las fiestas infantiles de su época, en el que había que recordar los objetos sobre una bandeja de té. Probablemente ya no se hacían fiestas como aquellas. El juego de ponerle la cola al burro, el juego de las sillas, con algún padre de pie junto al tocadiscos y levantando la aguja cuando sonaba «The Runaway Train» o «They're Changing Guard At Buckingham Palace». Hoy en día todos los niños iban a esos «chiquiparks» cubiertos y se comportaban como locos de atar. Tracy había tenido que acudir una vez a uno de esos sitios, en Bradford. Pensaban que había desaparecido un crío, pero resultó que estaba al fondo de una piscina de bolas y nadie lo había visto. Estaba bien, vivo y pateando, literalmente. El paraíso de los pedófilos.

Tracy cogió la caracola con forma de cucurucho de crema y la hizo rodar sobre la palma de la mano. De niña, su padre solía comprar una caja con tres cucuruchos de crema en la pastelería Thomson de Bramley, todos los viernes, cuando volvía a casa de su trabajo en el ayuntamiento. No recordaba cuándo había comido por última vez un cucurucho de crema; no recordaba la última vez que se había acercado una caracola a su propio órgano similar a una caracola para oír el mar. Advirtió que, en algún punto de sus ensoñaciones, Courtney había recuperado furtivamente la caracola y estaba volviendo a guardar sus tesoros.

–¡Ajá, haces bien! –le dijo Tracy exhalando un suspiro–. ¿Qué te parece si hacemos nuestro pícnic? Dios no quiera que pasemos más de diez minutos sin comer.

Había llevado consigo una vieja manta de cuadros desde el maletero del coche. La desenrolló y extendió sobre ella las provisiones que habían comprado en el supermercado: panecillos con atún, envases de cartón de zumo de manzana y naranja, bolsas de patatas fritas y una tableta de chocolate Cadbury, esta última neutralizada, o eso pensaba Tracy al menos, por una bolsita de palitos de zanahoria. Era la clase de pícnic (posiblemente con excepción de los palitos de zanahoria) que le habría gustado a ella de pequeña, en lugar de los huevos duros fríos que solía llevar su madre, junto con blandos sándwiches de pan blanco que había untado con una capa fina de pasta de carne antes de envolverlos, por alguna arcana razón, en hojas de lechuga mojadas. Se habían llevado consigo tan exiguas provisiones a las excursiones dominicales que hacían en el Ford Cónsul de la familia, a Harewood House, a Brimham Rocks o a la «tierra de las Brontë», como las llamaba siempre familiarmente su madre aunque jamás hubiese leído un libro de una Brontë, o de hecho ningún libro a menos que primero se lo hubiese condensado amablemente el *Reader's Digest*. Lo más cerca que llegaron nunca de la casa del párroco fue cuando se detuvieron una vez en Haworth para que su padre comprase un paquete de tabaco.

No podía pensar en aquellas excursiones dominicales sin acordarse de la sensación de cascar y pelar el huevo duro y quitar la membrana de la clara sólida y grisácea que había debajo. Le revolvía el estómago. Se acordó de pronto de que su padre se embutía a veces un huevo entero en la boca, como un mago, y una parte de la joven Tracy había esperado que, en lugar del huevo, surgiera de ella una paloma o una hilera de pañuelos. Una vez, en un espectáculo de verano en Bridlington, habían visto algo parecido. Encabezaba el reparto Ronnie Hilton, bastante lejos ya de su apogeo pero todavía un caballero de Yorkshire y por tanto alguien de quien sentirse orgulloso.

El padre de Tracy era veterano de guerra: con el regimiento de los Green Howards, desembarcó en la playa Gold el día D. Debió de ver cosas, pero si fue así, nunca lo dijo. Con ciertas personas la guerra suponía un desperdicio. Su padre nació en Dewsbury, capital mundial de la chapuza. Decía mucho de una población textil que ni siquiera pudiera aspirar a producir tejidos de segunda fila y fabricara géneros de ínfima calidad a partir de retales y andrajos. Una industria sucia, chapucera. Una ciudad en la que, en la actualidad, las mujeres drogaban y secuestraban a sus propios hijos para sacar dinero. El Destripador fue interrogado en Dewsbury después de que lo pillaran en Sheffield. Una patrulla de rutina; a él empezó a acabársele la suerte, y la de ellos empezó a volver, aunque un poco tarde. Tracy recordaba que estaba en un supermercado Corner Shop cuando se enteró de la noticia, comprando patatas fritas y chocolate para ella y su compañero. Andaban de ronda. El tipo tras el mostrador tenía la radio puesta y, al oír la noticia, exclamó:

–¡Lo han pillado! ¡Han pillado a vuestro Destripador!

Era bangladesí de segunda generación, y Tracy no lo culpó por negar que Sutcliffe le perteneciera. No recordaba dónde estaba con ocasión de otras noticias de interés mundial (probablemente delante de la caja tonta, enterándose por la tele), aunque sí que estaba en una tienda de reparación de televisores, comprando una nueva conexión por satélite para el DVD, cuando vio desplomarse la segunda torre del World Trade Center. A esa hora, una esperaba ver *La cuenta atrás*.

El día de la boda de Carlos y Diana, un acontecimiento que le habría gustado ver (aunque jamás lo habría admitido), estaba coordinando un registro casa por casa tras el asesinato de una mujer en Bradford, presumiblemente a manos de un miembro de su familia por una cuestión de honor. Aquella boda había sido de cuento de hadas.

¿Habría visto la niña el mar alguna vez?

–¿Has estado alguna vez en la playa, Courtney?

La cría, con la boca llena de panecillo de atún, sacudió la cabeza, y luego asintió.

–¿Sí o no?

–Sí –musitó Courtney.

–¿Sí?

–No.

Fue un intercambio incomprensible. Irían a la playa. Y a espectáculos de teatro y circos y al Disneyland de París. Irían a la playa y chapotearían en las olas. Con cuidado. Antes de la niña, Tracy habría pensado simplemente «mar, arena, playa». Ahora pensaba más bien en un sunami llevándose críos como si fueran corchos. Y no había que olvidar que en la típica playa británica cabía esperar que rondase un alto porcentaje de pedófilos en busca de diversión. Guárdate de los hombres solitarios en la orilla del mar, en las piscinas cubiertas, a las puertas de un colegio. Parques infantiles, ferias y playas eran los campos de juego de los pedófilos. Todo lo que debería ser inocente; si la gente lo supiera... ¿Lo sabía la niña? ¿Haría falta que añadiera un terapeuta a la lista de especialistas que había pensado ya para Courtney? ¿O funcionarían el aire fresco, la dieta a base de verduras y el cariño de Tracy (por aficionado y transgresor que fuera)? Buena pregunta. ¿Qué andaba haciendo Kelly con la niña si no era su madre? Cuidar de ella por cuenta de algo o alguien siniestro. ¿Estaba habituada la cría a que la repartieran por ahí? ¿A que traficaran con ella? Se estremeció con solo pensarlo.

Debería comprar una cámara, una digital de último modelo, para empezar a preservar en imágenes imprimibles la nueva vida de la niña. La cosa pintaría mejor si había pruebas de su existencia en la vida de la propia Tracy. Tenía una vieja cámara en algún sitio, no tan sofisticada como las que había hoy en día. No había tenido mucho sentido utilizarla, no había encontrado gran cosa digna de fotografiarse. Sus salidas eran casi siempre en solitario, y tomar fotos de paisajes sin gente en ellos no proporcionaba mucho placer que digamos. Daba lo mismo comprar una postal.

El padre de Tracy –él llevaba los pantalones, él empuñaba la cámara– había documentado sus vidas durante años. Tenía la costumbre de hacerle una foto al árbol de Navidad todos los años. Había otras imágenes de la familia, abriendo regalos, bebiendo un decoroso jerez, hasta haciendo estallar una de esas sorpresas navideñas, en las que aparecían partes del árbol, una guirnalda o una rama caída, pero no «El árbol, todo el árbol y nada más que el árbol». No era broma, ni siquiera una frase ingeniosa.

Casi todas esas fotografías estaban barajadas con otras en una caja en el dormitorio del fondo; no había forma de saber qué árbol pertenecía a qué Navidad, solo los mismos adornos aburridos año tras año dispuestos de formas ligeramente distintas, con la estrella de hojalata en lo alto, que más parecía una estrella de mar irregular que un astro para guiar a los magos, y unos exhaustos gnomos deshollinadores colgando ebrios de los extremos de las ramas, con puntas de cerilla a modo de narices y ojos. Cuando sus padres cumplieron los setenta, él dejó de comprar el árbol.

«¿Para qué molestarse?», preguntó la madre cuando Tracy acudió el día de Navidad.

Para tener algo alegre, bonito y encantador, se dijo ella, pero ya era demasiado tarde para algo de eso.

Si hurgaba en la caja con la mirada de un arqueólogo, ¿encontraría alguna pista de por qué sus padres habían abrazado sus aburridas vidas con lo que solo podía llamarse entusiasmo?

¿Encontraría su yo más joven en aquella caja y se sorprendería ante lo lejos que había llegado, o la deprimiría la distancia entre ambas fases? Ronnie Hilton en el teatro Spa y toda una vida por delante para ella. Ronnie, con su canción «A Windmill in Old Amsterdam». El juego de pagar prenda. ¡Qué curioso! Tracy había pasado mucho tiempo tratando de dejar atrás (donde debía estar) su mediocre infancia, pero desde que había adquirido a aquella cría no paraba de recordarla, de rememorar fragmentos y esquirlas de ella. El espejo se resquebrajaba.

–Hora de ponerse en movimiento. ¿Qué tal si vamos al lago y damos de comer a los patos?

Quedaban unas cortezas de pan del pícnic, la niña se había zampado todo lo demás. Quizá había secuestrado a la hija de un gigante. Pagaría por ello: la imaginó volviéndose más y más grande, hinchándose hasta llenar el coche, la habitación de invitados, la casa entera, comiéndose todo cuanto tuviera delante, incluida Tracy. Raptar lo que parece una cría para descubrir demasiado tarde que va a suponer tu muerte. Como en una tragedia griega. Unos años antes, había asistido a una representación de *Medea* en el West Yorkshire Playhouse. Era una producción africana.

«Nigeriana; yoruba, de hecho», dijo su acompañante, muy entendido en la materia.

Volvía a ser el académico del club de solteros. Desde luego, las clases cultas daban que pensar. Trató de meterle mano en la entrada de su casa. Se sintió insultada de que la creyera tan desesperada como para haberlo considerado siquiera. Le dio un rodillazo en las pelotas, para que viera qué clase de empirista estaba hecha. Por lo que a ella concernía, ese fue el fin del club.

Por supuesto, con Medea pasaba al revés, ella mataba a sus hijos, no la mataban ellos. Como trama, le pareció espeluznante; aquello pasaba constantemente.

Los patos no tenían apetito; medio Leeds parecía estar ahí fuera arrojando los restos de sus rebanadas de pan de molde a las indiferentes aves. Las ratas acudirían más tarde a recoger el estropicio. Courtney, claramente de las que no desperdiciaban comida, se zampó las cortezas.

Courtney estaba desfallecida; los críos deberían venir con unas ruedas abatibles.

–¿Qué me dices de un cucurucho? –le preguntó Tracy.

Courtney le contestó levantando los pulgares. Ella quería dárselo todo a la niña, pero todos los cucuruchos del mundo no iban a compensarla por Kelly Cross y los horrores que esa mujer representara. «Cucurucho, cucurucho, un cucú que sabe mucho».

Volvieron a través del Campo del Soldado, ambas con un cucurucho en la mano, de fresa para Courtney y de menta con trocitos de chocolate para Tracy. El Destripador había atacado a dos de sus víctimas en el parque de Roundhay; una vivió y la otra murió. Así era la suerte en los sorteos. Fue en 1976 y en 1977, un par de años después del asesinato de Lovell Park. Nunca relacionaron esa muerte con el Destripador, pero la cosa daba que pensar. Wilma McCann, su primera víctima, fue asesinada solo seis meses después de que Arkwright hubiese echado abajo aquella puerta en Lovell Park, y antes de que Sutcliffe tuviera mucha práctica. Arkwright le contó a Tracy que había oído decir que alguien había confesado en prisión el asesinato de Carol Braithwaite, y luego había muerto. Parecía una forma bastante conveniente de resolver un crimen.

−¿Tracy?

Una vocecita interrumpió sus pensamientos. Era la primera vez que Courtney la llamaba como fuera. Tuvo ganas de llorar. ¿Conseguiría hacer que la llamase «mamá»? ¿Cómo la haría sentir eso? Como si volara. Como Wendy en *Peter Pan*, con Campanilla en los talones. Dos chicas perdidas juntas.

−Vamos −dijo Tracy−. En Batley hay un Toys 'R' Us. Y nos queda un trecho en coche para llegar.

Porque volver a su casa en Headingley la llenaba de inquietud. A solas con una niña en la casa, como una madre de verdad. ¿Cómo se hacía eso? No tenía ni idea. De pronto, se acordó de Janek. No, por supuesto que no podía ir a casa mientras él estuviese allí. Miraría a Courtney con sus ojos tristes de polaco, preguntándose quién sería y de dónde habría salido.

* * *

Su siguiente tarea en la lista fue la compra de un montón considerable de bolsas de plástico para la inevitable avalancha de caca de perro que lo esperaba. Una vez estuvo plenamente equipado, Jackson se sintió un ciudadano más íntegro. Supuso que debería haber comprobado que las bolsas fueran biodegradables antes de proceder a cargar el planeta con más residuos todavía, pero había días en que un hombre no podía hacer más.

Siguió una visita a un barbero de los de antaño que había visto un rato antes, cerca del Best Western, para llevar a cabo una transformación, gracias a un corte de pelo al uno y un afeitado en caliente y con navaja, de la que surgió media hora más tarde sintiéndose tan rapado como un cordero recién nacido (o un presidiario). Un *boule à zero,* lo habrían llamado los muchachos de la Legión Extranjera. Confiaba en que nadie creyera que la cosa tenía que ver con la clásica calvicie masculina. Lo alivió comprobar que el reflejo que le devolvió la mirada en el espejo se parecía bastante más a sí mismo que antes.

Al perro lo habían dejado entrar con él en la barbería, y se sentó a observar con gran interés el proceso, como si se tratara de una experiencia que le haría falta explicar después. Resultó que al barbero le encantaban los perros, dijo que «exponía carlinos», una afirmación que Jackson tardó un rato en descifrar.

También le demostró que su perro sabía estrechar la mano.

–O estrechar la pata, debería decir –añadió riendo.

–Ya veo –repuso él.

—Compartimos el ochenta y cinco por ciento de nuestros genes con los perros —comentó el barbero.

—Bueno, compartimos el cincuenta por ciento de nuestro ADN con los plátanos, así que no me parece que eso signifique mucho.

Entrar y salir clandestinamente de los sitios con un perro estaba resultando más fácil de lo que habría imaginado, aunque no era un tema al que le hubiese prestado hasta entonces demasiada atención. No podía creer que hubiese tantos sitios en los que no admitían perros. A los niños —no es que tuviese nada contra ellos, por supuesto— les permitían entrar en todas partes, y los perros se portaban mucho mejor en general.

Lo siguiente en su lista era la Biblioteca Central, donde rebuscó en los archivos del *Yorkshire Post* de abril de 1975. En el periódico del día 10 encontró, finalmente, lo que andaba buscando, escondido en una página interior. «La tarde de ayer, la policía acudió a un piso en Lovell Park, donde descubrió el cuerpo de una mujer, a la que identificó como Carol Braithwaite. La señorita Braithwaite había sido objeto de un ataque brutal. Según un portavoz de la policía, su cuerpo llevaba cierto tiempo yaciendo sin vida en el piso». Firmaba una tal «Marilyn Nettles». Y eso era todo: no consiguió encontrar novedad alguna en una investigación de homicidio en las semanas posteriores, ni mención alguna de pesquisas judiciales. Solo una mujer más a la que habían desechado como si fuera basura. Una mujer asesinada cuyo asesino nunca había pagado por su crimen, un eco de la vida del propio Jackson.

La mochila, que había dejado en el suelo, empezó a retorcerse como si estuviera a punto de parir una forma de vida alienígena. Un breve ladrido amortiguado brotó del interior y un hocico forcejeó a través de la abertura en la cremallera. Jackson se dijo que probablemente era hora de marcharse.

Cuando Jackson probó a marcarlo, el número de teléfono de Tracy Waterhouse había resultado un fiasco incluso con el prefijo actual, porque hacía mucho que no existía. ¿Sería una veterana esa Tracy Waterhouse y seguiría en el cuerpo después de tanto tiempo? Lo dudaba muchísimo.

Lo que sí le parecía era que si aquella mujer había sido miembro de la policía de West Yorkshire en 1975 habría quedado constancia de ello. Y si no había documentos que lo probasen, quizá alguien se acordaría de ella, aunque las probabilidades de que alguien recordase a una humilde agente de los años setenta le parecieron remotas. En los años setenta, las mujeres policía eran poco más que personas que servían cafés y ofrecían apoyo moral. *Life on Mars* fue solo la punta del iceberg sexista. Aquel mundo había desaparecido para no volver jamás («¿Cuántos hombres hacen falta para empapelar una habitación? —preguntó Marlee. Jackson esperó la burlona conclusión—. Cuatro, si los cortas bien finos». Ja, ja).

El perro estaba inquieto, pese a haber compartido un sándwich con él y haber levantado la pata contra varias paredes y algún raquítico árbol urbano. Se había pasado buena parte de la jornada confinado en prisión, y Jackson supuso que necesitaba un buen paseo. Había pocos sitios en Leeds en los que perros y hombres pudiesen hacer ejercicio, pues el centro de la ciudad parecía carecer casi por completo de espacios verdes.

Decidió que más valía no llevarlo a la comisaría, de modo que lo ató a un poste en la entrada del edificio Millgarth, cuartel general de la policía, directamente en la línea de fuego de una cámara del circuito cerrado de seguridad. Así, si alguien birlaba al perro, al menos quedaría constancia de ello.

—Te pareceré paranoico —le dijo al animal—, pero hoy en día no puedes fiarte de nadie.

Millgarth era posiblemente uno de los edificios más feos que había visto en su vida, construido como una fortaleza de los cruzados, en algún momento de los años setenta, para mantener a raya al enemigo.

Jackson le explicó al sargento de servicio tras el mostrador que era detective privado y trabajaba para un abogado de causas legales. Una tía de Tracy Waterhouse había dejado una pequeña herencia en su testamento, pero la familia había perdido el contacto con ella («Ya sabe cómo son las familias») y solo sabían que había sido agente en la policía de West Yorkshire en 1975. Cuando uno decía mentiras, más valía que fuesen simples («Yo no he sido»), y esa era tan complicada que medio esperó que lo pillaran, pero el sargento tras el escritorio se limitó a decir:

–¿En 1975? Caray, eso es ir muy atrás.

Un tipo que parecía un boxeador acabado salió de una habitación al fondo y, dejando caer una carpeta sobre el escritorio, preguntó:

–¿Qué pasa aquí?

–Este hombre anda buscando a la agente Tracy... ¿cómo era? –añadió volviéndose hacia Jackson.

–Waterhouse.

–Waterhouse –le repitió el sargento al boxeador, como si le tradujera de un idioma extranjero–. Una agente de uniforme que estuvo con nosotros en...

–En 1975 –completó Jackson.

–En 1975.

–¿Tracy Waterhouse? –dijo el boxeador acabado, y soltó una carcajada–. ¿Trace? Tú conoces a la gran Tracy, Bill. La inspectora Waterhouse, que ha dejado recientemente esta parroquia.

–¿Significa eso que ha muerto? –quiso saber Jackson.

–¡Mi madre!, no, no, Tracy es indestructible. Soy el inspector Craig Peters, por cierto –añadió tendiéndole la mano.

–Jackson Brodie –repuso él estrechándosela.

No recordaba que los policías de West Yorkshire hubiesen sido tan simpáticos durante los disipados años de su adolescencia.

—Tracy se retiró a finales del año pasado —dijo el inspector—. Se fue al centro comercial Merrion, como jefe de seguridad.

—Oh, se refiere a Tracy Waterhouse —soltó el sargento como si por fin se las hubiese apañado para interpretar el idioma.

Una puerta se abrió de par en par pasillo abajo y un poli viejo y entrecano salió como un bólido por ella. Ya no había hombres así, lo que probablemente era buena cosa. Paseó una furibunda mirada por la zona de recepción y Peters le dijo a Jackson:

—El inspector Crawford y Tracy se conocen de hace mucho —se dirigió entonces al propio Crawford, que caminaba con decisión hacia ellos, levantando la voz—: Eh, Barry..., este hombre pregunta por Tracy.

—¿Por Tracy? —repitió Crawford, deteniéndose para dirigirle a Jackson una mirada furiosa y suspicaz.

Jackson supuso que después de una vida entera en el cuerpo uno empezaba a mirar a todo el mundo con suspicacia. Aunque lamentaba algunas cosas, en general se alegraba de haberlo dejado cuando lo hizo.

—Jackson Brodie —se presentó tendiendo la mano.

Crawford se la estrechó sin muchas ganas. Jackson repitió la historia del testamento y la prima Tracy, durante mucho tiempo perdida. Tuvo la sensación de estar pisando terreno resbaladizo, porque no podía saber a ciencia cierta que Tracy tuviera algún primo, pero Crawford respondió:

—Ah, sí, creo recordar que su madre tenía una hermana en Salford. No estaban muy unidas, me parece.

—Exacto, Salford —repuso él aliviado por haber excavado en el filón correcto.

—Le estaba diciendo —intervino el inspector Peters— que Tracy trabaja ahora en el centro comercial Merrion.

Le tocó el turno de que Crawford le clavara su furiosa mirada.

–¿Qué pasa? –quiso saber Peters, encogiéndose de hombros–. No es ningún secreto de Estado.

–Sí, bueno –le dijo Crawford a Jackson, poniéndose gallito–, pero no vaya a molestarla al trabajo. Y no pienso darle su dirección particular, así que ni me la pida. Se va de vacaciones; de hecho es probable que ya se haya ido. La llamaré y le diré que ha estado usted preguntando por ella.

–Vale, gracias –repuso Jackson–. Dígale que estoy en el hotel Best Western... Espere, le daré mi tarjeta.

Le tendió una de sus tarjetas de JACKSON BRODIE, INVESTIGADOR PRIVADO a Crawford, que la dejó caer con despreocupación en un bolsillo.

–A diferencia de usted –dijo–, yo soy un detective de verdad, así que si no le importa ya puede largarse, encantado de conocerlo, etcétera.

Qué encanto, se dijo Jackson. Vaya viejo cascarrabias, como habría dicho Julia. Un viejo cascarrabias que llevaba mucho tiempo por ahí. Se preguntó si habría forma de mencionar el nombre de Carol Braithwaite sin que pareciera raro. Decidió que no la había, pero lo intentó de todos modos.

–Oh, por cierto –dijo como quien no quiere la cosa.

Crawford había recorrido ya medio pasillo. Se detuvo y se dio la vuelta con cara de indignación.

–¿Sí? –preguntó–. ¿Qué?

–Me preguntaba... si le suena de algo el nombre de Carol Braithwaite.

Crawford lo miró fijamente.

–¿Quién?

–Carol Braithwaite –repitió Jackson.

–Nunca he oído hablar de ella.

El perro parecía incómodo cuando lo recogió al salir de Millgarth. En el gran esquema de las cosas era muy pequeño, y supuso que debía de sentirse vulnerable la mayor parte del tiempo.

–Lo siento –le dijo Jackson.

Se estaban volviendo como Wallace y Gromit; tenía esa sensación. No tardaría en llamar «chaval» al perro y compartir con él queso y galletas. Suponía que había cosas peores.

–Estoy buscando a Tracy Waterhouse –le dijo al tipo, más joven que hombre, que apareció por fin tras una anodina puerta gris en el centro comercial Merrion.

Tan plagado de acné que uno podría haberle leído la cara de haber sabido Braille, llevaba una insignia que anunciaba que era Grant Leyburn. Parecía poseer un acervo génico muy limitado. Le provocó una punzada de decepción que no estuviese de servicio la agradable chica canadiense.

–Tracy Waterhouse. ¿Está aquí? –insistió Jackson.

–No –repuso Grant Leyburn de mal humor–, no está.

–¿Sabe dónde puedo encontrarla?

–Estará de vacaciones a partir de mañana. No volverá hasta dentro de una semana.

–¿Qué me dice de hoy?

–Está enferma.

–Supongo que no puede darme un número de teléfono, ¿no? –quiso saber Jackson, y añadió esperanzado–: ¿O algún otro detalle para contactar con ella?

Grant arqueó una ceja demasiado poblada y preguntó:

–¿A usted qué le parece?

–¿Que no?

–Lo ha adivinado a la primera.

Jackson hurgó en busca de una tarjeta y se la tendió.

–Quizá podría darle esto cuando vuelva.

–¿Un detective privado? –comentó el tipo con sorna–. Otro más. Vaya mujer tan popular.

–¿Otro más? –repitió él desconcertado.

–Sí, hace un rato ha venido alguien –levantó la vista de pronto hacia la gran cámara circular de seguridad que pendía del techo. Parecía una pequeña nave espacial. Frunció el entrecejo y añadió–: Siempre hay alguien vigilando.

–Dígamelo a mí –repuso Jackson.

Puso la fotografía de la niña de las coletas torcidas sobre una silla junto a la ventana de la habitación, donde había más luz. Hizo una foto de ella con el teléfono móvil. Tenía un aura ligeramente fantasmal, la fotografía de una imagen, doblemente alejada del natural. Una realidad virtual.

Buscó en la galería de imágenes del teléfono hasta dar con la de Hope McMaster el día de su llegada a Nueva Zelanda. Si no era la misma niña que temblaba de frío en una playa inglesa, era su gemela idéntica. En ambas imágenes, la niñita sonreía de oreja a oreja, una cría ya con signos de exclamación en el cerebro. Si se trataba de una foto de Hope McMaster, confirmaba una cosa: no había aparecido de la nada plenamente formada. Tenía un pasado. Había estado una vez en una playa batida por el viento, temblando y sonriendo, y alguien le había hecho una fotografía. ¿Quién?

Sería plena noche en el mundo al revés que habitaba Hope McMaster. «¿Te parece que esta eres tú?», escribió, y entonces le pareció que con eso la predispondría a creerlo, y borró la frase para sustituirla por: «¿Reconoces a la niña de esta fotografía?». Hope despertaría en su día de mañana para llevarse una sorpresa o una decepción.

Jackson escribió en el Google del móvil «Carol Braithwaite» y no dio con nada. Cualquier combinación de Carol Braithwaite/asesinato/Leeds/1975 con alguna otra palabra añadida obtuvo el mismo resultado. Carol Braithwaite era una adulta en 1975, de modo que no podía ser Hope McMaster, pero sí su madre. No había encontrado mención alguna de un crío en el artículo del periódico, pero eso no significaba que no pudiera haberla. ¿Era la niña de la foto la hija de Carol Braithwaite? Linda Pallister se ocupaba de los niños que nadie quería: ¿se había ocupado de la hija de Carol Braithwaite? ¿Se las ingenió para organizar una adopción ilícita? Un acto de buena voluntad, quizá, el de darle a una criatura un buen hogar y ahorrarle enquistarse en el sistema.

El único caso que consiguió encontrar en internet sobre una niña secuestrada en 1975 fue el de la víctima de la Pantera Negra Lesley Whittle. El secuestro de una niña pequeña habría sido noticia de primera plana, y si nunca la encontraron, reverberaría en los medios de comunicación durante años. En sus tiempos, Jackson había buscado a bastantes niños desaparecidos, nunca a uno que no estuviera desaparecido. Ni el progenitor más despreocupado perdería a un crío y no lo mencionaría, a menos que tuviera la intención de perderlo, por supuesto.

Era más probable que Hope McMaster hubiese sido una niña no deseada y que simplemente se hubiesen deshecho de ella. Eso explicaría por qué no había constancia alguna. Cuando Jackson era pequeño tenían lugar muchas «adopciones» no oficiales que no dejaban rastro alguno de papel. Hijos ilegítimos acogidos por sus abuelos, que crecían creyendo que su madre era su hermana. Hermanas estériles adoptando a un sobrino que estaba de más, para criarlo como un preciado hijo único. La madre del propio Jackson tenía un hermano mayor al que nunca conoció. Se lo habían dado a unos tíos de Dublín sin hijos antes de que ella naciera, y lo habían malcriado, según su celosa madre. «Malcriado», en el vocabulario de su madre, significaba que tuvo una educación: fue al Trinity College, se convirtió en abogado, se casó bien y murió rodeado de comodidades burguesas muchos años después.

Linda Pallister era la clave, todo cuanto tenía que hacer era hablar con ella, algo que la propia Linda parecía evitar a toda costa.

Ni Tracy Waterhouse ni Linda Pallister aparecían en el listín telefónico, pero no supuso ninguna sorpresa. Los policías y los asistentes sociales trataban de no llamar mucho la atención, para impedir que cualquier chiflado o expresidiario anduviese aporreando su puerta en plena noche. Jackson entró en 192.com, la página amiga de fisgones y detectives que no tenían acceso a archivos oficiales.

Allí encontró a una «Linda Pallister» y cuatro «T. Waterhouse», una de ellas llamada Tracy. Tenía saldo de sobra en 192.com y consiguió las direcciones de ambas mujeres. Sabían lo suficiente para no aparecer en el listín, pero no eran lo bastante espabiladas para borrarse del censo electoral, que era la vía utilizada por 192.com para hacerse con sus datos. No debería estar permitido, pero lo estaba, gracias a Dios.

Jackson sacó el Saab del aparcamiento de varias plantas del centro comercial Merrion, donde lo había tenido estacionado desde su llegada a Leeds el día anterior. No sabía muy bien qué protocolo se seguía con los perros en los coches. Solía vérselos mirando a través del parabrisas trasero o asomados a la ventanilla del pasajero junto al conductor, con las orejas aleteando al viento, pero un perro sin atar era un accidente en ciernes. Cuando estaba en la policía, una mujer había resultado muerta en un accidente de tráfico. Frenó bruscamente en un semáforo en rojo, y el dálmata que llevaba en el asiento de atrás salió disparado y le rompió el cuello. Una forma estúpida de morir.

210

El perro había subido de un salto al asiento de atrás como si fuera su sitio habitual, pero Perro Alfa, Jackson, lo miró con severidad.

–No –dijo.

El animal pareció vacilar, pero también se mostró dispuesto a complacerlo, estudiando su rostro en busca de una pista.

–Ahí –añadió él señalando los pies del asiento delantero, y el perro saltó donde le decía y se tumbó. Cuando Jackson hubo comprobado por fin que el animal no iba a salir disparado a través del coche como un misil, añadió–: Bueno, vamos a buscarnos unas mujeres.

Puso «Cowboy Boots» de Kendel Carson en el equipo de música, una canción menos sureña y reaccionaria de lo que el título sugería.

Encendió el motor y ajustó el retrovisor. Al ver su reflejo, volvió a sorprenderlo su corte de pelo militar.

Linda Pallister vivía en una casa semiadosada y tradicional cerca de Roundhay Park. Las cortinas estaban echadas aunque era de día. Le daba el aire de una casa de luto. Llamó al timbre y aporreó la puerta con los nudillos, pero no hubo respuesta. Probó en la puerta de atrás con el mismo resultado. La misteriosamente ausente Linda Pallister seguía estando igual: misteriosamente ausente.

Jackson llamó a la puerta de la casa de al lado. Tuvo suerte con la persona que le abrió («la señora Potter»). Conocía bien a esa clase de mujer: solía estar viendo reposiciones de *Los asesinatos de Midsomer* o *Poirot* al otro lado de los visillos, en plena tarde, con una tetera y un platillo de galletas de chocolate a mano. Eran testigos valiosísimos porque estaban de vigilancia permanente.

–Tuvo visita anoche –le informó debidamente la señora Potter, y añadió encantada–: un hombre.

—¿La ha visto hoy?

—No lo sé, no me paso el día pendiente de las idas y venidas en el barrio, no sé por qué tendría que pensar la gente algo así.

—No, por supuesto, señora Potter —repuso él, fingiendo empatía. Era una técnica que nunca le funcionaba (en especial con las mujeres), pero eso no le impedía intentarlo. Sacó una tarjeta de la cartera y se la tendió a la mujer—. Mire, si vuelve, hágame el favor de dársela y pedirle que me llame.

—¿Un detective privado? —preguntó ella al ver la tarjeta.

A Jackson no le habría hecho falta preocuparse por la empatía; la mera idea de un detective privado bastó para que la mujer le dijera:

—Puede llamarme Janice —bajó la voz, como si Linda Pallister pudiera estar escuchando a hurtadillas—. ¿Puede decirme por qué busca a Linda?

—Sí, puedo decírselo, pero entonces tendría que matarla —respondió él.

Durante unos instantes, la mujer pareció creer lo que le había dicho. Jackson sonrió. Pues sí, últimamente tenía muchas ganas de regodearse a costa de una mujer a la menor oportunidad.

En la casa de Tracy Waterhouse en Headingley había más vida, aunque por desgracia no la de la propia Tracy. La puerta principal estaba abierta y un hombre cargaba herramientas en una furgoneta. Lo informó con acento de Europa del Este (el clásico albañil polaco, supuso Jackson) de que Tracy había salido esa mañana y no sabía cuándo volvería.

—Pero espero que lo haga —añadió entre risas—, porque me debe dinero.

Pese a que Jackson le aseguró que era un primo de Tracy perdido hace tiempo, el tipo se negó a darle su móvil.

—Es una persona muy reservada —comentó.

En lugar de abadías cistercienses, por lo visto ahora Jackson coleccionaba mujeres desaparecidas en combate.

* * *

Sentado en el coche, en el aparcamiento, marcó el número de móvil de Tracy. Le salió el buzón de voz y dejó un mensaje. El coche de Barry olía a fresias, las flores favoritas de Amy. ¿Por qué no las había llevado en su ramo de novia en lugar de aquellas ridículas margaritas naranjas? Ahora ninguna flor tenía ya significado para ella. Todo por culpa de Ivan. Él era el responsable de todo. Iban a soltarlo el sábado; un colega que trabajaba en la prisión le había dado a Barry la fecha y la hora. Estaría allí para recibirlo.

Iba a llevar las fresias a la tumba de Sam. Acudía más a menudo de lo que le decía a Barbara. Visitaban la tumba por separado. Barbara dejaba cosas que le revolvían el estómago: ositos de peluche y camiones de juguete. Él siempre dejaba fresias.

Hurgó en el bolsillo en busca de la tarjeta que le había dado el tal Jackson, pero no consiguió encontrarla por ninguna parte. Marcó el número de Tracy en el centro comercial Merrion y un imbécil de marca mayor le dijo que estaba enferma. Llamó a su casa solo para encontrarse con un mensaje estándar de contestador automático. Por fin la llamó al móvil y le dejó un mensaje. Volvió a llamar y dejó un segundo mensaje. Se acordó de algo y dejó un tercero.

Estaba pasando algo, pero ¿qué exactamente? Tracy no tenía primos. No tenía familia en ningún sitio porque era hija única de hijos únicos. Desde luego, no tenía a nadie en Salford. Tenía que avisarla de que ese tipo no era de fiar y andaba tras ella. Linda Pallister había mencionado a un detective privado llamado «Jackson» que husmeaba por ahí, y ahora el tarado en persona había aparecido en Millgarth buscando a Tracy. «¿Le suena de algo el nombre de Carol Braithwaite?» Y tanto que le sonaba, joder, como una enorme campana que tañera por los muertos despertando a los vivos. ¡Que tañan las campanas, que levanten a los muertos!

Antes del accidente de Amy, solía sentir lástima por Tracy, una de esas mujeres que habían sacrificado la maternidad por el trabajo. Llegaban a la menopausia y se daban cuenta de que no habían tenido hijos, de que su ADN moriría con ellas y de que nadie iba a amarlas nunca como lo habría hecho un crío. Era triste, verdaderamente. Pero después del accidente de Amy, Barry envidiaba a Tracy. Ella no tenía que sentir un dolor insoportable cada segundo de cada día de su existencia.

Puso en marcha el motor y condujo hacia el cementerio, respirando el aroma de las fresias todo el camino.

* * *

–¿Vamos a casa? –preguntó Courtney cuando Tracy le abrochó el cinturón de la silla para niños del coche, delante de Toys 'R' Us. El maletero estaba lleno de cosas, en su mayoría de plástico. Todas aquellas diminutas y antiquísimas formas de vida marina que caían al lecho del océano para volver algún día a la vida, como el juego de té de las hadas de Disney.

A petición de Courtney, Tracy había comprado también un disfraz, un traje rosa de hada, que venía con alas, varita y diadema. La niña había insistido en ponérselo en el coche, y ahora estaba sentada muy tiesa ahí atrás, en una pose que le recordó a la reina en su coronación.

–¿Vamos a casa? –repitió Tracy, pensativa, como si fuera un acertijo filosófico más que una simple pregunta.

214

¿Qué entendía Courtney por «casa»?, se preguntó. ¿Dónde estaba la suya? ¿Se refería a la vivienda de Kelly, sin duda miserable, o a otro sitio?

Había cosas que podían hacerse con niños y cosas que no. Durante toda su vida laboral, Tracy había presenciado las que supuestamente no debían hacerse con ellos. Construir castillos en la arena, dar de comer a los patos, tomar el pícnic sentados en una manta en el parque: esas eran cosas que sí se hacían con ellos. Secuestrarlos era una de las que no. Conclusión: ella se había llevado a una niña que no era suya.

–La verdad es que no vamos a casa; todavía no. Tenemos un par de recados que hacer.

En el banco, le llevó media hora sacar todos sus ahorros de la cuenta. Entretanto, la niña se zampó un plátano y una manzana. Tracy llevaba consigo el pasaporte, sabía qué debía hacerse para prevenir el fraude; no impidió que el cajero se comportara como si estuviera cometiendo un robo. Había cámaras de seguridad por todas partes, y ella iba a salir con treinta mil libras en efectivo en el bolso. Costaba no parecer culpable.

Después fueron a ver al abogado y Tracy le dio instrucciones de vender la casa. Los letrados eran animales que se movían despacio, resultaba imposible salir de su despacho en menos de dos plátanos. ¿Podía uno ser víctima de una sobredosis de plátano? Oyó la voz de su madre: «Te convertirás en una patata frita con sabor a queso y cebolla si sigues comiendo tantas». (Pues no, no se había convertido en una patata frita). Y los plátanos eran pequeños, «de talla reducida», según la etiqueta del supermercado. Tracy se comió uno en el coche y se preguntó qué haría la gente antes de los plátanos. No acababa de entender qué significaba «de talla reducida» en el contexto de un plátano. En cierta ocasión había arrestado a un tipo que vendía ilegalmente pornografía infantil; *Lu-*

215

jos de talla reducida, se llamaba uno de los vídeos. No había nada inocente. En ningún sitio.

–Y ahora, ¿vamos a casa? –quiso saber Courtney cuando estuvieron de vuelta en el coche.

La cría estaba acostumbrada a que la movieran de aquí para allá como una bola de billar. Los niños no tenían control de adónde iban, ni de con quién.

–Dentro de poco. Primero iremos a ver a un hombre –a través del retrovisor vio a Courtney fruncir el entrecejo–. Un hombre simpático.

O al menos eso le parecía, si la memoria no le fallaba. O en apariencia. También era un estafador, un ladrón y un experto en amaños, pero no le mencionó eso a la niña. Vivía en una casa impresionante en Alwoodley, adquirida sin duda con las ganancias de una vida entera dedicada a delinquir, y puso una encomiable cara de póquer al abrir la puerta y encontrarse a Tracy y a una pequeña hada rosa de pie ante sí.

–Inspectora –saludó cordialmente–, y una amiguita. ¡Qué agradable sorpresa!

–Me he jubilado –repuso Tracy.

–Yo también –musitó Reynolds–. Adelante.

Era un tipo menudo y atildado: fular, pantalones de sarga beis planchados con raya, unas de esas zapatillas elegantes que pasaban por zapatos; y debía de hacer un tiempo que tenía el abono de autobús para la tercera edad, aunque Tracy dudaba que Harry Reynolds se moviera en transporte público, sobre todo porque había un Bentley aparcado en la puerta de su casa.

Las condujo a una sala de estar que se proyectaba hacia el exterior, con puertas acristaladas de gran calidad y un estanque con carpas koi justo al otro lado, como si Harry Reynolds quisiera contemplar los caros peces sin tener que abandonar la cámara estanca de su casa.

En el interior, las paredes estaban cubiertas por fotografías enmarcadas de un niño y una niña. Tracy reconoció el uniforme de una escuela elemental de pago cuyo nombre nunca había sabido pronunciar.

–Mis nietos –anunció orgulloso Harry Reynolds–: Brett tiene diez años y Ashley ocho.

Tracy supuso que Brett era el niño y Ashley la niña, pero en aquellos tiempos ya no había forma de estar seguro. El resto de la decoración era espantosa, con grandes jarrones de vidrio que quizá se habrían considerado obras de arte en los setenta, sentimentales figuras de porcelana de payasos con globos o niños de caras tristes con perros. Un gran reloj de latón con forma de sol adornaba una pared, y en otra se estaba jugando un partido de fútbol en el televisor más grande que había visto en su vida. La delincuencia da sus frutos. Había un sorprendente aroma a pastel horneándose en toda la casa.

–No queremos interrumpir el partido –dijo Tracy con educación, aunque sus años de uniforme vigilando en los sucios encuentros en casa del Leeds United la habrían animado a hacer añicos a mazazos la pantalla con muchísimo gusto.

–No, no –repuso Harry Reynolds–. Es un partido de mierda (disculpa mi lenguaje –añadió dirigiéndose a Courtney–). Además, es de Sky Plus, no en directo; puedo verlo más tarde.

Tenía la clase de acento de Yorkshire que Tracy consideraba de «quiero y no puedo». El acento de Dorothy Waterhouse.

Harry Reynolds apagó el televisor y las hizo instalarse en los abultados sofás, grandes como barcazas y tapizados en piel de un tono malva pasado de moda. Parecía un final bien poco digno para una vaca. Harry se excusó y fue en busca de un «refrigerio». El sol brillaba con fuerza en el jardín, pero las puertas y ventanas estaban cerradas, sellando herméticamente la casa para protegerla del mundo exterior. Tracy sintió que la blusa se le pegaba a la espalda. La cinturilla de los grandes pantalones la estaba cortando en dos. Siempre se hinchaba en el transcurso del día. Se preguntó por qué le pasaría eso.

Courtney estaba sentada en silencio, mirando por la ventana. Quizá Kelly la había drogado. No era ninguna novedad, si pensaba en los galones de láudano con que las madres solían atiborrar a los niños para tenerlos calladitos. Hoy en día se les daban tranquilizantes y pastillas para dormir a muchos más críos de los que la gente creía. De haber dependido de ella, habría esterilizado a muchos padres. No podía andar diciendo eso, por supuesto, porque hacía que pareciera una nazi. Pero eso no quitaba que fuera verdad.

Le sonó el teléfono. «Für Elise». Hurgó en el bolso hasta encontrarlo, esperando que fuera el interlocutor misterioso. Frunció el entrecejo al ver la pantalla. «Barry», decía. La recorrió una oleada de miedo. ¿Habría descubierto algo sobre Courtney? Dejó que saltara el buzón de voz.

Harry Reynolds volvió a la habitación cargado con una bandeja. Otra vez «Für Elise». Otra vez Barry. Otra vez el buzón de voz.

—¿Problemas?

—Solo un pesado que llama —repuso ella, quitándole importancia.

«Für Elise» otra vez. Por el amor de Dios, se dijo, ¡déjalo ya, Barry!

—¿Quieres que haga algo?

Tracy se preguntó qué sería «hacer algo» para alguien como Harry Reynolds.

—No —contestó—. Probablemente es una de esas llamadas generadas por ordenador. De India o Argentina o algún sitio así.

–¡Malditos negros! –soltó Harry Reynolds–. Nos están invadiendo por todas partes. Vivimos en un mundo distinto, últimamente.

Dejó la bandeja. Una tetera, tazas y platillos de porcelana buena, zumo de naranja y un plato con bollos calientes. Con mantequilla y un poquito de mermelada. Le acercó el plato de bollos a Tracy.

–Recién salidos del horno; los he hecho yo mismo. Uno tiene que mantenerse ocupado, ¿verdad?

–Sí –repuso ella–; y tanto.

Iba a pasar de los bollos, pero no pudo resistirse. Llevaba todo el día funcionando con solo dos barritas Weetabix y medio dónut endurecido. Y dos galletas de chocolate y naranja. Y un bocadillo de atún del pícnic. Y una bolsa de patatas con sal y vinagre. Y un puñado de palitos de zanahoria, aunque eso apenas contaba. Era sorprendente cuando caías en la cuenta. El año anterior se había apuntado al club de adelgazamiento Slimming World y tuvo que llevar un «diario de comidas». Al cabo de un tiempo había empezado a inventárselo: «Tostaditas de centeno, requesón, palitos de apio, dos manzanas, un plátano, ensalada de atún para la hora de comer, pollo a la plancha, judías verdes para cenar». No podía admitir toda la basura que se metía entre pecho y espalda el día entero. La primera semana ganó peso, y nunca más volvió.

–La mermelada de frambuesa también la he hecho yo –comentó Harry Reynolds–. Hay un sitio donde puede recogerlas uno mismo junto a la A65, justo pasado Guiseley. ¿Lo conoces?

–No, me parece que no.

Como si fuera a conocerlo. No había recogido nada en la vida, aparte de arañazos y algunas margaritas, y lo de estas últimas era más una suposición que un recuerdo propiamente dicho. Mordisqueó un bollo. Lo notó caliente y mantecoso en la boca, y la mermelada le supo dulce y ácida a un tiempo. Se comió el resto, tratando de no parecer glotona.

–Un pecado muy rico –dijo Harry Reynolds entre risas, y mordió un bollo.

Los bollos hicieron que cobrara conciencia del montón de cosas que podía haberse perdido en la vida. Como desviarse en la A65 para ir a un sitio donde podías recoger tú mismo la fruta. Una vez había acudido allí por un asesinato, al sur de Otley. Una prostituta a la que habían llevado a dar su último paseo para luego arrojarla a una zanja. Le habían llegado rumores de que Harry Reynolds había tenido los dedos en esa masa en particular, negociando con chicas y pornografía en los años sesenta, pero a Tracy no le parecía esa clase de hombre. Un pecador, pero una ricura. Pensó en la madama en su casa de Cookridge repartiendo jerez y frutos secos. Eso fue en los setenta, por supuesto. No había nada inocente. «Norah», así se llamaba; Norah Kendall.

–¿Conociste a Norah Kendall? –le preguntó a Harry Reynolds.

–Ah, Norah –contestó él riendo–. Vaya mujerón –y añadió con tono de admiración–: tenía buena cabeza para los negocios. Desde luego, era un mundo distinto, ¿no crees, inspectora? Libros sucios en la trastienda y tipos con gabardina exhibiéndose ante alguna que otra colegiala. ¡Qué inocencia! –Exhaló un suspiro nostálgico.

Tracy se mordió la lengua. De la inocencia no se acordaba.

–Hoy en día no hay quien diferencie a una prostituta de una buena chica –prosiguió Harry Reynolds–. Todas se visten como si hicieran la calle, y también se comportan así.

–Lo sé –contestó, sorprendida por estar de acuerdo con alguien como Harry Reynolds.

Pero era verdad; cuando una veía a las jovencitas con esos taconazos, vestidas como fulanas, con serrín en la cabeza, dando tumbos por ahí una noche de sábado en el centro de Leeds, pensaba: «¿nos arrojamos bajo los caballos, tuvimos arcadas por culpa de los tubos con los que nos obligaban a comer, padecimos el ridículo, la humillación y el sufrimiento, solo para que las mujeres pudiésemos comportarnos peor que los hombres?».

–Hoy en día son peores que los tíos –dijo Harry Reynolds.

–Es biológico –explicó Tracy–; no pueden evitarlo: tienen que atraer a un macho, aparearse y morir. Son como cachipollas.

–*O tempora, o mores* –recitó él.

–No te tenía por un clasicista, Harry.

–Soy como un iceberg, inspectora, llego muy hondo –le hincó los dientes falsos y relucientes a un bollo y rumió un momento–. Hay demasiada gente en el planeta. Se sacrifican ciervos, pero no está permitido sacrificar a la gente.

Fue como un eco desafortunado de lo que Tracy estaba pensando unos instantes antes. Sonaba más fascista en los labios de Harry que en sus pensamientos.

¿Habría hecho Harry Reynolds asesinar a gente?, se preguntó. Posiblemente. ¿La perturbaba que así fuera? No tanto como debería.

–He visto que nuestro amigo Rex Marshall encontró por fin el agujero dieciocho –dijo Harry Reynolds.

–No era amigo mío –musitó ella con la boca llena de carbohidratos–. Y habría dicho que tuyo tampoco.

–Éramos miembros del mismo club de golf. Es como estar con los masones. Lomax, Strickland, Marshall, a todos les gustaba hacer un recorrido con uno. Incluso a Walter Eastman en sus tiempos.

–No sé por qué me sorprendo –Tracy se tragó el último pedazo de bollo y preguntó–: ¿Harry?

–¿Inspectora?

–¿Te acuerdas de 1975?

–La copa mundial de críquet se celebró en Headingley en junio. Los australianos jugaron contra nosotros. Inglaterra quedó eliminada por noventa a tres. Los de las Indias Orientales los derrotaron, al final. Di lo que quieras de los negros, pero saben jugar al críquet.

–Sí, bueno, aparte de eso, ¿recuerdas el asesinato de una mujer llamada Carol Braithwaite?

–No –contestó él, mirando sus peces a través del ventanal–. Me temo que no. ¿Por qué?

–Por nada. Solo me lo preguntaba.

La niña se había zampado ya el zumo y dos bollos y se la veía un poco más animada. La diadema plateada se le había torcido y tenía la boca manchada de mermelada de frambuesa. La varita estaba en el sofá, a su lado. Apretó los puños y luego los abrió como estrellas. Por lo visto, aquella era la señal de aprobación definitiva. Volvió a coger la varita y a encarnar su papel.

–Ten cuidado con eso –advirtió Harry Reynolds con una sonrisa indulgente–. No vayas a echarnos algún hechizo.

Courtney lo miró fijamente.

–Esta cría habla por los codos, ¿eh? –comentó–. Está bien de la azotea, ¿no?

–Por supuesto que sí –repuso Tracy con irritación.

Con un pañuelo de papel, trató de limpiar la mermelada de frambuesa de la cara de Courtney, sin conseguirlo. Había también restos arqueológicos de bocadillo de atún, dónut y chocolate. Comprendió que cuando volviera al supermercado tendría que pasar al siguiente nivel: las toallitas húmedas.

–Bueno..., llevábamos mucho tiempo sin vernos, inspectora –comentó Harry Reynolds–. Ahora los dos somos civiles, ¿eh? ¿Otro bollo?

–No, gracias. Bueno, igual sí. Venga. ¿De verdad estás fuera del circuito, Harry?

–Tengo más de setenta años –repuso él–. Desde la última vez que nos vimos, mi mujer murió, de cáncer. La cuidé hasta el final; falleció en mis brazos. Pero no puedo quejarme; tengo una hija maravillosa, Susan, que me deja a mis nietos a menudo. Los malcrío terriblemente, pero ¿por qué no? En mis tiempos era distinto, un buen sopapo en la oreja y pan untado con manteca y té si tenías suerte...

Tracy notó que cabeceaba. Se preguntó si a Harry Reynolds le importaría, o si lo advertiría siquiera, si se tendía en su sofá grande como una vaca y echaba un sueñecito.

–... y, por supuesto, vienen todos los domingos a tomar un buen asado, con toda su guarnición. Me gusta preparar postres como Dios manda: pastel de frutas, bizcocho, brazo de gitano. Ya casi nadie hace esas cosas, ¿verdad? Postres de Yorkshire... ¿Quién los prepara hoy en día?

Tracy casi pudo oler el aroma de la carne asada y las verduras demasiado hechas. Durante un instante estuvo de vuelta en la casita de Bramley, con el aire mortecino de las mañanas de domingo, y su madre «dando cuenta» de una copa de jerez de las grandes.

–Uno habría jurado que la comida del domingo era un festín inamovible –prosiguió Harry Reynolds–. Una costumbre inmemorial; nunca se me habría ocurrido que podría verse reemplazada por una pizza o comida para llevar de los chinos. No es de extrañar que este país se haya ido a la porra.

Tracy le dio un mordisco a otro bollo para mantenerse despierta. Se sentía como si, por equivocación, se hubiese metido en medio de un anuncio de Werther's Original. ¿Se volvían blandengues todos los delincuentes cuando se hacían viejos? (¿Les ocurría lo mismo a los policías de homicidios? Probablemente no). Quizá podían mudarse a vivir con Harry

Reynolds ahora que había pasado de ser un delincuente de carrera a un abuelito risueño, por fascista y racista que fuera. ¿Cuántos dormitorios tenía esa casa? Cuatro por lo menos. De sobra. Los fines de semana podrían desaparecer las dos del mapa, o Courtney podría quedarse a jugar con Brett y Ashley.

–¿Es tuya esta cría? –quiso saber Harry Reynolds.

Lo dijo con tono despreocupado y agradable, pero de pronto ya no se le veía tan risueño.

–Estoy aquí por negocios –repuso Tracy.

–Pensaba que habías dicho que estabas jubilada, inspectora.

–Por una clase distinta de negocios –contestó ella.

La compra que habían hecho esa mañana en el supermercado seguía en el maletero del Audi. Tracy imaginó cualquier cosa fresca que se estuviera pudriendo lentamente, volviéndose papilla en las bolsas de plástico. En su mayoría eran cosas para llevarse a la casita de vacaciones. Cuando no había servicio de comidas y una se autoabastecía, siempre compraba cinco veces más de lo necesario. Y esa noche no iba a cocinar, ni en broma.

–Vamos a tomar el té por ahí –le dijo a Courtney una vez estuvieron en el Audi con los cinturones puestos.

Courtney dijo que sí con la cabeza, y siguió haciéndolo. Un perrito que asentía.

–Ya puedes parar –le dijo Tracy.

La niña asintió más despacio y luego dejó de hacerlo.

Antes de emprender el camino, Tracy escuchó el buzón de voz, temiendo que Barry tuviera malas noticias. Mensaje uno: «Tracy, soy Barry. Hoy en comisaría había un tipo preguntando por ti. Dice que una tía tuya de Salford te ha dejado dinero en el testamento. Sé que no tienes una tía en Salford ni en ninguna parte, así que no sé a qué juega este tipo».

Mensaje dos, de Barry otra vez: «Dice que se llama Jackson no sé qué. ¿Te suena de algo ese nombre? Llámame». Mensaje tres: «Dice que es un detective privado. Creo que miente. Se aloja en el Best Western, el que hay cerca del Merrion. Me ha dado su tarjeta, pero la he perdido».

Nadie era capaz de revestir de tanto desprecio las palabras «detective privado» como Barry. ¿Jackson? Aquel nombre no le decía nada. ¿Iba detrás de la cría? ¿Lo habrían mandado a recuperarla? Fuera quien fuese, iba a evitarlo cuanto pudiera.

En el retrovisor iba y venía un Avensis de color gris. Estaba segura de que era el mismo coche que habían tenido aparcado cerca en el supermercado. Se había fijado en él por el conejito rosa que colgaba del retrovisor. Un «conejito ambientador». Una estupidez de la hostia; la Navidad anterior su «amigo invisible» le había regalado uno. Los amigos invisibles no acababan de encajar en antivicio. El Avensis desapareció de la vista. ¿Sería aquel tipo, Jackson?

—Vigila por si ves un coche gris —le dijo a Courtney.

¿Conocían todos los colores los críos de su edad? ¿Se sabría los colores del arco iris?

—¿Sabes qué color es el gris?

—Es el color del cielo —contestó Courtney.

Tracy exhaló un suspiro. Un terapeuta haría su agosto con aquella cría.

Cenaron en el chino del barrio. La niña examinó con atención la carta.

—¿Sabes leer, Courtney?

—No —la niña sacudió la cabeza y siguió observando la carta.

Procedió entonces a zamparse un plato de fideos Singapur.

—Creo que dentro de ti hay una niña gorda tratando de salir —dijo Tracy.

Courtney se detuvo entre bocado y bocado y la miró. De la boca le colgaban unos cuantos fideos, como los bigotes de una morsa.

–No lo digo literalmente –exhaló un suspiro y se sirvió más arroz jazmín al vapor–. Mi niña gorda escapó hace mucho tiempo.

Cuando acabaron, después de que Courtney se hubiese metido un plato de buñuelos de plátano con helado en el barril sin fondo que llevaba dentro, Tracy pagó la cuenta con dos billetes de veinte del fajo de treinta mil que llevaba, pero hurgó en vano en el bolso en busca de monedas.

–No tengo suelto para la propina –le dijo a la niña.

Courtney la miró con su pose de esfinge, y luego buscó en las profundidades de la mochila rosa hasta pescar el monedero con la cara de mono, del que sacó cuatro monedas de un penique que dejó con cuidado sobre el platillo, musitando:

–Una, dos, tres, cuatro.

–¿Hasta cuánto sabes contar, Courtney?

–Hasta un millón –se apresuró a responder la niña.

–¿De verdad?

Courtney levantó la mano izquierda y contó despacio con los dedos.

–Uno, dos, tres, cuatro, un millón.

–¿Ya está?

La niña volvió a mirarla fijamente. Tracy le vio un fideo alojado entre los incisivos. Por fin, Courtney levantó el dedo índice de la mano derecha y dijo:

–Un millón y uno.

Aún no había acabado con su generosa propina. Volvió a hurgar en la mochila y dio por fin con la nuez moscada, que dejó junto a las monedas. El camarero cogió el platillo con inescrutable expresión de camarero y, por arte de magia, sacó una galletita de la suerte y se la tendió con gesto ceremo-

226

nioso a Courtney. Ella la metió con cuidado en la mochila, sin abrirla.

—Vámonos a casa —dijo Tracy.

Antes de que se acercaran siquiera a la casa en Headingley, le sonó el móvil. Se le cayó el alma a los pies en cuanto oyó a alguien despotricar al otro lado de la línea. Era Kelly Cross, que quería un pedazo de carne que Tracy no había comprendido aún que le pertenecía. Podía quedárselo. Podía quedarse lo que quisiera. A veces una simplemente tenía que volverse mejor. Dormir, comer, proteger; sobre todo la parte de proteger.

9 de abril de 1975

El hedor dentro del piso era increíble. A descomposición. Tracy pasaría días enteros sin poder quitárselo de la nariz. Lo tenía en la piel, en el uniforme, en el cabello. Años después, solo tendría que pensar en el piso de Lovell Park para volver a olerlo. El crío estaba de pie en el vestíbulo cuando echaron la puerta abajo. Sucio y en los huesos, parecía la víctima de una hambruna.

Todavía reventado por haber subido quince pisos y habérselas visto con una puerta inesperadamente resistente, el fornido Ken Arkwright cruzó el vestíbulo con sorprendente velocidad, levantó al escuálido crío para pasárselo a Tracy y empezó a buscar en las demás habitaciones.

Ella sostuvo aquel cuerpecito que no pesaba nada y le acarició el sucio cabello.

—Todo va a ir bien ahora —murmuró. No se le ocurrió otra cosa que decir o hacer.

Arkwright reapareció.

—No hay más críos, pero...

Indicó con la cabeza una puerta abierta pasillo abajo.

–¿Qué? –quiso saber Tracy.

–En el dormitorio.

–¿Qué?

Arkwright bajó la voz hasta hablar en susurros.

–La madre.

–Mierda. ¿Cuánto hace?

–Un par de semanas, por el aspecto que tiene –repuso Arkwright.

Tracy sintió que se le revolvía el estómago. «Calma», se dijo, «piensa en las rosas de papá, en el desinfectante Izal de mamá; en cualquier cosa que no huela a carne podrida».

Llevó al niño hasta el salón y echó un vistazo al dormitorio al pasar, tapándole los ojos a la criatura, aunque ya los tenía cerrados. Vislumbró algo en el suelo; no distinguió qué era, pero supo que se trataba de algo horrible.

El agente Ray Strickland y el sargento Len Lomax fueron los primeros del Departamento de Investigación Criminal en llegar a la escena del crimen en Lovell Park. Desde luego se tomaron su tiempo. Tracy miró por la ventana de la salita de estar, desde la mareante altura de quince pisos, y los vio llegar por fin con un chirriar de neumáticos de macho, pero en lugar de correr hacia el edificio se bajaron del coche y se quedaron allí de pie, enzarzados en una conversación, o en una discusión, pues se hacía difícil distinguir nada desde arriba. Había algo conspiratorio en su actitud.

–¿Qué coño hacen? –quiso saber Arkwright.

–No sé –repuso ella–. ¿Dónde está la ambulancia? ¿Cómo es que tarda tanto?

¿Y si el crío la palmaba ahora? Era un milagro que hubiese sobrevivido todo ese tiempo; debía de haber hurgado en los armarios en busca de comida.

–No te mueras, por favor –le dijo Tracy, y fue más una plegaria que una petición.

Tracy y Arkwright habían recorrido todo el piso. La contaminación de la escena del crimen debió de ser acusada. En aquella época no se le daba tanta importancia a todo aquello. Hoy en día habrían puesto pies en polvorosa solo con ver el cuerpo, para no volver hasta que los especialistas en criminología hubiesen peinado cada pulgada.

Tracy vio acercarse una bicicleta. Una muchacha se bajó de ella y los dos detectives se separaron. La chica llevaba un vestido largo que parecía un camisón y a ambos lados del pálido rostro le caían dos cortinas de cabello largo y liso.

–¡Ojo!, han llegado los *hippies* –se burló Arkwright.

–Pero ¿dónde cojones está la ambulancia? –quiso saber.

Antes de entrar en la policía nunca decía ni «maldita sea», pero ahora soltaba tacos como los mejores del cuerpo. Observó a la chica decirle algo a Lomax y a Strickland, y los tres se dieron la vuelta para entrar en el edificio.

–Escucha eso –dijo Arkwright ladeando la cabeza–. Ese condenado ascensor funciona ahora, ¿no es increíble? Es como si el universo tuviera unas normas para ellos y otras para nosotros los palurdos.

Cuando Lomax y Strickland llegaron ante la puerta de Carol Braithwaite, la chica del vestido largo les pisaba los talones.

–Linda Pallister –se presentó, con una leve inclinación de cabeza hacia Arkwright. Tracy era invisible, por lo visto–. Soy la asistente social de guardia.

Con la cara lavada y las robustas pantorrillas de ciclista, parecía más una alumna de secundaria que una mujer adulta con un trabajo.

–No necesitamos una puñetera asistente social, sino una puñetera ambulancia –le siseó Tracy.

De pronto Strickland salió corriendo de la habitación y todos lo oyeron vomitar en el cuarto de baño.

–Un chico sensible, nuestro Ray –dijo Len Lomax.

–Ni rastro del patólogo –comentó Len Lomax–, pero ya está aquí la ambulancia.

–Muy bien –repuso Linda Pallister cuando el vehículo se hubo detenido en la puerta.

Cogió al crío de los brazos de Tracy, que lo retuvo un instante más de lo necesario.

–No pasa nada, sé lo que me hago –dijo Pallister, y Tracy asintió en silencio, temiendo de pronto echarse a llorar.

Cuando la ambulancia se fue, le dijo a Len Lomax:

–Le he preguntado al niño quién lo hizo, quién le hizo eso a su mamá.

–¿Y?

–Ha dicho: «Papá».

Lomax soltó una carcajada, un sonido brutal en medio de aquel silencio sepulcral.

–Haría falta un niño muy listo para saber quién es su papá. En cuanto a esa tipa –señaló con el pulgar hacia el dormitorio en el que aún yacía el cuerpo en descomposición de la mujer–, apostaría cien contra uno a que ni ella misma habría sabido quién era el padre.

Sacó una libreta con un gesto extrañamente teatral y miró alrededor como si fuera a hacer aparecer pistas de las paredes.

–¿La conocía? –quiso saber Tracy.

Lomax la miró como si acabara de crecerle otra cabeza.

–¡Por supuesto que no, joder! –soltó.

Tracy miró de reojo a Ray Strickland. Se lo veía tembloroso y un poco verde, como si estuviera a punto de volver a vomitar. Ni siquiera había entrado aún a ver el cuerpo. Cuando llegaban, los había oído hablar en el pasillo, y cómo Lomax le decía a Linda Pallister: «En el dormitorio de la izquierda, ahí está el cuerpo».

–¿Cómo sabía eso? –le preguntó Tracy a Arkwright en el pub, cuando habían acabado el turno.

–Tiene poderes psíquicos –repuso Arkwright–. Hace sesiones de espiritismo los jueves por la noche en la sala de actos del Horse and Trumpet.

Arkwright tenía un modo tan inexpresivo de decir las cosas que durante un segundo ella pensó que hablaba en serio.

–Creo que te toca la próxima ronda, nena –añadió él riendo.

Ni Lomax ni Strickland se molestaron en tomarle declaración a Tracy.

–¿Qué puedes tener que decir que no haya dicho él ya? –preguntó Lomax, señalando a Arkwright con el dedo.

De pronto apareció Barry, nada menos.

–¿Señor? –le preguntó a Strickland.

–Se está convirtiendo en el chapero de Ray, ¿eh? –le murmuró Arkwright a Tracy.

Strickland le dijo algo inaudible a Barry, y este pareció tan mareado como él. Desaparecieron en la pequeña y gélida cocina, donde había desparramados por el suelo envases vacíos de cereales y otros restos de alimentos que el crío había sido capaz de encontrar. Era un milagro que no hubiese muerto de hipotermia, no digamos ya de hambre.

–Lárgate de aquí –le dijo Lomax a Arkwright– y llama a unas cuantas puertas –indicando a Tracy con la cabeza, añadió–: y llévatela contigo.

Arkwright mantuvo una admirable cara de póquer.

–Vámonos, nena –dijo.

Carol Braithwaite, dijeron los vecinos, con rostros inexpresivos. Por lo visto nadie la conocía.

–Solo vivía aquí desde Navidad –dijo uno de ellos–. Era un poco escandalosa; oímos unas cuantas peleas.

¿Habían escuchado algo más?

–A un crío llorando.

–Subía a hombres a su casa –dijo otro.

–Se ocupaba de sus propios asuntos –fue la clásica respuesta de otro vecino.

Nadie la conocía. Ahora ya nadie podría hacerlo.

Por supuesto, todo era subjetivo. En el mundo no había una sola certeza incontestable. Tracy empezaba a entender que era así.

Ella y Arkwright llamaron a una puerta tras otra en Lovell Park. Las paredes eran finas, comentó Tracy; lo lógico era pensar que alguien habría oído algo.

Carol Braithwaite. Tres aprobados en el bachillerato elemental y dos condenas por ejercicio de la prostitución callejera.

–Una chica alegre –dijo Arkwright.

Lo de «chica alegre» era jerga policial. Andar pronunciando la palabra «prostituta» no ayudaba mucho en una investigación. Recibían lo que merecían, merecían lo que recibían.

–A mí no me parece que hubiese mucha alegría en su vida –comentó Tracy.

Uno de esos aprobados del bachillerato había sido en costura, otro en cocina, y el tercero en mecanografía. Información cortesía de la chica de las flores, Linda Pallister. Carol habría sido una buena esposa, pero no acababa de ser esa la senda que había seguido. En el colegio, Tracy siempre había desconfiado de quienes engrosaban las ciencias domésticas, chicas metódicas con caligrafía pulida y sin defectos ni excentricidades. Por alguna razón, solía dárseles bien el baloncesto, como si el gen que les permitía saltar hasta el aro contuviese la información necesaria para volcar un flan de queso y cebolla o untar de crema un bizcocho. Sus trayectorias profesionales no solían llevar a la prostitución. Por supuesto, si en los setenta uno decía «gen», que se pronunciaba como *jean,* la gente pensaba en unos vaqueros Levi's o Wrangler. La genética no constituía un tema tan candente como ahora. Se preguntó si Carol Braithwaite habría jugado alguna vez al baloncesto.

Ya en el colegio, Tracy había sospechado que no sería una buena esposa para nadie. Cosía fatal, era incapaz de cocinar unos simples macarrones con queso o de hacer bien la cama. Sin embargo, tenía un gancho de derecha potentísimo. Era algo que había descubierto una agitada noche de sábado de peleas de chicas y grescas de borrachos, cuando un par de tipos con mala pinta casi la habían acorralado en Boar Lane. Aquello le hizo bien a su reputación de poli, pero no mejoró precisamente su prestigio como mujer («Esa Tracy Waterhouse es una bestia parda»).

Cuando por fin volvieron, tras haber llamado a las puertas, todo el mundo se había ido y solo quedaba Barry, un solitario agente de uniforme, guardando la puerta destrozada del piso.

—Me han dicho que no dejara entrar a nadie —dijo con tono oficioso—. Lo siento.

—¡Que te jodan, pedazo de imbécil! —dijo Arkwright apartándolo—. Me he dejado el tabaco ahí dentro.

Tracy rio.

—¿Puede decirme qué ha ocurrido aquí?

—¿Eh? —soltó Arkwright.

—Marilyn Nettles, reportera de sucesos del *Yorkshire Post.* —Le mostró una tarjeta con sus credenciales.

Estaban en la entrada del edificio de Lovell Park, congelándose las pelotas, mientras Arkwright se fumaba un pitillo.

–Este aire es más frío que la teta de una monja –dijo él.

Tracy vio la bicicleta de Linda Pallister apoyada contra una valla. Se había ido en la ambulancia con el niño. No parecía probable que la bicicleta siguiera ahí cuando volviera a por ella. Llevaba una sillita para niño en la parte de atrás.

Recordaba a Marilyn Nettles de algún sitio, pero no consiguió ubicarla hasta más tarde, cuando Arkwright dijo:

–Estuvo de infiltrada en la fiesta de despedida de Dick Hardwick.

–¿Infiltrada? ¿Quieres decir que estuvo en el mismo pub al mismo tiempo?

–Lo que he dicho, una infiltrada. Es una fisgona.

–¿No lo somos todos?

Flaca, de unos treinta y cinco, con un cabello negro teñido que era un vestigio de la década anterior y que llevaba peinado a lo *garçon*, tan recto que parecía que fuera a cortarte si te acercabas demasiado. Tenía una buena napia, que le daba un aspecto voraz. Era de esas periodistas que pisotearía los cuerpos de los caídos para llegar a la noticia.

–Me temo que no puedo hacer comentarios sobre lo que ha pasado aquí –dijo Arkwright–. Hay una investigación en marcha. Supongo que habrá una rueda de prensa, monada.

Marilyn Nettles se encogió ante la palabra «monada». Tracy la vio deseando decir: «No utilice términos sexistas condescendientes conmigo, pedazo de policía zoquete e ignorante», y mordiéndose la lengua para decir en cambio:

–Los vecinos dicen que se trataba de una mujer llamada Carol Braithwaite.

–Sin comentarios.

–Tengo entendido que era una conocida prostituta.

–Tampoco sé nada de eso, me temo.

–Oh, venga ya, agente, ¿no puede decirme algo, por poco que sea?

Marilyn Nettles hizo algo raro con la boca, seguido de algo raro con los ojos. A Tracy le llevó un par de segundos comprender que trataba de flirtear con Arkwright. Pobre ilusa. Era como tratar de flirtear con un armario.

–¿Se le ha metido algo en el ojo? –preguntó Tracy con tono de inocencia.

Marilyn Nettles la ignoró, con la vista extrañamente fija en Arkwright.

–Ayude a una pobre chica –rogó. Unió el índice y el pulgar–. Deme solo un chisme pequeñito, lo que sea.

Con estudiada lentitud, Arkwright hurgó en el bolsillo del uniforme y sacó una moneda de diez peniques. Hacía más de cuatro años que Gran Bretaña había pasado al sistema decimal, pero él seguía refiriéndose al «dinero nuevo».

–Toma, nena –le dijo a Marilyn Nettles tendiéndole la moneda–. Ve a comprarte una bolsa de patatas. Te hace falta engordar un poco.

La periodista giró sobre sus talones y se alejó hecha una furia hacia un Vauxhall Victor rojo.

–No me gustaría tener que meterme en la cama con ella –comentó Arkwright–. Sería como abrazarse a un esqueleto.

Miró la moneda rechazada y la lanzó al aire. En la bajada, la pilló con una palmada contra el dorso de la otra mano.

–¿Cara o cruz? –le preguntó a Tracy.

–¿Estás bien, nena? –preguntó Arkwright; apuró su cerveza y miró alrededor como si esperase que se materializara otra de la nada.

–Sí –respondió Tracy.

–¿Quieres otra?

Ella exhaló un suspiro.

–No, tengo que irme. Mi madre prepara hoy su estofado de cordero.

* * *

Por fin había aprendido la lección, y esa noche no iba a ser la estúpida víctima del aburrimiento. Pidió que le llevaran algo con pinta de inocuo a la habitación y cuando la cena llegó se instaló en la cama con el plato y cogió el mando a distancia.

Collier, por supuesto. Jackson exhaló un suspiro. Justo cuando uno pensaba que era seguro encender el televisor.

Collier era un inspector de homicidios algo tosco pero sensible en ocasiones, que trabajaba tanto en una descarnada ciudad norteña («Bradthorpe») como en un verde valle agrícola («Hardale»). En su búsqueda de la verdad, se rebelaba con frecuencia contra cualquier indicio de autoridad y al final su actitud quedaba invariablemente justificada. Era un inconformista, aunque también (como decía alguien por lo menos una vez en el transcurso de cada capítulo) «un detective brillante». Muy informal con las mujeres, pero aun así las cautivaba continuamente. En su experiencia, Jackson había comprobado que le ocurría lo contrario: cuanto más informal era (si bien no solía ser culpa suya, como le gustaba señalar), menos impresionadas quedaban las mujeres con él.

Julia, nada menos que Julia, que había «abandonado el escenario para concentrarme en ser madre y esposa» (una declaración que nadie creyó, y Jackson menos que nadie), había pasado a formar parte recientemente del reparto de *Collier*. Jackson supuso que sería un cadáver, o como mucho una camarera con un pequeño papel, pero resultó que interpretaba a una patóloga forense.

(–¿Una patóloga forense? –había preguntado él, incapaz de ocultar el tono de incredulidad de su voz.

–Sí, Jackson –respondió ella con paciencia exagerada–. En realidad no necesito una licenciatura en medicina ni tengo que hacer autopsias. A eso se le llama actuar.

–Aun así... –musitó él.)

La agente Charlie Lambert, una actriz llamada Saskia Bligh, era la glamurosa adlátere (dura pero justa, sexy pero profesional) de Vince Collier. Discutía, intimidaba, conquistaba, corría y se abría paso a golpes de kárate en cada episodio. Era una rubia delgada de ojos grandes y un poco llorosos, y unos pómulos en los que uno podría haber tendido la colada (como habría dicho la madre de Jackson). No era su tipo (¿Tenía un tipo? ¿Cuál? ¿La mujer de la noche anterior? No, sin duda). Saskia Bligh tenía pinta de sentirse herida con facilidad. A Jackson le gustaba que sus mujeres fueran fuertes.

Collier y Lambert. Eran solo ellos dos, Morse y Lewis, Holmes y Watson, un dúo de embusteros que podía resolver cualquier asesinato en la zona con solo una ayudita de unos técnicos de pacotilla y agentes de uniforme semianónimos. Le gustaría ver a esa pareja trabajando en un caso en la vida real. Julia, en la forma de su personaje, existía para «complementar su relación».

–No va de crímenes, tienes que entenderlo –dijo Julia–. La serie va de ellos como personas.

–No son reales –le recordó él.

–Ya lo sé. El arte representa la realidad.

–¿El arte? –repitió Jackson sin poder creerlo–. ¿Llamas «arte» a *Collier*? Pensaba que el arte era otra cosa bien distinta.

–Ya sabes qué quiero decir.

Julia sustituía a un patólogo anterior. Al actor que lo interpretaba lo habían pillado con pornografía infantil en su ordenador y se había transformado discretamente en un delincuente en alguna prisión. Justicia irónica, una forma de jurisprudencia por la que Jackson sentía un cariño especial. La justicia cósmica estaba muy bien, pero en general llevaba más tiempo conseguir que sus engranajes no chirriaran.

Vince Collier había adquirido recientemente una madre caída del cielo (cariñosa pero protestona, sensible pero angustiada), una de esas viejas actrices que llevaban una eternidad en las pantallas («para volverlo más humano», comentó Julia). A él no le parecía que tener una madre lo volviera a uno más humano (significara lo que significase eso). Todo el mundo tenía una madre: los asesinos, los violadores, Hitler, Pol Pot, Margaret Thatcher («bueno, la ficción es más rara que la realidad», dijo Julia).

El rostro de la madre de Vince Collier le resultaba familiar. Trató de recordar por qué, pero los hombrecitos huraños que gestionaban su memoria últimamente (llevando carpetas de aquí para allá, cotejando su contenido con los índices correspondientes, archivándolas en cajas que se disponían entonces en hileras interminables de estanterías metálicas Dexion en las que jamás volvían a encontrarse) habían traspapelado, como sucedía con excesiva frecuencia, esa información particular. El culpable de implantar aquel cianotipo en su cerebro infantil había sido un cómic titulado *Beezer*, y nunca había llegado a desarrollar un modelo más sofisticado.

Suponía que los pequeños moradores del cerebro de otras personas operaban de alguna manera como controladores aéreos, siempre conscientes de la situación exacta de cuanto quedaba bajo su responsabilidad, sin escabullirse nunca a tomar el té ni holgazanear en los umbríos recovecos de unas estanterías rara vez visitadas, donde fumaban cigarrillos sin humo y se quejaban de sus lamentables condiciones laborales. Algún día simplemente dejarían los bártulos y se largarían, por supuesto.

Por lo visto, a la madre de Vince Collier la habían traspapelado en algún lugar de las interminables estanterías Dexion.

«Tilly Diez Tomas», la había llamado Julia. Jackson la había visitado en el plató, apareciendo de forma inesperada al advertir que pasaba por delante del sitio en que rodaban *Collier*.

–Pobrecita, tiene la memoria hecha añicos –comentó Julia–. Deberían haberlo advertido antes de contratarla. No tardarán en matarla.

–¿En matarla? –repitió Jackson.

–En la serie.

Estaban tomando café, sentados en lo que parecía un establo, un gélido anexo al camión de *catering* en el que habían dispuesto mesas de caballete.

–No es un establo, es un granero –dijo Julia.

–¿Es real o forma parte del decorado?

–Todo es real –repuso Julia–. Por otro lado, por supuesto, podría decirse que nada es real.

Jackson se dio de cabezazos contra la mesa de caballete, pero no de forma real.

Julia iba vestida para el papel, con el traje azul de quirófano y el cabello recogido en un moño.

–Siempre te han atraído las mujeres de uniforme –comentó.

–Es posible, pero nunca me ha vuelto loco la gente que disecciona cadáveres.

–Nunca digas «de esta agua no beberé» –repuso Julia.

Jackson se preguntó dónde estaba el hijo de ambos. Ninguno de los dos lo había mencionado.

–¿Jonathan está al cuidado de Nathan? –preguntó por fin, y Julia se encogió de hombros, de modo que añadió–: O está con él o no. Y no me digas que podría hacer ambas cosas al mismo tiempo; no estamos hablando de universos paralelos.

Julia exhaló un profundo suspiro.

–No, no está con él. Tengo una niñera, una chica de la zona. Y es un poco tarde para preocuparte por el bienestar de tu hijo.

–Bueno, no me he preocupado antes porque me dijiste que no era hijo mío –repuso Jackson, con toda lógica.

–He de irme –dijo Julia–. Tengo una autopsia a las tres en punto.

De repente le vino a la cabeza.

–Nunca lo habría... –le dijo Jackson al perro.

El animal lo miró, esperando el resto de la frase. La madre de Vince Collier no era otra que la anciana confusa del centro comercial Merrion.

–Sabía que la había visto antes. Fue la peluca lo que me despistó.

Vio *Collier* valientemente hasta el final. Julia apareció dos veces («La doctora Beatrice Butler», maternal pero con sentido común, sexy pero intelectual: una versión esquemática de la complejidad de la propia Julia.) La primera vez se la veía en la escena de un crimen, donde estimaba la hora de la muerte de una prostituta mutilada, y poco después aparecía en el depósito de cadáveres, donde fingía diseccionar el cuerpo de la víctima. Jackson prefería los programas sobre animales; incluso los más sangrientos eran preferibles a aquella basura.

–Es muy popular –decía Julia–. Los índices de audiencia son altísimos.

Los asesinatos reales eran repugnantes. Y apestosos y sucios y casi siempre desgarradores; nunca tenían sentido y en ocasiones resultaban aburridos, pero no tenían nada que ver con aquellos relatos pulcros y asépticos. Y las víctimas eran con frecuencia prostitutas, de usar y tirar como pañuelos de papel, tanto en la realidad como en la ficción.

–¿Eso es arte? Y una mierda –dijo Jackson dirigiéndose al perro.

Esperó a que el nombre de la madre de Vince Collier apareciera en los créditos. Matilda Squires en el papel de Marjorie Collier.

240

–¿Lo ves? Tenía razón –le dijo al perro.

Tilly Diez Tomas. El perro estornudó de pronto, tres veces seguidas, con pequeños bufidos que le parecieron extraña e inexplicablemente enternecedores.

Apagó el televisor y volvió a su viejo amigo Google del teléfono, donde tecleó el nombre de «Marilyn Nettles». Siempre andaba buscando mujeres. Estaba a punto de abandonar cuando encontró algo en una página «dedicada a escritores de Yorkshire». «Marilyn Nettles escribe bajo del seudónimo de Stephanie Dawson. Nettles era antaño reportera de sucesos en el *Yorkshire Post* y vive en la población histórica de Whitby». Jackson lo celebró con una taza de té de la bandeja que había en la habitación. La camarera del hotel no había repuesto el contenido desde la mañana, y abrió otro paquete de galletitas para compartirlas con el perro.

–Estamos de suerte –le dijo al animal, arrojándole una de nata–. Marilyn Nettles, ahí voy.

Estaba pensando en llevar al perro a dar el último paseo del día y luego acostarse temprano, cuando alguien llamó a la puerta. Las orejas del perro se levantaron, en alerta máxima.

–Servicio de habitaciones –dijo en alto una voz al otro lado de la puerta.

–Yo no he pedido nada al servicio de habitaciones –le dijo Jackson al perro.

Podría haber recordado varias escenas de películas a lo largo de los años en que había visto a un camarero entrar en la habitación con un carrito cubierto por un mantel blanco, un carrito que resulta llevar en las entrañas cualquier cosa, desde una ametralladora hasta una rubia voluptuosa. Pero no recordó nada semejante, de modo que abrió la puerta.

–Madre mía –soltó cuando vio qué había en el carrito.

–¿Para mí? No hacía falta.

El carrito iba cargado con una cubitera plateada que contenía una botella de Bollinger perlada de un atractivo sudor frío. Todo aquello le pareció de mucha categoría para un Best Western. El carrito estaba en medio de la habitación antes de que hubiese tenido la oportunidad de señalar que no era probable que fuera para él. Quizá alguna mujer trataba de conquistarlo. Sin duda no sería ninguna de las que había conocido recientemente. El camarero, con escaso cabello entrecano y una piel arrugada y grisácea, parecía más un asesino en serie bien educado que un miembro habitual del personal de un hotel. Vio al perro en la cama y empezó a hacerle arrumacos.

–De niño tuve uno como este –declaró sonriendo de oreja a oreja–. Un border terrier. Son unos perrillos listísimos, muy avispados.

El tipo casi estaba matando al perro a caricias. El animal parecía sorprendido. Por lo visto, tenía todo un catálogo de expresiones faciales. Su repertorio probablemente era mayor que el del propio Jackson. Este esperó por si el camarero señalaba que no se permitían perros en el hotel, pero no lo hizo; por fin se apartó con visible esfuerzo del animal y preguntó:

–¿Desea que le abra el champán, señor King?

–Ah –repuso Jackson–. Yo no soy el señor King; se ha equivocado de habitación. Casi me salgo con la mía –añadió, y rio–, ja, ja.

–Yo no habría dicho nada –respondió el camarero. Sonrió y se dio golpecitos con el dedo en un lado de la nariz, un gesto que Jackson no creía haber visto nunca fuera de una comedia de los años cincuenta–. Lo que uno no sabe no puede hacerle ningún daño.

–Yo diría que es precisamente lo contrario –repuso Jackson contrariado.

–Claro, lo que uno no sabe puede hacerle daño, en efecto.

Los dos rieron. En la habitación apenas había espacio para tanta afabilidad. ¡Qué risa!

–¿Le traigo algo, jefe? –preguntó el camarero empujando el carrito hacia la puerta.

–No, gracias –contestó.

Cuando se hubo ido, Jackson miró al perro. El perro miró a Jackson. Exhaló un suspiro y se sentó en la cama junto al animal. El perro meneó la cola.

–Tranquilo, sé buen perro –le dijo Jackson.

Pasó un dedo por la cara interior del collar del animal hasta dar con el aparatito rastreador, y se lo enseñó.

–Aficionados –comentó.

* * *

Una de las cosas que desde luego no se hacía con los niños era llevarlos a la zona de prostíbulos cuando caía la noche, en el asiento de atrás de un coche, en busca de una prostituta. Cuando se internaban en aquella tierra baldía, cerca del cruce de Water Lane con Bridge Road, pasó en dirección contraria un coche de antivicio sin distintivos que merodeaba a la caza de clientes de las fulanas. ¿La habrían reconocido? Tracy siguió conduciendo con calma, preguntándose si habrían advertido a la niña en el asiento de atrás.

Kelly Cross quería más dinero. La verdad era que no le sorprendía. Lo curioso era cómo habría conseguido su número de móvil («Óyeme bien, foca de mierda, no tenías derecho a llevarte a esa cría. Si quieres quedártela vas a tener que apoquinar mucho más»). «Bueno, ahí lo tienes», se dijo Tracy, ¿no estaba pagando el coste de haber comprado a la niña a precio de rebajas, como en el fondo siempre había sabido que tendría que hacer? ¿Y cuánto duraría aquella clase de extorsión? ¿Hasta que Courtney fuera mayor y tuviera hijos propios? ¿Viviría Kelly tanto tiempo? En realidad no pertenecía a un grupo demográfico que alardeara de longevidad. La cosa mejoraría mucho si Kelly Cross moría –de un mal chute de heroína, a manos de un cliente psicópata–; después de todo, ¿quién iba a echarla de menos? «Esa cría», había dicho Kelly Cross, no «mi hija». Aunque las madres como Kelly no tenían mucho interés en sus hijos, ¿no?

Ahí estaban todos aquellos sitios encantadores: Bridge End, Sweet Street West, Bath Road. Era un páramo urbano, literalmente. Sin nadie que te oyera gritar. Un par de prostitutas del turno de tarde, apoyadas contra una pared, con actitud displicente y fumando pitillos como entendidas en el negocio. Una se veía avejentada y castigada por la vida; la otra parecía demasiado joven, temblaba y tenía la piel vítrea, como si estuviera en pleno bajón de algo. Desde luego ninguna era como *Pretty woman,* se dijo Tracy. Se preguntó si serían madre e hija. Estaban las dos trabajando; se recordó que ella ya no tenía trabajo.

Justo cuando detenía el coche le sonó el móvil. Barry. Oh, por el amor de Dios. La única forma de acabar de una vez era hablar con él.

–¿Dónde demonios estás? –quiso saber Barry en cuanto hubo contestado. Le pareció demasiado picado, como un marido.

–En Bath Road –contestó ella observando a la mujer más joven acercarse con vacilación al coche.

Llevaba unas botas hasta los muslos y con tacones de fulana, *shorts* tejanos recortados, un top de tirantes y una cazadora espantosa.

–¿Qué haces ahí? –preguntó un sorprendido Barry.

–Estoy buscando a alguien. ¿Qué quieres?

–¿Has oído mis mensajes sobre ese tío, ese Jackson?

–Sí, no tengo ni idea de quién es.

244

–¿Quieres que haga algo al respecto? –quiso saber Barry.

Un eco de las palabras que le había dicho antes Harry Reynolds. Bajó la ventanilla y la prostituta joven, más niña que mujer, pareció confusa al verla.

–¿Buscas un asuntillo? –preguntó con vacilación.

–Ajá –respondió Tracy. Le enseñó un billete de veinte libras como señuelo y añadió–: Pero otra clase de asuntillo.

–¿Tracy? –preguntó Barry–. ¿En qué andas metida?

–En nada.

–No te lo he dicho, pero ese tal Jackson, sea quien sea, preguntaba por Carol Braithwaite.

–¿Por Carol Braithwaite? Oye, ahora tengo que colgar, Barry. Te llamaré más tarde –cerró la tapa del móvil y le gritó a la chica, que había cogido el dinero y estaba a punto de esfumarse–: ¡Espera!

La chica volvió de mala gana al coche y se unió a ella la mujer mayor, que al ver a Tracy exclamó:

–Trace, ¿qué tal va?

–De puta maravilla –soltó ella–. Una noche tranquila, ¿no?

–Es la crisis. Y las fulanas del crack andan todo el día andan reventando precios. Esas chicas ofrecen *striptease* completo y sexo por diez libras. Vivimos en un mundo distinto ahora, Tracy.

Era lo mismo que había dicho Barry, y lo mismo que había dicho Harry Reynolds. Pensó que debía de estar perdiéndose algo, porque a ella le parecía el viejo mundo de siempre. Los ricos se hacían más ricos, los pobres se volvían más pobres, y en todas partes, los niños caían por los resquicios entre ambos. Los victorianos se habrían percatado de que era así. La gente solo veía mucho más la televisión y encontraba interesantes a los famosos; solo eso era distinto.

–Sí, es terrible –contestó–. Todo lleva descuento. En realidad estoy buscando a Kelly Cross.

–¿A mi madre? –preguntó la joven.

Por Dios, se dijo Tracy. ¿Nunca iba a romperse el círculo? Fue intensamente consciente de la presencia de Courtney en el asiento de atrás. ¿Era esa su hermanastra? ¿Era ese el destino que habría aguardado a Courtney si no la hubiese rescatado? La mujer mayor –Liz, si no le fallaba la memoria– escudriñó la parte de atrás del coche.

–¿Es tuya? –le preguntó a Tracy, y le dio una calada pensativa al cigarrillo.

–No exactamente –contestó.

No tenía mucho sentido disimular con aquellas dos; ¿qué iban a hacer, dar tumbos hasta la comisaría más cercana y chivarse?

–Bonito disfraz, cielo –le dijo Liz a Courtney, que a modo de respuesta hizo un gesto papal con la varita plateada.

–¿La reconocéis? –quiso saber Tracy.

Las tres examinaron a la cría en el asiento de atrás. Estaba comiendo una manzana y se detuvo en pleno mordisco. Una manzana roja, comida por Blancanieves. La manzana y la varita eran como el orbe y el cetro de su vestimenta de soberana.

–No, lo siento –respondió Liz.

–No –añadió la joven para alivio de Tracy.

–¿No tienes nombre o qué? –le preguntó a la chica.

–No.

Tracy la miró. Una *fille de joie* con cuarenta veces más probabilidades de sufrir una muerte violenta que los demás miembros de su sexo. Y ¿qué podía hacer una? Nada.

–Venga, en serio –insistió–. ¿Cómo te llamas?

–Chevaunne. C-h-e-v-a-u-n-n-e, tengo que deletrearlo cada vez, es un verdadero peñazo. Es irlandés.

Al menos la chica sabía deletrear, aunque solo fuera su nombre con errores. Kelly Cross era tan corta que no sabría deletrear ni «Siobhan». La madre de Kelly había sido irlandesa. Fionnula. Tracy llevaba tanto tiempo por ahí que había visto pasar tres generaciones de prostitutas. «Una absoluta gitana», solía decir Barry. Por lo que a él concernía, gitanos e irlandeses eran intercambiables, ambos igual de malos.

Tracy concentró su atención en Liz.

–¿Puedes darme la dirección de Kelly?

–Antes estaba en Hunslet.

–En Harehills –intervino Chevaunne–. Pero te costará más pasta.

Tracy le tendió otro billete de veinte libras a cambio de la dirección de Kelly Cross.

–Ahora largaos de aquí las dos –concluyó.

Un Avensis gris entró en ese momento en Bath Road, las pasó de largo y se detuvo más adelante para aparcar en la entrada de alguna clase de almacén abandonado, una propiedad inmobiliaria en ruinas. A Tracy le pareció demasiada casualidad. Buscó con la mirada el conejito rosa, pero el coche estaba muy lejos para verlo.

–Nos vemos –dijo Liz, y las *belles de tour* se alejaron tambaleantes hacia el Avensis.

–Ese coche es gris –dijo Courtney muy servicial.

–Sí, ya lo veo, cielo.

Tracy aparcó en el callejón que discurría junto a la calle de atrás. Apagó el motor, se apeó del coche y desató a Courtney. El último sitio al que quería llevarla era a casa de Kelly Cross, pero ¿qué otra opción tenía? Difícilmente podía dejarla sola en el coche en un callejón de mala muerte. Desde el primer instante en que vio a Kelly Cross en el centro comercial Merrion, el día anterior, le pareció no haber hecho otra cosa que tomar decisiones ante una serie interminable de bifurcaciones en el camino. Tarde o temprano se encontraría en un callejón sin salida, si no lo había hecho ya.

Kelly era el único eslabón entre Tracy y Courtney. Si se libraba de Kelly, rompería la cadena de pruebas que llevaba hasta ella. Entonces serían tan solo Imogen y su hijita Lucy. No habría necesidad de que siguiera mirando por encima del hombro el resto de su vida. Matemos a Kelly Cross. Hasta el mero hecho de decirlo resultaba atrayente. El corazón empezó a palpitarle con incómoda fuerza en el pecho. Podía librarse del eslabón entre Kelly y la niña, entre Kelly y ella misma. Podía forjar un nuevo y terrible vínculo y librarse de las exigencias de Kelly Cross sobre ellos. ¿Quién estaba en mejor situación para cometer un asesinato perfecto que una policía?

La puerta del patio trasero de Kelly estaba abierta. Era un patio pequeño y claustrofóbico por la acumulación de desperdicios: una vieja lavadora, una butaca mugrienta, bolsas de basura negras; Dios sabría qué contendrían. Los cristales de las ventanas estaban sucios, resquebrajados, llenos de telarañas polvorientas y plagadas de moscas. Había un pedazo de papel, pegado con celo a la pintura desportillada de la puerta de atrás, en el que se leía CROSS con la letra de alguien medio analfabeto. La puerta en sí tenía pinta de que la hubiesen echado abajo varias veces. Tracy exhaló un suspiro. Se había pasado toda su vida laboral llamando a puertas como aquella.

Y sin obtener respuesta.

Volvió a llamar, más fuerte esta vez, como lo haría un policía. Nada. Probó a empujar la puerta, y se abrió. Ese era siempre un momento de mal agüero en las películas de suspense de la tele: nunca se descubría nada bueno tras una puerta abierta, pero por la experiencia que ella tenía solía significar que a alguien se le había olvidado cerrar con llave o pestillo.

La puerta daba directamente a la cocina. Dio un cauteloso paso.

–¿Kelly? –preguntó.

Medio esperaba que Kelly saliera de la nada para precipitarse sobre ella chillando como un alma en pena. Dio un par de pasos más y comprendió que Courtney le pisaba los talones como si jugaran al escondite inglés.

–Quédate ahí, pequeñina, ¿de acuerdo?

Dio un par de pasos más, y la cría aún la siguió. Tracy cogió una silla de la mesa.

–Siéntate –le dijo–. Y no toques nada.

Encendió la luz. En las películas de suspense nadie encendía nunca la luz, para dar más ambiente, suponía; ella podía prescindir del ambiente. La cocina entera era una amenaza para la salud. La parpadeante luz del fluorescente iluminó envases de aluminio de comida para llevar, cazos y sartenes sucios, alimentos podridos, leche cuajada y, por encima de todo, alcohol y pitillos.

–¿Kelly? –repitió internándose en el pasillo.

Iba encendiendo luces al pasar. Fuera solo empezaba a oscurecer, pero la casa contenía otra clase de penumbra, más intensa.

Al fondo había una habitación pequeña. Estaba completamente llena de cajas que derramaban sus entrañas, en su mayoría consistentes en ropa que solo parecía servir para reciclar. La siguiente habitación era una salita de estar, si podía llamarse así. Estaba más o menos todo lo mal que podía llegar a estarlo una habitación, llena de paquetes de tabaco vacíos, platos sucios y más envases de comida para llevar. Había botellas y latas vacías; bajo el cojín del sofá asomaba una jeringuilla; todo estaba sucio y manchado y resultaba totalmente antihigiénico. Tracy había leído informes sobre la Leeds del siglo XIX, sobre la pobreza y las espantosas condiciones de los pobres de la era industrial. Estaban de inmundicia hasta las rodillas. La casa de Kelly no era muy distinta.

Advirtió que no había indicios de una niña en la casa: ni ropa, ni juguetes o películas. De mala gana, empezó a subir

249

por las angostas escaleras de altos peldaños. Arriba había tres puertas para elegir, todas cerradas. Como en un cuento de hadas o en una pesadilla. Volvió a asaltarla un recuerdo momentáneo de Lovell Park, con Ken Arkwright echando abajo la puerta con el hombro. Del olor que manó entonces, las moscas...

El cuarto de baño estaba asqueroso. Sin duda Kelly no se traía ahí a los clientes, ¿no? Hasta el putero menos exigente se resistiría a entrar en aquel antro de perdición.

La segunda puerta daba a un pequeño dormitorio. Estaba completamente vacío. No había nada, solo pelusa, polvo, restos de papel de aluminio y virutas de poliestireno como pequeñas patatas fritas albinas sobre los tablones desnudos del suelo.

Solo quedaba una puerta por abrir. Tracy titubeó, retrocediendo ante la posibilidad de interrumpir a Kelly en el acto de ofrecer sus servicios a uno de sus clientes menos exigentes. Llamó con los nudillos.

–¿Kelly? Kelly, soy Tracy. Tracy Waterhouse.

Como no hubo respuesta, empujó la puerta con cautela.

El olor a despojos y a cloaca inmunda estaba por todas partes. Hasta su duro corazón de policía dio un vuelco. Kelly Cross estaba despatarrada en la cama, con la cabeza destrozada y el vientre rajado. Por lo visto llevaba su uniforme de trabajo, una minúscula falda negra y un top sin espalda ni mangas de lentejuelas plateadas. Había lentejuelas diseminadas por la cama, relucientes como escamas de pez bajo la dura luz del techo.

Apoyó dos dedos contra el cuello de Kelly Cross. No tenía pulso. No supo por qué lo comprobaba, si saltaba a la vista que estaba muerta. Aún estaba caliente. Prefería que los cadáveres estuviesen fríos.

Kelly Cross estaba muerta. Tracy tenía lo que había deseado. Que sus pensamientos pudieran hacerse realidad tan rápido sugería que había una oscura magia en juego. Ella no creía en la magia, aunque sí creía en la oscuridad.

Había visto cosas peores en el pasado, aunque eso no volvía menos repugnante el abyecto espectáculo que tenía delante. Sin embargo, no era el momento de dejarse impresionar. ¿Debía pensar como policía o como criminal?, se preguntó. Tal como esperaba, resultó que era prácticamente lo mismo, pero marcha atrás. Hurgó en el bolso en busca de un pañuelo de papel y limpió todos los picaportes y jambas de las puertas. Qué lástima no haber llegado a comprar las toallitas húmedas. Probablemente había dejado huellas: un pelo, una escama de piel, una escama de pez. Un rastro de Tracy.

¿Habría tocado algo la niña? Courtney seguía esperando obedientemente en la cocina. ¿Sospecharía algo? Su expresión, como de costumbre, era indescifrable.

–Vámonos, cielo –dijo, y la voz se le quebró con el esfuerzo de parecer tontamente alegre–. Es hora de irse a casa.

La niña bajó la varita en una bendición magistral de la casa de los muertos. Se bajó de la silla y Tracy la condujo al exterior de la casa.

–Volvamos al coche, Courtney.

–Soy Lucy –le recordó la cría.

Courtney se había dormido cuando Tracy se detuvo en el camino de detrás de la casa. No estaba asfaltado, solo cubierto por una especie de toba que le daba un aspecto casi rural. Llevaba a una hilera de cobertizos que servían de prácticos garajes para algunos propietarios de coches de la calle. Tracy abrió la puerta del suyo, entró marcha atrás con absoluta precisión, apagó el motor y apoyó la frente contra el volante. Tenía ganas de vomitar.

Courtney despertó con un sobresalto.

–¿Qué ha pasado? –preguntó.

–Te has dormido. Mientras dormías no ha pasado nada. Nos hemos movido un poquito en el espacio y en el tiempo, nada más. Estamos en casa. Toma otra manzana –los plátanos se habían acabado.

La niña puso mucha atención en comerse la manzana, como si estudiara para convertirse en comedora de manzanas profesional. A Tracy, la mera idea de ingerir cualquier cosa le revolvió el estómago. Solo deseaba meterse en la ducha y frotarse para deshacerse del olor a muerte que la había seguido desde Harehills y pendía como un aura nauseabunda.

–Vamos –exhaló un suspiro y abrió la puerta del coche.

Courtney se metió en la cama con el disfraz rosa de hada puesto; se negó a quitárselo. A Tracy no le importó; no llevaba el tiempo suficiente en el papel maternal para haber fijado norma alguna.

La niña tenía los tesoros desparramados sobre la cama, y empezó a recogerlos. Cuando llegó a la galleta de la suerte se quedó mirándola como si fuera a abrirse por sí sola.

–Tienes que romperla –le dijo Tracy, y la niña la miró fijamente, de modo que añadió–: Confía en mí.

Courtney la aplastó con el puño.

–Ajá, así va bien.

La niña sacó el papelito de las migajas y se lo tendió en silencio a Tracy para que lo leyera.

–«Aquí, el tesoro eres tú».

La niña tendió una mano para dar unas palmaditas en la de Tracy.

–Y tú –dijo, mostrando compasión por su exclusión de la buena fortuna.

–No sé por qué, me parece que no –repuso ella.

–Quédatelo tú –dijo Courtney, y Tracy se metió el pedacito de papel en el sujetador, un amuleto de la suerte–. Espera un momento.

Se fue al piso de abajo. Volvió con el anillo de compromiso de Dorothy Waterhouse que había relegado al fondo del cajón de la cómoda.

–Un tesoro de verdad –anunció añadiéndolo al contenido de la mochila.

–Sí –repuso Courtney–. Un tesoro de verdad.

La princesa Courtney se embarcó en otra aventura, una en la que aparecían lobos, hachas y osos que comían copos de avena.

–No me gustan los lobos –dijo la niña.

–A mí tampoco. Pero no va a pasarnos nada, porque les han prohibido entrar en Leeds.

¡Ojalá!

Cuando Courtney se hubo dormido, Tracy sacó las maletas del armario del vestíbulo, las arrastró hasta el dormitorio y las llenó con el nuevo guardarropa de Gap de Courtney y cualquier cosa suya que tuviera a mano. Añadió una bolsa con juguetes. Sacó las bolsas del supermercado del maletero y metió en su lugar el equipaje; luego dejó las bolsas de la compra en el asiento de atrás. Pondría orden en ellas cuando llegaran, aunque probablemente no habría nada comestible para entonces.

–Bueno –se dijo en voz alta–. Todo listo para salir a primera hora.

Su voz sonó trastornada. Recordó a su madre preparándose para las vacaciones anuales en Bridlington.

Le echó un vistazo a Courtney. Estaba profundamente dormida y roncaba con suavidad. Un lechoncito, un gatito.

No quedaban Beck's, ¿cómo era posible? Tuvo que conformarse con media botella de chardonnay que encontró en la nevera, un resto de Dios sabría cuándo. El vino parecía orina y no sabía mucho mejor. Lo sintió agitarse como ácido en el estómago.

Encontró una bolsa de patatas en el fondo de un armario y se las comió sin saborearlas.

Cuando encendió el televisor, estaban pasando los títulos de crédito de *Collier*.

* * *

Cayó rendida delante de la tele. Estaba viendo *Tienes talento* y debió de quedarse dormida porque de lo siguiente que se enteró fue de que la despertaban sus propios ronquidos. Se sobresaltó y el corazón le dio un vuelco. Esas cabezaditas a última hora de la tarde iban a acabar matándola.

Tilly se sintió confusa. Lo que daban en la tele parecía real, no ficticio. Vio a Saskia apuntando a alguien con una pistola y gritando: «¡Suéltala o disparo!». Pero oía a Saskia moverse por el piso de arriba, en el baño, y el sonido de agua que corría. Siempre andaba quejándose de lo sucia que estaba la casita y de que Tilly no sabía qué era limpiar. «Hay mugre por todas partes», decía. Por alguna razón, Tilly imaginaba que «mugre» era una persona, un hombre con un anticuado impermeable marrón grasiento y manchado y un sombrero de fieltro ocultándole el rostro. Acechaba en un rincón, a la espera de saltar frente a ella abriéndose el impermeable. En los viejos tiempos había visto a unos cuantos de esos tipos en el Soho, merodeando por las sucias trastiendas y los clubes de *striptease*. Y en un par de ocasiones le habían hecho proposiciones. No la habían tentado, ni siquiera cuando se moría por un mendrugo de pan. Sabía a ciencia cierta que Phoebe, la dama Phoebe, había pasado un fin de semana en el yate de algún rico pez gordo. Aquel hombre parecía una rana. Ella había vuelto con brillantes. Saquen sus propias conclusiones.

El día anterior, Saskia le había enseñado en silencio una maraña de pelos procedente del desagüe de la bañera. La sos-

254

tenía en un pedazo de rollo de papel higiénico, como si fuera una araña peligrosa a punto de atacarla.

—No sé, quizá podrías limpiar un poco después de usar el baño, digo yo.

Solo era un puñado de pelos, por el amor de Dios. La gente tenía rarezas por el estilo. Phoebe no soportaba las uñas de los pies, ni las suyas ni las de los demás. Aquella mujer iba a hacerse la pedicura todos los meses, jamás se cortó ella misma las uñas, ¡ni una sola vez!

—Solía cortármelas la niñera —dijo, cuando vivían juntas por primera vez en el Soho.

De mala gana, Tilly cogió el pelo que le tendía Saskia.

—Madre mía, por lo visto estoy mudando el pelaje —bromeó en un intento de recuperar cierta dignidad.

Y entonces, de pronto, se estaba viendo a sí misma, como si el televisor fuera un espejo. Un espejo cruel y distorsionante. Tenía un aspecto terrible. Se la veía gorda, chiflada. Y aquella espantosa peluca Brillo. Claro, estaba viendo *Collier*, ahora se daba cuenta. No había perdido del todo la chaveta. Todavía.

En la pantalla, andaba trajinando en una cocina y dejaba una carne asada delante de Vince Collier diciéndole que no comía debidamente y que le hacía falta sentar la cabeza con una buena chica. Tilly no había preparado un asado de carne en toda su vida.

—No me des la lata, mamá —decía Vince—. Ya sabes que para mí tú eres la única mujer.

Para ser franca, no tenía buena pinta. La mortalidad insinuaba su presencia. El carro alado del tiempo y todas esas cosas. Aún no estaba preparada para morir. Imaginó a Phoebe pronunciando el discurso en su funeral, hablando de su «querida amiga», y a todo el mundo triste durante cinco minutos. Sería una nota al pie unos años, y luego nada. Llevaría una vida después de la muerte, bien poco satisfactoria, en canales como Alibi e ITV3. Vaya, por lo visto había pasado ya a engrosar las filas de los «posiblemente muertos». Unos días atrás, apareció una mujer en el plató; ni idea de quién era, probablemente alguna periodista: una mujer de mediana edad, de esas muy efusivas, toda ojos muy abiertos y falsa inocencia. Cuando le presentaron a Tilly, exclamó:

–¡Madre mía, pensaba que había muerto!

Así, tal cual. Qué grosera.

–No te preocupes, Till –dijo Julia–. Voy a echarle una maldición horrorosa. Morirá mucho antes que tú.

Julia era simpática, como una persona normal. Más o menos. Sabía mantener una conversación, no se limitaba simplemente a hablarte como parecían hacer todos los demás. Y Julia siempre tenía algo interesante que decir, que era más de lo que podía decirse de la pobre Saskia que, a la hora de la verdad, solo estaba interesada en sí misma. Su foto había aparecido la semana anterior en el *Mail,* ese periodicucho espantoso, saliendo de un restaurante del brazo de un hombre, un jugador de rugby. «La estrella de *Collier* Saskia Bligh». Se lo enseñó a todo el mundo, y habló de él en Twitter. ¡En Twitter! Nunca soltaba el teléfono móvil. «Tuiteaba», según ella. «¿Tú no?». Le enseñó cómo se hacía en su teléfono. Para Tilly aquello era ir demasiado lejos tecnológicamente hablando. Ni siquiera sabía cómo poner en marcha un ordenador; era de la generación equivocada, por supuesto. Tuitear parecía consistir simplemente en contarle a otras personas lo que uno hacía: entrar en la ducha, preparar café. ¿Quién diantre quería saber esas cosas?

–Los tuits –decía Saskia.

Bueno, pues eso: no era más que cháchara y parloteo, llenos de sonido y furia, pero sin significado alguno. La gente ya no era capaz de enfrentarse a un espacio vacío, tenía que llenarlo con cualquier cosa que le pasara por delante. Hubo un tiempo en que la gente guardaba para sí sus pensamientos. A Tilly le gustaba esa época. Cuando era niña tenían un periquito azul, Tweety, se llamaba. Costaba un poco cogerle cariño a un periquito. Su padre lo había pisado sin querer. Su madre dijo que no entendía cómo podía uno pisar a un periquito. Ya era demasiado tarde para llegar al fondo de lo ocurrido en realidad. Tilly quiso enterrarlo, pero su padre lo puso en la chimenea. Una pira. Aún podía ver el cuerpecito, con las plumas ardiendo. El pájaro no le había gustado especialmente, pero le dio lástima y dedicó un tiempo a llorar por él. ¡Qué pena! Ella no quería que la incineraran, que la arrojasen al fuego. Lo dejaría escrito en algún sitio, haría testamento para aclarar bien ese punto. Siempre le había tenido pánico al fuego, desde que bombardearon Hull cuando era una niña. Pero que la enterraran viva tampoco sería ningún chollo, por supuesto.

Marjorie Collier estaba ahora haciendo calceta, a la espera de que Vince la llamara por teléfono. La cámara se mantenía bien lejos de la labor en sí. Tilly no tenía ni idea de tejer, de modo que soltaba muchos suspiros y apoyaba constantemente las agujas en el regazo. El resultado era convincente y la dejó satisfecha. Todo era fingido. Actuar no era más que una estupidez, había que reconocerlo. Últimamente todo era estúpido. Todo era fingido, ya no había nada real. Ya nada tenía cimientos. Etcétera.

Volvió a despertar sobresaltada y se incorporó con esfuerzo hasta sentarse para encender la luz de la mesita de noche. Se levantó de la cama, se puso las zapatillas y bajó por las escaleras. En la planta baja, se sentó un rato a la mesa; estaba segura de haber ido en busca de algo, pero no conseguía recordar qué era. Había un cuenco con fruta sobre la mesa, manzanas y plátanos que se descomponían lentamente. Saskia nunca comía y Tilly se olvidaba de hacerlo. El día anterior le había ofrecido a Saskia una pastilla de menta y había dado un respingo hacia atrás como si le pasara heroína.

Tenía hambre. Le apetecía algo delicioso. Douglas solía llevarla a tomar el té en Dorchester. Era estupendo.

Sin duda podría hacerse algo por los niños que padecían, por todos ellos. Ella se pondría al frente de una cruzada, la cruzada de los niños...; no, eso era otra cosa, ¿no? Una lucha contra los infieles. Aún se veían cosas así, como los niños soldados en África; los había visto en la tele. Antes, los infieles eran los árabes; ahora éramos nosotros. Cogió una manzana: tenía la piel arrugada y la notó blanda en la mano. Estaba en descomposición. Eso le estaba pasando a su mente. Se estaba descomponiendo.

–¡Dios mío, Tilly! –exclamó Saskia–. ¿Qué haces?

–Preparo algo en el horno –anunció ella muy pagada de sí–. De hecho, estoy haciendo un pastel.

–Estás toda llena de harina –dijo Saskia–. Toda la cocina está llena de harina. Has sacado todas las cazuelas y las sartenes. Parece que haya estallado una bomba aquí dentro.

–Oh, no, puedo asegurarte que las bombas hacen mucho más estropicio. Estuve en Hull, durante la guerra, ¿sabes?

–¿Sabes qué hora es, Tilly?

Miró el reloj de la cocina.

–Son las tres –contestó.

La hora del té. Una buena taza de té y un pedazo de pastel les sentarían de maravilla. Su madre era buena cocinera y excelente pastelera, y hacía bizcochos deliciosos, esponjosos como nubes. Se desesperaba al verla a ella en la cocina. «Nunca conseguirás un marido si no sabes cocinar». Bueno, pues le demostraría que sí sabía. La invitaría a tomar el té y...

–Las tres de la mañana, Tilly –dijo Saskia enfadadísima–. Son las tres de la mañana.

–Ah –murmuró Tilly–. Ya decía yo que estaba terriblemente oscuro.

Advirtió que le caían lágrimas por las mejillas de vieja demente. Aquello era el principio del fin.

* * *

Se quedó dormido y despertó en plena pesadilla. En el sueño lo perseguía un torso, el cuerpo sin cabeza y los miembros de una mujer, Venus de Milo y maniquí de sastre a partes iguales. Jackson sabía que en realidad se trataba de su hermana. Siempre era su hermana. Por incorpórea que fuese ahora, siempre había llevado una vida muy palpable en sus sueños.

Cuando murió, su hermana estaba ahorrando para un maniquí. Niamh se había hecho ella misma muchas de las prendas que llevaba. Jackson aún recordaba el vestido de noche que se estaba haciendo para la fiesta navideña de su empresa. Había venido a Leeds a comprar el satén verde esmeralda. El vestido le llegaba a la rodilla y se había encaramado a la mesa de la cocina con los zapatos que pensaba llevar para que Jackson le cogiera con alfileres el dobladillo. Él había descrito un círculo en torno a Niamh, midiendo desde el sobre de la mesa hasta la rodilla y utilizando el liso triángulo de jabón de sastre del costurero para marcar el vestido con pequeñas cruces.

Había experimentado una relación extraña e íntima tanto con el satén esmeralda como con las piernas de su hermana, enfundadas en medias finas. La madre de ambos no era una mujer dada a los piropos, puesto que ella nunca había recibido ninguno, pero hacía comentarios ocasionales sobre la preciosa figura y las piernas bien torneadas de Niamh. Según decía el padre, su madre tenía piernas de futbolista. De no haber llevado muerta seis meses, habría sido su madre quien cogiera el dobladillo con alfileres. «Una chica necesita a su madre», y como Niamh estaba triste, Jackson no había dicho: «y un niño también». Además, ella ya lo sabía.

–Esto será más fácil cuando tenga un muñeco –comentó Niamh, dando vueltas para verse el dobladillo.

Jackson pensaba que un muñeco era algo para jugar o un pelele, como los amigos de su hermano.

–No –repuso Niamh riendo–; quiero decir un maniquí. Puedes ajustarlo de forma que tenga tus medidas.

El vestido no estaba acabado cuando murió; el dobladillo seguía hilvanado con grandes puntadas blancas. Colgaba detrás de la puerta de su habitación, lacio y sin vida sin su cuerpo para habitarlo, como si de pronto Niamh se hubiese vuelto invisible. Y así era, por supuesto. El hermano de Jackson, Francis, dijo:

–Qué pena que no lo acabara, le habría gustado que la enterraran con él –y entonces añadió–: ¿De qué coño estoy hablando, Jackson? ¿Pena? ¿Qué clase de palabra de marica es esa? La pena más bien es que esté muerta.

Y arrojó el vestido al fuego, donde ardió mucho más rápido de lo que Jackson esperaba. Demasiado rápido, desde luego, para recuperarlo de un tirón de las llamas.

Había ido a la funeraria a ver el cuerpo de Niamh. Llevaba una mortaja que parecía un camisón pasado de moda. Le llegaba hasta la barbilla, para que no se le viesen las marcas que le habían dejado en el cuello al estrangularla. Aun así, a la cara le pasaba algo, como si el cadáver pretendiera ser su hermana y no acabase de conseguirlo. Ella no habría elegido llevar aquella mortaja. A su hermana le gustaba la ropa elegante y un poco anticuada: tacones altos, jerséis suaves, faldas de tubo hasta la rodilla.

Antaño tenía un par de fotografías en las que tampoco parecía ella, aunque de forma distinta y menos extraña que el cadáver. No sabía qué había sido de ellas. Asumió que se habrían perdido en el incendio. Cuando vivía en Cambridge, después de que Josie lo dejara, una explosión había destruido su casa (una vez más, el resumen de su vida resultaba más emocionante que la versión ampliada).

Niamh habría estado mucho más guapa si la hubiesen enterrado con el vestido verde. Nadie habría notado que estaba sin acabar.

Cuando se fue de casa varios años después de su muerte, lo único que conservaba de su hermana era un pequeño pozo de los deseos de cerámica en el que se leía RECUERDO DE SCARBOROUGH. Niamh había ido a pasar el día allí con un grupo de amigas y se lo trajo. Los regalos eran algo muy preciado entre ellos porque en su familia eran casi insólitos. El Museo Británico tenía vasijas intactas que habían sobrevivido miles de años, pero ahora no quedaba ni un solo fragmento del pozo de los deseos; la explosión también había acabado con él.

Permaneció despierto mirando el techo, consciente de que tardaría una eternidad en volver a dormirse. Se preguntó qué estaría haciendo en ese momento la mujer con la que se había acostado la noche anterior. Quizá había vuelto a salir con su pandilla de amigas o, más probablemente, estaba en casa con el propietario del monopatín, profundamente dormida tras haberse ocupado de preparar almuerzos y uniformes escolares, reponiéndose para otra jornada de trabajo. Sintió una punzada de culpabilidad por no haberse despedido, por haberse ido a hurtadillas como un zorro de un gallinero. Pero ¿habría cambiado algo de haber dicho adiós?

De la otra cama le llegó un ronquido canino bastante cordial de su nuevo compañero. «Quien despierta al perro dormido, vende paz y compra ruido».

Le sonó el móvil y tanteó en busca de la luz de la mesita de noche.

Era un mensaje de Hope McMaster desde su día de mañana: «¡Virgen santa! ¿Dónde conseguiste esa foto? Soy yo, estoy segura. ¡¡¿HAS AVERIGUADO ALGO?!! ¡¡¿QUIÉN SOY?!!».

«Todavía no –contestó un poco seco–. Cálmate, no te emociones». No quería ser responsable de que Hope tuviera un parto prematuro provocado por los signos de exclamación. Un poco tarde comprendió que quizá no debería haberle ido pasando información, permitiendo con ello que su umbral de ansiedad bajara con cada misterio que se revelaba. Habría hecho mejor en presentarle todo el asunto al final, con un gran lazo de satén rojo: «¡Sorpresa, en realidad eres una auténtica descendiente de los Romanov!» (y no, aquello nunca le había pasado a un cliente de Jackson). Tal como iban las cosas, nunca sería capaz de decirle a Hope McMaster quién era, solo quién no era.

* * *

–... de modo que la jornada va a acabar muy tarde para todos nosotros y mañana empezaremos muy temprano, y la mayoría no veremos la diferencia porque nos quedaremos trabajando. Solo quiero poneros rápidamente al día para que sepáis dónde estamos. Si alguno de los presentes no me conoce, soy la inspectora Gemma Holroyd y estoy al mando de este caso.

Barry se apoltronó con despreocupación contra la pared del fondo de la sala de investigación y cerró los ojos. Dos asesinatos en dos días. El mismo *modus operandi;* muchas similitudes. Le faltaban dos semanas para largarse de aquel sitio. No quería dejar atrás un desaguisado. Quería salir de allí pitando, pero sin mierda en los zapatos. Cierren la puerta, que la última persona en el edificio apague la luz. Adiós al equipo de homicidios e investigación criminal.

–Recapitulando, aproximadamente a las diez de esta noche, un vecino ha encontrado muerta a Kelly Anne Cross, de cuarenta y un años. Según el forense, la hora estimada de la muerte se sitúa entre las siete y las nueve; tendremos un dato más exacto después de la autopsia. Hay un poco de cola, me temo, porque aún estamos ocupándonos del asesinato de Rachel Hardcastle, cuyo cadáver fue hallado anoche en un contenedor en Mabgate, de un supuesto incendio provocado en Hunslet y de un accidente en cadena de tres coches en el cinturón.

»Sin embargo, no hay duda de que nuestra dama ha sido asesinada. Un ataque atroz: por lo visto la han golpeado en la cabeza además de causarle heridas en pecho y abdomen con un cuchillo. No hay rastro de arma alguna en la casa. El *modus operandi* es similar al de Rachel Hardcastle, pero no exactamente el mismo –añadió, con innecesaria exageración.

Barry no tuvo que abrir los ojos para saber que lo miraba fijamente a él. No iba a darle la satisfacción de abrirlos.

–Rachel Hardcastle, la dama del contenedor de Mabgate, y Kelly Cross eran prostitutas conocidas. En la escena del crimen de Kelly Cross hay montones de huellas y ADN de sobra; todo eso está en proceso. Estoy segura de que mañana el laboratorio tendrá información útil para nosotros.

»Del rastreo casa por casa no hemos sacado gran cosa todavía; en la zona no hay muchas cámaras de circuito cerrado y las matrículas de los coches no han revelado nada. El informe preliminar sobre el análisis de las manchas de sangre...

Barry desconectó. La chica era eficiente, eso había que reconocérselo. Traje impecable, cabello impecable, zapatos adecuados, bastante maquillaje, no como algunas lesbianas hombrunas que se veían por ahí. Curiosamente, a quien más le recordaba esa mujer era a su esposa. Claro que le pasaba con todas las mujeres. Quizá con Tracy no. De todas formas él ya tenía planeado poner a Gemma Holroyd al mando del siguiente caso importante, incluso sin la intervención de Tracy.

Había acudido al vertedero que Kelly Cross tenía por casa y esperado en la furgoneta de atestados, por segunda vez en veinticuatro horas. Barry se acordaba de la madre de Kelly Cross, aunque no de su nombre, era algo irlandés. Era una verdadera tipeja, pero no estaba mal para un polvo rápido contra la pared de algún oscuro callejón. Aquellos tiempos eran así. Eran tiempos distintos, y él era distinto. A veces se preguntaba si cambiaría algo si volviera a vivir y lo hiciera como un santo. Nada de beber, fumar o soltar tacos; nada de falta de honradez, inmoralidad o fulanas. Podría hacerse miembro de una biblioteca pública, llevar a Barbara a cenar, comprarle flores. Cambiar pañales, calentar biberones y tratar de llegar a casa a tiempo cada tarde para leerle un cuento a Amy antes de acostarse. Hasta intentaría echarle una mano a Barbara con las tareas domésticas. Entonces tal vez, solo tal vez, acumularía tantos puntos que el universo le pondría un aprobado y Amy no subiría a un cochecito de hojalata de dos puertas con su marido borracho al volante y su bebé en el asiento de atrás.

En realidad, quizá habría sido todo más fácil si se hubiera rajado el pecho el día en que su hija nació y ofrecido su corazón como sacrificio en un altar en algún sitio. Y entonces todo habría salido bien. Oh, y Carol Braithwaite. También tendría que decir la verdad con respecto a ella. Solo por poner las cosas en su sitio, por hacer las cosas bien. Uno tenía que hacer las cosas bien antes de irse.

Inspiró aire por la boca. El aire lo estaba ahogando. Eran sus últimos días allí. El imperio se desmoronaba, los bárbaros estaban ante las puertas. No eran bárbaros, solo cabrones sabihondos y brillantes con licenciaturas en criminología.

–¿Hay algo concreto que relacione los dos asesinatos? –le había preguntado a la chica Holroyd.

–Ambas eran mujeres y ambas están muertas, jefe –repuso ella. Era obvio que Barry no le gustaba, pero lo cierto era que le gustaba a muy poca gente.

–¿Sabemos si hay algo que vincule a esta víctima con la fulana de Mabgate? –insistió–. ¿Se conocían, quizá?

–«La fulana de Mabgate» –repitió ella–. Parece un personaje de una tragedia de venganza.

Barry no sabía una mierda sobre las tragedias de venganza. Nunca había sentido deseos de hacerlo, gracias. Pero sí sabía un montón sobre la tragedia a secas. Y la venganza se acercaba, la olía en el viento. Carol Braithwaite ascendía, una nube de huesos y ceniza que clamaba justicia. Levantándose de la tumba, como había dicho Tracy.

«Alguien anda haciendo preguntas –le había dicho por teléfono Linda Pallister–. ¿Qué debo hacer?».

«Yo de ti mantendría la boca cerrada», le había contestado él. «Mantendría la boca cerrada». Esa no era la respuesta correcta, ¿no? Suéltalo todo, di la verdad. Treinta y cinco años de silencio y ahora el nombre de esa mujer estaba en boca de todos.

–¿... solía llevarse clientes a su casa? –quiso saber Gavin Archer–. ¿No hacía la calle?

El agente Archer, esbelto y con gafas, acudía cada día al trabajo en una bicicleta de carreras y con el atuendo de licra completo, con la coquilla machaca-escroto incluida, aunque nunca hacía carreras; solo cubría el trayecto desde la caja de zapatos de paredes de papel que compartía con su mujer embarazada en Moortown. Otro cabrón listillo.

–Tenemos la intención de...

Había mucha sangre. Incluso ahí fuera, viendo el vídeo en la furgoneta de atestados, Barry lo había advertido. Gemma-como-se-llame había hecho salir pitando a todo el mundo. Dentro de la casa había habido un fotógrafo, dos especialistas en criminología, dos científicos forenses, y el forense estaba a diez minutos. Y dos oficiales de enlace con la familia, a la búsqueda de antecedentes vitales. Pues buena suerte. Todo el mundo en la casa iba enfundado en traje de conejo y botas. Todo por una prostituta muerta.

En la pantalla, Barry había observado al biólogo trazar un patrón de manchas de sangre. Cuando él entró en la policía, solían pasearse por la escena de un crimen como si lo hicieran por el parque.

–A alguien no le gustaba esta mujer –comentó Gemma, de pie a su lado en la furgoneta.

–He ahí la causa habitual de un asesinato –repuso Barry.

–... así pues, nos veremos aquí otra vez mañana a las siete en punto. Gracias a todos.

La sala de investigación se vació y un río de gente cansada pero expectante pasó ante él. Barry se sintió enfermo, un infarto andante. Necesitaba un copa. Llevaba todo el día necesitando una copa. Toda la semana. Los últimos dos años. Era el aniversario. Lo lógico habría sido pensar que mejoraría con el tiempo, pero no hacía sino empeorar. Sam aún iba en cochecito cuando murió; ahora habría estado correteando por ahí, quizá jugando a la pelota con Barry, aún dando traspiés. Y su hija en el limbo porque ninguno de los dos podía soportar hablar siquiera de desconectar la máquina que la mantenía con vida.

Barry debería estar avanzando sin esfuerzo hacia el final, dejando cosas en manos de su sucesor, asistiendo a alguna que otra juerga de despedida. ¿Habría algo organizado? No veía indicios de nada. Tracy había dicho que no iban a hacer nada, pero lo más probable era que bromease. Una fiesta sorpresa, quizá. No se le ocurría nada peor. La juerga de despedida de

Tracy había adquirido ya estatus de leyenda. Tracy le caía bien a todo el mundo, aunque muchos de ellos habrían preferido fingir que no era así.

—Inspector jefe Crawford..., ¿quería usted algo?

—Perdón, inspectora Hardcastle; me he quedado dormido. Nos ha contado un cuento demasiado largo, supongo.

—En realidad me llamo Holroyd, jefe, Gemma Holroyd. Rachel Hardcastle es la mujer a la que asesinaron la noche del miércoles. La fulana de Mabgate —añadió con sarcasmo en su honor.

Le sonó el móvil. Era Strickland. No le sorprendió. Carol Braithwaite, al levantarse de la tumba, los estaba sacando a todos de sus escondrijos.

—¿Barry? ¿Cómo va todo? —quiso saber Ray Strickland.

—Tirando.

—Solo llamaba para saber si vendrás mañana por la noche a la cena en el club de golf.

—La cena en el club de golf... —repitió Barry tratando de entender aquellas palabras.

Tenía un vago recuerdo de haberse visto obligado a comprar entradas para una gala de recaudación de fondos, a cincuenta libras por barba. Strickland y Lomax no paraban nunca, y Lomax era el peor. No podían soportar estar jubilados, la pérdida de poder que suponía, de modo que se pasaban la vida en juntas benéficas, comités de recaudación de fondos, paneles de magistrados, y mantenían sus nombres vivos en la prensa y la comunidad. No estaban haciendo buenas obras; se limitaban a negar su impotencia. Lo más cerca de una obra benéfica que Barry pretendía llegar cuando se jubilase era la compra de una amapola el día de los caídos en la guerra.

—Sí —repuso Strickland con tono de paciencia—, la cena en el club. ¿Piensas venir?

No podía dormir. A su lado, Barbara, con rulos de esponja y la cara grasienta, estaba roncando. Pensó en tomarse unos cuantos somníferos de su mujer. Quizá todo el frasco. Elegir la salida fácil en lugar de la difícil. Se las había apañado para sumirse en un sueño ligero y poco satisfactorio cuando sonó el teléfono. Barbara profirió un ruido en sueños, el gemido por lo bajo de un animal herido. Según el reloj de la mesita eran las cinco y media. No iban a ser buenas noticias, ¿verdad?

–Otro asesinato, jefe –dijo Gemma Holroyd.

–¿Se trata también de una chica trabajadora? Y no me digas que todas sois chicas trabajadoras.

–¿Lo somos? Aún no la han identificado. La han encontrado en la entrada del cine Cottage Road en Headingley. Heridas en la cabeza, cuchilladas.

–Bueno, ya sabes qué dicen. Una es mala suerte, dos, una coincidencia, y tres, un asesino en serie.

–No creo que debamos precipitarnos a sacar conclusiones, jefe.

–Cuanto más rápido saca uno conclusiones, antes llega al final.

–En cualquier caso, si los asesinatos están relacionados, parece más una racha.

–Todo eso no son más que palabras; matar es matar lo llames como lo llames.

Colgó el teléfono y se quedó boca arriba mirando el techo. Leeds y prostitutas muertas. Prohibido usar la palabra que empieza por «D». Se volvió hacia Barbara y le dio unas palmaditas en la espalda.

–¿Quieres una taza de té, cariño?

Prescindiría encantado de tener un trío de mujeres muertas entre manos. Si no hubiese mujeres, los hombres no las matarían. Sería una solución al problema.

Carol Braithwaite. Se preguntó dónde estaría aquel crío. Encerrado durante semanas en aquel piso con el cuerpo de la madre. Barry no recordaba su nombre. Tracy había seguido hablando de aquel niño durante meses, dale que te pego. Michael. Así se llamaba. Michael Braithwaite.

10 de abril de 1975

Sala infantil del hospital, al día siguiente. Un sitio incómodo. Tracy tocó la manita, floja por el sueño, con el dorso de la suya.

–Michael –musitó.

Había considerado llevarle un osito, pero se dijo que igual era demasiado mayor para un peluche. Cuando habían entrado en el piso de Lovell Park, el crío aferraba un coche de policía azul y blanco como si su vida dependiese de ello, de forma que decidió comprarle un camión de bomberos. Lo dejó en la cama a su lado. Tenía grandes ojeras y las mejillas hundidas, pero parecía sumido en un sueño pacífico. Calculaban que habría pasado casi tres semanas en el piso con el cuerpo de su madre. No había sido capaz de abrir la puerta. Nadie lo había visto de pie en una silla ante la ventana del decimoquinto piso, tratando de llamar la atención. Sobrevivió gracias a la comida que había en la casa; Carol Braithwaite había ido al supermercado aquella tarde y había bolsas de la compra llenas en la cocina. Después, el niño había sacado paquetes de comida seca de los armarios y bebido agua del grifo. Hacía un frío tremendo en el piso. Había alimentado el contador con monedas del bolso de su madre, hasta que se le acabaron.

Había cubierto con una manta el cuerpo de su madre para mantenerla caliente. Tracy suponía que al principio habría dormido junto a ella. Cuando entraron en el piso, el crío dormía en una guarida que se había hecho con cojines y mantas en la sala de estar.

—Un cabroncete duro de pelar —comentó Lomax.

Quizá era un niño acostumbrado a valerse por sí mismo. Tracy supo todo aquello de tercera mano, a través de Arkwright.

Linda Pallister apareció de pronto al otro lado de la cama del hospital, como si hubiera estado acechando por allí.

—Otra vez usted —le dijo a Tracy a modo de saludo.

—¿Quiere tomar algo? —propuso ella—. ¿En la cafetería? ¿De ser humano a ser humano?

Tomaron un té bastante malo y que habían dejado demasiado rato en infusión. Tracy cogió un Kit Kat de los grandes, mientras que Linda se decidía por una manzana con pinta de ácida. El té y las manzanas no casan, todo el mundo sabía eso.

—¿Qué va a pasarle ahora a ese pobre crío? —preguntó Tracy separando las cuatro barritas del Kit Kat y lamentando que se acabaran antes siquiera de haberlas empezado.

—Le darán el alta e irá a parar a un hogar de acogida —respondió Linda, y le dio un mordisco a la manzana—. No hay ningún pariente.

Tenía grandes dientes de caballo, habría sido una buena herbívora.

—¿Qué me dice del padre?

Linda Pallister arqueó una ceja.

—No hay ningún padre.

—¿Puedo hablar con alguien sobre ese niño? —quiso saber Tracy.

—Está hablando con alguien —repuso Linda—. Está hablando conmigo.

—Sabe que fue testigo del asesinato de su madre, ¿no?

Linda siguió comiendo su manzana, ruidosa y metódicamente.

–El crío me contó que su padre mató a su madre –insistió Tracy–. El Departamento de Investigación Criminal ha descartado simplemente esa posibilidad.

–Tiene cuatro años –le recordó Linda–. No sabe qué es real y qué es un cuento de hadas. Los niños mienten, es algo que suelen hacer –hubo una pausa mientras sus ojillos redondos y brillantes trataban de formarse una opinión sobre Tracy–. El niño solo cree que ese hombre es su padre –añadió entonces dando golpecitos sobre una carpeta que tenía ante sí, sobre la mesa–. Carol no sabía quién era el padre.

La carpeta manila llevaba una etiqueta en una esquina, con el nombre de Carol Braithwaite escrito a máquina.

–¿Ya conocía su caso? –quiso saber Tracy, y tocó la carpeta.

Linda dejó caer la palma abierta sobre ella como si Tracy fuera capaz de abrirla con la mirada.

–En los Servicios Sociales conocíamos a la señorita Braithwaite, sí –admitió Linda con tono remilgado.

–¿Por qué?

–No puedo hablar de casos concretos –se levantó bruscamente, aferrando la carpeta manila contra el pecho.

–¿Sabía que ese niño corría peligro? –preguntó Tracy poniéndose en pie a su vez, consciente de que era mucho más alta que Linda Pallister–. Quizá si lo hubiese visitado, habría encontrado antes a Michael. Antes de que se pasara tres semanas encerrado en un piso con el cadáver de su madre.

Tuvo el repentino y vívido recuerdo de Linda Pallister quitándole al niño de los brazos para dárselo a los camilleros de la ambulancia. Se lo encajó en la cadera de forma que el niño quedó mirando por encima de su hombro, y sus ojos se clavaron en los de Tracy cuando se lo llevaba. Ella se sintió como si el niño hubiese hurgado en su interior para llevarse un pedazo de su alma. Se estremeció al recordarlo.

–Tengo muchísimos casos –dijo Linda Pallister a la defensiva–. Cada uno se evalúa por separado. Y ahora, si no le importa, tengo que irme.

–Mire –repuso Tracy sacando un bolígrafo–; deje que le apunte mi número de teléfono –arrancó la carpeta de manos de Linda y añadió–: No voy a mirar qué hay dentro, se lo juro –escribió «Agente Tracy Waterhouse» y el número de teléfono de su casa en el expediente de Carol Braithwaite–. Este es mi número. Si llama, es probable que conteste mi madre, pero hágala callar y ya está –añadió la fecha para que la cosa pareciera más oficial–. Ya sabe, solo para que sigamos en contacto.

–¿Para que sigamos en contacto?

–Sí, por el crío. Por Michael.

–Tengo que irme –insistió Linda recuperando de un tirón la carpeta, con la cara tan agria como el corazón de su manzana.

–Sí, ya lo sé, tiene muchísimos casos –repuso Tracy.

Cuando Linda se hubo ido, Tracy volvió a la sala infantil. Michael seguía dormido, pero ella se sentó junto a la cama y lo observó hasta que llegó un médico con una enfermera silenciosa y que sonreía como una tonta.

–¿Hay algún problema? –quiso saber al ver el uniforme de Tracy, que entraba de servicio al cabo de media hora.

–No, solo me preguntaba qué tal estaría.

–¿Es usted una de las personas que lo encontró?

Tracy no pensaba en ella y Arkwright como personas; pensaba en ellos como policías.

–Sí –contestó–. Mi compañero y yo.

La enfermera le tomó el pulso al niño y le dirigió a Tracy una mirada de desdén. Escribió algo en la gráfica.

–Gracias, Margaret –dijo el médico.

Bueno, eso era una novedad, se dijo Tracy: un médico dándole las gracias a una enfermera. Y se llamaban por el nombre; quizá esos dos tenían un romance médico. La madre de Tracy, los días que no acudía a su club de bridge, ponía los pies sobre el sofá y leía novelas rosa de Mills & Boon.

—Ian Winfield —se presentó el doctor—. Soy el pediatra de la sala.

Tracy pensó que iba a estrecharle la mano y charlar con ella sobre el estado de Michael, pero no fue así.

—El niño está bien —le dijo—, pero ahora necesita descansar. Probablemente, lo mejor será que se vaya.

La echaban de allí. No veía qué daño haría quedándose ahí sentada. La enfermera la miró, dispuesta a darle problemas.

Cuando salía del hospital, vio otra vez a Linda Pallister. Y luego hablaba de los muchísimos casos que tenía. Salía de la taberna Cemetery, enzarzada en una discusión con Ray Strickland. Qué pareja más rara. Él la agarró del codo y la atrajo hacia sí para decirle algo, muy enfadado. Linda parecía aterrorizada. Entonces Ray la soltó y Linda se alejó con paso titubeante. Nada de bici esta vez, advirtió Tracy.

—Ayer fui al hospital, a ver al niño —le contó a Ken Arkwright ante una jarra de cerveza amarga Tetley.

—¿Cómo estaba?

—Dormido. Me tropecé con esa asistente social, Linda Pallister.

Ken Arkwright soltó un gruñido.

—¿Está pasando algo? ¿Están interrogando a alguien?

—Tienes que recordar —dijo Arkwright— que la policía no tiene los recursos necesarios para imponer el cumplimiento de la ley, para mantener el orden como se hacía antes. Lo mejor que podemos hacer es limpiar un poco tras las chapuzas de la gente.

Abrió en dos una bolsa de patatas con sal y vinagre, como si fuera una prueba de fuerza, y le ofreció una a Tracy. Ella titubeó, como correspondía a una chica en plena dieta de requesón y pomelo. El olor a frito de las patatas hizo que le temblara la nariz.

–Bueno, decídete ya –insistió Ken Arkwright.

–Vale, vale. Vamos allá –repuso ella sucumbiendo al fin y cogiendo unas cuantas.

–El peor enemigo de uno es uno mismo –declaró Ken Arkwright con un suspiro–. Qué remedio, ¿no?

–Sí, lo sé.

Estaban en un pub en Eastgate frecuentado por refugiados del cuartel general en Brotherton House. Era justo antes de que se trasladaran a la nueva sede de la policía en Millgarth. El humo de tabaco y el intenso olor a cerveza tanto recién servida como pasada formaban una densa niebla. La Double Diamond obraba maravillas. En 2008, la Carlsberg anunciaría el cierre de la fábrica de cerveza Tetley, que sería «regenerada»: restaurantes, tiendas y apartamentos. «Un destino espumoso en Leeds, a orillas del río». Entonces Ken Arkwright llevaría veinte años muerto y en 2010 Tracy Waterhouse estaría dándose un masaje de limpieza corporal al barro en el balneario Waterfall, cortesía de los vales que habían constituido su regalo de despedida al dejar el cuerpo de policía.

–¿No has visto a Strickland o Lomax? –preguntó Tracy con la boca llena de patatas–. ¿No te han dicho nada más sobre la investigación?

–¿A mí? ¿Los chicos de oro de Eastman? –dijo Arkwright–. Qué va, nena.

–Lo que pasa, Arkwright, es que la puerta del piso estaba cerrada con llave.

–¿Y?

–Yo no vi la llave por ninguna parte, ¿tú sí? Echamos un buen vistazo, tuvimos tiempo de sobra porque Lomax y Strickland tardaron una eternidad en llegar. Una cerradura Yale de las buenas. Alguien salió de allí y los dejó encerrados dentro.

–¿Adónde quieres llegar? –quiso saber Arkwright.

–La puerta estaba cerrada por fuera. ¿No lo ves? No era algún cliente que esa mujer había conseguido por ahí. Era alguien que tenía una llave. Alguien que dejó a ese crío pequeño encerrado dentro.

Arkwright frunció el entrecejo ante su cerveza.

–Bueno, déjalo estar, ¿eh, nena? El departamento sabe lo que se hace.

–¿Tú crees?

Tracy volvió al hospital al día siguiente. La cama del crío estaba vacía. Oh, no, pensó, que no esté muerto, por favor, Dios mío. Encontró a la enfermera que había hecho la ronda de visitas con Ian Winfield el día anterior.

–Michael Braithwaite –le dijo con el miedo encogiéndole las entrañas–. ¿Qué le ha pasado?

–¿A quién?

Arcadia

Viernes

Tracy despertó sobresaltada. Algo extraño había perturbado su sueño. No había sido el canto de un pájaro, ni el despertador, ni el retumbar del primer autobús que pasaba calle abajo. Saltó de la cama y se precipitó hacia la ventana del rellano, desde donde se veía perfectamente la calle, una calle plagada de policías. Dos agentes de uniforme estaban llamando a la puerta de enfrente. Había un par de coches patrulla aparcados en la esquina, y un policía de paisano al que reconoció: Gavin Archer. Y más agentes de uniforme. Estaban recorriendo puerta a puerta toda la calle, y eso solo podía significar una cosa: sabían que había estado en casa de Kelly la noche anterior. Sabían lo de la niña, porque probablemente habrían visto ya las cintas de seguridad del centro comercial Merrion, y a Kelly Cross cambiando a la niña por dinero como si de un trapicheo con drogas en cualquier esquina se tratara.

Se acercaban dos agentes de uniforme.

Tracy puso la directa. Corrió hacia el dormitorio, se puso el chándal viejo, y luego cruzó el pasillo como una flecha hasta la habitación de Courtney. La niña se levantó muy deprisa, como si estuviera acostumbrada a salir de las casas sin previo aviso. Tracy se llevó un dedo a los labios.

–Chist... –susurró.

La cría pareció entenderlo perfectamente: se puso en marcha y cogió su preciadísima mochila rosa y la todavía más valiosa varita plateada.

Bajaron las escaleras deprisa, pero sin hacer ruido, y justo cuando llegaban al vestíbulo el timbre sonó fuerte e insistentemente. Tracy sintió una oleada de adrenalina recorriéndole el cuerpo. Cogió el bolso, le puso el abrigo rojo a Courtney y la hizo correr hacia la puerta trasera. Las manos le temblaban, de modo que tuvo que forcejear torpemente con la cerradura. Cuando por fin logró abrir, asió a Courtney bajo un brazo y cruzó a la carrera hasta la verja trasera; fue como correr con un corderito a cuestas. El callejón estaba desierto. Abrió el cobertizo de un tirón, metió a la niña en la parte trasera del coche y exclamó:

—¡Abróchate el cinturón!

El corazón le latía tan fuerte que le dolía el pecho. Salió del callejón, giró a la izquierda y siguió adelante con calma. Pasó de largo un coche patrulla vacío y a un policía que hablaba con una mujer medio dormida en el umbral de una casa. Un furgón de perros policía que se acercaba en dirección opuesta no le prestó atención y Tracy siguió con su plan de huida, pasando a través de todos ellos como un fantasma.

Un Avensis gris con un conejito rosa colgando del retrovisor se apartó furtivamente del bordillo, como un pez enorme, incorporándose al carril detrás de ellas. Un agente de uniforme lo detuvo para interrogarlo.

Tracy decidió que sería más seguro transitar por desiertas carreteras secundarias. Se dedicarían a matar el tiempo en los alrededores de la casita de vacaciones de Patrimonio Nacional que había reservado. Podía recoger las llaves a las dos de la tarde, aunque en realidad no había llaves, sino un código de seguridad que había que introducir en el panel numérico de la puerta, y que el administrador activaría a su llegada. No tendrían que ver a nadie, ni hablar con nadie. Iban a volverse invisibles, a desaparecer del mapa, como esos cazas con sistema antirradar. Solo le hacía falta un día, o poco más.

La niña se durmió. En esos caminos secundarios había mucha niebla, pero la niebla hacía que Tracy se sintiera bien; era como una amiga. ¿Qué había hecho? En un momento dado, estaba comprando un hojaldre de salchicha en Greggs y unos instantes después estaba dándose a la fuga por asesinato y secuestro. Ella no había matado a Kelly Cross, pero se sentía como si lo hubiera hecho. La próxima vez que tuviera la tentación de comprar un crío pediría que le firmaran alguna clase de garantía antirremordimiento. Veinticuatro horas de prueba para asegurarse de no haber pillado uno que trajera consigo un bagaje sangriento. Pero bueno..., ¡como si fuera a ocurrírsele comprar otra criatura! Ni en broma; iba a pegarse a esa como una lapa. Estarían juntas en las duras y en las maduras, pasara lo que pasase... ¡¡Me cago en la leche!! De repente, delante de ellas, un ciervo surgió delicadamente de la niebla y se quedó ahí plantado, tan sorprendido como quien se encuentra de improviso en un escenario bajo los focos cegadores y ante el público expectante.

Tracy oyó gritar a alguien; quizá fuera ella misma, pero no estaba segura de haber gritado nunca así. Pisó a fondo el freno.

–¡Agárrate! –le gritó a Courtney, recordando todo lo que había oído sobre gente que atropellaba vacas, caballos, ciervos, canguros y hasta ovejas y no salían vivos del accidente. Cerró los ojos y le rezó al dios que protegía a los niños secuestrados de la muerte por culpa de la fauna silvestre.

Se oyó un ruido sordo, como si hubieran chocado a toda velocidad contra un montículo de arena. El airbag la golpeó en la cara. Le dolió una barbaridad. Seguro que le saldrían unos buenos moretones. Se volvió en redondo para ver a Courtney. No había airbags en la parte trasera, y tanto mejor, porque los niños resultaban heridos con ellos. Courtney no se había hecho daño, ni siquiera parecía sorprendida.

–¿Estás bien? –preguntó Tracy.

Courtney levantó el pulgar. Era para comérsela.

El parabrisas tenía pinta de que le hubieran tirado una roca justo en el centro. Parecía un reloj de esos con forma de sol. Gracias a Dios, el ciervo no había atravesado el cristal, porque tenerlo dentro del coche habría sido demasiado.

–No te muevas de aquí –le dijo a Courtney, y se bajó del coche.

El ciervo yacía en la carretera, iluminado por los faros. Era una hembra, una cierva que jadeaba emitiendo desagradables sonidos de tuberculoso. Tracy se arrodilló a su lado y el animal agonizante puso los ojos en blanco. Un tajo profundo le atravesaba el cuello, y de alguna parte de debajo del cuerpo también manaba la sangre. Hizo un frenético intento por ponerse en pie, pero esa cierva no iría a ninguna parte, ni en ese momento ni ningún otro día. Era espantoso ver a un animal tan malherido, y se sintió más afectada por la cierva que por lo de Kelly Cross. Tenía que acabar con su sufrimiento, pero no podía aporrear al animal con el gato delante de la niña.

Courtney apareció a su lado.

–Bambi –susurró.

–Sí, Bambi –repuso Tracy.

Más bien la mamá de Bambi. Disney tenía que responder por muchas cosas. No tenía la más mínima intención de comprarle ese DVD a la niña. El de las madres de Disney muertas –asesinadas, de hecho– que dejaban a sus hijos solos frente al mundo era un cuento que le podía ahorrar a la criatura, que ella misma se quería ahorrar.

Para su alivio, el animal se fue apaciguando, y ya no trataba de levantar la cabeza. Se le llenaron los ojos de lágrimas,

¡pobre bicho ensangrentado! Courtney le dio unas palmaditas en la mano. Los ojos de la cierva se fueron apagando y, estremeciéndose, exhaló un profundo suspiro antes de quedar inmóvil.

–¿Se ha muerto? –susurró Courtney.

–Sí –respondió Tracy tragando saliva–, se ha muerto. Se ha ido con todos sus amiguitos al cielo de los ciervos.

Sacrificios para salvar a la niña. Salva a la niña, salva al mundo. Tracy tendió una mano y acarició la ijada de la cierva, y Courtney agitó la varita mágica sobre su cuerpo.

El Audi, como la cierva, estaba herido de muerte.

–Me parece que tendremos que caminar –dijo Tracy–. Hay que buscar un taller.

Oyó cómo otro coche se aproximaba, aunque la niebla amortiguaba el ruido. Ya no le parecía que la niebla fuese una amiga.

Tendrían que arriesgarse. Solo confiaba en que no fuera de la policía. Un coche gris apareció entre la mortecina luz gris. Un Avensis.

–Mierda –murmuró al ver que el conductor salía del coche y se aproximaba a través de la penumbra.

Agarró a la niña de la mano.

–¡Corre! –le dijo en voz baja.

Oyó gritar al hombre a sus espaldas cuando se abrían paso entre la maleza.

–¿Tracy? ¿Tracy Waterhouse? Solo quiero hablar.

–Sí, eso dicen todos –le susurró ella a la niña.

Tracy se detuvo y se sentó en el suelo, exhausta, al pie de un gran árbol.

–Recobremos el aliento –le murmuró a Courtney.

En comparación, ¿había sido tan mala la vida con Kelly Cross? ¿Seguiría viva si ella no hubiera comprado a la niña?

La pequeña se arrodilló a su lado, recogió el esqueleto de una hoja de otoño y la metió en la mochila. Sus prioridades eran distintas a las de Tracy.

El bosque parecía cernerse en torno a ellas. Pensó en la Bella Durmiente. Podían morir ahí y convertirse en humus sin que nadie las encontrara. Un crujido quebró el silencio, sobresaltándolas, y Tracy rodeó con los brazos a la pequeña y la abrazó con fuerza. Estaban más tensas que las cuerdas de un piano.

—¿Hay lobos en este bosque? —susurró la niña.

—De los de cuatro patas, no —respondió Tracy.

Comprendió que en ese instante estaba rozando el límite: ante ella se abría el abismo, detrás quedaba la oscuridad, y el único camino era la desesperación. La niña olía al champú de la noche anterior, y un poco a verdín y a salvia, como una ninfa de los bosques.

—Vamos, hay que seguir adelante.

Se incorporó y cogió a la niña en brazos. Era demasiado pequeña para seguir corriendo. ¿No era eso, para empezar, lo que la había hecho reparar en ella? Había dado por sentado que Kelly Cross hacía correr a la niña porque llegaba tarde o era una impaciente o por pura maldad, pero quizá no corría hacia algo, quizá Kelly también huía de algo. ¿Y si ella, a su manera, también hubiese tratado de salvar a la niña? ¿Habría sido esa la razón de su muerte? ¿La habrían castigado por encontrar a la niña, o por perderla?

Y el hombre del Avensis, ¿estaría intentando recuperar a la niña? ¿Sería propiedad de alguien? ¿De una red de pederastas, por ejemplo? El tipo del Avensis tenía toda la pinta de albergar a un pervertido bajo la piel grisácea. ¿Sería ese supuesto detective privado, el tal Jackson?

—¿Adónde vamos? —quiso saber Courtney.

—Buena pregunta —jadeó Tracy—. No tengo la menor idea.

El bosque se volvió menos denso, y a lo lejos había luz. Hay que ir hacia la luz, según dicen, ¿no?

Al salir del bosque un coche estuvo a punto de atropellarlas.

Les dijo que antes era policía. Cualquiera podía decir algo así.

* * *

Se despertó a las cinco y media como un clavo, como de costumbre. Cuando encendió la lámpara de la mesita de noche de la habitación del Best Western, lo primero que vio Jackson fue al perro, al lado de la cama, mirándolo fijamente como si estuviera deseando con todas sus fuerzas que despertara. Jackson lo saludó con un gruñido y, en respuesta, el perro meneó la cola con entusiasmo.

Se tomó una taza de café instantáneo en la habitación, a lo pobre, y le dio el desayuno al perro, que lo engulló en cuestión de segundos. Empezaba a advertir que el perro comía siempre como si estuviera muerto de hambre. Lo entendía, porque él comía de la misma manera. Era la primera regla de la vida, que había aprendido en el ejército y consolidado en el cuerpo de policía: si ves comida, cómetela, porque no sabes cuándo verás más. Y come cualquier cosa que te pongan delante. No se andaba con reparos cuando se trataba de comida: podía zamparse lo que fuera sin hacerle ascos, y sospechaba que el perro era igual de omnívoro.

Media hora después ya había pagado el hotel y estaba listo para ponerse en marcha. Marilyn Nettles tendría una doble visita inesperada, la de un hombre y su perro. Ya tenía pensado ir a Whitby, de modo que era evidente que el destino le estaba diciendo algo. Cierto es que se lo decía en alguna lengua extranjera, bien difícil, como el finlandés, pero no se puede tener todo en la vida.

Informó a Jane, la del GPS, de que se dirigía a la costa por la carretera panorámica y después, como Lot, se alejó de la ciudad sin mirar atrás.

El dispositivo de localización que el camarero del servicio de habitaciones había ocultado en el collar del perro estaba ahora en la guantera del Saab. Jackson se había planteado la posibilidad de ponerlo en un camión de esos que recorren largas distancias, imaginando con cierta satisfacción la confusión que podría causar un Eddie Stobart de dieciocho ruedas que viajara a Ullapool o a Pwllheli, pero de esa forma no descubriría quién quería seguirlo. Una persecución era una empresa de dos direcciones, en la que presa y cazador quedaban unidos por la búsqueda, no tanto un duelo como un dueto.

El dispositivo de localización le pareció un juguetito interesante. No sabía que ahora los fabricaran tan pequeños. Había pasado una buena temporada desde la última vez que tuvo motivos para comprar material en una tienda de espionaje. Le gustaría conseguir algo parecido para Marlee, un chisme tan diminuto que ni lo advirtiera, porque nunca habría aceptado («¡Ni en broma!») llevar algo que supusiera control o supervisión por parte de sus padres. Si pudiera, Jackson le pondría un chip a su hija, como los de los perros. A Nathan también, por supuesto. Tenía dos hijos, recordó, solo que, por lo visto, uno parecía no contar tanto como el otro.

Y el perro, ¿llevaría chip? Ese Colin no le había parecido de los que se preocupaban por su perro hasta el punto de ponerle chip, aunque tampoco parecía de los que tenían un perro que no ponía precisamente de relieve su condición de macho. Era más bien un tipo de pitbull, tanto por el tatuaje de san Jorge como por la cabeza rapada. A ver si en realidad el perro había sido de su mujer, su madre o su hijo. Quizá alguien, al despertarse por las mañanas, sentía una oleada de tristeza al recordar a su mascota perdida. «Voy a acabar contigo de una vez; debería haberlo hecho en el instante en que esa puta se fue», le había gritado Colin al perro en Roundhay Park. Jackson sintió una punzada de rabia contra esa mujer que había escapado de las garras de Colin, pero que había dejado atrás al perro.

Lo que en Leeds había sido un fino velo de bruma se había ido espesando mientras conducía. Entrañaba la promesa, aunque no la certeza, de un día espléndido, pero a primera hora había supuesto cierto peligro al conducir. Ahora se arrepentía de no haberse hecho las gafas nuevas que le había prescrito la oculista.

—Lo veo todo un poco borroso —le había dicho a la chica escandalosamente joven que le examinaba la vista.

Quiso preguntarle si tenía un título o algo así, pero se sintió extrañamente vulnerable, sin ver nada mientras ella, con una linterna, lo miraba a los ojos desde tan cerca que captaba el olor a menta en su aliento.

—Sí —había dicho ella como si tal cosa—. Los cristalinos de sus ojos se han vuelto más rígidos. Es lo normal a su edad.

Con la edad, unas cosas se vuelven más rígidas, y otras más flácidas.

En aquella carretera poco transitada, toda clase de fauna se jugaba imprudentemente la vida sobre el implacable asfalto. Unos kilómetros atrás había estado a punto de arrollar un tejón, y había subido un grado sus reflejos. Le gustaba considerarse un caballero de la carretera. Sería una lástima que su reluciente armadura se manchara con la sangre de un inocente. Pulsó el botón que encendía la Virgen María del salpicadero. Era posible que la Madre de Dios no tuviera en el vientre la potencia lumínica de las luces largas del Saab, pero quizá proyectaba otra clase de energía protectora. Un santo mascarón de proa que lo guiaba a través del valle de las tinieblas.

De repente, Jackson, el Saab y la Santísima Virgen se sumergieron en una hondonada donde la niebla era más densa. Era como volar a través de una nube, y casi esperó que el Saab empezara a dar bandazos con las turbulencias. En las algodonosas profundidades de la nube captó un resplandor plateado y, del modo más insólito, le vino a la cabeza aquel poema, «Abre a la alondra», como si los hombrecitos que manejaban su memoria, presas del letargo matutino, echaran perezosa mano de lo primero que encontrasen. «Bulbo tras bulbo, envuelta en plata». El destello plateado anunciaba una nueva clase de peligro: una mujer. Una mujer que surgió de pronto entre los árboles que bordeaban la carretera.

En el primer instante, Jackson pensó que se trataba de un ciervo, pues una o dos millas antes había pasado una señal apenas visible en la que un ciervo parecía correr a vida o muerte. La mujer también parecía haber corrido de esa manera. Nada de osos ni lobos: los únicos depredadores de los que las mujeres huyen hoy en día son los hombres. No estaba sola, llevaba de la mano a una niña pequeña con un abrigo rojo, un abrigo como un destello oscuro en la niebla.

Jackson había procesado todo eso en el nanosegundo transcurrido entre el instante en que veía a la mujer y a la niña y el tremendo frenazo que pegaba para no hacerlas picadillo. El perro despertó de golpe por la parada de emergencia del Saab, y lo miró con expresión indescifrable desde su seguro refugio en el suelo.

—Lo siento —se disculpó Jackson.

Cuando salió del coche se encontró a la mujer a cuatro patas como un gato, respirando con dificultad. Estaba seguro de que el Saab ni la había rozado. Además, era una mujer grandota; quizá no abultara tanto como un ciervo, pero habría notado el trastazo, ¿no?

–¿Le he dado? –preguntó extrañado.

Ella negó con la cabeza, e incorporándose hasta sentarse sobre los talones, consiguió responder entre jadeos.

–Me he quedado sin aliento, eso es todo –señaló con la cabeza a la niña, de pie y sin inmutarse, y añadió–: La llevaba en brazos, y pesa más de lo que parece. Buenos frenos –comentó mirando hacia el Saab, que había quedado a unas pulgadas de ella.

–Buen conductor –respondió Jackson.

La niña llevaba el abrigo rojo desabrochado, dejando al descubierto un vaporoso disfraz rosa. Un hada, un ángel o una princesa; por lo que a él concernía estaban todos cortados por el mismo patrón. Era un ámbito de la industria textil con el que Marlee lo había hecho familiarizarse, un poco a su pesar. Una varita plateada algo maltrecha y con una estrella en el extremo lo hizo decantarse por «hada». ¿Era eso el destello plateado que había visto en la niebla? La niña aferraba la varita con ambas manos como si fuese un hacha de guerra, como si su vida dependiera de ella. A Jackson no le habría gustado tener que quitársela por la fuerza; por pequeña que fuera, la niña parecía bastante guerrera.

El resto de su atuendo se veía también algo deslucido. Tenía un desgarrón en la falda y pedazos de hojas y ramitas enganchados a la tela barata. Le recordó a una representación de *Sueño de una noche de verano* que Julia lo había llevado a ver. Las hadas eran criaturas mugrientas y cubiertas de barro que parecían recién salidas de una ciénaga. A los catorce años, Julia había interpretado a Puck en una representación escolar de la obra. A esa misma edad, su hija aspiraba a convertirse en vampiresa.

(–Solo es una fase –había comentado Josie.

–Eso espero, desde luego –respondió Jackson).

Ayudó a la mujer, que se esforzaba por ponerse en pie. El chándal que llevaba no hacía más que poner de relieve lo culona que era; como un paquebote, se dijo Jackson. Llevaba un bolso grande y práctico en bandolera.

Pensó que la mujer debería sentir cierto reparo por el hecho de que iba a subirse al coche de un completo desconocido, en medio de la nada, y porque podía estar a punto, por lo que ella sabía, de vivir una pesadilla peor que la que había dejado atrás. ¿Quién podía asegurar que el conductor del Saab no era un psicópata asesino que rastreaba el campo en busca de una presa?

–Yo antes era policía –dijo Jackson para tranquilizarla. Aunque, por supuesto, eso diría exactamente uno que quisiera engañar a alguien para que se metiera en el coche con él (quizá era a sí mismo a quien trataba de tranquilizar; quizá la psicópata era ella).

–Sí, yo también –murmuró ella soltando una risa amarga.

–¿De verdad? –dijo Jackson, pero ella no le hizo caso, de modo que preguntó–: ¿Las persigue alguien?

La mujer y la niña se volvieron instintivamente para mirar hacia el bosque. Jackson trató de imaginar algo que salía volando de entre los árboles y a lo que no le apetecería lo más mínimo enfrentarse sin un tanque blindado (o con una mocosa que empuñaba una varita), pero no se le ocurrió nada. En lugar de responder a su pregunta, la mujer dijo:

–Necesitamos que nos lleve.

Jackson, que tampoco era hombre de muchas palabras, respondió:

–Entonces será mejor que suban al coche.

Ajustó el retrovisor para observar a la mujer en el asiento trasero. Sin embargo, no pudo verle la cara porque había adoptado una incómoda postura para mirar por el cristal de atrás por si venía alguien. Tanto esfuerzo no valía la pena. Si venía alguien detrás, tendrían pocas posibilidades de verlo, con esa niebla. Y viceversa. Volvió a mover el retrovisor para inspeccionar a la niñita, que se había sentado al lado de la mujer. La niña lo miró arqueando las cejas con expresión inescrutable.

Por fin la mujer se volvió y se quedó mirando hacia el parabrisas. Su rostro empezaba a amoratarse y tenía sangre seca en las manos.

—¿Está herida? —quiso saber Jackson.

—No.

—Tiene sangre.

—No es mía.

—Pues menos mal —concluyó él, secamente.

Sus dos recientes pasajeras esbozaban esa expresión de leve aturdimiento que tantas veces había visto en supervivientes. Parecían dos refugiadas tras un desastre —un incendio o un terremoto—, personas que hubiesen abandonado sus casas con lo puesto. Violencia doméstica, imaginó. La guerra en el frente interno. ¿De qué otra cosa podían estar huyendo una mujer y una niña?

—Mi coche se ha averiado —dijo la mujer al cabo de unos minutos, como si eso explicara el estado en que se hallaban. Exhaló un suspiro de cansancio y añadió, no tanto para él como para sí—: Ha sido un día muy largo.

—Pero si solo son la siete y media de la mañana —repuso Jackson, perplejo.

—Precisamente.

Cuando volvió a mirar por el retrovisor vio que la mujer le había puesto el cinturón a la pequeña. Le quedaba grande y daba la sensación de que podía estrangularla si frenaba de golpe. Hacía ya mucho tiempo que no llevaba una sillita para niño en el coche. Si alguna vez llevaba a Nathan, tenía que prestársela Julia, algo que a ella la irritaba de forma desmesurada, al menos en su opinión.

Aunque nunca lo habría admitido ante nadie, Jackson no las tenía todas consigo: entre la niebla, el bosque y la niña, que se diría salida de *El pueblo de los malditos,* por no hablar de la sensación de miedo que reinaba en el coche desde que la mujer había entrado en él, la escena parecía estar sacada de un episodio de *En los límites de la realidad* más que de una comedia de Shakespeare.

Por lo visto, a la mujer no le importaba hacia dónde se dirigieran; cualquier sitio, salvo el lugar de donde venía, parecía ser un buen destino. Jackson ya no estaba seguro de que importara qué dirección tomar, porque al final nunca se iba a parar al lugar que uno esperaba. Cada día era una sorpresa; uno cogía el tren equivocado, el autobús adecuado. Una chica abre una caja y encuentra mucho más de lo que esperaba.

—¿No quiere saber adónde voy? —preguntó después de un silencio que se le había hecho eterno.

—No me interesa mucho, la verdad —respondió ella.

—Pues viva la magia del viaje sorpresa —contestó Jackson con tono risueño.

* * *

—No puedo evitarlo, hijo, me preocupo por ti. Soy tu madre, es mi labor preocuparme.

—Lo sé, mamá, y no me malinterpretes; me encanta que lo hagas y te quiero, pero estoy bien, de verdad.

—Bueno, de acuerdo, vete entonces; pero, Jack, no olvides que en la vida no todo es trabajar, también hay que divertirse *(se besan).* Adiós, cielo. Nos vemos el viernes, y después...

–Tilly: en realidad, lo que dice el guion es: «... pero, Vince, no olvides que en la vida no todo es trabajar...».

–¿En serio?

–Sí; se supone que tiene que hacer gracia.

–¿Y dónde está la gracia? –quiso saber Tilly.

–Pregúntaselo al guionista, querida, no a mí. Esta serie va dirigida a un público de nivel muy bajo.

«Nunca subestimes la inteligencia de los espectadores», decía siempre Douglas, y, como en tantas cosas, tenía razón, claro.

–¿Podemos hacer otra toma, Tilly? Por favor.

–¡Virgen santa! –oyó murmurar a alguien–. Que lo dejen correr o va a salirnos con todos los Tom, Dick y Harry que se le ocurran antes de llegar a «Vince», si es que llega.

El actor que interpretaba a Vince le guiñó el ojo a Tilly. Lo conocía mucho, desde que era un chaval y estaba en la escuela Conti, e hizo de Oliver Twist en aquella representación en el West End –¿o fue de el Truhán?–, pero ¡maldita sea!, no conseguía recordar su nombre. Qué lástima que todo el mundo le diera tanta importancia a los nombres. Lo que se ha dado en llamar rosa, con otro nombre aún exhalaría su perfume. Etcétera.

–¿Quiere una taza de té, señorita Squires? Tiene un ratito.

Aquella chica india tan amable tenía la lista de intervenciones de Tilly, porque ella nunca sabía dónde la había puesto.

–Gracias... –¿Pima? ¿Pilar? ¡Pilau!–. Muchas gracias, Pilau.

–¿Perdone?

Ay, señor, vaya tono, pensó Tilly. ¿Qué había dicho mal ahora?

–¿Pilau? ¿Como el arroz *pilau?* Señorita Squires: me parece bastante ofensivo, ¿sabe? Es como llamar a alguien «Papadum». Me llamo Padma, y si no supiera lo que realmente le cuesta acordarse de los nombres, pensaría que usted está siendo racista.

–¿Racista yo? –exclamó Tilly–. ¡Qué va! Jamás, querida.

En su defensa (una defensa pobre, todo hay que decirlo), Tilly sintió deseos de decir: «Mi bebé era negro» (o por lo menos mulato), pero no había bebé alguno para probarlo, ningún bebé que se hubiera convertido en un hombre fuerte y sano. Tilly siempre se lo imaginaba parecido a Lenny Henry. Phoebe había ido a verla al hospital poco después.

–Bueno –dijo–, ha sido lo mejor. Incluso tú deberías reconocerlo, Tilly.

–¿Tú crees?

Las enfermeras fueron muy desagradables con ella, mostrándose altivas e implacables porque el bebé del que se habían deshecho sin siquiera enseñárselo no era blanco como las azucenas, ni blanco como la nieve.

–Habría sido un niño de color, Tilly –le había dicho Phoebe con un susurro (histriónico), sentada junto a la cama.

A Tilly le llevó unos instantes comprenderla. Lo primero que pensó fue: ¿Como un arco iris?

–Lo habrías pasado muy mal –prosiguió Phoebe–. Te habrían hecho el vacío. Y nadie habría vuelto a ofrecerte trabajo. Es mucho mejor así.

Por supuesto, aquello fue en 1963; los años sesenta apenas habían arrancado. Pero a Tilly le daba lo mismo: aunque el bebé hubiera salido violeta y amarillo, con lunares y rayas, lo habría querido igual.

Todo ocurrió por pura casualidad (pero ¿acaso no ocurre todo así?). Habían invitado a Phoebe a alguna clase de fiesta diplomática, y convenció a Tilly de que la acompañara. Para que le sirviera de tapadera, por supuesto. Phoebe tenía una aventura con un secretario de Estado, casado, cómo no, en supersecreto. Nadie sabía con quién más se acostaba, y aunque podría haber sido la Christine Keeler de su época, tuvo demasiada suerte como para ser descubierta. Siempre tenía suerte.

En la vida y en el amor. Así que se presentaron las dos en aquella fiesta, y Phoebe le dio esquinazo en cuanto cruzó el umbral.

Había toda clase de gente: un viejo actor famoso, amanerado a más no poder, y un montón de jóvenes bellezas, hombres y mujeres. Estaba aquella modelo a la que Phoebe conocía, Kitty Gillespie, y una estrella de cine, un hombre que poco después tiraría por la borda aquel mundo de relumbrón para ir a la India a encontrarse a sí mismo. Toda esa gente se mezclaba con los invitados de las distintas embajadas, y también había un fotógrafo de *Vanity Fair*. Phoebe, que llevaba una gargantilla de brillantes que le había pedido prestada a su madre, y que nunca le devolvió, evitaba visiblemente que la fotografiaran con su político.

—Buenas noches —dijo una voz grave.

Tilly se volvió para encontrarse con la sonrisa de un joven encantador. Era negro como el carbón (¿le parecería a esa chica —Padma, Padma, Padma, porque seguro que si lo repetía lo suficiente se acordaría—, una manera racista de describirlo?).

—No conozco a nadie en la fiesta —comentó él.

—Bueno, ahora me conoces a mí —respondió Tilly.

Le contó que era de Nigeria, secretario de un agregado o algo así; nunca llegó a quedarle claro, pero lo cierto es que el hombre sabía cómo mantener una correctísima conversación: había estudiado en Oxford y en Sandhurst, y su acento sonaba más inglés que el del príncipe Felipe. Además, le interesaba muchísimo todo lo que Tilly tuviera que decir, no como algunos amigos de Phoebe, que siempre andaban mirando por encima del hombro de una para ver si había entrado en la sala alguien más interesante.

El caso es que una cosa llevó a otra —en la conversación— y Tilly lo invitó a su pisito del Soho la noche siguiente; dijo que prepararía algo de cenar, aunque no tenía ni idea de cocinar, por supuesto. Le pareció que estaba muy solo y que echaba de menos su hogar; ella era muy capaz de entenderlo porque llevaba toda la vida sintiendo esa misma añoranza, no de su casa, sino de la idea misma de un hogar.

Su compañera de piso –la bailarina de ballet– estaba de gira, por lo que tenían la casa para ellos solos. Preparó unos espaguetis a la boloñesa, un plato bastante difícil de quemar, aunque Tilly se las apañó para conseguirlo. Pero tenía un pan muy bueno y un pedazo decente de queso Stilton, y de postre melocotones en almíbar y helado, y él llevó una botella de buen vino francés, por lo que al final la velada no fue un absoluto desastre, y después una cosa llevó a la otra –y esa vez no hubo demasiada conversación–, y a la mañana siguiente allí estaba ella, desnuda en la cama junto a un hombre negro también desnudo, y lo primero que se le pasó por la cabeza al abrir los ojos fue: «¿Qué pensaría mi madre de esto?». Esa idea la hizo reír. Se llamaba John, pero el apellido solo se lo había dicho una vez, cuando se presentó, y era una palabra africana y rarísima, con un montón de vocales (¿sería eso también un comentario racista?).

Tilly preparó café, del auténtico, con cafetera eléctrica, se acercó a Maison Bertaux en busca de pastas y se las comieron en la cama. Tuvo la sensación de estar viviendo una aventura extraordinaria, de tener un romance.

Ella tenía que ir a un ensayo, y él tenía trabajo, cómo no, algún asunto diplomático misterioso, así que anduvieron juntos hasta el metro de Leicester Square. Hacía una preciosa mañana de primavera, en la que todo parecía limpio y nuevo, ¡y tan prometedor! Tilly se había puesto de puntillas para darle un beso de despedida allí mismo, en la estación; una chica blanca besando a un hombre negro en público. Desdémona y su Otelo, salvo que a él no iban a carcomerlo los celos y no acabaría matándola. No tendría ocasión, porque no volvió a verlo nunca más.

* * *

¡Estaba tan cansada! A esa hora de la mañana solía tomarse un rollito de primavera, pero hoy no le apetecía. Una buena taza de té la dejaría como nueva, y era justo lo que le había prescrito el médico. No había rastro de Padma por ninguna parte; mejor así, probablemente.

Anduvo renqueante hasta el furgón de *catering*. Se sentía debilucha esa mañana. Le dolía la cadera. «Entre un clavel y una rosa, su majestad es coja». Los médicos habían empezado a hablar de trasplante, pero ella no quería saber nada de operaciones. Se veía allí sola, sumiéndose poco a poco en la oscuridad: la anestesia era como la muerte.

Barry estaba tan absorto en sus pensamientos que casi chocó con una mujer del laboratorio en el pasillo. Como era china y no tenía esperanzas de aprenderse bien el nombre, siempre se refería a ella como «la china del laboratorio». Tenía suerte de que no la llamara «putita amarilla», se dijo. La mujer agitaba un pedazo de papel.

–¿Ha visto a la inspectora Holroyd? –quiso saber–. Tenemos una huella de la casa de Harehills.

–¿La de Kelly Cross? ¡Qué rápido!

–Estaba en el archivo, es de uno de los nuestros: la exinspectora Tracy Waterhouse. Seguramente es antigua. Es muy poco probable que tenga relación con el asesinato.

–Sí –repuso Barry–, es muy poco probable. Sus caminos se habrán cruzado en algún momento.

Como anoche, quizá. A Kelly Cross, esa fulana desalmada, la habían golpeado en la cabeza y apuñalado en el pecho y el abdomen. El cuerpo lo había descubierto otra fulana enganchada al crack, un desperdicio humano que vivía en su misma calle. ¿Qué había dicho Tracy la otra noche? «¿No habrás visto últimamente a Kelly Cross?». Y ahora Kelly Cross estaba muerta y había una huella de Tracy en la escena del crimen. Y la noche anterior, cuando la llamó, ella andaba por la misma zona en que habían matado a Kelly. «Estoy buscando a alguien». ¿A quién? ¿A Kelly Cross?

Era la primera vez que Barry iba a la nueva casa de Tracy; ella nunca lo había invitado. Había tenido a un albañil polaco trabajando ahí durante una eternidad, y de todas formas, Tracy no era ni por asomo de las que celebran una fiesta para inaugurar su casa. La puerta principal estaba cerrada con llave, pero encontró la trasera abierta de par en par. Barry llamó y entró en la casa.

–¿Tracy? ¿Trace? –exclamó–. ¿Estás en casa?

Parecía aquel barco abandonado, el *Marie Celeste*. Había un vaso con posos de vino y una bolsa de patatas vacía. Subió por las escaleras, sintiéndose más un intruso que un policía o un amigo. El baño estaba limpio y ordenado, la habitación de Tracy un poco menos ordenada, y el papel de la pared era horrendo. Le pareció que estar ahí entrañaba demasiada intimidad. No le gustaba pensar en Tracy desvistiéndose, metiéndose en la cama o durmiendo. Nunca había sentido nada de esa índole por ella. El segundo dormitorio estaba lleno de cajas, y el tercero era un cuartucho miserable, pero alguien había dormido en la cama individual. ¿Quién? ¿Ricitos de oro?

Había juguetes esparcidos por el suelo. Barry recogió una teterita de plástico azul de la alfombra. Amy también había tenido un juego de té de muñecas. ¿Por qué tenía Tracy cosas de críos en su casa? ¿Le habría pasado algo malo? Tracy sabía cuidar de sí misma. Había pasado treinta años en el cuerpo, y estaba hecha un toro, así que cualquiera con un poco de sentido común se lo pensaría dos veces antes de meterse con ella. Aun así, la cosa no pintaba bien.

Se acercó hasta el centro comercial Merrion para asegurarse de que se había ido de vacaciones. Le enseñó la placa a un chaval plagado de acné; le gustaba intimidar con la placa a los chicos con acné.

–Busco a Tracy –le dijo al acobardado chico de los granos.

–¿Ha hecho algo? El otro día vino también un detective privado preguntando por ella.

Ese cabrón de Jackson, pensó Barry, siempre metiendo las narices.

–Pensaba que había venido usted a recoger las cintas –continuó el chico del acné.

–Las cintas –fue la vaga respuesta de Barry. Había aprendido tiempo atrás a evitar palabras como «sí» y «no». Lo acorralaban a uno en callejones sin salida.

–Sí, las cintas. Iban a mandar a alguien a por ellas. Por esa mujer a la que asesinaron anoche...

–¿Kelly Cross?

–Sí, la teníamos muy vista, y ustedes los del cuerpo también. Parece que un policía recuerda haberla visto por aquí el miércoles. Querían ver las cintas, saber si estaba con alguien, pero pensaba que enviarían a recogerlas a cualquier machaca, no a un comisario.

–Yo soy un machaca –aclaró Barry–; estoy machacando continuamente.

Había tres cintas, de mala calidad y en blanco y negro. Barry las vio cuando estuvo de vuelta en Millgarth, y le llevó horas hacerlo. Tracy entraba y salía del plano de vez en cuando, patrullando en su nueva ronda. Estaba a punto de quedarse dormido cuando por fin Kelly Cross apareció en pantalla, arrastrando de la mano a una cría. Unos segundos más tarde volvía a aparecer Tracy, pisándole los talones. Avanzaba con gran decisión, como si fuera a derribar una fortaleza.

Había otras dos cámaras en el exterior, colocadas de manera que enfocaban a la calle, en ambas direcciones. Barry volvió a ver a Kelly a través de una de ellas. Estaba en una parada de autobús y tenía a la niña a su lado. Tracy volvía entonces a irrumpir en escena e intercambiaba unas palabras con Kelly Cross. Llegaba un autobús, y Kelly desaparecía de repente en su interior, dejando a Tracy en la acera con la niñita cogida de la mano. Al cabo de unos instantes, Tracy y la niña se alejaban, quedando fuera del alcance de la cámara.

Había niños que desaparecían después de que sus madres fueran asesinadas. Sí, Barry habría entendido que Tracy se implicara en algo así. Pero que los niños desaparecieran antes de que mataran a sus madres ya era más raro. Barry recordó algo que le había comentado Barbara esa mañana: que se había encontrado con Tracy en el supermercado y que iba con una niña. ¿Sería esa niña?

Barry sacó la cinta y la guardó en el bolsillo interior del abrigo que tenía colgado en el respaldo de la silla. Se cruzó con una administrativa en el pasillo y le dijo:

–Dígale a la inspectora Holroyd que han llegado las cintas del centro comercial Merrion... Hay dos.

Quizá ese Jackson había encontrado a Tracy. Era increíble que un supuesto detective privado pudiera haber dado con ella cuando el propio Barry no lo había conseguido. Aun así, valía la pena seguir intentándolo, se dijo. El tipo ese había dicho que se alojaba en el Best Western, ¿no? Se puso el abrigo.

–Barry Crawford abandona el edificio –le dijo al sargento de recepción.

Delante del Slug and Lettuce de Park Row había un gran contenedor para escombros de una obra; arrojó en él la cinta del centro comercial Merrion.

¿No decían que la prudencia es la mejor parte del valor?

12 de abril de 1975

–¿Qué opinas tú, Barry?

  –¿Cómo?

  –¿Qué opinas tú, Barry?

Acababan de llegar del estadio de fútbol de Elland Road, donde un partido pacífico se había complicado hacia el final. Habían tenido que entrar con los caballos; Tracy pensaba que esos animales no deberían usarse para controlar a las masas alborotadas; era como enviarlos al campo de batalla. Barry estaba con ellos, intentando escaquearse de pagar una ronda.

No es que Tracy valorara especialmente la opinión de Barry, pero al parecer nadie más quería hablar del asunto. A Carol Braithwaite la estaban metiendo a escobazos bajo la alfombra como si fuera un montoncito de mierda.

  –Era la madre de alguien, la hija de alguien. Ni siquiera sabemos la causa de la muerte.

  –La estrangularon –repuso Barry.

  –¿Cómo lo sabes? –insistió ella. Barry se encogió de hombros–. No parece que nadie esté haciendo nada. El caso se está desvaneciendo.

Solo hacía tres días que Arkwright había echado abajo aquella puerta de Lovell Park y ya parecía que nunca hubiera sucedido. Un articulillo de esa Marilyn Nettles en el periódico y se acabó.

  –Es que da la sensación de que no haya nadie investigando –continuó, y entonces, volviéndose hacia Barry, añadió con tono acusador–: Y tú, ¿qué demonios hacías allí?

  –¿Adónde quieres llegar, Tracy?

Ella pensó en Lomax y Strickland en Lovell Park, ambos lanzando miradas furtivas, comportándose como si fueran de operaciones especiales, diciendo menos de lo que sabían.

–¿Te han dicho algo, al menos? –le preguntó a Barry, y él se encogió de hombros–. No paras de encogerte de hombros, Barry.

–¡Ah, los misterios del Departamento de Investigación Criminal! –exclamó Arkwright–. No es cosa nuestra preguntarnos por qué. Para mí es muy sencillo: la pobre chavala consiguió un cliente, se lo llevó a casa y resultó no ser un buen tipo. Esas cosas pasan.

–El oficio más antiguo –añadió Barry, como si fuera un hombre de mundo–. Desde que existen las fulanas ha habido gente que las mata, y eso no va a cambiar ahora.

–¿Y eso hace que esté bien, Barry? Y lo de la puerta cerrada con llave desde fuera, ¿qué pasa con eso?

–¿Qué quieres decir? –la increpó Barry–. ¿De verdad crees que un par de tíos del departamento se cargaron a una putilla y luego lo encubrieron? Eso es un disparate.

Las palabras de Barry casi le parecieron razonables a Tracy.

–Estás hablando por hablar, Tracy –prosiguió Barry–. Mejor no vayas difundiendo esa clase de rumores, o te echarán de una patada en el culo antes de que puedas decir «Eastman».

–Es que tenían un testigo –dijo Tracy–. De cuatro años, pero ¿qué más da? Él me lo dijo; me contó que su padre había matado a su madre. ¿No deberían, al menos, intentar averiguar quién es el padre?

–Estoy convencido de que ya lo investigan –respondió Barry–, pero eso a ti no te incumbe.

–Barry tiene razón –intervino Arkwright–. Es una investigación en curso, nena. No van a venir corriendo a darte explicaciones cada vez que averigüen cualquier detalle.

–He pensado que podría ir a hablar con Linda Pallister, la asistente social –le dijo Tracy a Arkwright cuando Barry se marchó.

—¿Esa hippy?

—Vive en una comuna.

—Son unos guarros y unos chalados —soltó Arkwright—. Hazte un favor, Trace: deja ya de meterte donde no te llaman.

Una «comuna urbana», según Linda. Una manera muy original de llamar a una casa de okupas, un viejo edificio en ruinas en Headingley que ya tenía fecha de demolición. Los habitantes de la casa criaban gallinas en el jardín trasero. En lo que había sido un pequeño parterre crecían ahora chirivías y puerros llenos de barro, raquíticos y deformes.

Tracy acababa de terminar su turno y llevaba todavía el uniforme. «Cerda», había oído murmurar a uno de los que vivían allí al pasar a su lado en el vestíbulo. Otro soltó algo parecido a un gruñido. Tuvo ganas de detenerlos, de llevárselos de allí esposados. No le habría hecho falta inventar ningún pretexto porque el hedor dulzón y mareante de la marihuana le llegaba desde la sala de estar.

Linda, la mamá gallina, la abeja reina, calzaba unas cómodas y prácticas sandalias de excursionista que asomaban bajo la falda larga de algodón a base de retales. Se había recogido el lacio cabello en una coleta, dejando al descubierto una cara tan sana que casi resultaba repugnante. Era miembro de alguna clase de cooperativa de alimentos naturales, comía arroz integral y cultivaba coles, pero no de las de Bruselas, y elaboraba ella misma productos como el pan y el yogur. También acudía a clases de apicultura por las tardes. Todas eso se lo había hecho saber Linda mientras Tracy tomaba un té que le había ofrecido de mala gana. Se habían sentado en la cocina, al calor de una cocina Aga, enorme y antiquísima.

El té era espantoso, ni siquiera era té de verdad.

—Es Rooibos —dijo Linda.

Una bazofia, más bien, se dijo Tracy. Había servido el té en unos tazones burdos hechos por «un conocido nuestro».

—Cambiamos huevos por tazas —comentó con aire de suficiencia, y añadió muy seria—: Algún día ya no habrá dinero.

Bueno, al final resultaría que en eso sí tenía razón.

Al igual que Tracy, Linda todavía estaba en el período de prueba. A diferencia de Tracy, sin embargo, ella tenía un hijo. Se había quedado embarazada en plena carrera para obtener su encomiable título en lo que fuera que había estudiado: trabajo social, ciencias políticas o sociología. Había cursado el resto de la carrera llevando al crío a guarderías y canguros con la bicicleta.

El pequeño, semidesnudo, andaba dando vueltas por la cocina, con el pene pequeñito y gomoso dando brincos. Tracy se quedó de piedra.

—Es Jacob —dijo Linda. El niño orinó en el suelo justo delante de Tracy, y Linda no dio muestras de que le importara—. Los niños tendrían que ser libres de hacer lo que quisieran. No deberíamos imponerles nuestras estructuras rígidas y artificiales. Es muy feliz —añadió, como si Tracy hubiera dicho algo que indicara lo contrario.

Linda fregó el pipí de Jacob y, sin lavarse las manos, cortó unas porciones del pastel marrón que había hecho.

—Es bizcocho de plátano, ¿quiere un poco?

—Estoy cuidando mi línea, alguien tiene que hacerlo —rehusó Tracy con educación.

—¿Qué quiere? —quiso saber Linda—. No ha venido aquí para hablar de la vida autosuficiente y las aves de corral.

—No, no he venido para eso. Solo tenía curiosidad por saber qué tal está Michael.

—¿Michael? —respondió vagamente Linda, muy concentrada de repente en limpiarle la nariz a Jacob.

—El niño de Braithwaite. ¿Está con una familia de acogida? Porque ya no está en el hospital.

—Ahora está en otro hospital.

—¿Por qué? ¿En cuál?

Linda miró fijamente el pedazo de bizcocho de plátano, de aspecto muy poco comestible, que tenía en el plato.

—Me temo que no puedo decírselo. Va contra nuestra política.

—Entonces, ¿no hay manera de que pueda visitarlo?

—¿Y para qué quiere visitarlo?

—Para ver qué tal está.

Porque tenerlo en mis brazos aquel día me rompió el corazón, pensó Tracy. Pero no iba a mostrarle ningún indicio de debilidad a Linda Pallister.

—Ya se lo he dicho, está bien —espetó Linda.

De pronto estaba que mordía. Al cabo de unos años, cuando Linda encontrase a Dios, su personalidad mejoraría considerablemente. Era uno de los pocos argumentos que se le ocurrían a Tracy a favor del cristianismo.

—Pues no entiendo cómo puede estar «bien» —protestó Tracy—, después de pasarse casi tres semanas encerrado en un piso con el cadáver en descomposición de su madre.

—Bueno, quizá «bien» no sea la palabra adecuada —reconoció Linda—. Pero está recibiendo toda la ayuda que necesita, así que debería dejarlo estar —atrajo hacia sí a su propio hijo y lo rodeó con un brazo protector—. Déjelo estar de una vez.

—O sea que no puedo ir a verlo, definitivamente.

—No —repuso Linda con un suspiro—. La orden viene de arriba.

Durante un instante de locura, Tracy pensó que se refería al cielo.

Sonaba ridículo, pero Tracy casi se había hecho a la idea de que si nadie quería a Michael Braithwaite ella podía acogerlo o incluso adoptarlo. Claro que no sabía nada de críos y todavía vivía en casa de sus padres. Podía imaginar perfectamente la cara que pondría su madre si aparecía con un niño abandonado y traumatizado.

—Lo adoptará una familia que sepa quererlo —había dicho Linda Pallister—. Olvidará lo que pasó; es demasiado pequeño para acordarse. Los niños tienen una gran capacidad de recuperación.

Al final, Tracy le preguntó directamente a Len Lomax. No tenía intención de hacerlo, pero se topó con él al día siguiente al llegar a Brotherton House, justo cuando él salía.

—Señor: ¿puedo preguntarle cómo va el caso del asesinato de Carol Braithwaite?

—¿Que cómo va?

—¿Algún sospechoso?

—Por ahora no.

—¿No han encontrado la llave?

—¿La llave? —se estremeció—. ¿Qué llave?

Se había estremecido, sin duda.

—La llave del piso de Carol Braithwaite. Habían cerrado con llave por fuera.

—Creo que ahí te equivocas, agente Waterhouse. ¿Qué pasa? ¿Ahora te las das de detective?

Se alejó con aire de superioridad y subió a un Vauxhall Victor rojo que Tracy creyó haber visto antes en alguna parte. Trató de ver quién conducía el coche y solo alcanzó a vislumbrar una melena corta y muy recta y una nariz aguileña con tendencia a meterse donde no debía. ¿Qué hacía Len Lomax subiéndose al coche de Marilyn Nettles? ¿Y por qué se había estremecido al preguntarle ella por la llave?

—Él sabía lo de la llave —le dijo a Barry.

—Gilipolleces —contestó él.

Barry se ponía tenso cada vez que ella mencionaba a Carol Braithwaite. ¿Por qué sería? («¡Porque nunca paras de hablar de ella! Por eso, joder»). Barry apuró la cerveza de un trago.

–Tengo que irme, he quedado. Esa chica, Barbara, ha aceptado ir al cine conmigo. *Monty Python y el Santo Grial,* en el Tower –dijo.

–¿Monty Python? Qué romántico, Barry –se burló Tracy.

A Tracy le costó años desprenderse del uniforme y entrar en el Departamento de Investigación Criminal. Y el asunto daba que pensar. ¿Fue porque era una mujer? ¿O porque era una mujer que hacía las preguntas equivocadas? O las preguntas acertadas. Barry, en cambio, tuvo bastante más suerte. Al poco tiempo ya salía por ahí con Lomax, Strickland y Marshall, y hasta con Eastman, en una melé de bebedores de cerveza y fumadores empedernidos. Estaban todos a partir un piñón. Los viejos buenos tiempos.

Tracy era como un terrier con el rastro de un conejo pegado al hocico. No iba a rendirse.

–¿Y cómo se llama? –quiso saber Ray Strickland con la mirada fija en su cerveza y el ceño fruncido.

–Tracy Waterhouse –respondió Barry, y se apresuró a añadir–: Tracy es una buena poli, solo que sigue con lo de que el crío dijo que había sido su padre. Y no lo olvidará.

Al cabo de una semana, Len Lomax llevó a Barry aparte y le contó que habían pillado a un tío en Chapeltown que confesó ser el asesino de Carol Braithwaite.

–Dijo que era el padre del chico –aclaró Lomax.

–Así pues, ¿lo han detenido, irá a juicio? –aventuró Barry.

–Por desgracia, no. El tipo se metió en una pelea en Armley, donde estaba en prisión preventiva, y le clavaron un cuchillo.

–¿Murió?

–Sí, está muerto. En vista de las circunstancias, y teniendo en cuenta al crío y lo que tuvo que pasar, es probable que el asunto acabe aquí.

Hasta mucho tiempo después de aquello, Barry no cuestionó si lo que Lomax le había dicho era cierto o no. Podía habérselo inventado perfectamente. Barry nunca preguntaba nada, siempre creía a pies juntillas lo que Lomax y Strickland le decían. Dios sabría por qué.

–Házselo saber a tu amiguita.

–¿A mi amiguita? –se extrañó Barry.

Solo había quedado una vez con Barbara, y no había ido del todo bien. Resultó que no le gustaban los Monty Python. («Pero si son unos completos idiotas, ¿qué tienen de gracioso?»). Le iban más los cómicos al estilo Morecambe & Wise.

–Esa agente tuya –aclaró Lomax.

–¿Tracy? Ah, vale.

Barry se preguntó en qué momento se habría convertido en el chico de los recados de Strickland y Lomax.

–No lo olvides, Crawford, la prudencia es la mejor parte del valor.

Barry no supo de qué le estaba hablando.

* * *

Las luces de una gasolinera surgieron de entre la niebla.

–¿Podemos hacer una parada técnica? –preguntó la mujer.

Jackson detuvo el Saab frente a la gasolinera y ella se llevó a la niña de la mano hacia los lavabos, que estaban en la parte de atrás.

–Será un minuto –dijo cuando se alejaba.

La niña se volvió para mirar a Jackson por encima del hombro. Lo miró fijamente, como si sospechara que pudiera largarse y dejarlas allí tiradas. No había dicho ni una palabra hasta el momento. Jackson se preguntó si sería muda, o si quizá solo estaba traumatizada. Le hizo su ademán tranquilizador a lo reina madre y ella le respondió agitando despacito la varita mágica.

Pensó que sería buena idea comprar algunas provisiones. La tienda de la gasolinera no era muy grande, pero se las habían apañado para tener de todo, desde ramos de flores hasta bolsas de combustible no fumígeno, alimentos y revistas para adultos. Eran las ocho de la mañana y no había ni un alma, salvo una chica sumamente aburrida en el mostrador, vigilada por dos monitores de circuito cerrado que a su vez le servían para controlar los surtidores. Se mordisqueaba una greña del largo cabello como si fuera regaliz. Era menuda y flaca, y no vio claro que tuviera que estar ahí sola. Sería muy fácil reducirla y obligarla a abrir la caja, o algo peor.

Una vez dentro, le costó decidir qué comprar. Supuso que debía coger algo para sus nuevas acompañantes. La niña llevaba una pequeña mochila, pero dudaba que estuviese llena de comida. Compró agua, leche y zumo, un par de empanadas, manzanas, un racimo de plátanos, una bolsita de frutos secos, chocolate, algunas chucherías para el perro y, por último, un café solo en vaso de plástico para llevar. La tienda era más grande de lo que parecía por fuera.

Jackson volvió al Saab y esperó. Tomó el café a sorbos. Era líquido y estaba caliente; eso era lo único que tenía de café. Sabía un poco a óxido. Abrió la bolsita de frutos secos y se llevó un puñado a la boca. De algún sitio le llegó el traqueteo de un tren atenuado por la niebla, y se preguntó adónde iría. Cerca de allí, el mugido de una vaca sonó grave y taciturno como una sirena de niebla. Era en momentos así cuando sentía ganas de volver a fumar. Esperó un rato más. Empezó a preguntarse si debería ir a comprobar si estaban bien. Quizá habían sufrido alguna clase de crisis nerviosa en los lavabos.

Vio a la chica de la gasolinera salir de su retiro espiritual y empezar a trasladar los cubos de flores y los sacos de combustible al exterior. Cobrara lo que cobrase, se dijo Jackson, le habría parecido poco. Se detuvo un instante en el umbral, sosteniendo un cubo lleno de flores que ya se veían mustias en sus envoltorios de celofán; parecían esos ramilletes con pinta de hierbajos que la gente apoyaba en los árboles o sujetaba en las alambradas para indicar el sitio exacto donde habían barrido de este mundo a un pobre ciclista o a un peatón. En el escenario del accidente de tren habían dejado un buen montón de ramos marchitándose. Alguien le había enseñado una foto después. Los habían dejado en el puente que pasaba por encima de la vía, junto con ositos de peluche y otros muñecos *kitsch*.

«El año pasado, justo por estas fechas, yo moría». Dos años atrás, para ser exactos. Por alguna razón le vino a la cabeza el gato de Schrodinger. «Vivo y muerto al mismo tiempo», había dicho Julia. Y así había estado él tras el accidente. «Ni esto ni lo de más allá», habría dicho su hermano.

La chica de la gasolinera le dirigió una mirada suspicaz, pero entonces atrajo su atención un Land Cruiser negro que surgió de pronto de la niebla, aminorando la marcha hasta detenerse en el otro extremo del aparcamiento. Esperó ahí sin apagar el motor y con aspecto ligeramente amenazador, como un toro contenido a la espera de salir a la plaza. Antes de que Jackson hubiese podido empezar a formarse una opinión (del estilo de vaya pedazo de imbécil, el coche del típico chulo piscinas, quienes se creen que son, ¿caudillos?, ¿mañosos?), un hombre, un cruce entre defensa de rugby y gorila de lomo plateado, salió por el lado del pasajero y también dio un rodeo a la gasolinera para dirigirse a la parte trasera.

Entonces el conductor se bajó del coche y se dirigió hacia el Saab. Compañeros de armas. Ambos tenían cara de pan, como si se hubieran criado sometidos a una dieta a base de grasas y patatas, y llevaban sendas chaquetas de piel que habrían sido el último grito en algún momento de los setenta, a no ser que uno viviera en Albania, donde aún no habían pasado de moda y probablemente nunca lo harían.

Antes de que el tipo llegara al Saab reapareció la mujer, gritándole a Jackson a pleno pulmón. Atravesó el aparcamiento corriendo pesadamente cual rinoceronte en plena embestida, con la niña embutida bajo un brazo mientras con el otro intentaba quitarse el bolso que llevaba en bandolera. El gorila de lomo plateado le pisaba los talones, pero no por mucho tiempo, porque consiguió por fin quitarse el bolso y, agarrándolo por la correa, con un movimiento sorprendentemente grácil —más de ballet que de lanzamiento de martillo, y con la niña asumiendo el papel de lastre—, giró sobre los talones y le dio de lleno en la cara con el bolso al tipo que la perseguía. El hombre cayó a plomo. Jackson se estremeció y se preguntó qué podía llevar una mujer en el bolso que ocasionara semejantes daños. ¿Un yunque? A Thatcher le habría gustado tener un bolso como aquel.

El conductor del Land Cruiser cambió su trayectoria y fue hacia la mujer. Jackson ya tenía un pie fuera del coche, dispuesto a salir para enfrentarse al tipo, pero la mujer gritó y le indicó con un ademán que volviera a meterse en el Saab. Él le hizo caso, sorprendido por su propia obediencia ante el tono marcial de los gritos de ella.

La chica de la gasolinera, ajena al jaleo que se había armado ahí fuera, salió con paso vacilante cargada con un cubo de tulipanes. Por desgracia para ella, el conductor del Land Cruiser, que corría hacia el Saab como si tratara de llegar a la línea de ensayo, no consiguió esquivarla a tiempo y la embistió; la chica voló por los aires desparramando tulipanes. Aquello detuvo al tipo el tiempo suficiente para que la mujer arrojara a la pequeña al asiento trasero del coche y se zambullera tras ella bramándole a Jackson:

—¡Arranque, joder! ¡Arranque de una vez!, ¿quiere?

Una vez más, obedeció las órdenes.

Por el retrovisor vio a la chica despatarrada en el suelo, inmóvil. Estaría de suerte si no tenía algo roto. Como la cabeza, por ejemplo. También distinguió la silueta del tío que había recibido el bolsazo, que seguía inconsciente en el suelo, pero entonces la niebla engulló todo lo que quedaba tras ellos. Echó un vistazo por encima del hombro y vio que la mujer había hecho bajar a la niña al suelo del coche con ella, donde se acurrucaba para protegerla. ¿Pensaría que llevaban armas? Cuando había armas de por medio, Jackson prefería estar dentro de un vehículo blindado y oficial en lugar de en un turismo familiar de chapa fina fabricado en un país neutral.

La situación ya no parecía reunir las condiciones para hablar de un caso de violencia doméstica.

—¿Quiénes eran esos matones?

—No tengo la menor idea —respondió ella.

—Se diría que iban a por usted y la niña.

—Sí, eso parecía.

Jackson notaba aún la sobrecarga de adrenalina, pero los demás ocupantes del coche parecían impertérritos. En el suelo, el perro seguía obstinadamente dormido. Estaba casi seguro de que fingía. ¿Cuánto tardaría en lamentar su elección de nuevo líder de la manada? La niña también ponía una auténtica cara de póquer, y la amazona autoestopista estaba rebuscando en el bolso como si encontrar un pintalabios o un pañuelo fuera más interesante que contemplar la carnicería que dejaban a su paso. Habían intentado asearse un poco en los lavabos de la gasolinera; advirtió que la mujer ya no tenía sangre en las manos. Jackson se dijo que eso tenía que ocultar alguna clase de metáfora.

Pensó en el tío al que había golpeado con el bolso, y que había quedado inconsciente en el asfalto. «¡Fragilidad, tienes nombre de mujer!».

–¿Qué diantre lleva en ese bolso? –le preguntó a la mujer. Yo y el gato, un par de curiosos sin remedio.

Ella sacó una enorme linterna Maglite negra y la sostuvo ante el retrovisor para que Jackson pudiera verla. Tenía toda la pinta de viejo material de policía. Esos trastos pesaban una tonelada; no era de extrañar que el tipo no se hubiera levantado. Aquella mujer no hacía prisioneros, estaba claro. Guardó la Maglite y siguió hurgando en el bolso, del que finalmente sacó un teléfono móvil. Jackson dio por sentado que iba a llamar para informar de lo ocurrido en la gasolinera.

–¿Va a llamar a la policía?

–Claro –respondió ella, y al instante siguiente bajó la ventanilla y arrojó el teléfono.

Jackson se volvió para mirarla.

–¿Qué? –preguntó ella.

–¿Qué cree que está haciendo? –preguntó la mujer cuando él sacó su propio móvil del bolsillo.

Otra mujer agresiva, pensó Jackson exhalando un suspiro. Dondequiera que fuese encontraba mujeres agresivas. Madres agresivas que engendraban hijas agresivas, de manera que el círculo no se rompería nunca.

–Pues llamo a los servicios de emergencia.

–¿Por qué?

–Por la chica de la gasolinera –repuso Jackson haciendo alarde de paciencia. Y pensando en los tulipanes, en sus péta-

313

los de colores primarios esparcidos por el suelo, añadió–: Es una espectadora inocente.

–¿Una espectadora inocente? ¿De qué habla? ¿Hay alguien que sea de verdad inocente?

–¿Los perros? ¿Los niños? –propuso Jackson–. ¿Yo?

Ella soltó un bufido de desdén como lo habría hecho una mujer que llevara diez años casada con él.

–Vale, entendido; no quiere meter a la policía en esto –dijo él–. Pero ¿quiere contarme qué pasa?

–Pues no me apetece mucho. Además, ¿hay alguien en realidad que sea un mero espectador? –elucubró ella, como si estuvieran enzarzados en un debate filosófico–. Podría argumentarse también que todos somos espectadores.

–No es cuestión de semántica –repuso Jackson–. Hemos dejado ahí a esa chica, y sí, yo diría que «espectadora» e «inocente» son términos que aluden con bastante precisión a su papel en los acontecimientos.

–Semántica –murmuró ella–. Una palabra demasiado rimbombante para soltarla a estas horas.

El ciudadano cabal promedio estaría llamando a la policía en esas circunstancias. Fugitiva, delincuente..., ¿cuál era la historia de la mujer del bolso letal? Jackson exhaló un suspiro.

–Bueno, como por lo visto la estoy ayudando a escapar de algo que pinta bastante mal, y seguramente me quedo corto, ¿puedo tener al menos la certeza de que está en el bando de los buenos?

–¿De los buenos?

–Sí, lo contrario de los malos.

–¿Porque soy una mujer? ¿Una mujer con una criatura? Una cosa no implica la otra, no siempre.

La criatura en cuestión se había dormido. La varita de plata, que ya no le servía para mucho, se le había resbalado de entre los deditos. Jackson esperaba que todo aquello no fuera para ella el pan de cada día.

—No —respondió Jackson—, porque ha dicho que había sido policía.

—Una vez más, una cosa no implica la otra —repuso ella, encogiéndose de hombros.

—Todavía tengo intención de llamar.

Esperó a que lo noqueara con la Maglite, pero en ese momento la niña se despertó.

—Tengo hambre —anunció.

—¿Tiene plátanos ahí dentro?

—¡Pues mira por dónde! —respondió él sacando un racimo de la bolsa de plástico sobre el asiento del pasajero.

Como un mago. O como un tonto de remate. El infeliz era todo un gallito. ¿De verdad era expolicía? Parecía más bien del tipo cobardica, la clase de tío al que le gusta rescatar damiselas en apuros pero solo si no implica muchas dificultades. Era bastante atractivo, eso sí que había que concedérselo, pero posiblemente eso era lo último en lo que Tracy pensaría en ese momento. Escabullirse para escapar de unos hombres misteriosos que la perseguían podía provocar eso en una mujer. Ser una mujer también podía provocar eso en una mujer. El tipo tenía un perrito un poco tonto; no tenía muy claro qué interés podía tener un hombre en un animalito de ese tamaño.

—Ni siquiera sé su nombre.

—No, no lo sabe —admitió Tracy.

—¿Quieres un plátano? ¿Una manzana? ¿Una galletita de perro? —ofreció Jackson.

La niña cogió una manzana.

—¿Y mamá querrá algo? —preguntó el hombre, mirando a Tracy por el retrovisor.

–No es mi mamá –soltó la niña con naturalidad.

Fue como un puntapié en el corazón de Tracy.

–¡Qué cosas dicen los niños! –exclamó, devolviéndole la mirada al hombre–. Oiga, no aparte la vista de la carretera, no querrá tener un accidente, ¿verdad? Piense que lleva un hada a bordo.

¿Quiénes serían los tipos de la gasolinera? Dos matones con cazadora de piel que trabajaban en tándem, pero ¿para quién? Y ¿por qué? El primero había abierto de un golpe la puerta del lavabo cuando la niña se estaba lavando las manos. El tipo abrió la boca para decir algo, pero antes de que pronunciara palabra Tracy le había dado un rodillazo ahí donde más duele. Y echaron a correr. Alguien quería recuperar a la cría, o eso parecía. Y no era Kelly Cross, porque esa ya no quería nada ni lo iba a querer nunca más.

El conductor del Saab marcó el número de emergencias mientras conducía. Fue una llamada anónima, en la que informaba de un «incidente», dando a entender que era importante. Dio la impresión de ser un profesional más que –al parecer, su principal obsesión– un espectador inocente.

–Envíen una ambulancia –ordenó con tono autoritario.

–Hablando por el móvil mientras conduce –dijo Tracy cuando hubo colgado–. Eso sí que es un delito, ¿sabe?

–Pues deténgame –respondió él.

Su propio móvil había sido como un faro que guiaba a cualquiera que la anduviese buscando derechito hacia ella. Cualquiera podía encontrarte si llevabas móvil, y una mujer a la fuga con una niña secuestrada no debería delatarse de esa forma. Por eso había lanzado el teléfono por la ventanilla del coche. Ahora eran unas proscritas.

Aquellas carreteras no le resultaban familiares a Tracy, y los sitios por los que pasaban no le decían nada –Beckhole, Egton Grange, Goathland–, pero después empezó a ver carteles que indicaban el camino hacia la costa. En realidad Tracy no quería ir hacia la costa, sino a la casita que había alquilado. Era consciente de que tenía cierto sentido quedarse con aquel hombre. Sin él, era una mujer sola que se había dado a la fuga con una niña que no le pertenecía. Pero juntos formaban una familia. O algo que parecía una familia a ojos de cualquiera que las estuviera buscando. Contempló la posibilidad de quedarse con él un poco más, pero al final rechazó la idea. Estiró un brazo y le dio unos golpecitos en el hombro.

–Me temo que necesitamos otra parada técnica –dijo con tono apesadumbrado.

El hombre detuvo el coche. Estaban en medio de la nada, pero Tracy prefería estar en medio de la nada que en medio de algún sitio.

–A ese perro puede que también le haga bien salir un poco –le recordó al tipo–. Para estirar las piernas, empolvarse la nariz...

–Sí, es probable que tenga razón.

Así pues, se bajaron todos del coche. Tracy se alejó un poco, hasta un pequeño y discreto afloramiento de piedra caliza.

–No tengo pipí –le susurró Courtney.

–Perfecto –respondió Tracy, observando cómo el perro se alejaba para adentrarse en los matorrales y el hombre lo seguía.

Solo necesitaba que él estuviera más lejos del coche que ellas. Y que reaccionara más despacio. Y, en general, que fuera más tonto. Y resultó que el hombre cumplió con las expectativas. Tracy cogió a la niña de la mano.

–Venga, rápido. Hay que volver al coche.

La niebla volvía a ser su amiga. Antes de que el conductor del Saab advirtiera qué pasaba, Courtney se había encaramado al asiento de atrás y se había abrochado el cinturón. Eso había que concedérselo: se le daban bien las retiradas veloces. Tracy se sentó al volante y arrancó el motor. En cuestión de segundos, estaban a media milla de Jackson Brodie.

Su teléfono se había quedado en el asiento del pasajero. Tracy redujo la marcha y lo tiró al arcén.

Habrían avanzado unas cien yardas más cuando Courtney dijo:

—Se ha dejado la bolsa.

En esa ocasión, Tracy detuvo el coche, pasó la mochila al asiento delantero, abrió la puerta y la tiró.

—¡Adiós muy buenas! —exclamó.

* * *

Barry entró en el Best Western blandiendo la placa con grandes aspavientos. La mujer de detrás del mostrador se quedó perpleja ante aquella entrada de bravucón. Iba muy maquillada, como las azafatas de vuelo, con un traje chaqueta que le quedaba una talla pequeño y el cabello recogido en un moño tan complicado que sin duda le habrían hecho falta dos doncellas victorianas para peinarse esa mañana. En la solapa de la chaqueta, una placa anunciaba CONSERJE, como si fuera su nombre. Barry se acordó de la época en que los conserjes de hotel eran todos tipos maduritos y sin escrúpulos que aceptaban sobornos a diestro y siniestro.

—Bueno, me pareció un poco extraño.

—¿Extraño? ¿En qué sentido? —quiso saber Barry.

Nada en el mundo podría parecerle extraño a esas alturas. La conserje era australiana. Estaban por todas partes.

–Un poco... No sé, ¿paranoico? Siempre andaba entrando y saliendo a hurtadillas. Un día me pareció que ocultaba algo bajo la chaqueta, y nunca se separaba de su mochila. Con estos tiempos que corren, uno piensa enseguida si no será un terrorista, ¿no? La verdad es que parecía un poco peligroso. ¿Qué ha hecho?

–Todavía no lo sé –respondió Barry–, pero me gustaría echarle un vistazo a la habitación, si puede ser.

En esa habitación de hotel no había nada. El tal Jackson la había dejado esa misma mañana, muy temprano, y la mujer de la limpieza había hecho un buen trabajo. No encontró ninguna pista que pudiera desvelarle quién era realmente ese tío: ni pelos púbicos amontonados en un rincón del baño, ni una enorme huella grasienta bajo la tapa del inodoro. Al parecer, no había dejado nada tras él, salvo una generosa propina para la chica de la limpieza. Qué lástima que no hubiera dejado una nota clavada en la pared explicando qué tramaba.

Barry sacó una botella de vodka en miniatura del minibar, se sentó en la cama y se la bebió de un trago. Siempre se sentía cansado. Apoyó la cabeza entre las manos y se quedó mirando fijamente la alfombra. Entonces vio algo que a la mujer de la limpieza se le había escapado: un pelo. Pero no parecía un pelo humano. Lo cogió entre el índice y el pulgar para examinarlo de cerca. Parecía un pelo de perro.

¿No había venido ese Jackson en busca de la verdad sobre Carol Braithwaite? Linda, Tracy, Barry, todos tenían papeles secundarios en el drama de la muerte de Carol Braithwaite. Quizá iba siendo hora de que los actores con papeles estelares salieran al escenario. Se acercaba el fin. Barry iba a ser pasto del fuego eterno, de modo que por qué no llevarse a unos cuantos consigo.

Lo que le habría apetecido en ese momento habría sido tenderse en la cama y echar una cabezadita, pero se esforzó en levantarse y se tomó otra botellita de vodka. Después, llenó de agua los dos pequeños cascos vacíos y los devolvió al minibar.

No podía más. Ya no le quedaban fuerzas. La hora de la verdad se acercaba. Para él. Para todos.

–Gracias, cielo –dijo Barry al devolver la llave de plástico de la habitación–. Cuídame bien los canguros, ¿eh?

* * *

El perro se sentó a su lado y ambos contemplaron al Saab que se alejaba.

–No me lo puedo creer –se sentía como si acabara de perder a un viejo y leal amigo–. Me gustaba ese coche.

El coche aminoró la marcha, y Jackson echó a correr hacia él.

–Vamos, vamos, debe de haber cambiado de opinión.

El Saab paró el tiempo justo para que arrojaran su móvil al arcén, y luego se puso en marcha otra vez, con Jackson y el perro corriendo detrás. El coche volvió a incitarlo parándose una vez más, ahora para arrojar su mochila. Corrió hacia él y, justo cuando iba a alcanzarlo, arrancó de nuevo. Recogió el teléfono y la mochila, y esperó por si le tiraban algo más, pero esta vez el Saab aceleró y se fue alejando.

–El sexo débil –le dijo al perro.

(«¿Débil en qué, exactamente?», le había preguntado una vez a Julia. «En el amor y en la guerra», había contestado ella).

En el cristal trasero del coche aún vio moverse la varita plateada, oscilando despacio, como un metrónomo. La niña le decía adiós.

Estaban en medio de la nada. ¿Y si llamaba a un amigo? ¿Tenía alguno? Julia, quizá, pero ella no podría hacer gran cosa. ¿Y si preguntaba al público? Se volvió hacia el perro. Pobre bicho. Encontró las galletas para perro en el bolsillo, lo único que se había salvado de su compra en la gasolinera. Eran galletitas en forma de hueso. Para su sorpresa, tenían una pinta bastante apetecible, pero resistió la tentación y le lanzó una al perro.

Un radiotaxi parecía la opción más sensata, pero el teléfono, aunque tenía aspecto de haber sobrevivido a la defenestración, indicaba que no había cobertura. No quedaba más remedio que seguir camino a pata. El plan, cómo no, hizo más feliz al perro que a Jackson.

Anduvieron media hora larga antes de encontrar indicios de civilización. El perro oyó el coche que se aproximaba antes que él. Agarró al animal del collar y lo llevó hasta el arcén, donde esperaron a que el vehículo apareciera entre la niebla. El recuerdo del Land Cruiser lo hizo considerar arrojarse a la zanja más cercana, pero no había zanja alguna y ya veía que el coche que se aproximaba por la carretera desierta no era el Land Cruiser, sino un Avensis; un Avensis gris.

Jackson le hizo señas con la mano para que parara.

—La bolsa o la vida —le murmuró al perro.

El Avensis se detuvo, y la ventanilla del lado del pasajero bajó.

—Muy buenas, qué casualidad verlo por aquí —dijo el conductor.

Jackson se esforzó en verle la cara, lamentando de nuevo no haberse comprado aquellas gafas. ¿Lo conocía?

El conductor abrió la puerta del pasajero.

—Su madre le dijo que no hablara con desconocidos, ¿no es eso? ¿Le acerco a algún sitio, caballero?

Era aquel camarero del servicio de habitaciones, el que le había puesto el dispositivo de localización. Jackson buscó con la mirada al perro para que lo confirmara, pero el animal ya había brincado para instalarse en su guarida habitual, a los pies del asiento delantero.

De mala gana, Jackson subió al coche tras él.

Un conejito rosa de peluche colgaba del retrovisor. Tuvo la seguridad de que si organizaban una competición de accesorios *kitsch* para el coche, su pequeña mascota, la Virgen María que se bamboleaba en el salpicadero, sujeta con una ventosa y con dos pilas AA en su divino vientre, le habría infligido una victoria aplastante al conejito rosa.

—A Whitby, ¿no, jefe? —dijo el conductor, levantándose una gorra de chófer imaginaria.

—Por favor —bueno, aquello estaba volviéndose raro de narices.

—Bonito chucho.

—Sí —repuso Jackson—; creo que dijo eso mismo anoche, cuando le puso el aparatito localizador. ¿Por qué me sigue?

—A lo mejor estoy siguiendo al perro —repuso el tipo arrancando de nuevo el motor del Avensis—. Bueno, jefe, allá vamos. Primero tomemos Manhattan, como diría Leonard Cohen.

—¿Quién es usted?

—Y dale con las preguntas difíciles. ¿Quién soy? —repitió su nuevo amigo con aire pensativo—. Que ¿quién soy...? Buena pregunta. Claro que uno podría preguntarse quién es cualquiera de nosotros...

—En realidad no se trataba de una pregunta filosófica —dijo Jackson.

—¿Nombre, rango y número?

—Con el nombre bastaría.

De cerca, Jackson advirtió que el hombre se veía ligeramente apolillado. Tenía la piel cenicienta de un fumador, y en efecto sacó un paquete de cigarrillos de la guantera.

—¿Quiere uno?

—No, gracias.

Limítate a aceptar que has entrado en una realidad paralela, se dijo. Seguramente lo había hecho en el instante en que llegó a Leeds.

—¿Tiene esto algo que ver con Linda Pallister? —aventuró Jackson.

—¿Quién?

—¿O con Hope McMaster?

—Ah, *hope:* la esperanza. «De la esperanza nace lo eterno en el corazón del hombre». Es de Pope. Tiene cosas buenas, ¿lo conoce?

—En persona, no.

—¿Y qué hacía caminando por aquí solo, tan lejos?

—Bueno... —titubeó Jackson, vencido por la complejidad de la historia incluso antes de empezar; se decidió por la versión corta—: Me han robado el coche.

Por fin la niebla empezó a disiparse y aparecieron finas vetas doradas entre los últimos retazos de bruma.

—Parece que va a hacer un día precioso —comentó el conductor del Avensis.

«¡Quien vea el mar primero, gana!» era siempre la consigna cuando iban a la playa. Jackson, Josie y Marlee. Parecía que hubiera transcurrido muchísimo tiempo desde que los tres formaban una familia unida. El ganador (que siempre era Marlee, aunque tuvieran que señalarle dónde estaba el mar) se llevaba tres grageas de chocolate. Josie racionaba los dulces como si estuvieran en guerra.

Ese día no había ni rastro del mar porque la costa seguía bajo su mortaja de niebla. *Fret,* llamaban en Yorkshire a la bruma marina. En Escocia, en el recóndito norte, en Ultima Thule, Louise la habría llamado *haar*. Ahora los separaba una lengua común y una frontera invisible. ¿Pensaría Louise en él alguna vez?

Cuando llegaron a la cima de la última colina, la niebla había empezado a desvanecerse, y Whitby se reveló en todo su esplendor gótico: la abadía, el puerto, el barrio de West Cliff, las casitas de pescadores que se alzaban aquí y allá sin orden ni concierto.

—Se entiende que el conde Drácula recalara aquí, ¿verdad? —comentó el conductor del Avensis.

—Drácula no es real —puntualizó Jackson—. Es un personaje de ficción.

—Realidad, ficción, ¿qué diferencia hay? —preguntó el conductor encogiéndose de hombros.

—Bueno... —empezó Jackson.

Pero antes de que pudiera embarcarse en un argumento convincente (como «¿Quiere experimentar la diferencia entre una hostia real y una ficticia?»), empezaron a descender hacia la ciudad y el hombre del Avensis dijo:

—Lo dejo en la comisaría de policía, ¿no?

—¿En la comisaría?

—Va a denunciar el robo de su coche, supongo.

—Sí, sí, claro, bien pensado —repuso él.

Tan extraña le había resultado la aparición del Avensis que había relegado toda la aventura de la mujer y la niña a un recoveco de sus pensamientos. Le pareció estar viviendo un episodio de *El prisionero* y que en cualquier momento un globo de chicle gigantesco descendería dando tumbos por la carretera para engullirlo, demostrando que la frontera que separaba realidad y ficción era, en efecto, muy delgada.

El hombre del Avensis conducía a diez por hora, mirando a uno y otro lado; un forastero en la ciudad.

—¿Sabe dónde está la comisaría? —preguntó Jackson.

324

–Yo no, pero ella sí –respondió el hombre dándole unos golpecitos al GPS en el salpicadero.

Jackson sintió una punzada de celos. Siempre había creído que Jane era mujer de un solo hombre.

El Avensis entró en el aparcamiento de la comisaría de Spring Hill. Jackson se apeó del coche, y lo mismo hizo el conductor.

–Quiero estirar un poco las piernas –explicó.

La suya resultó una modalidad de ejercicio que consistía en apoyarse en el costado del coche y encender otro cigarrillo.

–Lo crea o no, jefe –dijo–, tengo la sensación de que estamos en el mismo bando, que trabajamos con el mismo fin, y que solo nuestros puntos de partida no son los mismos.

–¿El mismo fin?

–¡Recórcholis!, ¿ya es tan tarde? –exclamó el hombre haciendo gran alarde de mirar el reloj (¿Recórcholis? ¿Quién seguía diciendo eso hoy en día? Bueno, aparte de Julia, claro)–. Me voy, tengo que ir a hacerme la manicura.

Como no fuera atándolo, vendándole los ojos y obligándolo a escuchar sin interrupción música heavy metal a todo volumen, a Jackson no se le ocurría ningún modo de conseguir que aquel tipo le revelara su nombre o sus intenciones. Se sorprendió, por tanto, cuando el conductor del Avensis le tendió la mano y le dijo:

–Me llamo Bond, James Bond... No, amigo, es broma. Me llamo Jackson.

–¿Perdone?

–Brian Jackson –Hurgó en los bolsillos y dio por fin con una tarjeta finísima: BRIAN JACKSON - INVESTIGADOR PRIVADO–. Doscientas libras la hora, más gastos –añadió.

Antes de que Jackson pudiera decir nada, y tenía mucho que decir, Brian Jackson había vuelto a subirse al coche. Bajó la ventanilla.

–*Sayonara.* Nos vemos por ahí –concluyó, y se alejó.

–Doscientas libras la hora –le dijo Jackson al perro–. Estoy cobrando poco.

–Más gastos –respondió el perro. En un universo paralelo, por supuesto, ese en el que los perros hablan y los hombres son unos idiotas. En esta realidad, el perro se limitó a aguardar nuevas órdenes en silencio.

Ató al perro fuera y entró en la comisaría. El sargento de recepción estaba hablando por teléfono y levantó un dedo para indicarle a Jackson que esperara un momento. Acto seguido, el dedo señaló una práctica silla que había contra la pared. Jackson sintió admiración ante un hombre capaz de comunicar tanto en tan pocas palabras. Sin palabras, de hecho, solo con un índice.

El sargento acabó de hablar por teléfono, y le indicó a Jackson que se acercara con un gesto de aquel admirable dedo articulado.

–¿En qué puedo ayudarle, señor? –preguntó cuando Jackson estuvo junto al mostrador.

Jackson titubeó. Había sido un robo en toda regla. Se le habían llevado el coche sin su consentimiento. Y la mujer no solo le había robado el Saab sino que andaba a la fuga con su hijita, y las perseguían dos tíos muy peligrosos. Tenía una buena lista de posibles motivos para involucrar a la policía. Recordó las palabras de la pequeña: «No es mi mamá». ¿Habría que añadir acaso un secuestro a esa lista? Los niños siempre andaban diciendo cosas por el estilo. Sin ir más lejos, dos meses atrás Marlee le había gritado: «¡Tú no eres mi verdadero padre!».

–¿Señor?

Si denunciaba el robo del Saab, la policía iría tras una mujer que estaba en una mala situación, pero que aseguraba estar en el bando de los buenos. Y Jackson, por instinto, solía decantarse por los renegados.

Por otro lado...

El coche, le había robado el coche.

Pensó en la niña, agitando solemnemente su varita, y en la mujer, que había utilizado su cuerpo como escudo para proteger a la pequeña de un posible balazo. Notó que la balanza se inclinaba hacia la mujer.

Aun así...

Su coche.

–¿Señor?

–Nada, nada –dijo Jackson–. Me he equivocado. Perdone que le haya molestado.

Por supuesto, había una persona que podía ayudarlo a recuperar su coche. El propietario del dispositivo de localización que había en su guantera. Pero eso significaría contratar a Brian Jackson por doscientas libras la hora, más gastos, para hacer un trabajo que debería ser capaz de hacer él solito. Su orgullo viril no podía tolerar algo así.

–Primero los negocios y después el placer –le dijo al perro.

Un pequeño mapa que había conseguido en la oficina de información turística cerca del puerto lo guio hasta su destino: una casita escondida al fondo de un angosto pasaje y que daba a un patio. La dirección que buscaba Jackson, cortesía de 192.com, coincidía con la última de cuatro casitas que aguantaba el peso de las otras tres, que se inclinaban de manera espectacular debido probablemente a algún corrimiento de tierras.

Cuando por fin Marilyn Nettles acudió a abrirle la puerta, Jackson le tendió una tarjeta de visita para acreditarse. Le llegó el olor de una vieja fragancia, de lavanda y ginebra. Advirtió los indicios de una joroba de solterona y unos labios con aspecto de haberse pasado la vida fruncidos en torno a un cigarrillo. Ella cogió la tarjeta que le tendía como si estuviese impregnada de algo contagioso y le echó un vistazo.

—Investigador privado —dijo con desdén—. Eso podría significar cualquier cosa.

—Bueno, significa que estoy investigando algo privado —repuso él para ayudarla, y añadió—: Carol Braithwaite.

Marilyn Nettles emitió un gruñido al oír aquel nombre, dando a entender que lo reconocía.

—Bueno, pase, pase —dijo con repentina impaciencia, pese a haber sido ella quien lo había tenido esperando en el umbral.

Jackson tuvo que agacharse para entrar. La casa era minúscula: la puerta principal daba directamente a lo que un agente inmobiliario habría llamado «salón-cocina», y una escalera abierta conducía al piso de arriba. La casa no era más que una habitación apilada encima de otra, y al andar notó que el suelo estaba inclinado, como en una casa encantada de feria. Una pátina de nicotina recubría las paredes.

—Siéntese —dijo ella, señalando el sofá de dos plazas.

Una de esas plazas la ocupaba lo que en un primer momento Jackson tomó por un cojín, pero que después identificó como una muestra de taxidermia felina. Justo cuando se estaba preguntando a quién se le ocurriría disecar un gato, la cosa se transformó en un gato de verdad. Al ver a Jackson, el animal se incorporó al sofá y se erizó de manera extravagante, arqueando el lomo como una oruga. Fue un gesto extrañamente amenazador, el de un boxeador calentando antes de subir al ring. El animal sacó las uñas e hizo una demostración de poderío clavándolas en la tapicería del sofá. Jackson se alegró de haber dejado al perro atado a una verja del jardín delantero.

Como si le hubiera leído la mente, Marilyn Nettles preguntó:

–¿Ha estado con un perro? –con un tono muy similar al que habría usado una esposa celosa para preguntarle si había estado con otra mujer–. Odia a los perros, los huele a la legua.

Se sentó con cautela al lado del gato que, de mal humor, había vuelto a suplantar a un cojín. Jackson se preguntó si el animal no sufriría las consecuencias de ser fumador pasivo.

Un reloj de sobremesa que había sobre la repisa de la chimenea dio la hora con un ruidito metálico, y Marilyn Nettles se estremeció como lo haría una mujer que cae en la cuenta del rato que ha pasado desde que se sirvió el último trago.

–¿Café, señor Jackson?

–Es Brodie, en realidad. Jackson Brodie.

–¡Mmmm! –respondió ella, como si eso le pareciera poco probable.

Anduvo tambaleándose hasta el fondo de la sala, donde una serie de electrodomésticos sencillos y bastante viejos se alineaban en la pared. Encendió el interruptor de un hervidor de agua y sirvió unas cucharadas de café instantáneo en un par de tazas, antes de añadir un chorrito de ginebra en una de ellas, lo que explicaba su inesperada hospitalidad, supuso Jackson.

La casa estaba muy descuidada, y en los rayos de luz se veían flotar pelos de gato y polvo. No se había pintado o empapelado, y ni siquiera limpiado, en mucho tiempo. Una cosa dura y bastante incómoda que notó tras el cojín resultó ser una botella vacía de Beefeater. Había ropa en el respaldo del sofá. Prefirió no mirarla muy de cerca, por si se trataba de ropa interior de Marilyn Nettles. Tuvo la sensación de que la mujer dormía, comía y trabajaba en esa sola habitación.

En una mesa junto a la ventana reposaba una vieja Olivetti Lettera rodeada de montones de papeles. Jackson se levantó del sofá y fue a inspeccionar. Empezó a leer la página inacabada que estaba puesta en la máquina de escribir.

La menuda Debbie Matters, rubita y frágil, poco podía imaginar que el hombre guapísimo, atento y cariñoso con el que se había casado era en realidad un monstruo enmascarado que iba a aprovechar su luna de miel, en apariencia idílica, para asesinar a su nueva esposa y cobrar la póliza del seguro de vida que él...

–¿Señor Jackson?

Él no había oído los pasos de Marilyn Nettles en la moqueta llena de migas de galleta, y se sobresaltó.

–Perdón. No he podido evitar echarle un vistazo a su ultima obra. Es «Brodie», de todas formas.

–Es una mierda –contestó ella rotundamente, indicando con la cabeza la Olivetti–, pero paga las facturas.

¡Hizo un gesto con la cabeza para señalar una estantería con una serie de libros en cuyos lomos se leían títulos como *La cartera envenenada* o *El prometido infiel*. Los publicaba Red Blood Press, cuyo logo era la imagen de una pluma estilográfica de la que goteaba sangre. Marilyn Nettles cogió uno de los libros de la colección y se lo tendió a Jackson. El título, *El salvaje asesinato de la costurera*, estaba resaltado y en relieve, en un rojo metalizado. El resto de la morbosa portada representaba a una mujer semidesnuda, con expresión de pánico en los ojos y la boca abierta en un grito de terror, que huía de la figura tenebrosa de un hombre que empuñaba un cuchillo enorme. En la contraportada había una fotografía de suaves contrastes de «Stephanie Dawson» que parecía tomada décadas atrás. Entre esa fotografía y la mujer que Jackson tenía delante mediaban muchos cigarrillos y mucho alcohol.

–*La novia asesinada*. Lo llaman «novela negra realista» –dijo Marilyn Nettles–. Básicamente, son libros para gente que no sabe leer. Mujeres en peligro –añadió alcanzándole a Jackson una taza de café–. Un exitazo, es alucinante.

–Sí, desde luego –repuso Jackson.

Aquella taza tenía aspecto de no haber visto detergente líquido en mucho tiempo. Un poco tocada por el Nescafé teñido de alcohol, Marilyn Nettles parecía más predispuesta a hablar, aunque fuera de mala gana. Encendió un cigarrillo sin ofrecerle uno a Jackson.

—Bueno, ¿qué quiere? —quiso saber.

—¿Qué puede contarme de Carol Braithwaite?

—No gran cosa. No mucho más de lo que escribí en aquel artículo para el periódico cuando pasó. ¿Por qué? ¿Qué interés tiene en ella?

—Trabajo por cuenta de un cliente —respondió Jackson—. Uno que a mi entender puede tener alguna relación con Carol Braithwaite.

—¿Quién?

—Me temo que eso es información confidencial.

—¿Es un jodido cura, o qué? No estamos contándonos secretos de confesión.

Jackson no aflojó.

—Su artículo salió publicado en el periódico, y luego el caso entero parece haber desaparecido de la faz de la tierra. ¿Entrevistó a alguien en aquella época? ¿Averiguó algo sobre Carol Braithwaite?

Ella contempló con expresión burlona el extremo del cigarrillo, como si fuera a proporcionarle las respuestas.

—Son muchas preguntas, y todo eso pasó hace mucho tiempo —murmuró.

—Pero tiene que acordarse.

—¿Ah, sí?

—¿Oyó alguna vez los nombres de Linda Pallister o Tracy Waterhouse en 1975? Una trabajadora social y una policía, ¿le dicen algo? —un destello de algo en los ojos de Marilyn Nettles lo hizo continuar—. ¿Hope McMaster? ¿El doctor Ian Winfield? ¿Kitty Winfield?

331

–¡Por el amor de Dios! ¡Cuántos nombres! –exclamó ella con irritación–. No sé casi nada. Me convencieron para que no supiera nada, por decirlo de alguna manera. Me lo advirtieron claramente.

–¿Que se lo advirtieron?

–Sí, me lo advirtieron. Y no me pareció que me amenazaran porque sí. Ni un artículo más, ni noticias sobre la investigación; debía olvidar lo ocurrido.

–De manera que alguien la amenazó –dijo Jackson–. ¿Quién?

–Ah, nombres, nombres –repuso Marilyn Nettles con tono desdeñoso–. Todos quieren saber nombres. Ahora ya no importa. La mayoría de nosotros ha muerto, hasta los que seguimos vivos.

Pareció refugiarse en algún rincón de sus pensamientos. Regresó al cabo de unos instantes para dar unas palmaditas sobre el manuscrito que tenía delante, en la mesa.

–Fui a Londres, intenté que se publicara en los periódicos serios, pero nunca pudo ser. Y acabé aquí metida otra vez, cubriendo noticias locales para *Whitby Gazette* y escribiendo estas cosas para mantenerme a flote.

–Bueno –concluyó Jackson–, ninguno de nosotros acaba donde pretendía.

–No entiendo por qué no pueden dejar a esa mujer como está, muerta y enterrada. No entiendo por qué todo el mundo trata de desenterrarla.

–¿Cómo que todo el mundo?

–Antes ha venido un hombre. También ha dicho que era detective privado. Los dos parecen vendedores de cepillos, si quiere que le diga la verdad.

–¿Le ha dado una tarjeta?

Marilyn Nettles rebuscó entre las páginas de *La novia asesinada* y le tendió una tarjeta barata.

—Brian Jackson —dijo él con un suspiro.

Era obvio que llevaban toda la semana pisándose mutuamente los talones. Seguro que el tipo volvía de Whitby cuando se lo encontró y se ofreció a llevarlo. Y era su nombre, cómo no, el que estaba escrito en la agenda de Linda Pallister la primera mañana que había quedado con ella. Había leído «B. Jackson» y pensó que Linda Pallister se había equivocado. ¿Habrían sido las preguntas de Brian Jackson lo que ahuyentó a Linda Pallister y el motivo de su desaparición?

Marilyn Nettles exhaló un suspiro; pareció hacer acopio de valor y prosiguió:

—De todas formas, gran parte de lo que pasó no debía llegar a ser de dominio público, hubo que censurarlo «para proteger al inocente», según ellos. Todo fueron prohibiciones: no me permitieron escribir casi nada sobre Carol Braithwaite, y nada en absoluto sobre la criatura.

—¿La criatura? —repitió Jackson, casi levantándose de un brinco del polvoriento sofá de pura impaciencia. Tenía que tratarse de Hope McMaster—. No había mencionado a ninguna criatura.

—Usted no me lo ha preguntado. Se llamaba Michael —puntualizó Marilyn Nettles—. Un niño de cuatro años.

Jackson volvió a derrumbarse en el sofá, abatido y decepcionado.

—¿Carol Braithwaite tenía un hijo?

—Sí. Dijeron que lo estaban protegiendo de la prensa, de la curiosidad de la gente. La historia tenía mucho potencial sensacionalista.

—¿Por qué?

—Bueno, el crío pasó un tiempo encerrado en el piso con el cadáver de su madre. Unas tres semanas, calcularon. Pero el caso es que fue testigo de un asesinato, y luego desapareció.

—¿Cree que lo mataron?

–Prácticamente. Se desvaneció en el sistema. Una vida desgraciada a manos de los Servicios Sociales, en familias de acogida, etcétera –dijo con tono de aburrimiento–. Bueno, me estoy cansando de tanto interrogatorio, y tengo trabajo. Creo que ya es hora de que se vaya.

Se puso en pie de repente, se tambaleó un poco y tuvo que apoyarse en la mesa. Jackson se levantó al instante del sofá, con la intención de sostenerla si era necesario. Al hacerlo, empujó el manuscrito que había sobre la mesa e hizo que las páginas de *La novia asesinada* revolotearan como pájaros incorpóreos hasta caer al suelo. El gato, que había despertado con un respingo, entornó los mezquinos ojos como canicas y pasó de cero a cien en dos segundos, silbando y enseñándole los dientes.

Jackson abandona el escenario por la derecha, perseguido por un gato.

A eso se le llamaba escapar por los pelos. Le dio al perro una galletita, lanzándola al aire. El perro saltó y la atrapó limpiamente.

Después de todo, quizá la niñita de la fotografía no era Hope McMaster. Pero eso lo llevaba inevitablemente a plantearse otra cuestión: si ese Brian Jackson estaba explorando la misma veta que él –Linda Pallister, Marilyn Nettles, Tracy Waterhouse–, ¿qué o a quién andaba buscando?

* * *

En cuanto se detuvo ante la casa de Linda Pallister, Barry captó leves movimientos en los visillos de encaje de todas las casas. Vecinos cotillas, los mejores amigos de un policía. Barry se bajó del coche y tocó el timbre, pero no parecía que hubiera nadie en casa: las cortinas estaban echadas y reinaba cierto aire de abandono. Aporreó la puerta, y luego se asomó al buzón:

334

–¡Linda! –bramó.

Una señora de estilo Hyacinth Bucket, que constituía por sí sola una patrulla de vigilancia de barrio, surgió de la nada como si hubiera estado agazapada detrás del arbusto de alheña, dispuesta para saltar en cualquier momento.

–Me llamo Janice Potter –anunció la señora–. Vivo en la casa de al lado. ¿Puedo ayudarle en algo?

–No lo sé –respondió Barry–. ¿Tiene un caballo ganador para la carrera de las tres y media en Lingfield Park? –bromeó Barry antes de desenfundar la placa–. Estoy buscando a la señorita Pallister, Linda Pallister.

–Ayer también vino a buscarla alguien. Dijo que era detective privado.

–¿Puede decirme cuándo vio a Linda por última vez? –preguntó Barry.

–Ayer por la noche –repuso la mujer al instante–. Justo después de que terminara *Collier*. Se subió a un coche y ya no volvió.

–¿Qué clase de coche? –¿quién necesitaba cámaras de vigilancia cuando contaba con vecinos cotillas?, se dijo Barry.

–Un sedán de cuatro puertas, gris.

–De noche todos los coches son pardos –repuso Barry.

Ese Jackson era la maldita Pimpinela Escarlata; estaba en todas partes, siempre un paso por delante de Barry. Y allá donde fuera, las mujeres desaparecían.

–Bueno –dijo en voz alta volviendo a subir al coche. Últimamente hablaba bastante con el coche. No le contestaba, por lo visto no esperaba gran cosa de él–. Vamos a ver, pongamos por caso que ese Jackson está investigando para el hijo de Carol Braithwaite, que ya será un hombre adulto de... ¿treinta y tantos años? –toda esa mierda de «saber más sobre uno mismo» le encantaba ahora a la gente. A él no; Barry habría sido feliz sabiendo menos sobre sí mismo–. Entonces, por cuenta de Michael Braithwaite, contacta con Linda Pallister. –«Alguien anda haciendo preguntas», le había dicho ella cuando lo llamó el miércoles–. Y ese mismo tío, Jackson, buscaba a Tracy por la misma razón: por Carol Braithwaite. Pero después las dos, Linda y Tracy, desaparecen. Eso no puede ser bueno, no señor.

Michael Braithwaite había despertado a su madre del sueño eterno. Y ahora ella se estaba levantando como una tormenta de arena, reclamando justicia, clamando venganza. Sí, era una tragedia de venganza.

* * *

Jackson y el perro dieron un paseo por el muelle, un par de vagabundos sin rumbo al borde del mar. Jackson notaba el calorcillo del sol en la coronilla. Había estado en Whitby de pequeño. No sabía de dónde habría salido el dinero para esas vacaciones, porque nunca tenían siquiera para ropa decente y comida, no hablemos ya de helados y comedias musicales, y menos incluso para vacaciones. Jackson debía de tener unos cinco o seis años cuando fueron a Whitby, la mitad que su hermana, por lo que todavía era lo bastante pequeño para ser su niñito mimado. Francis, su otro hermano, era ya un adolescente que cada tarde recorría con aire malhumorado y triste las salas de juegos recreativos. No quedó prueba fotográfica alguna de aquella escapada, pues ninguno había tenido nunca una cámara. Los ricos siempre se habían hecho retratar, mientras que los pobres avanzaban invisibles a través de la historia.

Jackson no tenía manera de explicar ese pasado primitivo a su hija, y todavía menos a su hijo, nacido en un futuro de ciencia ficción en el que cada segundo de vida quedaba grabado en soporte digital, generalmente por cortesía del señor

Metrosexual, Jonathan Carr (Julia evitaba hablar de Jonathan, incluso más que de costumbre. ¿Lo habrían dejado?).

Recordaba muy poca cosa de aquellas remotas vacaciones con su familia; solo le quedaban vagas impresiones de olores y sonidos. Se habían alojado en una pensión donde tocaban un gong para anunciar las horas de comer, y la comida que servían era increíblemente distinta a la de su casa, a base de patatas y mucho pan. Incluso en el presente, su recuerdo más vívido de aquellas vacaciones era el de un plato de pollo guisado y un pastel de limón. «¡Qué platos tan extravagantes!», había comentado su madre arrugando la nariz, como si esa comida supusiera una crítica personal y no algo que debiera disfrutar.

Por la noche, a los niños les habían servido leche y galletas de tapioca, unos lujos inauditos en su casa, donde lo máximo que les daba su madre antes de acostarse era una odiosa friega en la cara con una toallita.

De repente se acordó de algo que los hombrecillos de su cabeza habían escondido en algún rincón tiempo atrás: su madre le había comprado unas banderitas de papel para los castillos de arena, y si cerraba los ojos todavía podía ver el león rojo sobre un fondo amarillo. Recordó también a su padre sentado en la playa con el traje barato, doblándose las perneras para dejar al descubierto sus espinillas blancas y peludas de escocés. Había sido una infancia pobre, en todos los sentidos. Ahora era material de museo.

No de un museo tan interesante como el de Salvamento Marítimo de Whitby, que estaba en el muelle, en el que los vídeos documentales sobre heroicidades y desastres le habían provocado un incómodo nudo en la garganta. «Es nuestro deber salir a la mar, pero no siempre para regresar», el lema de los guardacostas estadounidenses, era el santo y seña de todos los socorristas. El sacrificio, como ocurría con el estoicismo, no estaba muy de moda; por eso Jackson había dejado un billete de veinte libras en la hucha de donativos con forma de lancha de rescate que había a la salida.

Siguió caminando y pasó ante tiendas en las que se vendían conchas, tiendas especializadas en vampiros (no había forma de librarse de ellos), otras de artículos de azabache y de velas aromáticas que a Jackson le daban náuseas, y de un sinfín de recuerdos *kitsch* y espantosos. Cruzó el puente colgante que conducía a la ciudad antigua y visitó el Museo Conmemorativo del Capitán Cook para rendir homenaje al gran navegante en persona.

Después compró un poco de dulce de azúcar de la zona en Justin's Fudge Shop, y advirtió que había una casa en venta en Henrietta Street, aunque no tardó en percatarse de que la calle entera se estaba hundiendo y la desecadora de arenque ahumado que había al fondo dejaba su huella en el ambiente, en el peor de los sentidos.

La ciudad estaba repleta de turistas: era el puente de finales de mayo, que antaño fuera la Pascua de Pentecostés... ¿Cuándo lo habrían cambiado? Subió corriendo los ciento noventa y nueve escalones que conducían a la abadía, y se sintió satisfecho al comprobar que todavía estaba en forma. Por todas partes veía gente que subía jadeando y resoplando. Nunca en la vida había visto a tantos gordos juntos en un mismo sitio. Se preguntó qué habría pensado de eso un visitante del pasado. Antes eran los pobres quienes estaban delgados, y los ricos los que estaban gordos, y sin embargo ahora era al revés, por lo visto.

Dejó al perro en el porche y entró en la iglesia de Santa María. Tomó asiento en un banco en el que un viejo cartel rezaba: SOLO PARA FORASTEROS. Le pareció bastante apropiado. Últimamente era siempre un forastero en la ciudad. Contempló el interior de la iglesia, creado mucho tiempo atrás

338

por carpinteros de barcos. Aparte de él solo había una pareja joven −muy joven−: los dos góticos, vestidos de negro y con los labios pintados de negro, y con *piercings* por todo el cuerpo, que andaban tonteando en los bancos. El chico le dijo algo a la chica, y ella soltó una risita. Otros fanáticos de los vampiros.

Pasó un rato sentado en un banco del cementerio de Santa María. Las lápidas se inclinaban como árboles al viento, con los nombres borrados por el aire salino.

−«A salvo en sus cámaras de alabastro» −murmuró dirigiéndose al perro, que ladeó la cabeza con curiosidad como si se esforzara en entender lo que decía su amo.

En lo alto, las gaviotas reñían como una panda de gamberros y el sol arrancaba destellos como diamantes al mar. Jackson ya estaba lo bastante entradito en años para saber que cuando uno empezaba a encadenar tópicos más valía dejarlo. Se levantó.

−Hora de irse −anunció en voz alta, dirigiéndose a los muertos que reposaban bajo sus pies, pero las mansas huestes de la resurrección poco hicieron por despertar y solo el perro obedeció sus órdenes.

Emprendió el regreso a la ciudad, pero esta vez tomó el burdo sendero de adoquines en lugar de bajar los ciento noventa y nueve escalones, y mientras descendía se terminó el dulce que había comprado en Justins.

−Venga −le dijo al perro−. Te echo una carrera.

Llegó a la playa corriendo. Ya no se acordaba de cuándo había sido la última vez que había corrido por una playa.

Cuando llegaron a Sandsend, el perro se dedicó a investigar en los charcos entre las rocas y encontró un chipirón muerto que parecía un condón desinflado, con el que estuvo jugueteando hasta que se desintegró. Un gran tallo de alga salobre lo tuvo entretenido un rato más. Mientras tanto, Jackson contemplaba el horizonte sentado en una roca. ¿Qué había al otro lado? ¿Holanda? ¿Alemania? ¿El confín del mundo? ¿Por qué había intentado alguien enterrar el asesinato de Carol Braithwaite? ¿Y qué relevancia tenía, si es que tenía alguna, para Hope McMaster? Se le fueron ocurriendo más preguntas que no sabía responder. De hecho, cuantas más preguntas se hacía, más se multiplicaban. Todo había empezado con una sola cuestión: «Me pregunto si podría usted averiguar algo sobre mis padres biológicos», y desde ahí había aumentado de forma exponencial.

En la playa pasó un buen rato instruyendo a su nuevo recluta: «sentado», «quieto», «ven aquí», «busca». El perro lo hacía bastante bien. Cuando le decía «sentado», dejaba caer la grupa al suelo como si le hubieran desaparecido las patas traseras. Cuando le decía «quieto» y empezaba a alejarse, parecía que el perro estuviera pegado al suelo, eso sí, con el cuerpo entero temblándole por el esfuerzo de no salir disparado tras su amo. Y cuando Jackson encontró un palo que el mar había arrastrado hasta la playa y lo blandió sobre la cabeza del perro, este no solo se aguantó sobre las patas traseras sino que hasta dio unos pasos. ¿Qué era lo siguiente? ¿Que hablara?

Un anciano que paseaba por ahí en compañía de un labrador igual de anciano, miró a Jackson e hizo ademán de quitarse la gorra en señal de admiración.

–Tendría que estar en el circo, joven –dijo.

Jackson no supo si se refería al perro o a él. O a los dos: Jackson y el increíble Perro Parlante.

Jugó un rato más con el perro tirándole cosas para que se las trajera, pero entonces, por desgracia, el perro depositó alegremente uno de sus antisociales adornos marrones en la arena, y Jackson, sintiéndose culpable, tuvo que usar el palo de madera como pala improvisada para enterrarlo, porque las bolsas de plástico se las habían robado con el coche.

Parecía el momento adecuado para que dos chicos traviesos dieran media vuelta y emprendieran la retirada.

Compró pescado frito con patatas –el típico plato norteño– y se sentó en un banco del embarcadero a ver subir la marea. Compartió la cena con el perro, sosteniendo en el aire los pedacitos de pescado para que se enfriaran antes de dárselos, como había hecho con Marlee. La marea subía poco a poco y el mar iba cubriendo la playa. Más allá, las olas eran más grandes y rompían con fuerza contra los puntales del embarcadero.

Estaba anocheciendo y la oscuridad trajo consigo el frío, convirtiendo la calidez de la tarde en un improbable recuerdo. El viento que soplaba del mar del Norte era una cuchilla gélida que penetraba hasta los huesos, de modo que tiró el envoltorio de la cena a una papelera y se encaminó a la pensión que había reservado por teléfono la noche anterior. Veinticinco libras la noche por «artículos de tocador incluidos, bandeja de cortesía y desayuno Yorkshire». Jackson se preguntó qué tendría el desayuno Yorkshire que no tuvieran otros.

«Bella Vista», y qué más. Estaba en el centro de una calle de casas más o menos iguales, de cinco plantas contando sótano y desván. Casi todas las casas vecinas del Bella Vista eran también pensiones: Dolphin, Marine View, The Haven... Jackson se preguntó si alguna de ellas ya existía cuando era niño, si no sería en el vestíbulo del Marine View o del The Haven donde había sonado un gong de cobre para anunciar la hora de las comidas, y donde quizá seguía haciéndolo.

Bella Vista parecía un nombre poco apropiado, pues no había ni rastro del mar por ninguna parte. Bueno, tal vez si uno se subía a una silla ante una ventana del ático, sí. NO SE

ADMITEN PERROS, GRUPOS O FUMADORES, anunciaba un cartel en una de las columnas junto a la puerta. Debajo, en letra cursiva más pequeña, se leía: «Señora B. Reid. Propietaria».

–Es tarde –dijo la señora Reid a modo de bienvenida.

Jackson miró el reloj; eran las ocho. ¿Eso era tarde?

–Más vale tarde que nunca –respondió con tono jovial.

Se preguntó si el Bella Vista tendría huéspedes que acudieran por segunda vez. La señora Reid era una mujer rubia, curtida y de cierta edad; últimamente solo parecía encontrarse con esa clase de mujeres. Lo hizo pasar a un gran vestíbulo rectangular con una mesa en la que se amontonaban folletos sobre atracciones turísticas de la zona, y en la que había una pequeña hucha con forma de cabina telefónica antigua, de esas rojas, para echar monedas por las llamadas que se hicieran. El vestíbulo conducía a una sala de estar para los huéspedes y al comedor para desayunos, ambas habitaciones con plaquitas de porcelana en las puertas que indicaban su función.

Vio que las mesas del comedor estaban ya puestas para la mañana siguiente. Había tarritos de distintas mermeladas y diminutas pastillas de mantequilla envueltas en papel de aluminio. Qué extraña resultaba aquella miniaturización de todo para ahorrar al máximo. Jackson pensó que si dirigiera una pensión (algo que requería un gran derroche de imaginación) sería generoso con las raciones: serviría enormes cuencos de mermelada, un plato con un taco bastante grueso de mantequilla y café en grandes cantidades.

Lo hizo subir tres tramos de escaleras hasta llegar a una habitación abuhardillada en el fondo del antiguo desván, donde en otra época debían de haber vivido hacinados los criados como sardinas en lata.

La bandeja de cortesía, que estaba sobre la cómoda, consistía en un hervidor de agua, una tetera de acero inoxidable, bolsitas de té, café y azúcar, minúsculas terrinas de leche uperizada y dos galletitas de avena envueltas en papel de celofán, todo ello también en cantidades ridículas. La habitación albergaba asimismo toda una colección de cachivaches innecesarios: tapetes de ganchillo, platitos de popurrí aromático y un escuadrón de muñecas de porcelana, con sus tirabuzones, sentadas, bien tiesas en lo alto del armario.

Sobre la pequeña chimenea de hierro colado había un jarrón con flores secas, que no dejaban de ser flores muertas llamadas de otra forma, por lo que a él concernía. Se preguntó si habría un señor Reid, porque aquel sitio parecía carecer desde hacía mucho tiempo de la mano sobria y restrictiva de un hombre. ¿Divorciada o viuda? Viuda, aventuró Jackson, porque la mujer tenía aspecto de haber sobrevivido a un contrincante. Había mujeres cuyo destino era ser viudas, y para ellas el matrimonio no era más que un estorbo necesario en el proceso.

En la puerta de la habitación, por la parte de fuera, había una plaquita que anunciaba VALERIE. Cuando subía, Jackson ya había advertido que otras habitaciones también tenían nombres como Eleanor, Lucy, Anna y Charlotte, nombres que él habría atribuido las muñecas de porcelana. Se preguntó cómo se decidía uno por un nombre para una habitación. O para una muñeca. O para un niño, ya puestos. Y lo de ponerles nombre a los perros le parecía algo todavía más desconcertante.

La señora Reid recorrió la habitación con la mirada, no muy convencida; quedó claro que no consideraba a Jackson la persona apropiada para alojarse en una habitación como aquella. Debía de estar pensando en enmendar su cartelito de advertencia: NO SE ADMITEN PERROS, GRUPOS, FUMADORES NI TIPOS DESALIÑADOS CON PANTALONES MILITARES NEGROS Y BOTAS Y SIN MOTIVO APARENTE PARA ESTAR

AQUÍ. En VALERIE, el aire tenía un olor empalagoso y químico, como si acabaran de rociar la habitación con generosas dosis de ambientador.

–¿Negocios o placer, señor Brodie?

–¿Disculpe?

–¿Ha venido por negocios o por placer?

Jackson meditó la respuesta más de lo que les pareció necesario a ambos.

–Un poco de cada –respondió finalmente.

Su mochila emitió un leve gañido.

–Muchas gracias –le dijo Jackson a la señora Reid, y cerró la puerta.

Abrió un poco la ventana para que entrara algo de aire auténtico y descubrió que justo al otro lado había una escalera metálica de emergencia sujeta a la pared. Le gustó la idea de poder huir rápidamente de VALERIE si era necesario.

Un correo inusitadamente corto de Hope McMaster le llegó a través de la ethernet, anunciándose con un pitido. «¿Alguna novedad?», preguntaba. «Ninguna», respondió Jackson. «Pensaba que te había encontrado, pero al final has resultado ser un chico llamado Michael».

Siempre atento, como el perro pastor que devuelve ovejas descarriadas al rebaño. En Londres había conocido a un hombre llamado Mitch, sudafricano, un tipo duro a lo bóer que en política era todavía más de derechas que Thatcher, si era posible algo así, pero con un corazón que no le cabía en el pecho. Jackson no conocía toda la historia; solo sabía que, mucho tiempo atrás, Mitch había tenido un hijo pequeño al que secuestraron y del que nunca más se supo. Ahora, divorciado unas cuantas veces y forrado de pasta, dirigía una organización que investigaba casos de niños desaparecidos en todo el mundo. No se anunciaban en ningún sitio. Cada día, cien tos de niños desaparecían en el mundo: un instante estaban ahí, y al siguiente se habían esfumado. Algunos de los que dejaban atrás recurrían a Mitch.

Mitch tenía un dosier, un expediente tan extenso que resultaba deprimente, repleto de abandonos y secuestros de todo tipo. Sabía más sobre algunos de los críos que figuraban en él que la mismísima Interpol. Todas aquellas fotografías le rompían el corazón a Jackson. Eran instantáneas de las vacaciones, de cumpleaños y fiestas de Navidad, los mejores momentos de la vida familiar. Lo cierto era que las fotografías le parecían desconcertantes incluso en los mejores momentos. En la naturaleza misma de la cámara había una mentira, porque insinuaba que el pasado era tangible cuando la rotunda verdad era todo lo contrario.

Por su parte, Jackson, al tomar instantáneas de Marlee, se había asegurado siempre de que cada año hubiese una imagen clara en la que se viesen bien la cabeza y los hombros, y de frente. La clase de foto de la que Josie habría comentado: ¡«Qué buen retrato»!, y él nunca le dijo que las hacía por si su hija desaparecía. Los niños cambian de un día para otro, tanto que si los mirásemos fijamente durante un buen rato los veríamos crecer. Cuando estaba en la policía había visto muchísimos retratos malos (de vacaciones, cumpleaños, navidades) a lo largo de los años («en realidad, ahora está muy cambiada»). A uno le pasaba eso cuando era policía: hasta en un día soleado en un *bateau-mouche* por el Sena, o de pícnic en una cala de Cornualles, la muerte estaba siempre presente y uno la veía a través del objetivo. *Et in Arcadia ego.* Y, por supuesto, conocía las estadísticas: el noventa y nueve por ciento de los niños que secuestraban moría en las primeras veinticuatro horas. Por no decir que la mitad moría en el término de la primera hora. Ninguna fotografía, por buena que fuera, podía ayudar mucho en esas circunstancias.

Que un niño se perdiera era lo peor del mundo. Los que regresaban de la muerte, como las Nataschas, o las Jaycee Lees, solo representaban un porcentaje decimal de la estadística, y no ofrecían grandes esperanzas.

El dosier de Mitch registraba el peso, el color de ojos y de pelo y rasgos distintivos: fractura de brazo izquierdo a los cinco años, pequeña cicatriz en la rodilla izquierda, marca de nacimiento en forma de África en el antebrazo, meñique roto, dos dientes que faltaban, alergias, enfermedades, extirpaciones de apéndice, de adenoides y amígdalas, radiografías, una cicatriz en forma de media luna, ADN. Todos ellos ínfimos indicios desesperados. Aquellos niños perdidos nunca volverían, esa era la verdad. A esas alturas debían de estar muertos o destrozados.

Había otra clase de desapariciones de niños, por supuesto. Las que no llegaban a aparecer en el radar. Los secuestros por parte de los mismísimos progenitores. Las operaciones encubiertas. Sin duda, era mejor que a tu hijo lo raptara un exmarido descontento y posesivo que ese mismo exmarido descontento y posesivo metiera a los críos en el coche y los asfixiara con el tubo de escape o los apuñalara en el corazón la noche que les tocaba dormir en su casa, pero eso no quería decir que uno pudiera ignorar las disposiciones con respecto a la custodia y largarse a cualquier sitio donde no lo pudieran extraditar. O a algún sitio donde a nadie le importara. O a algún sitio donde pensaran que está la mar de bien arrancar a un crío de los brazos de su madre. Alguien tenía que devolverlos a sus familias, y ese alguien bien podía ser Jackson. Mejor eso que ser un auténtico mercenario, como le habían ofrecido esas empresas privadas de seguridad en Iraq, o que trabajar de guardia de seguridad en las minas de diamantes de Sierra Leona; aquello era vivir al límite, jugándote la vida cada vez que salías por la puerta.

Había buscado niños en Japón, Singapur, Dubái. Y en Múnich. Eso fue increíble. Jennifer, la niña de Múnich, tenía un hermano que unos parientes se habían llevado a vivir con ellos a otra parte. Jackson no sabía si alguien lo habría encontrado. Ninguno de los dos niños se había separado nunca de la madre antes de que el padre, egipcio, se los llevara de vacaciones con el consentimiento de un juez. Él vivía y trabajaba en Alemania, y simplemente le cambió el nombre a la niña y la matriculó en una escuela, diciendo que su madre había muerto. Cuando la niña aprendiera el suficiente alemán para explicar su situación a alguien, probablemente ya habría olvidado a su madre. Los niños olvidan muy fácilmente, es una especie de defensa. Jackson dio con ellos mucho más deprisa de lo que lo habrían hecho los lentos engranajes de la burocracia alemana. Seis horas después de que él y Steve la fueran a buscar a aquella casita de caramelo, la niña estaba de regreso en su casa de Tring, con su madre. Madre e hija juntas otra vez.

Algo le daba vueltas en la cabeza, pero no sabía qué era. De la cartera sacó la fotografía que había robado del despacho de Linda Pallister. Una niña en una playa. Una buena instantánea de cabeza y hombros. En lo más hondo del corazón, Jackson sabía que esa niña era Hope McMaster. Exhaló un suspiro y volvió a guardar la fotografía.

Se acostó cuando apenas eran las nueve y media. Solo había una cama individual, y el perro ya se había apropiado de una parcela considerable. Cuando se metió entre las finas sábanas, el animal se movió, le dirigió una mirada vacía, como un sonámbulo, y luego se arrellanó de nuevo. Jackson permaneció despierto bastante rato, vigilado por la mirada imperturbable de los ojos sin vida de las muñecas.

Encontró la invitación para la cena en el club de golf en el fondo de un cajón del despacho. Barry observó con desdén que se exigía «Atuendo para impresionar, de etiqueta». Según prometía la invitación, habría un grupo en directo hasta medianoche, y después discoteca con música de los setenta, además de una rifa con «fabulosos premios»: una escapada para dos a la isla de Wight («pasajes de ferry incluidos»), un pack firmado de DVD de la serie *Gavin & Stacey,* por no hablar del «bate de críquet de tamaño natural firmado por el equipo ganador de la liga de empresas de seguridad de Yorkshire». Era la clase de fiesta que antes le gustaba a Barbara: una excusa para emperifollarse, ponerse algún vestido espantoso y alardear ante otras mujeres de los «sobresalientes» de Amy, de su título universitario, de que si ya estaba prometida, del bebé... Pero ahora ya no quedaba mucho de lo que presumir.

–Dice «atuendo para impresionar», Barry –se burló Len Lomax cuando lo vio.

A diferencia de Barry, él llevaba esmoquin, fumaba un puro y estaba de lo más comunicativo y elegante. Era un tipo robusto y el paso de los años no lo había encogido todavía; se lo veía mucho más en forma que a Barry. ¿Cuántos años tendría? ¿Setenta? ¿Setenta y dos? Los jubilados ya no se comportaban como jubilados, todos se creían el maldito Sean Connery.

–Puedo conseguirte un plato de lo que sea, si quieres –le ofreció la mujer de Ray Strickland.

Margaret, se llamaba. Escocesa. Barbara le había contado que tenía algún cáncer de mujeres pero estaba igual que siempre, en los huesos, sin nada de carne. Suave por fuera y dura por dentro. A Barbara nunca le había caído bien Margaret Strickland, aunque eso no significaba gran cosa, porque había mucha gente que a Barbara no le caía bien, incluido él mismo.

–Estoy segura de que habrá quedado comida en la cocina –insistió Margaret. Había un menú sobre la mesa: *Agneau róti et purée de pommes de terre.*

–Entre tú y yo, eso es el cordero asado con puré de patatas de toda la vida –comentó Ray Strickland.

Strickland no había envejecido tan bien como Len Lomax, pero aún parecía recorrido por esa especie de corriente nerviosa. Barry siempre había pensado que nunca se sabía por dónde iba a tirar, si iba a ser simpático o sumamente desagradable. En resumen, era algo inestable. Barry deseó poder volver atrás, deseó que su yo más joven hubiese tenido el valor suficiente para mandar a Lomax y a Strickland a la mierda.

–¿Y algo de postre? –sugirió Margaret–. Hay tiramisú.

Toda la flor y nata allí presente se había terminado ya el tiramisú, a juzgar por las manchas de lo que parecía mierda en sus platos.

–No tengo hambre –repuso Barry–. Gracias de todas formas.

–Nunca te vemos por aquí, Barry –dijo Margaret Strickland.

–Es que no juego al golf.

–Pero sí bebes –puntualizó Lomax, sirviéndole un vaso de whisky.

El grupo estaba afinando los instrumentos y Alma, la mujer de Len, preguntó:

–¿Te animas a bailar conmigo, Barry?

Había envejecido mal, demasiadas vacaciones bajo el sol barato del extranjero. Rondaba los setenta y todavía andaba con tacones de aguja y un montón de maquillaje. Después de hacer a Alma y a Barbara rompieron el molde. Gracias a Dios.

Ray Strickland hizo un gesto discreto con la cabeza, indicándole que saliera fuera con él. Barry le dio una palmadita en el hombro a Alma.

–Quizá más tarde, cielo –cuando las ranas críen pelo.

Salió detrás de Ray Strickland. El aire fresco de la noche le pareció terapéutico.

–He pensado que mañana en el funeral de Rex no tendríamos oportunidad de charlar –dijo Strickland.

–Soy todo oídos.

–No sé muy bien cómo plantear esto –empezó Strickland, frunciendo el entrecejo y bajando la vista hacia sus lustrosos zapatos.

–¿Alguien anda metiendo las narices más de la cuenta y haciendo preguntas sobre Carol Braithwaite? –propuso Barry para allanar el terreno.

–Sí –respondió Strickland, visiblemente aliviado.

–¿Quieres que haga algo al respecto?

–¿Podrías? –preguntó Strickland, no muy convencido.

–Pues sí –respondió Barry–. Sí que puedo.

Cuando volvió a subir al coche, bastante cansado, Barry se preguntó si la flor y nata reunidas allí brindarían por Rex Marshall antes de que la noche llegara a su fin. Quizá antes de que empezara la «disco de los setenta».

Todos ellos habían estado presentes en aquella fiesta de fin de año en el Metropole: Eastman en su esplendor, Rex Marshall, Len y Alma Lomax, Ray Strickland y su esposa rarita y menuda, Margaret, y los Winfield.

Era posible que Ian Winfield siguiese vivo. Barry no estaba al corriente de si se había sabido algo de los Winfield después de que se largaran a Nueva Zelanda. Él mismo llevaba muchísimo tiempo sin pensar en los Winfield. Kitty Winfield. Ian Winfield. De golpe se vio inmerso en un túnel negro y larguísimo que iba a parar al pasado. «¿Puedo ofrecerle algo, agente? Barry, ¿no es eso?». Carol Braithwaite estaba levantándose de la tumba.

21 de marzo de 1975

Barry encendió un cigarrillo. Estaba sentado en su coche ante la casa de los Winfield. Una casa preciosa. Ni siquiera podía imaginar cómo sería vivir en una casa así, vivir en Harrogate, capital norteña de la pijería. Debería llevar a Barbara a Harrogate, si alguna vez conseguía reunir el valor suficiente para invitarla a salir. Quería proponerle que fuera al cine con él. Barbara era muy sofisticada en comparación con la mayoría de las chicas que conocía; ella siempre iba arregladísima, impecable. «Una chica como esa se gastará todo tu dinero», le decía su madre.

No tenía ni la más remota idea de a qué andaba jugando Strickland. Le había contado que su coche estaba en el taller para pasar la revisión y que no tenía transporte, y le pidió que lo recogiera. Barry no acababa de entender por qué no cogía un taxi. Él no estaba de servicio, y acababa de sentarse a la mesa ante un enorme plato a base de fritos que le había preparado su madre. Deseó que Ray Strickland no hubiese tenido su número de teléfono. «No traigas un coche patrulla», le había dicho Ray Strickland.

Strickland lo esperaba ante el edificio de apartamentos de Lovell Park cuando Barry llegó en su viejo Ford Cortina. El Mark II, un coche que todavía recordaba con cariño más de treinta años después.

Strickland llevaba una criatura dormida en los brazos, envuelta en una manta. Temblaba visiblemente y parecía sumido en un sopor. Un sopor etílico, supuso Barry. Todo el mundo sabía que a Strickland no le sentaba bien el alcohol. Barry le abrió la puerta trasera del Cortina.

–Jefe? –preguntó, esperando una explicación.

–Tú limítate a conducir, Crawford –respondió él con tono de cansancio–. A Harrogate, a casa de los Winfield.

Barry sabía quiénes eran los Winfield. Ella tenía mucho glamur, y había sido modelo. A Barry no le habría importado hacerle un favor.

Cuando doblaron hacia la calle de los Winfield, Strickland se despabiló.

–Gracias por hacer esto –le dijo cuando ya se detenían ante la casa–. Te agradecería que quedara entre tú y yo.

–Su secreto está a salvo conmigo, jefe –dijo Barry.

No tenía ni idea de cuál era ese secreto, por cierto.

–Esto no es lo que parece –añadió Strickland cuando salía del coche, todavía con la criatura dormida en brazos.

Una vez más, Barry no sabía qué parecía. Observó a Strickland recorrer el sendero y llamar al timbre.

Esperó unos diez o quince minutos. Entonces se abrió la puerta de la casa e Ian Winfield salió por ella. Barry bajó la ventanilla del Cortina.

–¿Puedo ofrecerle algo, agente? Barry, ¿no es eso? –preguntó Ian Winfield.

La amabilidad personificada. Barry se preguntó qué podía estar ofreciéndole.

–No, gracias –respondió.

–El agente Strickland saldrá dentro de un momento –dijo Ian Winfield con el tono tranquilizador que uno utilizaría con un niño inquieto.

Al cabo de cinco minutos, Strickland volvió a subirse al coche, todavía más tembloroso que antes.

–Llévame a casa, Crawford. Mi mujer estará preguntándose dónde estoy.

Eso ocurrió tres semanas antes de que descubrieran el cuerpo de Carol Braithwaite en Lovell Park. Dijeron que llevaba ahí muerta tres semanas. Incluso Barry era capaz de hacer los cálculos. Strickland la había matado y se había llevado a la criatura.

(Sala de estar de Marjorie Collier/Interior/Noche).

MARJORIE COLLIER:
¿Quiénes son ustedes? ¿Qué hacen aquí?

MATÓN UNO:
Buscamos a Vincent. ¿Dónde está?

MARJORIE COLLIER:
No lo sé; no sé dónde está.

MATÓN DOS:
¿Crees que somos idiotas, cariño?

MARJORIE COLLIER:
No pueden entrar aquí de esta manera. ¡Fuera ahora mismo!

MATÓN UNO:
No hasta que hablemos con Vincent, cielo. Te sugiero que hagas una llamadita ahora mismo a tu niño de ojos azules y le digas que su querida mamá va a irse a dar una vuelta por el cementerio si no aparece pitando.

MARJORIE COLLIER:
No pienso hacer eso.
No luché contra Hitler para rendirme ahora ante dos matones de patio de colegio como vosotros.

(Mira alrededor, ve el atizador junto a la chimenea).

MATÓN UNO:
Mira qué tenemos aquí; una vieja peleona, ¿eh?

MATÓN DOS:
Me parece más bien una vieja estúpida *(a Marjorie)*. No intentes hacerte la heroína, cielo.

MARJORIE COLLIER *(tratando de hacerse con el atizador)*:
No me dais miedo.

(Forcejean. El Matón Uno golpea a Marjorie y la arroja al suelo. Se da un golpe en la cabeza con la rejilla de la chimenea).

No con una explosión, sino con un gemido. El director en persona le había entregado el guion, con cara de lástima. El anuncio de su ejecución. La pobre anciana Marjorie Collier iba a sufrir un desenlace peliagudo. Un final empalagoso como un pudin de tofe.

–Cuidado, Till –dijo Julia cuando el director se acercaba–; parece que te trae el pasaje para embarcar en el crucero de la muerte.

–Bueno, aquí acaba la cosa, Tilly, querida –dijo él–. Te llegó la hora.

Ahora era Saskia quien la trataba como si fuera inválida. Le había traído una taza de leche con miel y un platito de galletas integrales, y le había echado sobre los hombros su propio chal.

–Impresiona bastante, ¿verdad? –comentó Saskia–. A mí me pasó lo mismo cuando me mataron en aquel terrible accidente de coche en *Hollyoaks*... Mi novio era un psicópata que planeaba poner una bomba en la iglesia el día de mi entierro, ¿te acuerdas? Claro que sí; ¿quién puede olvidar algo así? Pues bueno, cuando leí el guion la primera vez me dio un ataque de nervios, pero al final me nominaron para mejor actriz de serie televisiva, así que todo salió redondo. Y, de todas formas, te vendrá bien descansar un poco, ¿no? No descansar como «en paz descanse», claro...; solo poner las piernas en alto, ver un poco la tele, darte el lujo de ir a un balneario.

Suerte que por fin se le acabó la cuerda e hizo un vago ademán hacia Tilly, incorporada contra las almohadas.

–Buenas noches.

–Buenas noches –respondió Tilly, aliviada por poder quitarse de una vez la peluca.

Saskia no podía disimular su alegría ante la idea de que Tilly se marchara, y los de producción le habían prometido ya que nunca más tendría que compartir alojamiento con nadie, aunque había rumores de que iba a marcharse al cabo de muy poco. Al parecer, «despegaba hacia Los Ángeles» para probar suerte.

–Mucha laguna para un pez tan pequeño –comentó Julia–. La pobre va a ahogarse.

–Bueno; tampoco espero que se ahogue –respondió Tilly–. Me basta con que chapotee un poco hasta comprobar que no se mantiene a flote.

Cómo no, Saskia estaba contentísima porque su novio llegaba la noche siguiente. No el jugador de rugby, que al parecer era cosa del ayer (literalmente), sino el nuevo, un «chico pacífico», lo cual provocaba cierta confusión porque en realidad estaba en el ejército: era teniente en la Guardia Real.

–Los hombres con uniforme son encantadores, ¿no te parece? –le dijo Saskia a Tilly.

Lo más cerca que Tilly había estado nunca de un hombre uniformado fue en una puesta en escena de HMS *Pinafore o*

La muchacha que amó a un marino. En aquel entonces, cuando era joven, tenía una voz bonita y no cantaba nada mal. ¡Qué gracioso! Había olvidado por completo aquella obra. Se preguntó si todavía podría cantar aquellas melodías. El teniente de Saskia se llamaba Rupert y por lo visto había tenido una educación muy tradicional. Eso, al parecer, inquietaba bastante a Saskia.

–Claro, es normal –opinó Julia–. Saskia es una cocainómana declarada. Será incapaz de aguantarse. La llevará a comer al caserón que su papá y su mamá tienen en el campo y ella pondrá su acento más sofisticado a lo Tara Palmer-Tomkinson, con su traje chaqueta y su collar de perlas, y al final la pillarán esnifando coca en la tapa de su inodoro superpijo, o en uno de sus inodoros superpijos, porque estoy segura de que tienen más de uno.

A veces, a Tilly le costaba seguir a Julia. No sabía si la culpa era de su cerebro, cada vez más encogido, o simplemente de Julia.

Exhaló un suspiro, volvió a ponerse las gafas y continuó leyendo el guion. ¿Qué querían decir con lo de que Marjorie Collier había luchado contra Hitler? Se suponía que tenía sesenta y ocho años; no era lo que se decía una vieja, a no ser que el guionista fuera un preadolescente que solo tuviera interés en atraer a un público más joven incluso. Joanna Lumley tenía sesenta y tantos, por el amor de Dios, y nadie esperaba que tricotara delante del fuego y que calzara zapatillas de felpa. Tilly la había conocido en una fiesta benéfica. «Acompáñame –le había dicho Phoebe–. Necesito que vengas conmigo». Phoebe estaba achacosa; ya le habían hecho trasplantes de rodillas, de caderas y hasta de las articulaciones de los pulgares. Y hablaban de hacer algo con los hombros. Tilly no tenía ni idea de que pudieran trasplantarse los hombros. Lástima que no pudieran ponerle un corazón nuevo. De todas formas, Joanna

Lumley resultó muy simpática, aunque los canapés de marisco le provocaron a Tilly una indigestión que le duró días y que le hizo maldecir en arameo. Una expresión divertida, esa de maldecir en arameo, pero ¿sería racista? Mejor andarse con cuidado y no decirla delante de Paddy o como fuera que se llamara.

(Primer plano de la cara de Marjorie).
(Susurrando). Vince, hijo mío *(muere).*

De verdad, menudo cúmulo de despropósitos. Tendría que alargar al máximo la escena de su muerte. No pensaba irse tan deprisa. Iba a ponerle un poco de sentimiento real para que se derramaran unas cuantas lágrimas cuando dejara este mundo.

Pensó que haría mejor en ensayar un poco el papel, pero cayó dormida apenas hubo acabado con la primera frase. Saskia debió de entrar en la habitación en algún momento para quitarle las gafas y apagar la luz, porque cuando despertó en plena noche, después de haber tenido los sueños febriles de siempre, estaba oscuro y no veía nada. Un pequeño ensayo para cuando llegara la hora de la verdad.

* * *

Eran las cuatro de la madrugada, si el reloj de la mesita de noche estaba en hora. La hora más oscura. Algo lo había despertado, aunque no sabía qué. El perro también estaba despierto.

Jackson se levantó de la cama y, sin hacer ruido, atravesó la habitación a oscuras hasta llegar a la pequeña ventana de la buhardilla. Contempló el jardín desierto y, más allá, el angosto callejón que quedaba detrás. La vista no era muy bella que digamos. Alguien merodeaba en aquel callejón, una figura corpulenta vestida con ropa oscura como la noche. La criatura se apartó de las sombras y avanzó encorvada por la calle, pero estaba demasiado lejos para distinguir sus facciones.

El sentido común le dictó que lo dejara correr. Sí, que lo dejara correr y regresara a la cama calentita para emprender una inocua aventura en la tierra de los sueños, y no que se vistiera a toda prisa y se encaramara a la ventana para bajar por la escalera de incendios y participar en una pesadilla en la tierra de los vivos.

–*Allez hop!* –le dijo al perro.

El animal le respondió ladeando la cabeza con mirada inquisitiva. Jackson le demostró qué quería volviendo a pasar por la ventana hacia el interior, y luego repitió la operación a la inversa, saliendo de nuevo. Al cabo de un instante de duda en el que Jackson sintió que valoraba si era digno de confianza, el perro salió de un ágil brinco a la escalera de incendios y, con él mostrándole el camino, fue bajando con dificultad los peldaños metálicos.

Jackson levantó el pasador de la puerta del jardín con sumo cuidado. No quería desatar la cólera de su anfitriona de esa noche arrancándola de las preciosas horas de sueño que necesitaba para levantarse guapa y fresca. Porque necesitaba muchísimas.

Cuando salió al callejón estaba completamente desierto. Se acordó de la autoestopista amotinada y de su práctica combinación de Maglite y bolso, deseando tener algo parecido a mano. La navaja suiza era lo más parecido que tenía a un arma, y estaba en la mochila que había dejado en la habitación.

Anduvo hasta el final del callejón y fue a parar a otra calle con casas idénticas al Bella Vista. El perro, cauteloso, iba muy pegado a él, y por lo visto no le gustaba mucho la excursión.

De repente surgió una figura ante ellos. Encuentro bajo la luz de la luna. Era uno de los tipos del Land Cruiser. Por sus chaquetas los reconoceréis. Se le erizaron los pelos de la nuca y giró sobre los talones para ver qué tenía detrás. Sí, actuaban en pareja: chaquetas de piel, guantes de piel, enormes botas de piel, y él era el embutido de aquel bocadillo de vaca. El que tenía detrás hizo crujir los nudillos, un gesto que a Jackson le recordó el gato de Marilyn Nettles tratando de asustarlo.

El perro erizó el pelaje y empezó a gruñir, produciendo un sonido sorprendentemente amenazador en un animal tan pequeño. Vamos, chicos, pensó Jackson, venid a por mí, a por mí y a por mi perro enano; estamos listos para la pelea. Se desplazó sobre la acera de manera que pudiera ver a los dos tipos del Land Cruiser a la vez. Patachunta y Patachún.

—Ahora mismo íbamos a subir a verte —dijo uno de ellos—. ¡Que habitación tan bonita!, ¿no? Ah, cómo me gusta estar cerca de la playa.

A Jackson lo desconcertó que hablase de forma tan parecida a su propio hermano: el mismo acento duro, el retintín cínico. Jackson había ido puliendo su acento a lo largo de los años, y a veces se preguntaba si habría reconocido a su yo más joven de poder oírlo ahora.

—¿Quiénes sois? —preguntó—. ¿Y qué queréis? ¿Habéis venido a darme una paliza por algún motivo que desconozco, o a qué?

—A qué. Hemos venido a «qué» —repuso el otro tipo—. Pero es probable que también te demos una paliza.

Uf, los bromistas eran siempre los peores.

—Caballeros, creo que tenemos intereses contradictorios —dijo Jackson—. Vosotros buscáis a esa mujer, la que atacasteis en la gasolinera, y yo no sé dónde está.

—¿Te has creído que somos idiotas? —dijo el que hablaba como su hermano.

—Bueno...

—Te buscamos a ti.

–¿A mí? ¿Qué he hecho yo?

–Has estado metiendo las narices donde no te incumbe –contestó Patachunta–. Y haciendo preguntas por todas partes.

–Tenemos un mensaje de alguien para ti –añadió Patachún.

–¿Que pasa, ahora sois una agencia de felicitaciones? –soltó Jackson.

Hay quien piensa que, cuando uno tiene las de perder, lo mejor es dar media vuelta y largarse, y no pinchar al enemigo con un punzón bien grande. Jackson sacó el aguijón más grande que tenía y pinchó.

–¡No me digas que es un mensaje con *striptease!* –le dijo a Patachún, que flexionó las rodillas, preparándose para el combate.

Patachunta volvió a hacer crujir los nudillos. Grita ¡Devastación!, y suelta a los perros de la guerra, se dijo Jackson.

Patachún arremetió de pronto contra él, embistiéndolo con todas sus fuerzas para hacerlo oscilar como un tentetieso, y antes de que pudiera reaccionar ante aquel lance repentino, Patachunta le dio un tremendo puñetazo en la sien. Aquello lo hizo dar una vuelta entera tambaleándose, pero luego consiguió asestarle un puñetazo en la nariz a Patachún.

–*Touché!* –llegó a exclamar antes de que Patachunta empezara a conectar ganchos contra su estómago.

Se encontró en el suelo, y cuanto pudo oír fue al perro ladrando furioso. Quiso decirle que parara antes de que le hicieran daño, que esos tipos probablemente no se lo pensarían dos veces antes de dejarlo fuera de juego.

Entonces el que hablaba como su hermano muerto dijo algo asombrosamente cerca de su oído.

–El mensaje, listillo sureño, es que dejes en paz a Carol Braithwaite. Y si no lo haces, vamos a continuar con este trabajito.

Jackson quiso quejarse, porque aún fue peor que la paliza que esos paisanos de su tierra natal no lo hubieran reconocido como uno de los suyos. Por desgracia, antes de que pudiera decir algo, uno de sus paisanos le dio una patada en la cabeza y Jackson se sumió en la oscuridad esa noche por segunda vez.

* * *

Tuuuit, tuut. No, no, en realidad sonaba más como Cuuuic..., uuh. La llamada de una hembra y la respuesta de un macho. Los búhos son aves muy territoriales. Tracy sabía eso gracias a un libro sobre los pájaros de las islas Británicas que había en la estantería. «Casita de vacaciones» no era la forma más adecuada de llamarla, porque era enorme, algo que al parecer había pasado por alto cuando la reservó. «Obra del arquitecto Burges», decía, al igual que la iglesia que había a unas doscientas yardas de ella. Estilo gótico Victoriano. Además, la casa quedaba dentro de un parque de ciervos medieval. Era extraordinario.

Si se quedaban ahí toda la semana serían como un par de agujas en un inmenso pajar. En realidad, por el momento iban a acampar una noche en el salón. Tracy no quería que alguien las sorprendiera en los dormitorios; no quería tener que andar abatiendo tipos con la Maglite para arrojarlos escaleras abajo. En la planta baja estaban a pie de calle, y podían salir rápidamente por la puerta de atrás. Había dejado el Saab bien escondido detrás de la casa, fuera de la vista. Nadie iba a buscarlo ahí.

Al llegar, a primera hora de la tarde, habían bajado por una ladera desde la casa hasta un lago artificial. Había un bar con vistas al mismo, y se sentaron fuera a comerse un helado. Guardaron las puntitas de los cucuruchos para dárselas a un ganso glotón. De pequeña, Tracy había tenido un cuento editado por Ladybird que se titulaba *El ganso glotón*. Cualquiera que las viera habría dicho que eran gente normal disfrutando de un día de excursión. Madre e hija. Imogen y Lucy, dos caras de la misma moneda.

Cuando se acabaron los helados, recorrieron los jardines acuáticos hasta llegar a la abadía de Fountains. El paisaje parecía salido del siglo XVIII, con cascadas y lagos y caprichos arquitectónicos, y a Tracy le pareció que no había nada malo en mejorar de aquella forma la naturaleza. En los bordes de los estanques se congregaban bancos enteros de renacuajos, y aquí y allá asomaba algún pececillo. Tracy pensó en las carpas del estanque de Harry Reynolds, peces gordísimos y carísimos. Ella no podía concebir el hecho de comprar peces si uno no iba a comérselos.

A la niña se le daba bien caminar; era de las que ponían un pie delante del otro sin parar, muy práctica. Cuando llegaron a la abadía se encontraron con que se estaba celebrando alguna clase de feria medieval. Hombres y mujeres vestidos de época cocinaban en una hoguera al aire libre, enseñaban a tejer con fibra de lino y a disparar flechas a una diana. Había un jabalí entero en el asador.

Se fueron antes de que empezara el baile.

—Siempre hay que saber cuándo es el momento de emprender la retirada —dijo Tracy.

Improvisaron una cena a base de tostadas con alubias y queso fundido y volvieron a salir a pasear bajo el aire balsámico del anochecer. Lugares como aquel lo invitaban a uno a usar palabras como «balsámico». Era el crepúsculo, la hora de las brujas. Estaban en mayo, el mes de la magia. Al declinar el día, todos los excursionistas habían vuelto ya a sus casas, así que tenían todo aquel sitio a su disposición; solo para Tracy y la niña, los ciervos y los árboles. No se oían los ruidos de bestias tan habituales en el campo: ni bramidos, ni balidos, ni graznidos, que en definitiva solían significar muerte y carnicería. Allí solo se oía el canto de los pájaros, la hierba crecía y los animales se la comían, y los árboles se elevaban hacia las nubes.

Había cientos de ciervos en aquel parque, y muchos cervatillos. «Bambis», según Courtney. Vivos todos ellos, gracias a Dios. Tracy se preguntó si adivinarían que acababa de cargarse a uno de los suyos. Estaba considerando seriamente la posibilidad de hacerse vegetariana.

Esos ciervos eran prácticamente animales domésticos. Si alguien se les acercaba se limitaban a levantar el morro, menear un poco la cola, alejarse unas yardas y seguir engullendo hierba. La niña los miraba con cara de asombro; no debía de haber visto un animal tan de cerca en su vida, salvo algún perro rabioso. Tracy tendría que añadir granjas y zoológicos a la lista de cosas que quería enseñarle.

Y entonces, de forma casi milagrosa, cuando ya había anochecido casi por completo, un ciervo blanco y joven surgió de la penumbra, procedente de algún pasado medieval. No era una de esas recreaciones históricas, sino un animal de verdad. Un venado blanco. Se quedó ahí, inmóvil, mirando fijamente a Tracy. No existía sobre la tierra un hombre tan apuesto como aquel animal. El ciervo se sabía el señor de aquellos parajes; era superior a ella en todos los sentidos. Un príncipe entre los hombres.

«Caray», pensó. ¡Qué cosa tan especial! Tenía que ser una buena señal, ¿o no?

También había árboles viejísimos, robles que ya debían de estar vivos en tiempos de Shakespeare. Trescientos años creciendo, trescientos años viviendo, trescientos años muriendo. Eso se decía en otro libro de la estantería de la casa. El carbón ardía en la chimenea y Courtney se había dormido sobre uno de los enormes sofás, envuelta en una manta. Tracy estaba medio echada en el otro, con los pies encima, pero despierta, haciendo guardia Maglite en mano y descubriéndolo todo sobre bosques de robles, parques de ciervos y abadías medievales. Era una buena manera de cultivarse: quedándose despierta toda la noche por si a unos cabrones chiflados se les ocurría acercarse a saludar.

Primero el conductor del Avensis, después los tipos de las chaquetas de piel; Tracy no había tenido tantos hombres detrás en toda su vida. Lástima que las intenciones de todos ellos fueran tan deshonestas. Por no hablar de aquel «detective privado» que la buscaba para hacerle preguntas sobre Carol Braithwaite. ¿Quién carajo era toda esa gente? ¿Los enviaban para recuperar a la niña o para vengarse de ella por habérsela llevado? Las dos cosas, probablemente. ¿Sería alguno de ellos el responsable de la muerte de Kelly Cross? Era muy probable que sí. ¿Tan valiosa era Courtney para que alguien se estuviera tomando tantas molestias?

Había un teléfono en la casa, y Tracy decidió llamar a Barry para averiguar si sabía algo sobre quién había matado a Kelly Cross, si sabía algo sobre lo que fuera. Su voz tenía un tono aún más taciturno que de costumbre. Habría estado bebiendo.

–¿Barry? ¿Sabes ese detective privado que va por ahí haciendo preguntas? ¿Conduce un Avensis gris?

–Ni idea.

–¿Y preguntaba sobre Carol Braithwaite?

–Por lo visto hace toda clase de preguntas y sobre mucha gente. Sobre ti, sobre Linda, sobre los Winfield... Es como un maldito virus que se haya colado en el sistema.

–Espera, espera –dijo Tracy–. ¿Los Winfield? ¿Ese tío que era médico, casado con una modelo?

–Adoptaron una criatura poco después del asesinato de Carol Braithwaite, y emigraron pitando a Nueva Zelanda.

–¡Dios santo! –murmuró Tracy.

Por eso había desaparecido Michael Braithwaite, porque se lo llevaron los Winfield. Se acordaba de Ian Winfield, de cuando había ido al hospital y de su actitud extremadamente protectora hacia Michael.

–Ya te he dicho demasiado –dijo Barry.

–No, no has dicho suficiente.

–De todos modos, todo acabará por saberse.

–¿Qué? ¿Qué acabará por saberse, Barry? ¿Qué pasa?

Barry exhaló un profundo suspiro, y al suspiro lo siguió un largo silencio.

–¿Sigues ahí, Barry?

–No me he ido a ninguna parte. Tracy, te he visto en unas grabaciones con Kelly Cross, en el centro comercial Merrion.

–Mierda.

–Sí, Tracy, mierda. Exacto. Y encontraron una huella tuya en casa de Kelly. ¿Qué está pasando, Tracy?

–Yo no la maté.

–Nunca he pensado que lo hicieras –repuso Barry.

–Le compré a la niña –añadió Tracy.

–Mierda.

Fuera estaba oscuro. Más oscuro de lo que Tracy había visto nunca. Si salía y recorría el sendero hasta el portón de entrada, algo que hacía más o menos cada hora para echar un buen vistazo, Tracy sentía la inmensidad de aquel cielo negro, con algunas estrellas dispersas que iban desapareciendo a medida que la niebla volvía a cernerse. Imaginó que ahí fuera, en la oscuridad, podía oír respirar al ciervo.

Julio de 1975

Tracy consiguió por fin librarse de la incómoda carga de su virginidad. Había empezado a asistir a clases de conducir, harta de esperar a que la admitieran en el curso que organizaba la policía. Su instructor, Dennis, llevaba el negocio él solo, estaba separado de su mujer y tenía cuarenta y tantos.

Al terminar la primera clase le propuso a Tracy que fueran a tomar algo; la llevó a un sitio a cierta distancia de la carretera de Harrogate y le pidió un brandy con Babycham sin preguntarle qué quería tomar. Al parecer, era una «bebida de señoritas». Se preguntó qué diría Arkwright si se lo contaba la próxima vez que él le plantara delante una jarra de cerveza Theakston. Lo mismo ocurrió después de la clase siguiente («Te mueves bien por la carretera, Tracy»). Y después de la tercera clase («Tienes que ir mirando el indicador de velocidad, Tracy») llegaron más allá de Heptonstall y lo hicieron en el asiento de atrás del coche, en alguna pista forestal de los alrededores. No pudo decirse que el tipo fuera una gran adquisición, pero Tracy tampoco pretendía quedárselo.

–¿Dónde has estado? –le preguntó su madre cuando Tracy volvió de su cita.

Las antenas le iban a toda marcha. Tendrían que haber aprovechado a Dorothy Waterhouse en la guerra, y no les habría hecho falta todo aquel centro de contraespionaje en Bletchley Park.

–Pareces otra –le dijo con tono acusador.

–Soy otra –respondió Tracy con descaro–. Soy una mujer.

Se sentía agradecida con Dennis por el aspecto práctico de lo ocurrido, pero más agradecido se sentía él por el hecho de que ella tuviese veinte años y estuviese «bien dotada», así que había sido un intercambio razonablemente equilibrado. Tracy anuló la clase siguiente, le dijo a Dennis que se iba del país.

Se apuntó a otra autoescuela, BSM, y aprobó el examen después de ocho clases. Pudo parecer una decisión desagradable o antipática, pero en realidad él no esperaba más. Después de aquello, la llamó por teléfono a casa una vez y (ley de Murphy) contestó su madre.

–Te ha llamado un tal Dennis –le informó al volver ella del trabajo–. Quería saber en qué puerto habías desembarcado. Le he dicho que no dijera porquerías.

Las cosas siguieron yendo a mejor para Tracy. Poco después de aprobar el examen de conducir firmó el contrato de alquiler para irse a vivir sola. «Se va de casa», como en la canción. Dejaba atrás la cama individual de la casa de sus padres, donde había dormido cada noche, con la excepción de la escapada anual de la familia a Bridlington, desde que llegara de la maternidad privada que, según sus padres, suponía un punto de partida mejor en la vida para su bebé (un niño, si Dios quería) que la sala de un hospital público. Sin embargo, en la maternidad privada la calefacción estaba tan baja que Dorothy Waterhouse volvió a casa con sabañones y el bebé Tracy con difteria. Aun así, habían trabado contacto con madres y bebés de clase alta y eso era lo importante.

El nuevo hogar de Tracy era un pequeño estudio cuadrado con un calentador Ascot y alfombras mugrientas. Había también una estufa eléctrica con dos resistencias que desprendía un olor peligroso, y una bolsa de agua caliente que abrazar por las noches al acurrucarse en el sofá cama. El estudio no estaba amueblado, así que Tracy lo había comprado todo de segunda mano para guardarlo en el cobertizo de su padre hasta haber acumulado todos los bártulos que necesitaba para su vida de soltera. Cuando le dieron la llave, Arkwright y Barry la ayudaron con la mudanza. Al terminar, tomaron té con galletas sentados en el sofá cama.

–No estarás aquí mucho tiempo, cariño –le dijo Arkwright–. No tardará en aparecer un tío que no te dejará escapar –le dio unas palmaditas al sofá cama como si aquel fuera el sitio exacto en que tendría lugar una futura proposición de matrimonio.

Barry esbozó una sonrisita y se atragantó con la galletita Blue Riband.

–¿Te pasa algo, chaval? –quiso saber Arkwright.

–Nada, nada –repuso Barry.

El hecho de tener su propia casa la hizo plantearse ciertas cuestiones que nunca llegó a resolver del todo. Por ejemplo: ¿tenía que comprar dos platos llanos o cuatro? Había un puesto en el mercado que tenía platos llanos de porcelana de Wedgwood. Era una cuestión estúpida, porque solo necesitaba un plato: cenaba sola todas las noches. Crepes congelados, cortesía de Findus; curris precocinados, marca Vesta; y puré de patatas. Lo más parecido que hacía a cocinar era freír un puñado de croquetas de patatas.

Había imaginado un futuro doméstico, invitando a gente del trabajo a que se acercaran «a picar algo». Les sacaría un pastel de pescado o una fuente de espaguetis, junto con una botella barata de vino peleón, y después una terrina enorme de helado Cornish de Wall's, y todo el mundo comentaría: «Tracy es muy maja, ¿sabes?». Nunca llegó a ocurrir, claro. No tenía esa clase de vida. Ni esa clase de compañeros de trabajo.

Un día, al poco tiempo de haberse mudado, Tracy salía de la comisaría y casi se murió del susto cuando Marilyn Nettles salió de la nada y se le plantó delante. Definitivamente, aquella mujer tenía algo siniestro.

–¿Podemos hablar un momento? –preguntó. Si andaba buscando una historia se equivocaba de persona–. Podríamos tomar un café rápido en algún sitio –y añadió–: No quiero información. Todo lo contrario, en realidad: tengo algo que contarle.

Tomaron sendos cafés empalagosos, con demasiada leche, tras los cristales empañados de una cafetería. Fuera caía una lluvia fina y deprimente de verano. Tracy se preguntó, no por primera vez en su vida, y desde luego no por última, cómo sería vivir en un sitio distinto. Marilyn Nettles sacó un paquete de cigarrillos de su bolso y le ofreció uno.

–¿Quiere un boleto para el cáncer?

–No, gracias. Bueno..., espere, deme uno. ¿Y bien? –preguntó Tracy dando una buena calada al cigarrillo. Si empezaba a fumar seguro que adelgazaba. Revolviendo sin parar la espuma del café, añadió–: ¿Qué quería contarme?

–El niño –contestó Marilyn Nettles.

–¿Qué niño? –quiso saber Tracy dejando de remover el café.

–El hijo de Braithwaite, Michael. ¿Sabe dónde está?

–Con una familia de acogida, a no ser que usted tengas otras noticias.

–Las tengo. Lo mandaron a un orfanato. De monjas –añadió Marilyn Nettles con un estremecimiento–. Odio a las monjas.

–¿A un orfanato? –dijo Tracy.

Había imaginado a Michael Braithwaite con unos padres de acogida con experiencia, de esos que iban a la iglesia y que habían visto pasar por sus manos a cientos de críos desgraciados, gente que sabría curar y consolar a un niño. Pero ¿un orfanato? La palabra en sí ya sonaba a melancolía. A abandono.

–Le cambiaron el nombre. Y ha habido una serie de leyes restrictivas –prosiguió Marilyn Nettles–. Un montón de palabrería jurídica, supuestamente para protegerlo. A mí me avisaron muy en serio, de arriba.

Tracy volvió a oír mentalmente la voz de Linda Pallister: «Nada de visitas. Son órdenes de arriba».

–Fue testigo de un asesinato –dijo Marilyn Nettles bajando la voz hasta hablar en susurros–, y después desapareció sin más, por las buenas, ¡puf! A mí eso me parece bastante sospechoso. Hasta diría que alguien lo ha hecho desaparecer.

Barry le había dicho a Tracy que Len Lomax le había contado en secreto que «alguien», alguien que decía ser el padre de Michael, había confesado ser el autor del asesinato, y que murió al cabo de poco cuando estaba en prisión preventiva. Eso no se lo podía decir a Marilyn Nettles: cogería al vuelo aquella información y, antes siquiera de darse cuenta, Tracy lo estaría leyendo en los periódicos.

–¿Y por qué me cuenta esto a mí? –quiso saber Tracy.

Marilyn Nettles sacudió la cabeza como si quisiera espantar algún insecto posado en su pelo.

–Ya he dicho demasiado –repuso, paseando la mirada con nerviosismo por la cafetería–. Solo quería contárselo a alguien. No es que me vuelvan loca los críos pequeños, pero no puedo evitar que este me dé mucha pena. ¿Qué futuro le espera?

–¿A qué orfanato lo mandaron?

–¡Qué más da! Ahora lo han cambiado de sitio.

Se levantó bruscamente y dejó un puñado de monedas sobre la mesa.

–Para el café –puntualizó, como si Tracy hubiera pensado que eran para otra cosa.

Tracy pagó los cafés y miró el reloj. Gruñó para sus adentros, quizá también en voz alta; tenía que ir a una fiesta.

Los padres de Tracy estaban a punto de dar un salto hacia lo desconocido, probando algo que nunca se había intentado en casa de los Waterhouse: iban a celebrar una fiesta. El bungalow de Bramley bullía de nerviosismo.

Cuando le quedaban unos años para la jubilación, el padre de Tracy había sido objeto de un «ascenso importante» y, cosa rara en sus padres, habían decidido celebrarlo en público. La lista de invitados ya planteaba un problema, porque sus padres no tenían amigos propiamente dichos, sino más bien conocidos y vecinos, y algunos compañeros de trabajo de su padre. Pero, de una u otra forma, se las apañaron para reunir cierto *quorum*.

El siguiente dilema fue qué poner en las invitaciones, escritas a mano, para asegurarse de que la gente se fuera de inmediato al terminar la fiesta. «Bebidas y tentempiés, de las 18.00 a las 20.00 horas» fueron las palabras por las que se decidieron. Su madre hablaba de «los invitados» como si fueran alguna especie animal peligrosa. Tracy fue reclutada a la fuerza y obligada a asistir a la celebración.

–Puedes invitar a un par de amigos, si quieres –dijo su madre.

–Tranquila, mamá, vendré yo sola –respondió ella.

Tracy llegó pronto y ayudó a clavar pinchitos de piña y queso en la calavera verde pálido de un repollo. Cuando llegaron los invitados se dedicó a pasearse arriba y abajo como una camarera, con las bandejas de *vol-au-vents* que su madre había pasado toda la tarde rellenando con gambas y pollo desmenuzado. No había suficientes para todo el mundo, así que cuando se terminaron, su madre la apremió con un bufido:

–Saca los pinchitos de piña de la cocina. ¡Corre! –parecía que estuviera pidiendo refuerzos armados.

Dorothy Waterhouse se había hecho ilusiones de poder limitar la fiesta al exterior de la casa, al nuevo suelo de losetas de hormigón del jardín. Temía que sus conocidos, hasta el momento la mar de disciplinados, se convirtieran en una multitud alborotada bajo la influencia del ponche de ron del padre, cuyo ingrediente principal no era ron, sino naranjada.

Para indignación de su madre, al final había llovido, como era de esperar, y todos acabaron hacinados, codo con codo como alas de pollo, en el salón recién ampliado (aunque no lo suficiente). La banalidad de la situación resultó deprimente («O sea, ¿que los albañiles no intentaron timaros...?». «En mi época uno se ponía firmes cuando veía pasar un coche fúnebre...». «Dicen que han vendido la casa del número 21 a una familia de paquis...»). Tracy birló unos cuantos pinchos de queso y huyó al baño, donde elevó una breve plegaria de agradecimiento por no seguir viviendo en aquella casa.

Bajó la tapa del inodoro y se sentó a devorar los pinchos de queso mientras veía resbalar la lluvia en el cristal con acabado goteado de la ventana del baño. Se puso a pensar en eso: gotas de agua sobre el cristal goteado; le pareció un exceso de agua en una ciudad ya húmeda. Volvió a oír mentalmente aquella palabra vacía: «orfanato». Ella podría haberle dado un hogar a aquel niño. Tendría que habérselo llevado de la cama del hospital, haber huido con él y haberle dado el amor que necesitaba.

Exhaló un suspiro y se metió el último pedazo de pincho de queso en la boca, se sacudió las migajas de comida de la ropa y se lavó las manos. Le vino a la cabeza la imagen del frío y diminuto cuarto de baño de aquel apartamento de Lovell Park. En un estante había botes de maquillaje desparramados y un submarino de plástico varado en la mugrienta bañera. ¿Habría sido en su hijo en lo último que pensó Carol? Seguro que tuvo miedo de que también lo mataran a él. «¿Qué futuro le espera?», había dicho Marilyn Nettles.

En la cocina, su madre estaba desmoldando una tarta cariota rusa que se le resistía bastante.

—Tengo que irme, mamá —exclamó Tracy desde el vestíbulo.

Descolgó el fino impermeable de verano del perchero y salió a toda prisa de la casa, con los débiles gritos de protesta de su madre siguiéndola mientras cruzaba el jardín.

Se pateó toda la ciudad bajo la lluvia, acudiendo a cada orfanato y a cada hogar de acogida que salía en el listín. Nadie sabía nada de Michael Braithwaite, pero cómo iban a saber algo si, como decía Marilyn Nettles, le habían cambiado el nombre. Intentó describirlo —«un niño pequeño, de cuatro años, de madre asesinada»—, pero allá donde iba solo obtuvo negativas y puertas cerradas. Al parecer, su placa de policía no era de ninguna ayuda, y de hecho acabó por dificultarle la tarea. Eran las diez de la noche cuando finalmente volvió a su apartamento, calada hasta los huesos. La fiesta habría terminado hacía mucho y su madre ya habría pasado el aspirador para acabar hasta con la última miga de pan.

Por lo visto, Linda Pallister iba ahora al volante de un Hillman Imp. Sin embargo, no podía ir a ningún sitio con él porque Tracy estaba plantada en la calle delante de él.

—Dígame dónde está, Linda. Dígame cómo se llama ahora.

Linda bajó la ventanilla del coche y dijo:

—Lárguese. Déjeme en paz o llamo a la policía.

—Yo soy la policía —dijo Tracy—. Este uniforme no es un disfraz.

Tendría que haberle dado una paliza. Tendría que haberle arrancado las uñas una a una hasta que se lo dijera. Pero en aquel entonces no lo hizo.

Sacrificio

Sábado

Lo que vino después solo pudo describirlo como la nada. Jackson estaba sumido en la más negra oscuridad, paralizado, y el aire en torno a él era tan nocivo como en el infierno. Ya había muerto una vez en su vida, pero no se había parecido en nada a lo de ahora. La primera vez, tras el accidente de tren, había contado con el clásico panorama del pasillo blanco, con su hermana muerta y la sensación de euforia incluidas. Había ido a parar, brevemente, a un paraíso, un paraíso que casi sin duda se había manifestado como resultado de la falta de oxígeno en el cerebro. Ahora, por lo visto, había descendido por la escalera que llevaba en el sentido contrario.

Se desvaneció, recobró la conciencia otra vez y comprendió que en realidad no estaba paralizado, sino atado, no exactamente como un pavo, sino más bien como una momia egipcia. Las ataduras le apretaban en los tobillos y en las manos a la espalda, y lo habían amordazado. Para empezar, resultó doloroso, luego terriblemente doloroso, y al cabo de un tiempo el dolor se vio reemplazado por un entumecimiento que de algún modo fue aún peor. Le dolía la cabeza, pero no más de lo que cabía esperar cuando te habían dado una patada y un puñetazo, o sea, un montón. Tendría suerte si salía de ahí sin daños cerebrales.

Quizá sería afortunado si salía como fuera. Se retorció con torpeza, como un gusano especialmente incompetente, hasta que dio con la cabeza contra una superficie dura. Fue maniobrando despacito para recorrer lo que resultó un espacio claustrofóbico, no mucho mayor que un ataúd. Un sarcófago con una forma muy rara y lleno de algo apestoso.

A medida que se iba retorciendo cayó en la cuenta de que compartía aire con desechos de comida, con un aroma a chop suey y el incansable olor a patatas y pescado fritos. Estaba enterrado en alguna clase de contenedor de basura junto con los restos colectivos de varios restaurantes de comida grasienta. «Oí zumbar una mosca, al morir». Sería así porque, en efecto, había una mosca ahí dentro con él, zumbando con irritación, consciente de que tampoco ella podía salir.

Sintió cierto alivio al comprender dónde estaba. Al menos no se había vuelto loco, ni había ido a parar al infierno ni se había convertido en un gusano gigante. Sencillamente, un par de matones enormes lo habían golpeado en la cabeza y lo habían tirado a un contenedor de basura.

El alivio no duró mucho. No podía gritar para pedir ayuda, no podía moverse –lo de retorcerse no contaba en realidad– y no tenía forma de salir de ahí. ¿Y dónde estaría el perro? No parecía estar ahí dentro con él. ¿Yacería herido o mutilado en algún sitio? Un perro en peligro.

Entonces pasó algo peor. Mucho peor. Le llegó el ruido del potente motor de un vehículo industrial. El ronco gemido de una marcha reductora y de unos brazos hidráulicos que subían y bajaban; el traqueteo despreocupado y los intercambios a gritos que señalaban la llegada de un camión de basura del primer turno de la mañana. Jackson dio furiosos bandazos, tratando de bambolear el contenedor, pero no lo consiguió. Intentó dar patadas con los pies atados, pero apenas logró hacer impacto. De la barrera de cinta adhesiva que le cubría la boca solo emergió un gemido desesperado.

Había otros contenedores ahí cerca, y oyó cómo los hacían rodar hasta el camión; oyó cómo los levantaban, vaciaban y devolvían a su sitio. Dos contenedores. El suyo iba a ser el tercero.

–¿Viste anoche *Top gear?* –oyó a un basurero preguntarle al otro.

–No, mi mujer ve *Collier* –respondió el segundo–. Tengo que conseguir el Sky Plus, porque *Collier* es una mierda.

Jackson los oía con absoluta claridad. Estaba solo a unas pulgadas de ellos, pero era incapaz de atraer su atención. Había sobrevivido a la guerra del Golfo, a lo de Irlanda del Norte y a un devastador accidente de tren, e iba a morir como basura (literalmente) en las fauces de un camión triturador.

Su contenedor sufrió una repentina sacudida, y se encontró rodando y dando bandazos hacia su némesis. Jackson en peligro.

Bueno, llegó la hora.

Se acabó.

Jackson oyó ladrar a un perro. No eran solo ladridos, sino gañidos furibundos, la clase de ruido que volvía loca a la gente cuando no había forma de que parara. Y este perro no paraba. Ladraba y ladraba: guau, guau, guau. Algo en aquellos ladridos le resultó familiar.

–¿Qué pasa? –oyó preguntar a un basurero–. Estás tratando de decirme algo, ¿eh?

–¿Qué intentas decirnos, Skippy? –intervino el otro, imitando fatal un acento australiano–. ¿Alguien tiene problemas, dices?

–¡Yo! –musitó Jackson.

Oyó a alguien soltar una carcajada.

–Skippy es un canguro, no una perra. Deberías llamarla Lassie.

–Pues yo diría que es un macho, por la pinta que tiene.

¿Iba a morir mientras en torno a él la gente discutía sobre el sexo de un perro?

De pronto se hizo la luz. Fue tan intensa que lo cegó. Y notó el aire fresco del mar. Luz y aire, cuanto necesitaba un hombre si te atenías a lo más básico. Y un amigo fiel que no estuviera dispuesto a permitir que te fueras al gran almacén de huesos del cielo sin armar un barullo de aquí te espero.

–No dejamos a ningún hombre atrás, ¿eh? –le dijo Jackson al perro cuando trastabillaba de vuelta al Bella Vista.

* * *

A primera hora, Tilly se preparó una taza de té. Se había acabado el buen tiempo y la lluvia arreciaba ahora contra la pequeña ventana de la cocina. Según los relojes eran las cinco y diez, y aunque ya no estaba muy segura de qué significaba eso, sí tenía la certeza de que era por la mañana porque oía a Saskia roncar al otro lado de la puerta de su habitación. Saskia se negaba a admitir que roncaba y siempre andaba refunfuñando por el ruido que hacía ella: «Caray, Tilly, anoche parecías un tren expreso en un túnel» o (como la había oído decirle a Padma, sí, Padma, ahora recordaba su nombre sin problema) «No lo soporto, no consigo dormir, es como compartir casa con un cerdo gigante»; Padma le había contestado: «¿Ha probado a ponerse tapones, señorita Bligh?».

Capitán Bligh, sí, señor. O, más bien, «no, señor», visto lo del motín. ¿Se le llamaba «señor» a un capitán de la marina? ¿O solo «capitán»? HMS Pinafore no le había sido de gran ayuda con esas cosas. ¿Lo sabría el teniente de Saskia? Después de todo, el ejército era el ejército. ¿Cómo se llamaba? Saskia era la mujer del teniente. Tilly había tenido un pequeño papel en aquella película, el de alguna clase de criada. Lyme Regis, qué preciosidad de sitio; «los jóvenes estaban como locos por conocer Lyme». Era su libro favorito de Austen, Persuasión. Su cerebro era como el encaje: delicado y lleno de agujeros. O un faldellín de bautizo. Lana blanca sobre piel negra. Neuronas al baño María.

¡Rupert, así se llamaba! Como Rupert el oso. De niña le encantaba que le regalaran aquellos álbumes por Navidad, de Rupert y sus amigos. Bill el tejón, Ping-Pong el pequinés (¿era eso racista en algún aspecto?). No conseguía acordarse de los demás. Un 26 de diciembre había hecho algo que enfureció a su padre –quién sabía qué, con tantas cosas que lo hacían enfadarse– y había cogido su álbum de Rupert para arrancarle las páginas una por una. ¡Oh, Dios santo!, que alguien pusiera fin a todo aquello. A los recuerdos, a las palabras. Había demasiados.

El teniente llegaba esa noche, ¿no? Eso explicaría el pastel de carne que había aparecido misteriosamente en la mesa de la cocina.

Llovía tanto que parecía que alguien arrojara cubos de agua contra la ventana. Se oyó retumbar un trueno, como un efecto de sonido *(En un barco en el mar se oyen truenos y rayos tempestuosos)*. Había interpretado el papel de Miranda en una producción al aire libre. En algún lugar en los alrededores de Londres, no recordaba gran cosa al respecto; su corazón no estaba tan volcado en la obra como debería porque estaba enamorada de Douglas. Se había visto atrapada en algún paraje de Berkshire o Buckinghamshire, en algún condado rural en la periferia de Londres en cualquier caso, mientras Douglas se hallaba en la capital dirigiendo una obra. Era quince años mayor que ella. Tilly tenía solo veinte, y el suyo era un papel precioso, con toda aquella dulce inocencia; en aquel momento no sabía que jamás volvería a interpretarlo. Ahora era Próspero, la pobre vieja Tilly, rompiendo su vara, a punto de renunciar a todo. La fiesta llegaba a su fin. A un final empalagoso como un pudin de tofe.

Por supuesto, aquel fue el verano en que Phoebe le robó a Douglas. Él la dirigía en *La comandante Barbara*. Sería la actriz más joven que interpretaría ese papel en un escenario londinense. «La más brillante nueva estrella de su generación», dijeron los críticos. Fue el trampolín de su rutilante carrera. Tilly nunca había entendido por qué Douglas no le dio a ella ese papel: era tan buena actriz como Phoebe; desde luego, no era peor que ella. Ya era demasiado tarde para preguntárselo. Después de aquello, Phoebe consiguió todos los papeles interesantes, por supuesto: Cleopatra, la duquesa de Malfi, Nora Helmer.

Cuando volvió a mirar, comprobó que ya no llovía; fuera ni siquiera estaba mojado. ¿La lluvia estaba solo dentro de su cabeza? Una tempestad en su cerebro. «Cuánto he sufrido / al ver sufrir a los demás».

El pastel de carne sobre la mesa se estaba descongelando bajo el sofocante papel transparente. Había verdes arbolitos en miniatura de brécol picados y lavados en un colador. La cena de esa noche ya estaba en la mesa a las seis de la mañana. Claro, el teniente de la Guardia Real llegaba esa noche. Saskia interpretaba su papel doméstico. En realidad no había hecho el pastel de carne; aquel hombre tan simpático del *catering* lo había preparado para ella. «Haz que parezca auténtico, casero –le había dicho Saskia–, como si fuera buena cocinera, pero nada de *cordon bleu*». ¡Qué chica tan tonta!

En un café, con Douglas. Cerca del Museo Británico. Él le pidió un babá al ron, el pastelito favorito de Tilly, y entonces puso su mano sobre la de ella. «Lo siento, mi queridísima Matilda»; él hablaba así, lo habían criado como a un galán de cine. Su madre había sido una Bluebell Girl, una «campanilla», antes de tenerlo a él (y ahí estaba Tilly ahora, en la casita Campanilla. ¡Qué curioso!). Para Douglas no hubo un padre por ninguna parte, su madre era de las ligeras de cascos, y esa clase de educación tuvo que acabar volviendo tarumba a un crío. Lo primero que inhaló al nacer fue maquillaje teatral. Se sentía muy triste al pensar en Douglas de bebé, con lo terriblemente desmejorado que había estado al final, poco más que un esqueleto. El sida, por supuesto. Se llevó a muchos de aquellos pobres chicos. El bebé de Tilly había sido un chico. Se deshicieron de él. Negro. Negro como la noche. «Su belleza pende del rostro de la noche / como una joya de la oreja de un etíope». La primera vez que había interpretado a Julieta fue en el colegio. Era un colegio solo de chicas, su Romeo era una niña llamada Eileen. Se preguntó qué habría sido de ella. Quizá estuviera muerta.

Había un pastel de carne sobre la mesa. Le pareció extraño. Debería meterlo en el horno. Vince y su novio vendrían esa noche, a «achisparla un poco». Le dijeron que traerían comida..., ¿la habían traído ya? ¿Estarían ya ahí? ¿Dónde? Su cerebro estaba volviendo a hacer esa especie de ondas, como un televisor que no funciona bien. Quizá estaba sufriendo pequeñas embolias, una tras otra; eso explicaría que el clima hubiese penetrado en su interior.

En el colegio habían preparado pastel de carne, en «artesanía doméstica». En las clases de artesanía doméstica te enseñaban todas las cosas que te harían falta para llevar una casa, para ser una buena esposa...

—¡Me cago en la leche, Tilly! ¿Qué estás haciendo? Estás asando el puto pastel de carne, y son las seis de la mañana, joder. ¡Eres una vieja estúpida y senil!

Tilly hizo aspavientos en el aire, en vano. Quiso decir: «No me grites», porque odiaba que la gritasen; hacía que se le encogieran las entrañas. Las fauces de su padre, el olor a pescado muerto que desprendía su piel. Pero no podía decir nada, las palabras se negaban a salir como era debido.

* * *

Desayunaron tostadas con pasta Marmite sentadas a una mesa de comedor de roble hecha por Robert Thompson, el artesano ebanista. Tracy había leído un folleto sobre él y le señaló a Courtney la firma del artesano: un ratoncito tallado que subía por la pata de la mesa. Alrededor estaban dispuestas diez sillas a juego. Courtney dio la vuelta a cuatro patas y fue contando todos los ratoncitos de las patas de las sillas.

Imagínate una vida en que desayunaras cada mañana sentada a una mesa de roble, en una casa gótica victoriana, viendo por la ventana una manada de ciervos. La varita mágica estaba junto al frasco de Marmite. Se había roto, y Courtney conservaba la mitad superior con la estrella; más parecía un hacha de guerra que una varita. Cuando se acabó la tostada, Courtney cogió su leal mochila rosa y dispuso el botín sobre la mesa de roble. Al cabo de tres días presenciando el ritual, Tracy creía saberse de memoria el catálogo, pero la niña siempre parecía haber añadido algo nuevo. En aquel momento, el inventario era el siguiente:

el dedal de plata deslustrado
la moneda china con un agujero en medio
el monedero con la cara de un mono sonriente
la bola de nieve con un burdo modelo de plástico del edificio del Parlamento
la caracola con forma de cucurucho de crema
la caracola con forma de sombrero chino
la nuez moscada entera
la piña
el anillo de compromiso de Dorothy Waterhouse
la hoja de otoño del bosque
varios eslabones de una cadena dorada barata

La cadena dorada era nueva. La cría era una urraca. Tenía obsesión por encontrar, coleccionar, ordenar. Era muy independiente. ¿Presagiaba aquello a una científica recopilando datos pacientemente, a una artista absorta en la creación, o revelaba un punto de autismo?

Tracy recogió los platos y los llevó a la cocina contigua al comedor. Al cabo de un par de minutos, oyó un ruido procedente de la otra habitación. Fue tan inesperado que tardó unos instantes en comprender que era Courtney cantando. «Brilla, brilla, estrellita». El primer verso. Tracy se asomó al comedor. Courtney volvió a cantar el primer verso (¿quién se sabía el segundo? Nadie). En la palabra «estrellita» cerraba los puños y luego volvía a abrir las palmas como si fueran estrellas de mar. Una niña traumatizada que aún era capaz de cantar todavía podía salvarse, ¿no? Se la podía llevar a espectáculos teatrales y circos, a zoológicos y granjas y a Disneyland. No iba a acabar merodeando por Sweet Street West en busca de clientes. Chevaunne. Hubo un tiempo en que ella habría podido salvarse. Todos habrían podido salvarse, todas las Chevaunne, todos los Michael Braithwaite, todos los hambrientos, los maltratados y abandonados. Si hubiese habido gente suficiente para salvarlos.

–Lo siento –le dijo a Courtney–, pero tenemos que irnos de este sitio tan bonito.

Llamó por teléfono a Harry Reynolds. Le llegó el ruido de unos cubitos de hielo tintineando en un vaso. Le pareció un poco pronto para tomar alcohol. Quizá era su zumo de naranja de la mañana. Lo imaginó de pie junto al teléfono en su casa cara, calzado con sus caras zapatillas, contemplando sus caros peces. El hielo la hizo pensar en diamantes. Diamantes y cucarachas. El fin del mundo. Reynolds respondió con cautela.

—¡Sí!

—Voy para allá –dijo ella. Sonó como una espía de la guerra fría.

Un sendero largo y recto la llevaría hasta el portón, y de ahí a la carretera hacia Ripon. La habían echado del paraíso, se dirigía al este del Edén, conduciendo un coche robado. En posesión de una niña robada.

Antes de que llegaran al portón, apareció un coche en dirección contraria. Gris y anodino, circulaba despacio hacia ellas. Algo en su funesta aura hizo que se le cayera el alma a los pies. El conductor le dio una ráfaga y levantó una mano como un guardia de tráfico. El Avensis.

Tracy se había encontrado con su némesis; lo sintió en los huesos. Supuso que tarde o temprano iba a tener que averiguar qué quería.

El Avensis se detuvo a la altura del Saab y el conductor le hizo un saludo marcial y bajó la ventanilla. Tracy bajó la suya.

—¿Qué? —preguntó, pasando por alto las cortesías de rigor.

—Tracy, ¿le importa si la llamo así?

Qué confianzas. ¿Quién demonios era?

—He estado buscándola –añadió el tipo.

—En este momento soy muy popular, en particular entre los hombres, o entre los tarados, como se llaman a veces. ¿Por qué me sigue?

—Eso depende de la perspectiva, ¿no cree? Hay quien podría decir que usted me sigue a mí.

—Chorradas.

Él se echó a reír.

—Está hecha una guasona, Tracy.

—¿Una guasona? —repitió ella, perpleja.

¿De dónde había salido aquel payaso, de una caja en algún estante en que ponía «Fulano de Essex, *circa* 1943»? Procedió entonces a bajarse del coche y pasar por delante del morro del Saab. Tracy se planteó la posibilidad de atropellarlo. Como a un ciervo, y dejar el cuerpo en la carretera para que lo encontraran los turistas. Allí no había cámaras de seguridad. ¿O sí las había? Era probable que Patrimonio Nacional tuviese cámaras camufladas en los comederos de pájaros. Antes de que pudiese decidir si aplastarlo o no, el tipo había llegado al otro lado del coche. Abrió la puerta del pasajero y Tracy tendió una mano hacia la Maglite.

—No hace falta —le dijo el tipo con tono agradable—. No soy la persona que debería preocuparla —se instaló en el asiento y exhaló un suspiro como si acabase de entrar en un baño caliente—. Me llamo Brian Jackson, por cierto.

Sacó una fina tarjeta del bolsillo y se la tendió. INVESTIGADOR PRIVADO, decía, y había un número de teléfono móvil. Podían conseguirse tarjetas como aquella en las máquinas de las estaciones de ferrocarril. «Hoy en comisaría había un tipo preguntando por ti —había dicho Barry—. Dice que se llama Jackson no sé qué. Que es un detective privado».

—Un sitio muy bonito, ¿verdad? —comentó el tipo—. Es como si el tiempo se hubiese detenido. ¿Ha tenido oportunidad de visitar la abadía? Es Patrimonio Mundial de la Unesco, ¿lo sabía?

Ella lo miró fijamente hasta que el tipo levantó las manos en el aire.

—Solo trataba de entablar conversación. Llevo buscándola toda la semana. He encontrado a los demás, pero usted me esquivaba.

—¿A los demás?

—Cada vez que la alcanzaba, salía disparada. Casi me provocó un ataque al corazón cuando se estampó contra aquel ciervo. Podría haber sido horrible. Lo fue para el ciervo, claramente.

–¿Era usted el que me perseguía?

–La estaba siguiendo, no persiguiendo –repuso él con tono ofendido–. No sé por qué echó a correr hacia el bosque de esa manera –abrió la guantera y hurgó un poco hasta dar con alguna clase de pequeño chisme electrónico–. Nunca la habría encontrado sin esto. Un localizador –lo sostuvo en alto para que ella pudiera inspeccionarlo–. Se lo puse a su amigo, quería asegurarme de no perderlo de vista. Ambos vamos detrás de lo mismo; digamos que somos una especie de equipo. Una coincidencia curiosa, aunque yo siempre digo que una coincidencia no es más que una explicación en ciernes.

–¿De qué está hablando?

–Muy práctica, la forma en que me ha traído hasta usted. Su amigo está muy enfadado por lo del coche, por cierto.

–No es amigo mío –repuso Tracy.

–Podría serlo.

Tracy experimentó una sensación de derrota que se cernió sobre ella como un pesado manto. ¿Qué sentido tenía todo aquello? No podía correr, no podía esconderse, siempre habría alguien buscándolas. Alguien que les pondría artilugios para localizarlas. Satélites en la estratosfera que seguirían todos sus movimientos. Cámaras enfocadas hacia ellas. Ojos en el cielo y zumbidos de cámaras que jugaban a Soy espía, buscando a alguien que empezaba por «T». El Pentágono y el Kremlin probablemente también las tenían vigiladas. Los alienígenas las tenían en un invisible rayo tractor. No había forma de escapar, no había salida. Se preguntó si podría limitarse a apoyar la cabeza en el volante y dormirse y que cuando despertara todo fuera distinto. Quizá el bosque crecería en torno a ellas; una jaula de espino y brezo. Debería haber pensado antes en aquello, haber hecho que la niña se pinchara el dedo con un huso, y habrían estado a salvo. Dormidas, pero a salvo, como Amy Crawford.

El tipo seguía hurgando en la guantera. En esta ocasión encontró algo que parecía un caramelo de rayas blancas y negras.

–Un Everton de menta –anunció–. Llevaba una buena temporada sin ver uno.

Sacó un pañuelo, limpió un poco el caramelo y se lo tendió a Courtney, que lo cogió con la solemne devoción con la que uno aceptaría una hostia consagrada.

El caramelo formó un bulto de dibujos animados en la mejilla de la niña. Tracy la imaginó tragándoselo, ahogándose con él.

–Mastícalo –advirtió–, no lo chupes –se volvió hacia Brian Jackson, que aún revolvía en la guantera–. ¿Qué anda buscando?

–Nada, solo me preguntaba qué llevaría aquí dentro. No puedo evitar sentir curiosidad, él es algo así como..., cuál es esa expresión tan chula..., sí, mi *alter ego,* eso es; ese tío es mi *alter ego.*

–¿De qué habla?

–«Esto tiene buen aspecto, muchos recuerdos, N.» –leyó en una vieja postal que había encontrado–. Bonito sitio, Cheltenham. ¿Ha estado alguna vez? –Echó un vistazo a los discos compactos–. Música *country*; ¡por Dios, quién iba a decirlo!

–Está aquí por la criatura –le dijo Tracy.

–¡Ajá! –contestó–. Ha dado en el blanco, estoy aquí por la criatura, pero no por esta, por interesante que la encuentre. –Se volvió para mirar a Courtney. Ella le devolvió la mirada.

–No se esfuerce –intervino Tracy–. La niña no va a apartar la mirada primero. ¿A qué se refiere con que ella no le interesa? –De pronto se sintió contentísima–. ¿Quiere decir que no ha venido a recuperarla?

–No, qué va. Estoy aquí por otro niño.

–¿Otro niño? –repitió Tracy.

–Ya no es un niño. Lo fue hace tiempo.

–Todos hemos sido niños alguna vez.

–Yo no.

Un grupito de cervatos cruzó tranquilamente el camino por delante del coche.

–Mira –dijo Courtney.

–Ya los veo, cielo –contestó ella sin apartar la mirada de Brian Jackson.

–¿Qué tal si nos pasamos todos a mi coche, Tracy? –propuso Brian Jackson–. Será mucho más seguro que este. El mío no es robado..., palabra de ladrón. Las llevaré a donde vayan..., a Leeds, ¿no? Y podemos charlar un poco por el camino.

–No hasta que me diga de qué va todo esto –sintió de pronto una gran irritación, ahora que el pesado manto de derrota, ya solo una pobre metáfora, se le había caído de los hombros. Había recuperado su temple–. En este momento estoy muy ocupada y no tengo tiempo para sus bromas, así que empiece a hablar.

–Vale, vale. No pierda la cabeza.

Courtney profirió un ruidito que pareció indicar sorpresa.

–No lo dice literalmente –la tranquilizó Tracy sin volverse. Y añadió–: Estoy esperando.

–Michael Braithwaite –repuso–. ¿Le dice algo ese nombre?

–¿Michael Braithwaite?

–Sí, ya pensaba que el nombre le diría algo. Tengo un par de preguntas que hacerle, unos cuantos huecos que llenar. Usted es una testigo clave, podría decirse. ¿Qué le parece, entonces? ¿Vamos tirando?

–Antes ha dicho que no era la persona por la que debería preocuparme –dijo Tracy–. ¿Quién es la persona que sí debería hacerlo?

* * *

Se sentó en el comedor del Bella Vista a tomar su «desayuno de Yorkshire» como si lo único que hubiera experimentado entre el momento de cerrar los ojos la noche anterior y el momento de volver a abrirlos esa mañana hubiese sido un sueño tranquilo en el floreado seno de VALERIE.

Los perplejos (y hasta podría decirse que traumatizados) basureros habían querido llamar a los servicios de emergencia, pero Jackson se las había apañado de algún modo para convencerlos de que había acabado en el contenedor como resultado de una broma peligrosa por parte de sus amigos.

–Una broma que ha salido mal.

–¡Pues vaya broma! –dijo uno de ellos.

Habían tenido que volcar el contenedor para liberarlo, y salió rodando junto con la basura, como un bicho sin patas. Uno de los basureros sacó un cúter y cortó la cinta adhesiva que le ataba los tobillos y las muñecas. Sus miembros tardaron un rato en volver a la vida, pero consiguió quitarse él mismo la mordaza y se alejó dando bandazos calle abajo, consciente de las miradas dudosas a su espalda. Pasó ante un escaparate lleno de relojes. Las manecillas formaban una línea vertical en todas las esferas. Las seis en punto. Tenía la sensación de haber pasado muchas horas en el contenedor, pero apenas habían sido dos. Más que un contenedor de basura, había sido una máquina del tiempo, una Tardis.

El perro correteó a su lado durante todo el trayecto de vuelta al Bella Vista en un estado cercano al delirio. En el accidente de tren de dos años antes le había salvado la vida una jovencita mediante la reanimación cardiopulmonar. Ahora lo había salvado la lealtad de un perro. Cuanto menos inocente era él, más inocentes se volvían sus salvadores. Había alguna clase de intercambio en funcionamiento en el universo que no acababa de comprender.

Habían vuelto a VALERIE por la misma vía utilizada para salir, la escalera de incendios. El olor a beicon ya se colaba por debajo de la puerta y luchaba con el aroma a ambientador que desprendían cortinas, alfombras y tapicerías.

Entró en el angosto cuarto de baño integrado en VALERIE y se dio la mejor ducha de su vida, pese al tamaño sello de correos de la toalla y la pastillita de jabón, que no tardó en desintegrarse. Una experiencia al borde de la muerte resultó el acicate perfecto para abrirle el apetito a uno, y una vez estuvo presentable otra vez, dejó al perro –sumido en una inmediata tristeza ante su desagradecida deserción– y salió de VALERIE por la vía convencional para investigar en qué consistía el «desayuno Yorkshire» de la señora Reid.

El desayuno no tenía absolutamente nada que recordara ni remotamente a Yorkshire. No sabía muy bien qué esperaba, quizá un pudin de Yorkshire y una simbólica rosa blanca grabada en la tostada, pero lo que le trajeron fue el habitual desayuno a base de fritos, consistente en blandengues lonchas de beicon, un huevo pálido y vidrioso, champiñones como babosas y una salchicha que le recordó sin poder evitarlo a un zurullo de perro. Lo peor de todo fue la (previsible) decepción que supuso el café, que era aguado y agrio y lo dejó con cierta sensación de náuseas.

Solo había otra mesa ocupada en el comedor, por una pareja de mediana edad. Aparte de algún comentario ocasional tipo «pásame la sal», los dos desayunaban en un silencio cabizbajo que rayaba en la hostilidad.

La ausencia de conversación conyugal le concedió a Jackson la paz necesaria para digerir los acontecimientos de la noche anterior. Aquel «mensaje» de madrugada: «Deja en paz

392

a Carol Braithwaite». ¿Qué significaba eso, que se había acercado demasiado a una verdad poco conveniente? Sin embargo, no tenía la sensación de haber descubierto nada sobre la muerte de Carol Braithwaite. Más bien al contrario. ¿Quién estaba advirtiéndole de que no siguiera y por qué? ¿Era por algo que Marilyn Nettles le había contado el día anterior, por algo que ella había dicho? ¿O quizá por lo que no había dicho? Había sido parca con sus respuestas.

Algo le había dado vueltas en la cabeza cuando se quedó dormido la noche anterior, antes de su encuentro con Patachunta y Patachún. Estaba pensando en Jennifer, la niña a la que él y Steve habían apresado en Múnich, tratando de recordar el nombre de su hermano, y entonces cayó en la cuenta de que no le había hecho la pregunta adecuada a Marilyn Nettles. Y era una pregunta muy simple.

Los desayunos los servía una chica joven. Le resultaba familiar, y cuando le volvió a llenar la taza —la cafeína era cafeína, después de todo, por mala que fuera— la reconoció: era la mitad femenina de la pareja gótica de la iglesia de Santa María del día anterior. Se había recogido el cabello en una coleta y no llevaba maquillaje. Se había quitado todos los *piercings,* o al menos los visibles. Parecía más una adolescente truculenta que una aspirante a vampiro.

—Bonita mañana —le dijo Jackson, y ella lo recompensó con una mirada hosca.

—Si no te obligan a trabajar —contestó.

—¿De verdad te obligan? —no parecía que pudiera obligársela a hacer nada.

—Trata de blancas.

No parecía muy probable, en Whitby.

Salió del comedor arrastrando los pies, derramando café de la jarra sin que pareciera importarle. Jackson oyó que empujaba la puerta de la cocina con gesto agresivo, y el ruido de algo que se hacía añicos. La reacción combativa de la señora Reid vino seguida por un quejido de la muchacha.

–¡Oh, mamá! –lo dijo con un tono malhumorado exactamente igual al que adoptaba Marlee de un tiempo a esa parte.

La chica salió hecha una furia de la cocina y subió con estrépito por las escaleras.

–No hay quien consiga personal en estos tiempos, ¿eh? –les dijo Jackson alegremente a sus fúnebres compañeros de desayuno, ninguno de los cuales creyó necesario darle una respuesta ingeniosa, o de hecho la respuesta que fuera.

Premió al perro con la salchicha como un zurullo, birlada del desayuno Yorkshire, lamentando tan solo que todo lo que entraba por un extremo tuviese que salir por el otro.

Quitó las sábanas, hizo un lío con ellas y las dejó sobre el colchón. Encima de las sábanas dejó veinticinco libras para pagar el alojamiento. No dejó propina, pues no le habían prestado ningún servicio ostensible que mereciera una gratificación. Dinero fácil para la señora Reid. Podría haber dejado el hotel como se hacía normalmente, por supuesto, pero hacerlo así le apetecía más. Y le ahorraría un montón de charla innecesaria.

–No tardaré –le dijo al perro, atándolo a una barandilla del jardín de Marilyn Nettles.

En la casa no había señales de vida. Le sorprendió, porque la mujer no parecía precisamente de las que amanecían temprano. La casa tenía el mismo aire de abandono que la de Linda Pallister. ¿Adónde demonios iban a parar todas esas mujeres desaparecidas? ¿Habría un agujero negro en algún sitio que estaba succionando mujeres de mediana edad? Tracy Waterhouse, Linda Pallister y ahora Marilyn Nettles. Y todas tenían alguna clase de conexión con Hope McMaster.

O quizá fuera algún tipo de conspiración y todos –Brian Jackson, Tracy Waterhouse, Marilyn Nettles, Linda Pallister– estaban implicados en el asunto. Jackson no sabía qué era ese «asunto», pero esa no era la cuestión, ¿no? En eso consistía precisamente resolver algo: en darle caza al «asunto», sujetarle los brazos sobre la cabeza y obligarlo a descubrir el pastel. Era como participar en un juego, un juego en el que no conocías las reglas o la identidad de los demás jugadores y no tenías muy claro el objetivo. ¿Qué era él, un títere o un jugador? ¿Se estaría volviendo paranoico? («¿No lo eras ya?», oyó decir a Julia).

Se puso a cuatro patas y escudriñó a través de la gatera. Solo había aire muerto.

–No va a caber por ahí –dijo una voz.

Marilyn Nettles entró en el jardín cargada con bolsas de plástico de Somerfield. Jackson oyó el tintineo de cristal contra cristal. Nada de agujeros negros, entonces, o mujeres en peligro; solo era una alcohólica vieja y demacrada que había salido a hacer la compra.

–¿Qué pasa ahora? –quiso saber.

–¿Cuántos hijos tenía Carol Braithwaite?

Se marcharon de Whitby. En autobús.

Jackson se sentó en el piso de arriba y admiró el paisaje. El perro se tendió a sus pies. Volvían a Leeds, el sitio donde había empezado todo. El sitio donde todo acabaría, si él tenía algo que ver en el asunto. En Scarborough, cambiaron del autobús a un tren. No le gustaban los trenes. Aún veía imágenes del accidente, tenía desagradables alucinaciones sensoriales: el olor a aceite ardiendo y cables quemados, el chirriar de metal contra metal. No había vuelto a subirse a un tren desde entonces.

Una mujer había perdido el control de su coche, que se había salido del puente y caído a las vías, donde hizo descarrilar el tren. Hubo quince muertos. La mujer tenía un tumor cerebral que le había provocado una embolia. Un montoncito de células traviesas fue cuanto hizo falta para matar y mutilar *en masse*. Por falta de un clavo.

En realidad, a Jackson no le gustaban los trenes.

* * *

Había desayunado en casa. Llevaba tiempo sin hacer algo así: solía apurar una taza rápida de café y salir hacia Millgarth. Antes, Barbara siempre se preocupaba cuando lo hacía: «te hace falta desayunar bien, todo el mundo sabe que es la comida más importante del día» y bla, bla, bla. Ahora ya no decía nada.

–Me apetecen huevos con beicon –anunció Barry.

Barbara le puso el plato delante.

–¿Tú no vas a comer?

–No tengo hambre –contestó ella, pero se sentó delante de él y tomó su desayuno habitual a base de Valium y té. Iba vestida con un elegante traje de chaqueta, con el cabello alisado y peinado hacia atrás.

–Gracias, cariño –dijo Barry cuando hubo rebañado el plato con un pedazo de pan. Se levantó, apuró el café y añadió–: Bueno, pues me voy.

–Hoy lo sueltan –dijo Barbara con tono inexpresivo.

–Ya lo sé –repuso Barry. Trató de despedirse de Barbara con un beso, algo que llevaba mucho tiempo sin hacer, pero ella logró esquivarlo y él acabó dándole unas palmaditas en el hombro–. Bueno, pues adiós.

Dos años antes, Barbara había invitado a Amy e Ivan a cenar; se pasó el día entero preparando complicadas recetas de Delia, y luego Barry se pasó toda la velada diciéndole a Ivan que era un vago. Estaba perdiendo su negocio, iba a declararse en bancarrota; ese era el hombre que había prometido proteger y mantener a su hija.

–¿Barry? ¿Qué tal te va? –saludó cuando él les abrió la puerta.

Detestaba que Ivan lo llamara «Barry», como si fueran amiguetes del pub, como si fueran iguales.

–No esperarás que te llame señor Crawford, ¿no? –decía Barbara–. Es tu yerno, por el amor de Dios.

De hecho, se dijo Barry, hubiese preferido que Ivan lo llamara «comisario».

–¿Qué tal un aperitivo? –propuso Barbara cuando se hubieron quitado los abrigos y dejaron a Sam en la cuna en el piso de arriba.

Barbara había comprado duplicados de todo –cuna, silla para el coche, trona, sillita de paseo– para su propia casa, imaginando una vida entera ejerciendo de canguro.

–Estupendo, Barbara –repuso Ivan frotándose las manos–. Tomaré un vino blanco.

Barry sabía que lo ponía nervioso, pero no le importó, y antes de que Barbara hubiese llegado siquiera a sacar el chardonnay de la nevera, había empezado a hacer comentarios sarcásticos en voz baja.

–Papá, para –le dijo Amy tocándole el brazo.

Ivan miró con aprensión a Amy por encima del pastel de requesón y chocolate de Delia. Tenía la expresión de un hombre a punto de saltar de un acantilado. Se aclaró la garganta.

–Nos estábamos preguntando, Barry... Amy y yo, si podrías hacernos un préstamo de diez mil libras para ayudarnos a remontar un poco.

Barry sintió deseos de molerlo a palos allí mismo, en la mesa.

–He trabajado muy duro toda mi vida –soltó, dándose aires de patriarca–, y ahora quieres que te dé mi dinero porque eres un inútil y un despilfarrador. ¿Por qué no te limitas a eliminar al intermediario y te pules toda la pasta?

Amy se levantó de un brinco de la mesa.

–No pienso quedarme a oír cómo insultas a mi marido, papá –y corrió escaleras arriba a sacar a Sam de la cuna.

Antes de que Barry se diese cuenta siquiera, su hija estaba fuera poniéndole el cinturón a su nieto en la sillita del coche.

–De verdad, papá, qué cabrón llegas a ser a veces.

Barbara estaba de pie en el umbral, con cara de estatua, mirando fijamente el coche.

–Ivan ha bebido más de la cuenta, no debería conducir. Todo esto es culpa tuya, Barry, como de costumbre.

Le habría dado cualquier cosa a su hija, y se había echado atrás ante un mísero préstamo de diez mil libras. Podría haber dicho que sí, podrían haber abierto una botella de algo con burbujas para celebrarlo y haberse comido el pastel de requesón y chocolate. Y Barbara podría haber dicho: «Oh, no puedes conducir en ese estado; las camas están hechas, será mejor que os quedéis a dormir», y Barry podría haber subido a darle un beso de buenas noches a su nietecito dormido. Pero no fue eso lo que pasó, ¿no?

Cuando entró en la comisaría de Millgarth casi arrolló a Chloe Pallister, que estaba tan agitada como un hormiguero en pleno ataque.

–Mi madre ha desaparecido –anunció.

–¿Que ha desaparecido?

–Desde la noche del miércoles. Fui a su casa; no había ni rastro de ella; no ha ido al trabajo; nadie la ha visto.

Barry recordó que Amy había arrojado el ramo de novia con la intención de que lo cogiera su mejor amiga, pero Chloe se las había apañado para tropezar con sus propios pies embutidos en satén naranja y otra chica más competitiva se había hecho con las flores.

–¿Notaste si faltaba algo? –preguntó.

–Su pasaporte.

–Su pasaporte –repitió Barry–. Bueno, pues si falta el pasaporte, lo más probable es que se haya fugado a algún sitio.

–¿Fugarse? ¿Mi madre?

Realmente no sonaba muy probable; Linda no era de las que se fugaban. Aun así, Barry insistió; era la explicación más fácil.

–Ha mandado a la porra esta vida de mierda y se ha ido a vivir a una playa en Grecia. En este momento es probable que esté sentada en alguna taberna haciéndole ojitos a un camarero, confiando en que le pase más o menos lo mismo que a Shirley Valentine.

–No, mi madre no –repuso Chloe rotundamente.

–Bueno, todos somos capaces de sorprendernos a nosotros mismos a veces, cielo.

Sentía la cabeza como un bombo. No tenía fuerzas para algo así. Tenía cosas que hacer. «No hagas prisioneros, no dejes cuerpos atrás. Lleva a Chloe Pallister a una sala de interrogatorios y dile que alguien vendrá a tomarle declaración. Déjala ahí y luego olvida decírselo a alguien».

Gemma Holroyd asomó la cabeza por la puerta de su despacho.

–Para su info, jefe, el laboratorio ha comprobado que el ADN de la escena del crimen de Kelly Cross coincide con el de la fulana de Mabgate.

«Info», pensó Barry; cómo odiaba esa clase de palabras. Ni siquiera era una palabra completa.

–¿Qué pasa con la tercera, la del cine en Cottage Road? –quiso saber.

–Aún no han mandado los resultados.

Cuando volvió a quedarse solo, Barry se sentó al escritorio, encendió el ordenador y empezó a redactar sus últimas voluntades.

Estaba dando los últimos retoques al testamento cuando alguien llamó a la puerta. Se abrió antes de que le diese tiempo a decir «Adelante».

–Otra vez usted –dijo Barry–. Me gustaría saber a qué está jugando. ¿Qué quiere exactamente?

–¿La verdad? –repuso Jackson Brodie.

* * *

–Inspectora. Adelante.

Harry Reynolds sostenía la puerta abierta con un trapo de cocina en la mano, la imagen misma de la felicidad doméstica.

El calor de invernadero de su casa se notaba en cuanto uno trasponía el umbral. Y el aroma a café bajo un olor más intenso a manzanas y azúcar.

–Estoy preparando un pastel de manzana para la comida de mañana domingo –dijo Harry Reynolds, y añadió–: ¿Qué le ha pasado en la cara?

–Me metí en una pelea con un airbag.

Él bajó la vista hacia Courtney, un hada bastante maltrecha.

–Hola, pequeña, a ti también se te ve un poco desmejorada. ¿Qué, no funciona muy bien la magia? Tu «mami» va a tener que comprarte una varita nueva, ¿no es así, mami? –añadió, arqueó una sarcástica ceja mirando a Tracy y cambió el tono de voz para decirle–: No pueden viajar de esa manera, da la sensación de que vengan de la guerra. Usted y el patito feo necesitan ropa decente. No les conviene llamar la atención.

Tracy imaginó, con demasiada facilidad, cómo sería estar a las malas con Harry Reynolds. Aterrador. Pero ella ya no estaba en condiciones de sentir terror ante nada.

«Patito feo», ¿cómo se atrevía a decir eso? Debería haberle dado un tortazo, ahí mismo, en su sala de estar demasiado recargada y calentita. Haberlo arrojado a su caro estanque de carpas, y dejar que Harry Reynolds nadase con los peces. Pero en lugar de eso, le dijo:

—Sí, gracias por el consejo, Harry. Por desgracia, he tenido que dejar atrás mis maletas de Louis Vuitton, y todos mis vestidos de Gucci estaban dentro.

—¿Tiene problemas, inspectora? ¿Más que antes? Si eso es humanamente posible, claro. No quiero problemas en mi casa, asegúrese de mantenerlos lejos de mí.

—¿Es eso una amenaza?

—Solo un consejo de amigo —contempló el feo reloj con forma de sol en la pared y añadió—: Susan no tardará en llegar con Brett y Ashley. Pasan por aquí de camino a Alton Towers —dejó caer aquello con la intención de que supusiera una amenaza. Nada de bollos esta vez. Era una visita estrictamente de negocios—. Además, tengo que ir a un funeral.

Harry Reynolds sacó un sobre manila grande y grueso de su aparador G Plan de los sesenta.

—Está todo aquí dentro. Pasaportes nuevos, partidas de nacimiento. Una dirección en Ilkley... No tiene sentido fingir que no es de Yorkshire; se delatará con solo abrir la boca... Hay recibos con esa dirección, así podrá abrir una nueva cuenta bancaria allá donde vaya. Era a Francia, ¿no? Debería ir a algún sitio en el que no haya extradición. También tiene un nuevo número de la Seguridad Social y, como detalle extraordinario, un perfil en Facebook, y le alegrará saber que tiene ya diecisiete amigos. Bienvenida al mundo feliz, Imogen Brown.

Tracy le tendió un sobre repleto de billetes.

—Un asunto caro —comentó.

Era el segundo sobre de la semana, y ese contenía mucho más dinero que el primero. Desde luego, había pasado a engrosar las filas de la economía a tocateja.

—No está en posición de regatear, inspectora.

—Solo lo comentaba.

—¿Le ha dado instrucciones a su abogado de poner en marcha la venta de la casa?

—Sí.

Exhaló el clásico suspiro del empresario sufrido.

—Es un peñazo que hagan falta semanas para comprar o vender una casa, con todos esos peritajes e inspecciones. Tanta burocracia resulta ridícula. Debería bastar con el dinero y la palabra de un hombre. Y no me venga con lo de la normativa para impedir el blanqueo de dinero. ¡Qué atrás quedan ya los buenos viejos tiempos en los que uno podía salir simplemente y comprarse una bonita propiedad inmobiliaria con el dinero que llevaba en el bolsillo!

—Sí, aquellos buenos viejos tiempos —repuso Tracy con ironía—. Todo el mundo los echa de menos, en especial los delincuentes.

—No está en situación de arrojarle piedras a nadie, inspectora. En cualquier caso, no se preocupe; puedo hacer que la cosa se agilice. Que se haga expeditivamente, tengo entendido que se dice. Bonita palabra. Manténgase en contacto con su abogado. Si el abogado me vende la casa a mí, apartaré una cantidad a modo de comisión, por así decirlo, y le ingresaré el resto en esa nueva cuenta bancaria que va a abrir.

—Me deshice del teléfono móvil.

—Muy sensato por su parte. Hoy en día lo encuentran a uno en cualquier parte si lleva un teléfono. Espere —añadió, y salió de la habitación.

Tracy lo oyó moverse de aquí para allá en el piso de arriba. Courtney tenía la cara pegada a las puertas de cristal del jardín y observaba el estanque de peces. Tracy vislumbró un gran pez con vetas azules y blancas que se deslizaba de aquí para allá como un submarino.

Harry Reynolds volvió con una bolsa llena de ropa.

—He metido unas cuantas prendas de Ashley y de mi esposa. Era una mujer robusta, deberían ser de su talla. A estas alturas tendría que haberme deshecho de sus cosas, haberlas llevado a una organización benéfica o algo así. Susan no para de decírmelo. No le gusta ver los objetos de su madre por ahí cuando viene.

Encorvó los hombros, y de pronto no fue más que un anciano viudo. Advirtió la huella de suciedad de la cara de Courtney en el cristal de las puertas del jardín y sacó distraídamente un pañuelo para limpiarla.

—Tome —dijo metiendo la mano en la bolsa de ropa y volviéndola a sacar con un par de teléfonos móviles que le tendió a Tracy—. Tírelos cuando ya los haya usado una vez. Son de prepago.

—Pues claro que lo son —repuso ella.

Un anciano pensionista con un armario lleno de móviles libres. ¿Acaso había algún motivo para sorprenderse de algo así?

Sonó el timbre, y Harry Reynolds se dirigió a toda prisa a abrir la puerta.

—Esos deben de ser Brett y Ashley —le dijo Tracy a Courtney arqueando una ceja.

La niña enarcó una de las suyas, una respuesta enigmática.

Los nietos de Harry Reynolds entraron corriendo en la casa y se detuvieron en seco al ver a Courtney, un desaliñado cuco usurpándoles el sitio en el nido. Iban vestidos de paisano: Brett con equipo de fútbol del Leeds United, Ashley con vaqueros y una sudadera de terciopelo con capucha de *High*

School Musical. Courtney se quedó boquiabierta ante aquel inalcanzable despliegue de glamur prepúber.

Su madre irrumpió tras ellos en la sala de estar.

–Bueno, ¿qué pasa aquí?

–Nada, Susan –repuso Harry Reynolds con tono tranquilizador, un poco acobardado–. Una vieja amiga, que pasaba por aquí y ha venido a saludar.

Tracy se preguntó si la hija de Harry Reynolds sabría qué clase de «viejos amigos» solía tener su padre, o si pensaba que todo aquello –el rosbif, las matrículas del colegio, las carpas– era la justa recompensa por una vida impoluta y el trabajo duro.

–No se preocupe, nosotras ya nos íbamos.

–Las escoltaré hasta la puerta, ¿de acuerdo? –dijo Harry, como si fuera un policía.

El Avensis estaba aparcado fuera. Brian Jackson se apoyaba contra el capó, fumando. Levantó el cigarrillo a modo de saludo cuando las vio.

–¿Y ese quién es? –murmuró Harry Reynolds al verlo, dirigiéndose a Tracy.

–Nadie –contestó ella.

–Bueno, que tenga una buena vida, inspectora –le deseó Harry Reynolds.

–Haré todo lo posible –repuso Tracy.

21 de marzo de 1975

¡Una niñita! Una cosita adorable, en pijama, profundamente dormida y envuelta en una manta sucia y vieja. ¿Había ocurrido alguna clase de accidente? Ray Strickland estaba muy blanco; parecía haber sido testigo de algo espantoso.

–Pasa, hace un frío que pela ahí fuera –dijo Ian.

Condujo a Ray hasta la sala de estar, lo hizo sentarse y le sirvió un whisky enorme. A Ray le temblaba tanto la mano que a duras penas consiguió llevárselo a los labios.

–¿Qué ha pasado, Strickland? –quiso saber Ian. Estaba arrodillado a su lado y comprobaba si la niña tenía heridas de alguna clase–. ¿Quién es? –añadió, pero Ray se limitó a sacudir la cabeza.

–¿Está bien la niña? –le preguntó a Ian.

Este asintió con la cabeza.

–Por lo que veo, sí.

Kitty cogió a la niñita de manos de Ray y la envolvió en una manta limpia.

–Así, calentita como un polluelo en el nido –dijo, sosteniéndola en los brazos.

La niña no se movió. El sólido peso de su cuerpecito le pareció encantador a Kitty. Imaginó que fuera suya, que pudiera abrazarla así todos los días. «Kitty Winfield le apartó el cabello de la cara a su hijita dormida».

–¿Queréis quedárosla? –preguntó Ray.

–¿Quedárnosla? –repitió Kitty–. ¿Durante esta noche?

–Para siempre.

–¿Mía? ¿Puedo quedármela? ¿Para siempre? –repuso Kitty.

–Nuestra –dijo Ian.

Un par de semanas después, ante una buena cena en casa a la luz de las velas, Ian le sirvió una copa de vino.

–Me han ofrecido un empleo en Nueva Zelanda, y he pensado que lo mejor sería aceptarlo –dijo.

–Oh, Dios mío, claro que sí, cariño –respondió Kitty–. Es perfecto. Podemos dejarlo todo atrás, empezar de nuevo en un sitio en que nadie sepa nada de nosotros. Qué listo eres.

* * *

«¡Malditos sean estos aullidos!». Las embravecidas aguas bramaban en su cabeza. Tilly había salido corriendo de la casita Campanilla, con los insultos de Saskia resonándole en los oídos, para subir al coche y alejarse de allí. Quería irse a casa. Necesitaba un tren, los trenes estaban en las estaciones, la estación estaba en Leeds. Allí le había pasado algo horrible, pero no conseguía recordar de ninguna manera qué era exactamente. Tenía algo que ver con un niño. Un niño, un pobre niñito. Una cosita negra sobre la nieve. Su niñito negro.

Cuando besó a su adorable nigeriano en la estación de metro de Leicester Square, él le había preguntado:

—¿Puedo pasar a buscarte esta noche? Quizá te gustaría ir al cine y luego a cenar algo...

—Sería estupendo —repuso Tilly.

—Pasaré a recogerte. Sobre las siete.

Tilly se pasó el día entero pensando en él, preguntándose qué ponerse, cómo peinarse. Fue un desastre absoluto en los ensayos, pero no le importó, tenía el corazón que se le salía del pecho. Llegó a casa a las seis, se arregló a toda velocidad y luego se plantó ante la ventana que daba a la calle, esperando la llegada del apuesto hombre que era su nueva pareja.

Seguía ahí de pie a las ocho, y a las nueve. A las diez, supo que no llegaría. Comprendió que nunca vendría.

Fue solo mucho después cuando Tilly se enteró de que se había perdido. Nunca había apuntado la dirección, pensó que no tendría dificultades en volver a encontrar la casa, pero una vez en el Soho se dio cuenta de que se había equivocado de calle. Anduvo de aquí para allá, rodeando los edificios, buscando algún punto de referencia, algo que le recordara dónde había estado la noche anterior. Hasta probó a llamar a varias puertas y lo recibieron con cajas destempladas por el color de su piel, excepto en el caso de algunas damas que tenían pequeños letreros sobre los timbres. Era casi medianoche cuando desistió y se marchó a casa.

Al día siguiente volvió a intentar dar con ella. Hizo una ronda por los teatros preguntando por Tilly, y en uno de ellos alguien lo condujo hasta Phoebe, que estaba a punto de empezar en una sesión de tarde de *Pigmalión*. La reconoció de la fiesta en la embajada. Ella le dijo que sí, que conocía a Tilly; de hecho, era su mejor amiga y se lo había contado todo sobre su «cita» de la noche anterior, y «me temo que tengo malas noticias», le dijo llevándose una mano al corazón, o a donde habría estado de haber tenido uno. Phoebe procedió a informarlo de que Tilly había comprendido, a la fría luz del día, que no quería volver a verlo. Todo había sido un error, se había dejado llevar.

–¿Comprende lo que le digo? –preguntó Phoebe. Él dijo que sí, de modo que añadió–: Lo siento mucho. Me están llamando a escena, tengo que irme.

–Estaba velando por tus intereses –le dijo Phoebe a Tilly, sentada en la cama del hospital después de que perdiera el bebé–. A veces cometes enormes estupideces –Tilly la tontita–. Habría acabado en desastre, Tilly.

Ya había acabado en desastre.

Cuando se sintió más fuerte, Tilly hizo una visita a la embajada de Nigeria; tenía que disculparse con él, explicarle que su amiga era una traidora. Había un hombre en la recepción, pero ¿qué iba a decirle?

–¿Tienen a alguien trabajando aquí que se llame John?

El recepcionista la miró con algo parecido al desdén, como la habían mirado las enfermeras en la maternidad.

–Hay varias personas con ese nombre trabajando aquí. Necesitaría saber su apellido.

¿Qué otra cosa podía hacer? «Oh, cómo me sacudieron el corazón sus gritos». Se fue a casa bajo la lluvia, arrastrando los pies, derrotada. Quizá ambos abandonaron demasiado pronto. Tilly siempre había pensado eso de la princesa Margarita y el capitán Townsend. El deber por encima del amor. ¡Qué ridiculez! El amor siempre debería ir primero. Tampoco era que la princesa Margarita fuese necesaria para el país en algún sentido. Más bien al contrario.

Quizá no habría perdido al bebé si no hubiese perdido a su padre. Quizá fue cosa de la tensión a la que estaba sometida. Había empezado a comprar cosas, manoplas y peúcos. Conservó un par de pequeñas manoplas durante años, en el fondo del bolso, hasta que se desintegraron. Una tontería, en realidad.

La estación de Leeds le puso los pelos de punta, con tanta gente corriendo de aquí para allá con cara de mal humor; todo el mundo con prisas por coger un tren, impaciente con los demás, consigo mismo. Empujando y dando codazos. ¡Qué pocos modales!

Las torres coronadas de nubes, los magníficos palacios. Todo pertenecía a un mundo de ensueño, ¿no? La realidad en sí no existía. Palabras, todo estaba hecho de palabras; cuando perdías las palabras perdías el mundo. En torno a ella solo había una rugiente tempestad. En el mar y con fuertes vientos. Los hombres en los botes, los cuerpos girando en las gélidas aguas después de que torpedeasen sus valientes barquitos. Descendiendo más y más hasta el lecho marino. «Perlas son ya sus ojos». Los tesoros de las profundidades.

Volvía a tener aquella rara sensación de oscuridad, de la cortina de aurora boreal ante los ojos. Estaba en un barco que surcaba las oscuras aguas. En torno a ella todo era desesperación. Las vergas se rompían, el palo mayor crujía, las velas pendían hechas jirones. El mascarón de proa era un bebé desnudo que aullaba al viento. Había bebés por todas partes, colgándose de las jarcias para salvar la vida, aferrándose a los costados del casco cuando empezó a hundirse en el mar gélido y oleaginoso. Tilly debía salvarlos, tenía que salvarlos a todos, pero no podía, iba a hundirse con el barco. «¡Piedad! ¡Nos hundimos!».

Y entonces, de pronto, ahí estaba, como un rayo de luz, como un puerto en la tormenta: la niña de «Brilla, brilla, estrellita». En el andén de la estación. Tenía las alas rotas, pobre mariposilla; un hada desaliñada que revoloteaba entre la multitud un poco más allá, en la pasarela sobre los andenes. Le habían dado una segunda oportunidad para salvarla. Alguien debería hacer algo. Tilly debería hacer algo. ¡Sé valiente, Tilly! ¡Sé una chica valiente!

Courtney. El nombre surgió espontáneamente («joder, cállate de una vez, Courtney, ¡me estás hinchando las pelotas!»).

–Courtney –susurró Tilly con la voz ronca de repente.

La niña se volvió y la miró.

–Courtney –repitió Tilly con mayor confianza esta vez.

Sonrió y tendió la mano. Courtney se acercó a ella y puso la manita en la de la anciana como si obedeciera instrucciones invisibles. Tilly se acordó del sueño, del tacto aterciopelado de la patita del conejo en su mano cuando huían.

–Ven conmigo, cariño –dijo.

* * *

Tracy iba vestida con la ropa de la esposa muerta de Harry Reynolds. Pantalones de Marks & Spencer con cinturilla elástica y una camisa tipo casaca estampada con un dibujo selvático que le habría permitido entrar en la jungla y volverse invisible. En Leeds no había junglas. Courtney, que caminaba a su lado, había salido mejor parada, pero solo un poco mejor: lucía unos piratas vaqueros desechados por Ashley y una blusita de Peppa Pig. Encima, insistió en llevar los harapos del traje de hada. Pues vaya idea tenía Harry Reynolds de lo que era «ropa decente»; parecían un par de vagabundas sin techo, pero estaba bien así, porque los sin techo no le interesaban a nadie.

Se oyó el anuncio de un «tren sin parada», con la advertencia de que la gente se apartara de las vías. El andén estaba a rebosar. Tracy supuso que porque era fiesta, y aferró la manita de Courtney como si la cría estuviese a punto de salir volando. Una vez había tenido que cubrir un incidente en que habían empujado a alguien en un andén abarrotado cuando pasaba un tren. El tipo que lo hizo, un tipo corriente que se parecía un poco a Les Dennos, dijo que no había podido evitarlo. Cuanto más se decía que no debía empujar al hombre que tenía delante, más impelido se sentía a hacerlo. Por lo visto, pensaba que eso constituía un motivo, y ni siquiera alegó demencia pasajera. Quedó grabado en la cámara; le cayó cadena perpetua, y lo soltarían al cabo de cinco años.

–Mantente apartada de las vías –le dijo a Courtney.

No tuvo ni idea de cómo ocurrió. Hubo una repentina marea de gente; quizá pensaron que el tren iba a detenerse en la estación, no a pasar de largo, pero la cuestión es que en un momento dado tenía a la niña cogida de la mano y al instante siguiente se le había soltado. El pánico le oprimió el pecho cuando giró sobre los talones buscando a Courtney y se encontró casi cara a cara con Len Lomax.

Hacía años que no lo veía. Traje chaqueta de seda de tres piezas, corbata negra de luto, unas gafas propias de un hombre más joven. Debía rondar los setenta como mínimo, pero tenía buen aspecto considerando que se había pasado buena parte de la vida fumando y bebiendo y quién sabía qué más.

–Tracy, ¡cuánto tiempo sin verte! –dijo, como si estuvieran en una fiesta al aire libre.

–Ahora no, jefe –contestó ella escudriñando la multitud en busca de la niña. Hacía más de quince años que no era su jefe, pero la subordinación era algo que surgía con naturalidad.

Vio a Courtney un poco más allá en el andén, alejándose de la mano de una anciana. Probablemente se iría con cualquiera. Un perro habría sido más sensato que ella. Estaba en buenas manos con una anciana, ¿no? Las ancianas encontraban niños y los llevaban a objetos perdidos y les ponían monedas de seis peniques en la manita (eso le había pasado a ella de niña una vez, en la estación de York. Habría preferido que la anciana en cuestión la llevara a casa). A menos que fueran brujas malvadas, por supuesto, en cuyo caso se llevaban al crío a casa y lo engordaban antes de meterlo en el horno.

Perdió de vista a la anciana entre la multitud y empezó a hiperventilar. «Tranquila, mantén la calma». Vislumbró otra vez a la anciana y empezó a abrirse paso entre la multitud, pero algo le tironeaba del brazo, reteniéndola. No era algo, sino alguien. Len Lomax otra vez. ¿A qué estaba jugando? Tendió una mano, la agarró del brazo, y Tracy sintió la sorprendente fuerza de sus dedos en el bíceps. No la soltaba, era como un ancla que la mantenía lejos de la niña.

–¡Caray, cómo cuesta dar contigo, Tracy! Tú y yo tenemos que charlar un poco.

«¿Quién es la persona que sí debería preocuparme?», le había preguntado a Brian Jackson. «Strickland, y su títere Lomax», contestó. Curioso, pero Tracy siempre había pensado en Strickland como títere de Lomax y no al revés. «Tratan de darle carpetazo al pasado –añadió Brian Jackson–, pero la verdad siempre acaba saliendo a la luz».

411

–¡Suéltame y vete a la mierda! –trató de liberarse, pero Lomax la sujetaba con fuerza, de modo que dijo–: Lo siento, jefe. –Y le dio un rodillazo en la entrepierna.

–¡Zorra! –lo oyó gritar Tracy cuando echaba a correr.

Estaba a punto de alcanzar a la niña cuando uno de los tipos del Land Cruiser de la gasolinera se plantó de pronto ante ella como una pared. Tracy empezó a atar cabos; le había llevado mucho tiempo llegar a hacerlo. Los matones de las chaquetas de piel eran esbirros de Lomax. Antiguos reclusos cuya senda se habría cruzado con la de él en algún punto. «Usted es un testigo clave –le había dicho Brian Jackson en el camino de Fountains a Leeds–. Estaba allí cuando echaron abajo aquella puerta». Testigo de nada; ella era la última persona clave en el asunto.

Tracy no se detuvo; se limitó a darle un buen gancho en la cara al tipo del Land Cruiser y continuó a grandes zancadas hacia la niña. Vislumbró la otra voluminosa chaqueta de piel –difícilmente supuso una sorpresa– abriéndose paso entre la multitud hacia ella. Lobos por todas partes, acechándola. Ese en concreto esperaba que lo esquivara, pero Tracy, como buena Tauro, lo que hizo fue cargar contra él como un ariete y quitarlo de en medio.

La multitud se apartaba de ella: no había nada mejor para hacer sitio que una vaca loca en plena estampida. Courtney la vio y soltó la mano de la anciana para correr hacia ella. Tracy la levantó y la asió con fuerza entre los brazos. «Salva a la niña, salva al mundo». Esa niña era el mundo. El mundo, todo el mundo y nada más que el mundo.

–No puedo respirar –murmuró Courtney.

–Perdona –repuso ella aflojando un poco el abrazo, y miró alrededor en busca de las escaleras mecánicas.

No había forma de salir de allí; había demasiada gente. Y ahí estaba otra vez el maldito Lomax, ¿qué coño le pasaba a aquel cabrón? Estaba como loco; nunca le había gustado que le dieran esquinazo, y mucho menos que lo hiciera una mujer.

–Quiero hablar contigo, joder –soltó.

Se abalanzó hacia ella, agarró a la niña y trató de arrancársela. Courtney, aferrada a Tracy como un bebé koala, chilló a pleno pulmón y empezó a darle golpes a Lomax con la varita. Fue como pegarle a un elefante con una brizna de hierba.

La anciana, con la peluca torcida, se lanzó repentina e inesperadamente contra Lomax, aunque lo suyo fue más una caída que una arremetida, y le rodeó la cintura con los brazos. Lomax se volvió en redondo de forma que quedó abrazado a la mujer, cara a cara, y durante unos instantes parecieron un par de pensionistas enzarzados en una danza especialmente tensa.

La anciana había hecho perder el equilibrio a Lomax y ambos se bambolearon peligrosamente tratando de recuperarlo. Se oyó otro anuncio por megafonía, más urgente, de la llegada del tren sin parada, y una ráfaga de aire y ruido indicó que estaba muy cerca. Un colectivo jadeo de espanto se elevó de aquellos miembros de la multitud que estaban lo bastante cerca de los inestables bailarines para advertir el inminente peligro que corrían. La gente empezó a gritar y un par de tipos se abalanzaron hacia ellos para tratar de agarrarlos, sin conseguirlo.

Hubo un segundo cuántico de silencio, que no contó para nada en una dimensión y se alargó hasta el infinito en otra. En el equilibrio entre el triunfo y el desastre, Tracy captó la inevitabilidad del resultado.

El sonido volvió con estrépito cuando el tren entró rugiendo en la estación, y Tracy, incrédula, vio cómo Lomax y la viejecita, todavía uno en brazos del otro, perdían el equilibrio y caían a la vía en el camino de la implacable locomotora. Tracy le tapó los ojos a Courtney con la mano, pero todo acabó en unos instantes. El chirriar de los frenos del tren ahogó

413

los gritos y chillidos de la gente en el andén. Ya no era un tren de paso, ahora era un tren con parada.

Al volverse, Tracy vislumbró a los tipos de las chaquetas de piel, resucitados como unos malos de dibujos animados, abriéndose paso en las escaleras mecánicas de subida. Ahora que el titiritero ya no estaba, no hacía falta que los títeres anduvieran por ahí.

—No veo nada —dijo Courtney.

—Perdona —repuso Tracy, quitándole la mano de los ojos.

Un par de policías de la estación bajaron a toda prisa por la otra escalera y se sumieron en el caos del andén. Dos andenes más allá, otro tren esperaba pacientemente.

—Ven —le dijo Tracy a la niña.

El jefe de estación ya hacía sonar el silbato para indicar que las puertas estaban a punto de cerrarse. Las dos subieron al convoy justo antes de que sus fauces sisearan y se juntaran.

Recorrieron el tren hasta el final y ocuparon sus asientos con calma, como cualquier pasajero. Lo único que le quedaba a la niña de la varita era la estrella plateada. La metió en la mochila.

Tracy encontró un plátano lleno de motitas negras en el fondo del bolso, junto a la Maglite. La niña le hizo el gesto con los pulgares para arriba. Luego extendió las palmas como estrellas de mar ante la ventanilla.

Durante un alucinógeno instante, Tracy creyó ver al conductor del Saab de pie junto a Brian Jackson en el andén.

Hasta nunca, Leeds. «Adiós muy buenas», pensó Tracy. No pensaba volver jamás. Se acabó el pasado. Era una astronauta que había llegado demasiado lejos. Ya no había regreso posible a la Tierra para Tracy. Además, ya no era Tracy. Era Imogen Brown. Tenía diecisiete amigos en Facebook y dinero en el banco. Y tenía una niña de la que cuidar. Dormir, comer, proteger. Y vuelta a empezar.

414

Pobre viejecita Tilly, con sus rodillas temblorosas y su cadera pachucha, bailando el último vals en brazos de un hombre. Un breve encuentro en un andén de estación, como en la película. «Nada dura realmente. Ni la felicidad ni la desesperación. Ni siquiera la vida dura tanto». Había interpretado a Laura Jesson una vez, en una obra bastante mala de una compañía de repertorio, en el Wolsey de Ipswich, o quizá fue en el Theatre Royal en Windsor. Ahora ya no importaba. En aquella época era demasiado joven para comprender qué significaba el sacrificio, qué le exigía el amor a una persona.

Un hombre malo quería hacerle daño a la niña del «Brilla, brilla, estrellita». Durante un instante creyó ver a su padre en el rostro de aquel hombre.

Y de pronto estaba girando y girando en el aire y se dijo que no iba a pasar nada, que las vías tampoco quedaban tan lejos, pero entonces el tren se metió en medio. Tilly la tontita.

El círculo de nuestra pequeña vida se cierra con un sueño. Le pareció que podía habérsele caído la peluca. Una no quiere verse poco digna al final. «Ojalá fuera la historia de algún otro, y no la mía». Descendía dando vueltas y vueltas en el agua fría, con los cardúmenes de grandes peces plateados alrededor, escoltándola, protegiéndola mientras se hundía más y más, lentamente, hacia el fondo del mar. No temáis. Sus huesos eran ya de coral. Sus ojos, tan ciegos como perlas. Y el resto es silencio.

«Un ciervo herido salta más alto». Cuando cruzaba el puente acristalado sobre las vías, Jackson vio el drama entero que se desarrollaba debajo. Reconoció el singular reparto de actores de aquella representación improvisada: la madre de Vince Collier, la mujer que le había robado el Saab, la niñita, Patachunta y Patachún. El único actor nuevo era el viejo que cayó bajo el tren con la madre de Vince Collier. Desde ahí arriba dio la sensación de que ella lo hubiese empujado. ¿Cómo era el título de aquella canción de Mary Gauthier? ¿Algo así como «Ten piedad ahora»?

En realidad, a Jackson no le gustaban los trenes. No le gustaban en absoluto.

Debería bajar, asumir el mando, hacer algo, ayudar a alguien. Cogió al perro, pues no costaba imaginar que acabara aplastado en medio de aquel caos de gente, y bajó a toda prisa por las escaleras mecánicas para internarse en el clamor del andén atiborrado. Vislumbró a la excursionista ladrona, con la niñita a la zaga. Se dirigió hacia otro tren, dejando más caos en su estela. Jackson corrió hacia ellas, pero el tren ya estaba saliendo. Vio a la niñita decirle adiós, formando estrellas con las manos hasta desaparecer de la vista.

Una mano en el hombro lo hizo dar un respingo. Brian Jackson. El falso Jackson, así era como había empezado a pensar en él. De alguna manera, el verdadero Jackson no se sorprendió.

—Esa Tracy Waterhouse es un pez escurridizo.

—¿Cómo dice? —preguntó Jackson, con los engranajes girando en el cerebro—. ¿Esa era Tracy Waterhouse?

—Pues vaya detective está hecho.

—No entiendo nada —repuso él; no sabía por qué no se hacía tatuar simplemente esa frase en la frente.

—Creo que los dos vamos detrás de lo mismo —dijo Brian Jackson—, solo que venimos de puntos de partida distintos.

La policía y el personal sanitario habían empezado a aparecer en escena.

–Vaya jaleo –comentó Brian Jackson–. Vámonos ya.

Jackson titubeó. ¿No debería estar echando una mano, o al menos prestando declaración sobre lo que había visto?

–Somos espectadores inocentes –dijo Brian Jackson animándolo a dirigirse hacia las escaleras mecánicas, como un perro pastor que instigara a una oveja obstinada–. Venga, hay alguien a quien quiero que conozca. Alguien que tendrá interés en conocerlo a usted.

–¿Quién?

–Mi cliente. Un hombre llamado Michael Braithwaite. A ambos nos gustaría mucho saber para quién trabaja.

–Me has llamado por teléfono –dijo ella.

–Así es –repuso Jackson.

–No me has mandado un correo electrónico o un mensaje de texto –continuó Hope McMaster–. Estás hablando conmigo, o sea que tienes noticias. ¿Qué ha pasado?

Todos los signos de exclamación habían quedado sofocados bajo el peso de la esperanza, una esperanza que pendía de un hilo.

–Bueno –empezó Jackson con cautela–. La cosa funciona así: buena, mala, buena, ¿de acuerdo?

–De acuerdo.

–En primer lugar, la buena noticia es que he descubierto quién es tu verdadera madre. La mala noticia es que era una prostituta y murió asesinada, y el asesino fue tu padre.

–Vale –repuso Hope–. Digeriré eso más tarde. ¿Y la otra buena noticia?

–Tienes un hermano.

Hope McMaster. Michael Braithwaite. Dos piezas de un rompecabezas que encajaban a la perfección.

Hope McMaster era Nicola Braithwaite, la hermana de Michael.

(–¿Por qué no me lo dijo? –le había preguntado Jackson a Marilyn Nettles esa mañana.

–Usted no me lo preguntó).

Nicola Braithwaite, una niña de dos años. No había habido mandamiento judicial alguno sobre ella, ni necesidad de incluirla en un programa de protección de testigos, porque sencillamente no existía. No iba al colegio, nunca la había visto un médico; Carol Braithwaite había evitado las visitas de pediatras y enfermeras a domicilio. Se mudaba de casa constantemente. Los vecinos ni siquiera conocían su existencia.

«Desaparecida», según Marilyn Nettles.

–No estaba en el piso cuando echaron abajo la puerta, de modo que no supieron que existía. Bueno, había algunas personas que sí conocían su existencia, por supuesto... Tuve que hurgar muy hondo para averiguarlo, pero nunca se lo conté a nadie. ¿Ha tenido una buena vida?

–Sí –respondió Jackson–. Supongo que sí.

–Oh, qué historia tan bonita –opinó Julia con lágrimas en los ojos.

–Bueno, solo el final es bonito –repuso Jackson–, no la historia en sí.

–Una criatura perdida y encontrada –dijo Julia–. ¿No es lo mejor que puede pasar en el mundo?

–Hope significa esperanza. Eso es lo que quedó en la caja de Pandora –concluyó Jackson.

21 de marzo de 1975

Cuando llegó al piso, en Lovell Park, ella estaba de muy mal humor. Uno nunca sabía cómo iba a encontrarla: unas veces estaba más contenta que unas pascuas, y otras, sumida en la autocompasión y el desánimo. Cambiaba tan deprisa que en ocasiones eras testigo de cómo ocurría, veías transformarse su rostro. Que esa noche hubiera bebido no ayudaba mucho, porque era mala bebedora; cuando él entró por la puerta, ella le agitó una botella de vino barato en la cara a modo de saludo.

–Los críos duermen –dijo.

Solo Michael estaba en la cama, o eso se suponía, porque no había rastro de él. Nicola estaba en el sofá, donde se había quedado dormida. Tenía la cara y las manitas llenas de mugre, y el pijama sucio. ¿Qué esperanzas tenía aquella cría?

–Te he traído el dinero.

Le tendió un billete de cinco libras. Como si fuera un cliente. No se había acostado con ella en dos años, pero había errores que uno pagaba toda la vida. Ella no sabía quién era el padre del niño. Sin embargo, con la niña no tenía ninguna duda, decía. Cualquiera podría haber sido el padre de esa cría, le decía él, pero en el fondo de su corazón sabía que él era el padre. Y si lo negaba, ella acudiría a su esposa. Siempre lo estaba amenazando.

–Tenemos que hablar –dijo ella encendiendo un cigarrillo.

–¿Sí? –preguntó él.

Las fotografías estaban dispuestas en abanico sobre la mesita de café de cristal barato.

–Mira eso –dijo ella señalando una fotografía de los cuatro–, como una familia de verdad.

–En realidad no –repuso.

Ella había hecho salir a un joven que trabajaba en un puesto de pescado frito para que tomara la fotografía «de los cuatro juntos».

Llevaba desde Navidad insistiéndole en que hicieran una excursión, y habían acabado en Scarborough bajo un viento huracanado. El sitio estaba desierto. Al menos significó que las posibilidades de encontrarse con alguien que lo conociera fueran nulas.

Ella había corrido hasta la orilla para quitarse los zapatos y las medias y dejarlos tirados en la arena. Las medias daban la sensación de que una serpiente hubiese mudado la piel. Corrió hasta el agua y danzó entre las olas.

—¡Por Dios, está helada, joder! —exclamó—. Venga, ven, que el agua está estupenda.

—No seas ridícula —dijo él.

—¡Cobarde! ¡Tu papá es un gallina! —le dijo al niño cuando corrió de vuelta a la playa.

—No me llames así —repuso él con irritación—. Yo no soy su padre. —Se había llevado aparte al niño para decirle—: No me llames papi, ni papá, ¿de acuerdo? Yo no soy tu padre. No sé quién lo es. Si tu madre no lo sabe, ¿por qué coño tengo que saberlo yo?

Ella se había comportado de forma impredecible; advirtió que le daba vergüenza estar con ella en público. «Soy muy exuberante», decía ella, pero a él le parecía que la cosa iba más allá; pensaba que igual tenía alguna clase de enfermedad mental.

Había llevado consigo una cámara, un trasto barato de segunda mano, e insistía en hacerse fotografías todo el rato. Él había tratado de evitarlo, pero al final había accedido a hacerse una para cerrarle el pico.

—A ver si encontramos algún sitio abierto donde tengan helados —estaban a primeros de marzo, no era temporada, y hacía un frío tremendo; nadie tomaba helados junto al mar en invierno—. ¡O patatas! —añadió emocionada—. ¡Comamos patatas fritas!

Él tenía a la niña en brazos, intentando protegerla del viento.

—¡Vamos, te echo una carrera! —le gritó ella a su hijo, pero el crío estaba concentrado en hacer un castillo con la arena mojada.

Carol corrió hacia el muelle. El viento parecía empujarla. Él deseó que se la llevara.

–Como una familia de verdad –dijo ella acariciando las fotografías, observándolas con ojos entornados a través del humo del cigarrillo.

Había empezado a hablar de que eran «una familia», insinuando que él podía dejar a su esposa. Se engañaba completamente.

Fue ahí donde empezó todo, al parecer. Ella dijo que iría a ver a su esposa y se llevaría a los niños consigo, para avergonzarlo en la puerta de su propia casa.

–¡Cállate! –contestó él–, o vas a despertar a todo el barrio.

Ella empezó a pegarle, aporreándolo con los puños. Él le dio un buen bofetón, pensando que bastaría para hacerla parar, pero lo que hizo fue ponerla histérica y que gritara a pleno pulmón. Ella había sacado las garras, y antes de darse cuenta siquiera él la había seguido al dormitorio y le estaba oprimiendo el cuello con las manos. Y, para ser franco, le estaba gustando hacerlo. Solo para que se callara por una vez. Para que parara.

Todo pasó en cuestión de segundos. Ella era tan fuerte por naturaleza que no había esperado que se volviese tan flácida de pronto. Se arrodilló y le buscó el pulso, y cuando no logró encontrarlo no pudo creerlo. No había tenido la intención de matarla. Alzó la mirada y vio al niño de pie en el pasillo, con la vista clavada en él, pero en lo único que fue capaz de pensar fue en salir de aquel sitio. No pudo esperar el ascensor; corrió escaleras abajo, se subió al coche, condujo hasta el centro y se sentó en un pub a apurar un whisky de malta doble. Le temblaban las manos. Había arruinado su vida entera. Perdería su empleo, se iría a pique su matrimonio, su reputación.

Se quedó allí bebiendo. Le costó muchísimo emborracharse. Perdió la noción del tiempo.

–¿Una más para el camino, detective? –quiso saber el camarero.

–No –contestó él, y fue al servicio de caballeros y vomitó.

Había una cabina telefónica en la esquina, y se refugió bajo su fría luz blanca. Llamó a la única persona que le pareció que podría sacarlo de aquel lío: a Eastman.

–¿Señor? Soy Len Lomax. Me he metido en un pequeño problema –no mencionó al niño.

Ray le tendió las fotografías al día siguiente.

–Estamos en paz –le dijo–. No vuelvas a pedirme un favor, nunca más, ¿de acuerdo, Len?

–Seguro que estaba muerta, ¿no? –dijo Len. Se había pasado el resto de la noche dando vueltas en la cama junto a Alma, imaginando que Carol Braithwaite llegaba para señalarlo con un dedo acusador.

–Sí –contestó Ray–. Estaba muerta –pareció asqueado–. Les llevé la niña a los Winfield. No van a cuestionar nada, confía en mí –no mencionó al niño porque no sabía nada de él.

Lo de los Winfield había sido idea de Eastman.

–Haré que Strickland les lleve a la criatura. Tú no estás en condiciones de hacer nada. Vete a casa con Alma. ¿Tienes llaves? ¿Del piso de esa mujer?

Al día siguiente, Eastman invitó a Len a jugar al golf.

–No eres mal tipo, Len –le dijo mientras practicaba el *swing*–. Te ha pasado una cosa mala, pero eso no significa que tu vida quede destrozada por culpa de una fulana muerta. Y esa cría tuya ha ido a parar a un hogar maravilloso; piensa en todo lo que tendrá.

Len seguía sin mencionar al niño.

Esperaba que encontraran a Carol. Así solía ocurrir: la gente se moría y otras personas la encontraban. El tiempo fue pasando y no ocurrió nada. Empezó a parecer irreal, empezó a parecer que no hubiese sucedido. Había tenido una prima, Janet; la seguía teniendo, pero en su familia ya nadie hablaba mucho de ella. A los catorce años dio a luz en su dormitorio, en casa. Nadie sabía que estuviera embarazada, todos pensaron que había engordado un poco. Cuando su madre le preguntó por qué no había dicho nada, Janet dijo que confiaba en que, si lo ignoraba, se le pasaría. Así se sentía Len. Nunca pensó en si el niño estaría vivo o muerto; en realidad, nunca llegó a pensar en el niño.

—¿Qué te preocupa tanto? —quiso saber Alma.

—Nada —contestó él, y le contó alguna trola sobre el estrés en el trabajo.

Cuando recibieron la llamada sufrió un *shock* casi físico, como si algún cabrón hubiese chocado con él en el campo de rugby.

—Han descubierto el cuerpo de una mujer en los apartamentos de Lovell Park; los de uniforme ya han acudido.

Seguían sin mencionar al niño. Len se preguntó si en realidad habría desaparecido, si se habría desintegrado para volverse aire.

—¡Por Dios! —dijo Strickland—. Esto va a ser complicado. El cuerpo lleva semanas allí.

Eastman los alcanzó antes de que llegaran al coche.

—A ver, calma, chicos, calma. No perdáis la cabeza.

Por fin Len mencionó al niño.

—¡Serás idiota, cabrón! —soltó Eastman—. Deberías haber dicho algo; podría haberte ayudado a solucionar este desastre mucho antes.

Nunca se le ocurrió que el crío pudiera seguir vivo. Había esperado que se encontraran con dos cadáveres. Cuando vio al niño en los brazos de aquella agente no pudo creerlo.

El crío era un testigo, por supuesto. Eastman tuvo «una pequeña charla» con la asistente social. Ni Len ni Ray supieron qué le dijo. Probablemente la amenazó con perder a su propio hijo. Era buen tío para tenerlo de tu parte, pero malo para tenerlo en contra. Ray investigó por él: la pilló cuando salía del hospital y la llevó a tomar una copa en la taberna Cemetery.

–Es una tía sensata –le contó a Len–. Está aterrorizada. Eastman la amenazó con que la brigada de estupefacientes encontraría drogas duras en su casa.

Eastman consiguió que el niño entrara en el programa de protección de testigos; le cambiaron el nombre y fue a parar a un orfanato católico. Len nunca más volvió a oír hablar de él. Los Winfield consiguieron papeles nuevos para Nicola, aquel cabrón de Harry Reynolds lo organizó todo, y luego se largaron a Nueva Zelanda. Por lo que a Len concernía, podía haberse tratado de Júpiter o Marte. Todo había sido una pesadilla, se dijo, una terrible pesadilla. Un agujero que se abrió delante de sus pies y luego volvió a cerrarse.

Eastman lo llamó por teléfono y le dio instrucciones. «Llévate a la niña de Lovell Park; cierra con llave detrás de ti». Le dio un juego de llaves.

–Olvida lo que veas allí dentro –Eastman le dijo a Ray que les llevara la niña a los Winfield–. Estamos haciendo lo correcto, Ray. Quizá no se atenga estrictamente a la ley, pero se trata de un imperativo moral. Vamos a darle a la cría un buen hogar en lugar de permitir que acabe quién sabe dónde. He llamado a Ian Winfield; ya sabe qué esperar, pero se hará el sorprendido. Por el bien de su mujer, ya sabes que a veces se altera un poco.

Cuando llegaron al edificio de Lovell Park tres semanas después, Ray le dijo a Len:

–No puedo entrar ahí otra vez, Len. No puedo enfrentarme a lo que vamos a encontrar.

Habían discutido antes de entrar en el ascensor.

–Somos hermanos de sangre –dijo Len, dándole una palmada en el hombro, en un gesto más de agresión que de afecto–. Uno para todos, todos para uno –era el lema de Eastman.

Len lo sabía de antemano. Sabía que el crío estaba en el piso, y lo había dejado allí.

–Pensaba que lo encontrarían –dijo–. Y después..., no sé, todo se volvió irreal, simplemente.

Por lo que a Ray concernía, era tentativa de homicidio. Vomitó el desayuno cuando vio el estado en que estaba el crío. De haberlo sabido, jamás, ni en un millón de años, habría dejado atrás al niño en aquel sitio.

Ray le había hecho una visita a Carol Braithwaite en Fin de Año. Estaba borracho, echaba de menos el sexo con Anthea, no tenía ganas de volver a casa con Margaret, sobria y anticuada en sus camisones de algodón, de modo que había ido a ver a la fulana de Lomax. Nunca había hecho aquello; nunca había estado con una prostituta. «Un polvo sin complicaciones», imaginó que diría Len.

Carol Braithwaite le abrió la puerta y dijo de entrada:

–Esta noche no trabajo, ve a buscar en otra parte.

Parecía cansada, vieja antes de tiempo. Llevaba una niñita en los brazos. A Ray le pareció mal que mujeres como ella pudieran ser madres con solo abrirse de piernas ante cualquier hombre y su propia esposa no pudiese tener un bebé para salvarle la vida. En aquel momento no sabía que Len era el padre de la cría. Del niño no había ni rastro.

–Lárgate de una vez, joder, ¿quieres? –soltó Carol.

Ya había mandado a Barry Crawford a casa, por supuesto. En 1975 no había esperanzas de encontrar un taxi de madrugada. Había vuelto andando al hogar, con el rabo entre las piernas, para meterse en la cama junto a Margaret. Le dijo que la quería.

Lo peor de todo no fue lo que le pasó al niño, ni el hecho de que Len asesinara a Carol Braithwaite o el de que Eastman ayudara a encubrirlo. Lo peor de todo vino cuando Ray se llevó a la niñita –la robó, en realidad– y, en el asiento de atrás del Cortina de Crawford, comprendió que estaban pasando ante su propia casa. Había luz en la planta baja; Margaret esperándolo, probablemente, sentada ahí tejiendo y oyendo la radio. Prefería la radio a la televisión. Ray podría haber enfilado su propio sendero, llamado a su puerta y haberle dado el mejor regalo posible a su esposa. Pero no había hecho eso; le había dado la niñita a Kitty Winfield. Y luego el niño. Podría haber salvado a aquel niñito, haberlo criado como su propio hijo. Dos oportunidades, ambas perdidas.

Barry creyó que iba a vomitar cuando entró en aquel piso. No había pensado que en realidad hubiese alguien muerto allí dentro, solo que Strickland se había llevado a la criatura. Pero al ver al niño, comprendió que aquella noche lo habían dejado atrás. Imaginó qué hubiese dicho su propia madre al respecto. Le encantaban los críos, no podía esperar a que Barry se casara y se convirtiera en padre. Eastman lo había llamado. Le dijo que ayudara a despejar un poco aquel desastre. Aunque no le dijo quién lo había causado, Barry tuvo bastante claro que había sido Ray Strickland.

* * *

Dormía plácidamente. Observó cómo subía y bajaba su pecho. Jamás despertaría; jamás volvería a ser Amy. Habría detestado verse ahí de aquella manera, le habría rogado a Barry que le pusiera fin. Lo último que uno desearía para su hija resultaba ser precisamente lo que tenía que hacer. Cogió la almohada de debajo de la cabeza de Amy y la presionó contra su cara.

–Te quiero, cielo –dijo.

Trató de pensar en algo más que decir, algo grandioso e importante, pero no había nada: ya había dicho lo único que importaba. Pensaba que ella quizá se resistiría, pero no lo hizo. La única diferencia al apartar la almohada consistió en que su pecho ya no subía y bajaba.

Ahora sí se sintió vacío. Era una buena sensación. Consultó el reloj. Las doce en punto. Ivan iba a salir de la cárcel de Armley a la una. Más valía que se pusiera en marcha. Sentía el peso de la pistola en el bolsillo. Le gustaba que así fuera; le devolvía el control sobre sí mismo. Era una Baikal. La pistola favorita del hampa. Modificada en Lituania; por lo visto, aquí se pagaba veinte veces más por ella que allí. En realidad, nunca había visto alguna con anterioridad. Esa era cortesía de Harry Reynolds. Todos esos tipos viejos que no estaban dispuestos a abandonar sus tronos. Strickland, Lomax, Harry Reynolds.

La había recogido de camino hacia allí. Encontró a Harry Reynolds forcejeando con una corbata negra.

–Artritis en los pulgares –comentó–. ¿Cómo es eso que dicen? La vejez no viene sola.

La casa olía a pastel de manzana. Harry le dio la Baikal y Barry le dio a él un sobre.

–Hágale llegar esto a Tracy, ¿quiere?

–Si hubiese venido un poco antes, podría habérselo dado usted mismo. Ahora ya está fuera del mapa.

–Estupendo. ¿Cuánto le debo por la pistola?

—Considérela un regalo, inspector Crawford. Una forma de agradecerle que no me prestara atención todos estos años.

Salió de la habitación de Amy sin mirar atrás. ¿Cómo iba uno a mirar atrás? No podía hacerlo. Uno en la cabeza, uno en el corazón. Bang, bang.

—Ivan —dijo.

Ivan lo miró fijamente, un ciervo ante los faros de un coche, y Barry pensó durante un instante que iba a darse la vuelta y echar a correr.

—Barry.

Ya estaba otra vez llamándolo Barry. Palpó la pistola en el bolsillo. Sacó la mano y se la tendió. Despacio, titubeante, Ivan tendió la suya y se la estrechó.

—Lo siento —dijo Barry—. Fui duro contigo. Mi hija te quería, debería haberlo tenido más en cuenta.

—¿Te estás disculpando? —preguntó Ivan, con tono vacilante.

—¿Recuerdas aquel *pendrive* que perdiste? Barbara lo encontró bajo un cojín del sofá un domingo, después de que tú y Amy vinierais a comer. No tenía ni idea de qué era, por supuesto; no sabe absolutamente nada de ordenadores. Yo sabía que era tuyo, y lo metí en un jarrón sobre la repisa de la chimenea. Solo pensé…, no sé qué pensé, supongo que así te armaría un poco de lío. Desconocía que tuviera detalles de todos tus clientes, que era importante.

»Barbara no me contó qué había pasado —continuó—. Pensé que el negocio se había ido simplemente a pique. No me contó por qué; pensó que yo iba a considerarte un imbécil incompetente; todavía más. Por cierto: sí pienso que eres un imbécil incompetente —añadió, pues no era un hombre de andar pidiendo perdón de rodillas—, pero no merecías lo que pasó.

428

—Ninguno de nosotros lo merecía —repuso Ivan.

Barry volvió a subir al coche y se alejó. No le interesaba el diálogo. No le dijo a Ivan que Amy se había ido para siempre. Ivan podría empezar de nuevo. Barry no. Pero primero tenía que asistir a un funeral.

El funeral de Rex Marshall se celebraba en el crematorio. El lugar estaba a reventar de gente insigne y peces gordos que habían acudido a decirle adiós. El ataúd era la estrella, con las relucientes medallas policiales del finado encima. Coronas y ramos de flores se alineaban a la entrada de la capilla. Barry captó un olor a fresias que lo mareó durante unos instantes. Vio a Ray Strickland de pie ante un facistol, pronunciando el panegírico.

—... un policía veterano que siempre tuvo el don de tratar con los de abajo, un hombre del pueblo...

Bla, bla, bla. La mierda de costumbre. Ray titubeó al ver a Barry de pie en el umbral.

Hombres con sobrepeso con trajes caros, mujeres de peso pluma con la clase de ropa que a Barbara le gustaría poder permitirse: todos se volvieron para ver qué había hecho detenerse a media frase a Ray. Barry vislumbró a Harry Reynolds en el último banco. Presentando sus respetos, y haciendo alarde de no mirar a Barry cuando irrumpió en la capilla y se dirigió a grandes zancadas hasta el ataúd para golpearlo con fuerza con los nudillos.

—Pum, pum. ¿Hay alguien ahí dentro?

Un murmullo de disgusto se elevó de la gente más cercana al ataúd.

—Solo lo compruebo —le dijo Barry a una mujer corpulenta que aferraba una fotocopia del programa del servicio fúnebre.

Le sonrió, y ella se encogió, horrorizada. Barry le arrancó el programa de las manos. El orden de los actos. Era barato y

429

endeble, como el que llevaría a cabo una compañía teatral de aficionados. En la portada había una fotografía de Rex Marshall en la flor de la vida. Barry dio unos golpecitos sobre la fotografía y le comentó a la mujer corpulenta:

—Era un auténtico cabrón. Pero dicen que hace falta un cabrón para reconocer a otro, ¿no es eso?

En torno a él, la gente insigne y los peces gordos empezaron a protestar, pero con suavidad, pues a nadie le gusta desafiar abiertamente a una persona claramente trastornada. Con el rabillo del ojo, Barry vio a Harry Reynolds escabullirse de la capilla. No había rastro de Len Lomax por ninguna parte. A Barry le sorprendió que no lo hubiese placado nadie todavía y continuó pasillo arriba sin que nadie se lo impidiera. La desconsolada viuda se encogió cuando se le acercó, y el párroco, ridículamente joven, se estremeció como si estuviera considerando enfrentarse a él.

—Ni se te ocurra, jovencito —le gruñó Barry.

Llegó al facistol y Ray, con tono conciliador, jovial y campechano, le dijo:

—Vamos, Barry, sé sensato. Siéntate en un banco y muestra un poco de respeto.

Barry ladeó la cabeza como si sopesara aquella opción, pero entonces se volvió, contempló el mar de gente insigne y peces gordos y se aclaró la garganta como si fuera el maestro de ceremonias a punto de decirles a los reunidos que levantaran sus copas.

—Raymond James Strickland —dijo—, queda arrestado por el asesinato de Carol Anne Braithwaite, por haber puesto en peligro la vida de Michael Braithwaite y por el secuestro de Nicola Jane Braithwaite. Puede guardar silencio, pero lo que omita ahora podrá incriminarle cuando se declare ante un tribunal. Todo lo que diga podrá ser utilizado en su contra.

Ray ni siquiera se movió, se quedó ahí plantado. Barry había esperado a medias que se arrugara como un acordeón y cayera al suelo del susto, pero se quedó donde estaba, con los ojos muy abiertos.

–No fui yo –dijo.

Barry rio.

–Eso dicen todos. Deberías saberlo, Ray.

Barry no había pensado mucho más allá de ese punto. Llevaba consigo las esposas –nunca salía sin ellas– y esposó a Ray a la barandilla que había ante el facistol. Luego sacó el móvil del bolsillo, llamó a comisaría y solicitó un par de agentes de uniforme.

Todos los presentes en el crematorio parecían haber perdido el apetito por la muerte. Barry observó a un par de mujeres con atuendos de alta costura negros salir de la capilla como gacelas que hubiesen descubierto de pronto que habían entrado en el recinto de los leones. Entonces todos empezaron a escabullirse. Toda la gente insigne y todos los peces gordos.

El párroco se quedó por ahí como un camarero nervioso y le preguntó a Barry si necesitaba que le trajera algo.

–No, joven –repuso Barry–, pero gracias por preguntar.

»El último hombre en pie –dijo dirigiéndose a Ray.

–Hace treinta y cinco años, Barry –respondió Ray–. Ya es historia, agua pasada.

–No entiendo nada –dijo una voz.

Margaret, la esposa de Ray. Si hubiera estado de humor, Barry le habría dicho: «Pídele a tu marido que te lo explique», pero como no estaba de humor, le dijo:

–Tu marido tuvo una niña con una prostituta llamada Carol Braithwaite, y después de haberla asesinado, cogió a esa niña, su hija, y se la dio a tu amiga del alma Kitty Winfield.

La verdad iba a salir a la luz de todas formas, de modo que bien podía ser él quien la revelara. «Digámosles la verdad a los poderosos», como decían los cuáqueros; había tenido que arrestar a unos cuantos en los ochenta, pacifistas que parloteaban sobre «la acción directa» y los misiles de crucero. Para ser gente que rendía culto en silencio, parecían hablar un montón.

—¿Ray? —preguntó Margaret.

—No fui yo —repitió Ray, esta vez dirigiéndose a ella—. De veras que no —se volvió hacia Barry—. Tú solo viste la mitad de la historia, Barry.

—Cuéntaselo al juez, Ray.

Llegó un solitario agente de uniforme; podría haber sido Barry treinta y cinco años antes. Uno haría cualquier cosa que le ordenara un superior. ¿Haz la vista gorda? Sí, jefe. Mantén la boca cerrada. Sí, jefe. Claro que sí, jefe. Soy un mandado.

—¿Jefe?

—Detenga a este caballero, agente. Está acusado de asesinato. Yo no voy con usted. Cuando llegue a comisaría, vaya a mi despacho. Hay una carta sobre mi escritorio. Quiero que se la dé a la inspectora Gemma Holroyd, y ella se ocupará del asunto.

—Sí, señor.

—Buen chico.

Condujo hasta las llanuras que quedaban sobre Ilkley y ascendió hasta el embalse de Upper Barden. No había un alma. El cielo estaba veteado de nubes, todas teñidas de ópalo. Como en un cuadro; precioso. Barry imaginó a Carol Braithwaite levantándose de la tumba. La Asunción. Carol Braithwaite de la mano de Amy. Carol y Amy, uno en la cabeza, uno en el corazón.

Un par de águilas ratoneras describían círculos en lo alto, esperándolo.

Octubre de 1975

El cuerpo de Wilma McCann fue descubierto la víspera de Todos los Santos, una típica mañana neblinosa de Leeds, en el campo de juego del estadio Prince Philip de Chapeltown. La víctima tenía condenas por ebriedad, disturbios y robo. Sus cuatro hijos se habían quedado solos en una casa mugrienta. Otra chica de vida alegre.

La de Wilma McCann fue solo una más de varias muertes sórdidas, nada del otro mundo; sin embargo, tres meses después, ciento treinta y siete agentes de policía habían invertido cincuenta y tres mil horas, tomado quinientas treinta y ocho declaraciones y acumulado tres mil trescientas fichas clasificadas por orden alfabético. Todo para nada. Todo el mundo seguía ignorando ingenuamente que aquel había sido el primer asesinato oficial de Sutcliffe. No cometería otro hasta enero del año siguiente. Carol Braithwaite, por su parte, apenas pareció ocupar horas al cuerpo de policía.

Tracy no formó parte de la investigación del asesinato de Wilma McCann. Todavía era agente de uniforme, otra chica trabajadora más que recorría las calles.

—Es distinto, de todas formas —opinó Barry—. A tu mujer...

—¿Cómo que a mi mujer?

—A Carol Braithwaite la mataron en su propia casa. Fue estrangulada; no la golpearon en la cabeza ni le dieron cuchilladas.

—Hablas como si ya estuvieras en Investigación Criminal, Barry. Lo de andar lamiendo culos está dando sus frutos, ¿no?

—Vete a la mierda.

Leeds, Mánchester, Huddersfield, Bradford. Emily Jackson en enero del año siguiente. Y la lista se alargaría más y más. Y no eran solo prostitutas: cualquier mujer era una posible víctima. Las dos últimas en 1980. Estaban en el sitio equivocado en el momento erróneo. El retrato robot de Marilyn Moore de la primera época era uno de los mejores que tenían. La barba a lo Jason King, los ojos pequeños y mezquinos. Más de cinco millones de vehículos registrados. Era el demonio y nadie podía apresarlo.

El pasado era un lugar oscuro, un mundo de hombres. Hubo un tiempo en que los agentes masculinos escoltaban a las mujeres policía y a las administrativas de la comisaría al aparcamiento. Ella había oído decir a un tipo:

–Yo no me preocuparía por Tracy Waterhouse. Pobre del Destripador si se enfrenta a ella.

Una vez que el reinado de terror de Sutcliffe estuvo en pleno apogeo, no hubo posibilidades de que nadie se acordara de Carol Braithwaite. Carol encajaba bastante en el perfil de las víctimas. Pero en aquellos tiempos en realidad no hacían perfiles de víctimas. Durante años, Tracy se preguntaría si Carol Braithwaite había sido una de las primeras fallecidas de Sutcliffe.

Tracy acabó el año 1975 por todo lo alto comprándose un Datsun Sunny de cinco años. A finales de año, el Kirkgate Market ardió casi hasta los cimientos y ella utilizó su placa para trasponer las barreras de seguridad y disfrutar de mejores vistas de la conflagración. Le pareció una buena forma de despedir el año, con todo envuelto en llamas.

1977 fue un año ajetreado para el Destripador. Barry siguió adelante y ascendió, y pasó a ser poli de paisano en 1980. Tracy tenía un novio nuevo. Un viajante de instrumental médico de veintiocho años, elegantemente vestido y armado con un título académico. El suyo no era un gran título, solo una diplomatura en administración de empresas por una nueva universidad de hormigón, pero ya era un título más de los que estaban en posesión de Tracy.

La había llevado a sitios tan lejanos como Durham y Flamborough Head en el Ford Capri verde lima que conducía como un piloto de pruebas maníaco. Tracy nunca se apretujaba en el incómodo asiento del pasajero sin pensar que podía morir antes de que acabara el trayecto. Probablemente, eso formaba parte del atractivo del asunto.

Bebían en bares con terraza de todo el nordeste, una Landlord de Timothy Taylor seguida de un ron Wood's Old Navy para él, y un mordisco de serpiente, a base de cerveza y sidra, para ella. Después volvían al piso de él y tomaban comida india para llevar, y él encendía un buen porro y decía: «¿Va a esposarme, agente?». El mismo «chiste» cada vez. Tracy nunca fumaba; prefería que el alcohol le alterase la mente, no las drogas. El sexo funcionaba bien, aunque solo había tenido a Dennis, el profesor de autoescuela, para comparar, pero debió de ser eso lo que la había hecho seguir con él porque el tipo era, reconozcámoslo, un absoluto gilipollas. Cuando la dejó por una modelo más aerodinámica, Tracy hizo una llamada anónima para denunciarlo a la brigada de estupefacientes. Nunca supo si la cosa había llegado a algún sitio. Él murió en un accidente de tráfico en 1985, envolviendo un desatento árbol con su cupé TVR.

Un Capri verde lima, el mismo coche que conducía el Destripador en 1975. También por eso, Tracy debería haberlo denunciado. Nunca había considerado en serio que pudiera ser él. Estaba demasiado obsesionado consigo mismo para molestarse en matar a nadie. Aun así, marcó su primera muesca de desengaño amoroso. Lenta pero segura, iba pasando los hitos de la vida.

Linda Pallister se lió con un tipo del Partido Laborista y se mudó a una casa cerca de Roundhay, una semiadosada tradicional de entreguerras que en absoluto era su estilo. Tuvo a Chloe el mismo año en que nació Amy, la hija de Barry. En lugar de bautizarla, Barry y Barbara celebraron «una pequeña fiesta» para dar la bienvenida al bebé. Bocadillos de salchicha, pastel de cerdo, un pastel hecho por la madre de Barbara y una caja de Asti Spumante. Tracy no fue invitada.

Linda Pallister también celebró una fiesta por su bebé. Tracy tampoco fue invitada a esa. Nada de pastel de cerdo para Linda. Corría el rumor de que había servido la placenta del bebé. «¿Cruda o cocida?», se preguntó Tracy.

Ray Strickland nunca pasó del rango de inspector jefe. Decía que se contentaba con eso, que no quería pasarse la vida conduciendo un escritorio. Lomax, por su parte, llegó a lo más alto del árbol y se llevó todos los laureles que circulaban por ahí.

La vida siguió adelante. Antes de que Tracy se percatara de ello, habían transcurrido treinta años y andaba cabreada ante su propia fiesta de despedida.

Tesoro

Junio

–¿Y viste cómo ocurría? ¿Viste cómo arrollaba el tren a la pobre Tilly? ¿Qué demonios hacías allí?

–No tuvo nada que ver conmigo –repuso Jackson.

–La investigación concluyó que había sido un accidente –dijo Julia–. Y me alegré de que así fuera, porque en realidad no creo que Tilly fuera de las que se suicidan. Sin embargo, estaba en las primeras fases de la demencia senil, la pobre, de modo que supongo que nadie sabía lo que le pasaba por la cabeza, ¿no? Fui al funeral, en la iglesia de Saint Paul en Covent Garden. Fue una ceremonia preciosa, de hecho, con un montón de gente diciendo cosas bonitas sobre la querida Tilly. Su amiga, la dama Phoebe March, fue quien pronunció el panegírico...; se llevó parte del protagonismo, pero el discurso fue bueno, muy emotivo, con toda clase de anécdotas sobre Tilly de joven.

Solo había que darle cuerda a Julia y dejarla ir.

Jackson había ido a recogerla al plató de *Collier* para llevarla al aeropuerto. Tenía un par de semanas libres. La patóloga que interpretaba, Beatrice Butler, iba a pasar ese tiempo en coma tras ser atacada por el pariente enloquecido de un... ¡Oh, como si a Jackson le importara!

Julia estaba encantada con el perro, agachándose para pasarle la mano por la columna como una masajista.

–¡Panza arriba y muere por tu reina y tu país! –ordenó, y el perro giró para quedar boca arriba con las patas en el aire.

439

Viéndolo, cualquiera diría que estaba loco por Julia. La propia Julia, por supuesto, estaba loca por todos los perros que hubiese en el planeta. Por desgracia, todos los perros que había en el planeta la hacían estornudar.

—Este perro antes era de una mujer —dijo Julia.

—Bueno, pues ahora es el perro de un hombre —contestó Jackson desafiante.

Estaba en pleno montaje de la silla para coche que había comprado por fin para Nathan («ya iba siendo hora», según Julia). Se las había apañado para rescatar un agradecido Saab —misteriosamente desprovisto de la Virgen María luminosa— de un depósito policial justo antes de que lo mandaran a subasta, gracias al localizador de Brian Jackson. Era como si Jane hubiese sabido adónde quería ir él y hubiese tratado de llegar primero.

—Eso es absurdo —opinó Julia.

Nathan lo seguía de aquí para allá, hablándole de dinosaurios sin apenas tropezarse con los nombres.

—Velocirráptor, avaceratops, diplodocus.

Jackson no tenía muy claro si su hijo sabía que se habían extinguido; prefirió no preguntárselo por si echaba por tierra alguna clase de misterio, como Papá Noel o el Ratoncito Pérez. No sabía que los niños de cuatro años pudiesen pronunciar palabras como «avaceratops». Apenas se acordaba de Marlee a su edad, porque su actual encarnación huraña había empezado a dominar versiones anteriores y más risueñas de su hija. Por supuesto, había muchas cosas sobre los niños de cuatro años que no sabía. Pensaba en su hijo como en un bebé y le inquietaba comprobar cuánto trecho había recorrido ya hacia la edad adulta. Un día aquel niño lo dejaría atrás; le ganaría en la carrera de relevos de la existencia. Y la cosa seguiría así hasta que el sol se enfriara, o cayera el meteoro o aquel volcán grande de la hostia debajo de Yellowstone retumbara y volviera a la vida.

–Bueno, todo tiene que morir –declaró Julia, absorta en rascarle la panza al perro y contener un estornudo–. Así funciona la cosa. *Omnia mors aequat*. La muerte nos toca a todos.

–Oscuridad somos y en oscuridad nos convertiremos –dijo Jackson, con tono bastante sombrío.

–Yo diría que es polvo, no oscuridad –dijo Julia–. Y prefiero creer que somos luz y nos convertiremos en luz.

–Desde luego, eres una de esas personas para las que la botella está medio llena.

–Uno de los dos tiene que serlo –contestó Julia–, o la botella estaría completamente vacía.

«Uno de los dos», como si fueran una pareja. Y sin embargo se iba de vacaciones a Italia «con un amigo».

–¿Quién es? –quiso saber Jackson.

Julia se encogió de hombros.

–Solo un amigo.

–¿No podrías ser un poco más imprecisa?

Y todo aquello pese al hecho de haberle sugerido que quizá podían irse de vacaciones los tres juntos durante su tiempo libre. Un paso hacia la reconciliación, tal vez hacia el reencuentro.

–¿Como unas vacaciones familiares? –había preguntado Julia.

Jackson lo pensó un poco.

–Sí, supongo que es a eso a lo que me refiero.

Julia arrugó la nariz.

–No, cariñito; me parece que no.

A Jackson lo sorprendió sentirse tan decepcionado. Pero las mujeres estaban llenas de sorpresas. Todas y cada una de ellas, en todos los sentidos y todos los días.

–¿Dónde está Jonathan, por cierto? –quiso saber.

Julia levantó una mano, como si detuviera el tráfico, como si parase un gigantesco camión.

–No pienso hablar de Jonathan, ¿de acuerdo?

–Yo encantado de no volver a pronunciar su nombre, te lo aseguro.

–Ese pobre niño –dijo ella rodeando con los brazos al suyo. Al de los dos.

–¿Michael?

–Tuvo que pasar por muchas cosas.

–Ahora está bien.

–¿En el mismo sentido en que lo estamos tú y yo? –preguntó Julia–. ¿Después de lo que nos pasó de niños?

–¡Ajá! En ese sentido.

Mientras ellos hablaban, Michael Braithwaite iba de camino a Nueva Zelanda. El reencuentro de dos hermanos. Era un tipo simpático, vestido de tejano de la cabeza a los pies, con sobrepeso, poco saludable, alegre. Nada le gustaba más que una barbacoa con su mujer y sus hijos junto a su piscina. Había hecho una fortuna con la chatarra. Algunas personas vivían sus vidas contra todo pronóstico.

–Tú y yo también, cariñito –dijo Julia, dándole palmaditas en la mano.

Linda Pallister había vuelto a Leeds y debía comparecer ante un tribunal para responder por sus actos («¡ah, el remolino del tiempo!», comentó Julia.) Había contribuido a la desaparición de un testigo de cuatro años. Lo llevó a un orfanato en Roundhay dirigido por monjas; le cambió el nombre. Y nunca le mencionó a nadie la existencia de su hermana. Les dijo a las monjas que era un mentiroso, que mentía constantemente sobre que tenía una hermana, sobre que su padre había matado a su madre. Cuando Michael cumplió los dieciocho le dieron su partida de nacimiento y descubrió su verdadero nombre, pero Linda Pallister nunca se ofreció a contarle la verdad sobre su madre ni sobre su hermana.

–La coaccionaron –dijo Michael Braithwaite–, amenazaron a su propio hijo.

–Eso no es excusa –respondieron los dos Jackson al unísono.

Brian Jackson, Michael Braithwaite y Jackson estaban almorzando en el restaurante del hotel 42 The Calis. Jackson, todavía impresionado por la escena en la estación de Leeds, se tomó un malta doble en lugar de comer.

Los recuerdos de Michael Braithwaite se desvanecieron hasta que la pizarra quedó totalmente limpia, pero comprendió que aquel era un vacío que acabaría por destruirlo.

–Hice terapia de rehabilitación –explicó encogiéndose de hombros–. «Me llamo Michael Braithwaite y soy alcohólico», esa clase de cosas.

Sintiéndose culpable, Jackson dejó el vaso de whisky.

–Decidí buscar –añadió Michael Braithwaite.

–Y me encontró a mí –intervino Brian Jackson sonriendo de oreja a oreja–. Tengo veinte años como poli a mis espaldas. Dame algo que hacer y soy como un perro con un hueso.

Jackson había empezado a pensar en Brian Jackson como en su Doppelgänger, Dios sabría por qué, pero ahora se daba cuenta de que en realidad era su polo opuesto.

–Concerté una cita con Linda Pallister, la localicé –continuó Brian Jackson–. Perro, hueso, etcétera. Cantó como un pajarito; casi todo al menos; parecía ansiosa por quitarse aquel peso de encima. Pero cambió de opinión y se asustó, por supuesto.

A Brian Jackson le sonó el móvil, con los primeros compases de la Quinta de Beethoven, «Ta-ta-ta-taaaa». En un móvil sonaba hortera. No contestó.

–Me andan buscando constantemente –le dijo a Jackson.

A Linda Pallister no se la había llevado Brian Jackson. Pese a las protestas de su hija Chloe, sencillamente había huido.

–Salió disparada –explicó Brian Jackson–, para no apechugar con las consecuencias.

Había cogido un vuelo de easyJet a Málaga para ocultarse como una proscrita en un bloque de apartamentos baratos en la Costa del Sol.

–En realidad, todo es bastante banal, ¿no? –comentó Julia–. Gente a la que asustaba perder sus empleos, sus reputaciones, sus matrimonios. Da la sensación de que la tragedia tuviera que ser un poco más..., no sé, operística, quizá.

La reacción instintiva de Jackson fue disentir, pero cuando lo pensó un poco, supuso que Julia podía estar en lo cierto. Su propia hermana, por preciosa que fuera, más preciosa de lo posible en su recuerdo, no deseaba otra cosa que la vida más corriente, y lo que encontró fue el más corriente de los asesinatos. Un acto de violencia fortuito. Una chica que abrió la caja equivocada. Por lo que concernía a su asesino, Niamh podría haber sido cualquiera, probablemente: la chica de antes, la chica de después. Más valía arder en llamas en la hoguera, o saltar de un precipicio, acabar hecho pedazos por los lobos, que encontrar tu destino en manos de algún gilipollas que esperaba en una parada de autobús.

–Al embajador le encanta que le hagan cosquillas en la barriga –dijo Julia.

Definitivamente iba a cambiarle el nombre al perro. Se preguntó cómo le habría puesto Louise, en Edimburgo, al cachorro que él le había regalado. Era probable que ni siquiera se lo hubiese quedado.

–¿Adónde irás ahora? –le preguntó Julia cuando se despidió de ella en el control de seguridad del aeropuerto de Mánchester.

–Fin del viaje –repuso él.

–¿Y el encuentro de los amantes?

444

–Lo dudo.

Jackson aún andaba en busca de un nuevo hogar, de un sitio en que reposar por las noches. Suponía que todavía andaba detrás de su esposa ladrona, pero su entusiasmo por la caza se había enfriado. Sospechaba que de momento ya estaba bien de viajar. Cogió a Nathan, su hijo, en brazos y le dio un beso de despedida. Y fue entonces cuando pasó.

Para su sorpresa, para su alarma, sintió aquel vuelco feroz del corazón, el vínculo irrompible y expiatorio. El amor. Sabía quién era: el padre de aquel niño.

Lo cual no hacía sino demostrar que uno nunca sabía qué iba a sentir hasta que lo sentía. Era aterrador, aunque Julia lo habría considerado «maravilloso», siendo, como era, la mitad llena de la botella.

–Deja de poner palabras en mis labios –le dijo ella.

* * *

En la sala de control de seguridad del centro comercial Merrion, Grant tenía los pies sobre la mesa y leía el periódico en lugar de observar las pantallas. Leslie veía los titulares: «ASESINATOS DE PROSTITUTAS EN LEEDS, DETIENEN A UN HOMBRE PARA INTERROGARLO», y luego había algo sobre «un nuevo Destripador».

–Nunca se acaba –comentó Leslie.

–Son putillas; ¿qué esperabas? –preguntó Grant, tendiendo la mano hacia una bolsa de Monster Munch.

–Espero que la gente se comporte mejor.

–Pues vas a esperar mucho tiempo. ¿Qué tienes ahí? –quiso saber Grant.

–Un bolso.

Alguien lo había entregado después de encontrarlo en el aparcamiento. Estaba a reventar, lleno de toda clase de cosas, tarjetas de crédito, tarjetas de tiendas, papelitos con citas en el dentista y la peluquería, algunas de ellas muy antiguas. Notas de esas de «No olvidar» que la propietaria debía de haber escrito para sí. «Señorita Matilda Squires». Leslie se acordaba de ella, de lo trastornada que estaba. Encontró una nota metida en la parte posterior del bolso con un nombre y una dirección. «Mi dirección», decía amablemente, por si alguien quería suplantar su identidad o plantarse en su puerta y asaltarla a punta de pistola.

—Matilda Squires —dijo Leslie—. ¿No se llamaba así la actriz a la que arrolló el tren?

—Ni idea —contestó Grant.

Volvió la página y se quedó boquiabierto ante la chica casi desnuda de la página 3. Leslie echaba de menos a Tracy. Ella no permitía periódicos sórdidos y cosas de picar. Se preguntó por qué no habría vuelto de sus vacaciones.

—Igual se ha muerto —dijo Grant, bastante animado ante la idea.

No se había muerto. Le había enviado una postal a Leslie, con una imagen del London Eye, y en el dorso había escrito: «No voy a volver. Me ha encantado conocerte, que tengas una buena vida. Saludos, Tracy». No se lo había contado a Grant. El mensaje no era para él.

Leslie también levantaba el campamento. No se lo había dicho a nadie, pero su vuelo a Canadá salía al cabo de un par de días. Había seguido el ejemplo de Tracy; sencillamente iba a desaparecer. Conseguiría un empleo durante el verano, iría al lago con sus padres, su hermano y su perro, y después pondría en marcha su buena vida. Dejaría ese sitio muy atrás.

* * *

La mejor habitación del hotel. La suite Bella Durmiente. En teoría era para familias más numerosas, por supuesto, pero Tracy quería lo mejor y lo más grande para la niña. Había tenido suerte con la suite: solo la consiguió porque el hotel tuvo una cancelación de última hora. Viejos amigos de Tracy, todo el mundo, o más bien media Europa, parecía haber decidido pasar las vacaciones en Disneyland París al mismo tiempo. Esperaba que solo hubiese padres con niños en el parque, pero había toda clase de permutaciones: grupos de chicos, pandillas de chicas que soltaban risitas, parejas mayores y novios en luna de miel. Tracy no lograba imaginar por qué iba a querer alguien pasar unos días románticos en el centro del sombrío corazón del capitalismo.

Había incluso algún hombre solitario de vez en cuando.

–Ten cuidado –murmuró dirigiéndose a la niña.

Era sorprendente que fuera tan sencillo salir de una vida y meterse en otra. Habían pasado un par de semanas perdidas en Londres, donde nadie sabía quién era una ni le importaba. Habían puesto a prueba sus nuevas identidades con médicos, dentistas y ópticos. A la niña le habían drenado los oídos y graduado la vista; ahora llevaba gafas. La hacían más atractiva. Tracy, o más bien Imogen Brown, había abierto una cuenta bancaria, y Harry Reynolds le transfirió fondos, dinero pulcramente blanqueado con una historia creíble. Tracy se sorprendió; en realidad no había esperado que le mandara el dinero; pensó que se limitaría a vender la casa y quedarse con lo que sacara por ella.

Cuando pasaron por el control de pasaportes en la estación de Saint Paneras, Tracy esperaba que les hiciesen preguntas, que las mirasen de arriba abajo con suspicacia. Esperaba que un agente las llevara aparte y dijera: «¿Quiere hacer el favor de pasar por aquí, señora?», pero subieron a bordo del Eurostar sin problemas y al cabo de nada ya estaban en el Reino Mágico.

La niña tenía sus prioridades. En la tienda del hotel, Tracy le compró un nuevo disfraz, un conjunto verde de Campanilla. La varita mágica a conjunto tenía una mariposa en el extremo. La mitad de los niños del hotel iban disfrazados, muchos de hada o Peter Pan y alguno que otro de pirata. No se podía recorrer un pasillo sin tropezarse con algún actor adulto que fingiera ser Goofy o Mary Poppins. Era surrealista y ligeramente alarmante. La niña pareció encontrarlo normal.

—Espejo, espejito en la pared —canturreó Tracy cuando volvieron a la suite del hotel—. ¿Quién es el hada más bella de todas?

—Yo —contestó Courtney cuando vio su reflejo. Hizo estrellas de mar con las manitas. «Brilla, brilla».

—Estás preciosa —dijo Tracy.

—Sí —admitió Courtney.

Recorrieron la avenida central hacia los misteriosos muros del castillo de la Bella Durmiente. *Le Château de la Belle au Bois Dormant.*

—Eso es francés —le explicó a Courtney.

Todo estaba en francés, porque a diferencia de otros países, los franceses se negaban a hacer cualquier concesión en ese terreno. ¿Cómo serían las reuniones en que planificaban esas cosas? Todos aquellos ejecutivos de Disney, los hombres de Mickey Mouse, sentados con café y cruasanes en torno a una mesa junto a responsables franceses que insistían en que no *(Non)* habría traducción, y los norteamericanos tratando de ingeniárselas.

Tracy se preguntó si Disneyland París era técnicamente suelo americano y si podría apelar a la misericordia de Mickey y pedir asilo. Podrían trasladarse a Estados Unidos, a algún sitio tranquilo, lejos de miradas curiosas; Oregón, Nuevo México, alguna ciudad pequeña del Medio Oeste, algún lugar donde nadie las buscase.

Todos aquellos lugares relucientes. Estaban lejos de la luz de las estrellas y de las fogatas. Muy, muy lejos. Hicieron cola. Y luego volvieron a hacer cola. Y entonces, después de haber hecho cola, hicieron más cola todavía. Hicieron cola para ver el castillo de la Bella Durmiente, hicieron cola para ver la casa de Blancanieves, ambos, francamente, bastante decepcionantes. Hicieron cola para volar con Peter Pan al País de Nunca Jamás, que les gustó a las dos. Hicieron cola para subirse en las tazas de té del Sombrerero Loco y a lomos de Dumbo. Hicieron cola para los Viajes de Pinocho, que era una birria, y para Piratas del Caribe, que era buena, aunque las dos pensaron que daba un poco de miedo. Pasaron una eternidad acorraladas entre las vallas en una cola como una gruesa serpiente, esperando para subir a unos botes que serían arrastrados inexorablemente por la corriente de un canal artificial hasta la aterradora visión de los autómatas de «It's a Small World». Cuando por fin consiguieron regresar al mundo de verdad, emplearon otra media vida en una nueva cola como una pitón para subirse al Tren de Disneyland.

La niña era una heroína de las colas.

En la avenida central, vieron pasar el desfile y se tomaron un helado. Al final de la jornada, Courtney tenía otra vez una expresión ausente, la que esbozan los críos víctimas de abusos. Tracy supuso que si se miraba en un espejo comprobaría que tenía la misma expresión. La música de «It's a Small World» se le había grabado en el cerebro. No estaba segura de que fuera a conseguir quitársela de la cabeza.

–Y podemos volver a subirnos en todo mañana –dijo cuando entraron dando tumbos al hotel por la puerta trasera.

Eso era lo que hacía uno si tenía una enfermedad terminal, ¿no? Todo en pocos días: un trayecto en helicóptero sobre las cataratas Victoria, el barco por el Nilo, el tren a Venecia, el ascensor a lo más alto del Empire State. Iría de safari a África y a Las Vegas a jugar a las máquinas tragaperras, porque de pronto te sentías ávido del mundo que estabas a punto de perder. O te limitabas a subir a unas tazas de té gigantes haciendo fotos y más fotos de una niña que levantaba los pulgares, preguntándote cuánto tiempo iba a durar aquello.

Cuando volvieron a la suite Bella Durmiente, habían metido un sobre con el logo de Disneyland por debajo de la puerta, con las señas «Mme. Imogen Brown» escritas en él. Tracy pensó que sería información sobre actividades en el parque, pero dentro del sobre había otro con una palabra, «Tracy», escrita a mano. La habían encontrado. Le tembló la mano al abrirlo. Otro sobre. Aquello era ridículo. Una vez más, su nombre escrito en él, con una letra que reconoció: de Barry. Era como el juego del teléfono: ¿iba a tener que seguir abriendo sobres que se volverían cada vez más pequeños hasta llegar a qué, a un mensaje definitivo, como «¡Te pillé!» o «El tesoro eres tú»? Cuando le dio la vuelta al tercer sobre, encontró un mensaje escrito en la solapa. Un mensaje de Harry Reynolds. Quizá no debería sorprenderse de que hubiese sido capaz de encontrarla.

Tracy, Barry me pidió que le mandara esto. Le debo un par de favores. No sé si se enteró, pero Barry está muerto. Mató a su hija y luego se suicidó. Dejó atrás un jaleo de mil demonios. Len Lomax murió arrollado por un tren y Ray Strickland va a pagar por el asesinato de una fulana décadas atrás. He pensado que le gustaría saberlo. Suyo afectísimo,

Harry

450

Una se daba la vuelta un momento y el mundo se movía sobre su eje. Había una posdata de Harry: «Le llevé el dinero que le debía al polaco, tal como me pidió».

Puso unos dibujos animados en la televisión para la niña y leyó la carta de Barry, para descubrir por fin la verdad sobre Michael Braithwaite. Tenía una hermana. A Tracy se le cayó el alma a los pies. Fue lo primero que le dijo el crío: «¿Dónde está mi hermana?».

—¿Qué es lo que más te ha gustado? —le preguntó a Courtney cuando hacían cola para entrar al restaurante.

—Mi vestido —contestó ella sin titubear.

El camarero las condujo a una mesa junto a la ventana donde tenían una vista excelente del castillo iluminado de la Bella Durmiente. Brindaron con vino y Coca-Cola. Tracy se bebió una modesta media botella de tinto, aunque podría haberse bebido un viñedo entero. Pensó en la niña, sentada a su lado cuando volaban hacia Nunca Jamás. En la sensación de querer a alguien pequeño e indefenso. Y eso hizo que pensara en Michael Braithwaite, en todos aquellos años en que a nadie le importó qué le ocurriera. Un niño perdido. Se sintió agradecida con Barry por haberle proporcionado el final feliz. Pobre viejo Barry; después de todo nunca pudo celebrar su fiesta de despedida. Brindó en silencio por él.

Mickey hizo su ronda por las mesas. Y Goofy y Pluto también. Pluto fue el que más le gustó a la niña. Pulgares hacia arriba todo el rato. Tracy hizo una foto tras otra. Enfermedad terminal.

Después de cenar, Courtney se puso el nuevo pijama de Minnie, comprado en la tienda del hotel; pidieron que les llevaran chocolate caliente a la habitación y vieron un DVD en la cama. De Disney, obviamente.

La niña tenía sus bienes desparramados sobre la cama:

el dedal de plata deslustrado
la moneda china con un agujero en medio
el monedero con la cara de un mono sonriente
la bola de nieve con un burdo modelo de plástico del edificio del Parlamento
la caracola con forma de cucurucho de crema
la caracola con forma de sombrero chino
la nuez moscada entera
la piña
el anillo de compromiso de Dorothy Waterhouse
la hoja de otoño del bosque
varios eslabones de una cadena dorada barata
la Virgen María con luz del Saab
la estrella de plata de la varita vieja

Un par de años más y necesitarían un camión para llevar por ahí el cargamento de la cría. «Un par de años más». Tracy no consiguió imaginar que pudiera aferrarse a aquel futuro porque aunque aquello era el principio de algo, daba la sensación de que fuera el final. Siempre había sido así, y siempre lo sería.

A partir de entonces, Tracy estaría siempre mirando por encima del hombro, esperando la llamada a la puerta. Las cámaras las habían seguido por todas partes; si alguien andaba buscándolas, las encontraría. Harry Reynolds lo había hecho. Y si no las encontraban los malos, probablemente lo harían los buenos.

Cuando compró a la niña hizo un pacto con el diablo. Podría tener a alguien a quien amar, pero el precio sería muy alto. Pensó en la Sirenita, cada paso una tortura, un dolor lacerante como el de espadas afiladas. Solo por ser humana, por amar.

La niña bajó la varita en dirección a Tracy. Le concedía un deseo o le lanzaba un hechizo; difícil saber cuál de las dos cosas. Courtney se había hecho un hueco en su alma. ¿Qué pasaría si se la arrancaban?

Aquello era amor. No salía gratis, lo pagabas con dolor. Tu propio dolor. Pero lo cierto era que nadie había dicho que el amor fuese fácil. Bueno, sí que lo decían, pero eran unos idiotas.

Le sonó el teléfono. Teléfono nuevo, nombre nuevo, número nuevo. Nadie tenía el número. Quizá era su operador, que hacía una llamada de cortesía. Quizá era otro interlocutor misterioso, o incluso el mismo de antes. O algo más siniestro. Tracy apagó el teléfono y se dedicó a ver el DVD. Campanilla andaba buscando un tesoro perdido. ¿No hacía eso todo el mundo?

22 de marzo de 1975

Al despertar, hurgó inmediatamente bajo la almohada en busca de su coche favorito, un panda azul y blanco, un coche patrulla. Aferrándolo con una mano, bajó de la cama que compartía con su hermana. Dormían en direcciones opuestas y muy estrechos. «Como sardinas», decía su madre. Su hermana no estaba en la cama. Pensó que debía de haberse pasado a la cama de su madre en algún momento de la noche.

Él era un mono, decía su madre. «A rebosar de vida». A veces su madre reía y lo apretaba y decía que era minúsculo. Tenía cuatro años. Otras veces, cuando estaba enfadada, decía: «Joder, Michael, ahora eres un niño grande, ¿por qué no te comportas como tal?». A veces bailaba con él por la cocina; él se encaramaba a las puntas de sus pies y lo hacía girar y girar, riendo y riendo, hasta que Michael le gritaba que parase. Otras veces le decía que desapareciera de su vista y no volviera. Él nunca sabía cómo iba a ser.

Tenía hambre y fue a la cocina a buscar unos cereales. En la cocina no había donde sentarse, y llevó su tazón con mucho cuidado hasta la salita de estar. Se comió los cereales antes de ir en busca de su madre. Estaba tumbada en el suelo de su habitación. Intentó despertarla. Encendió el hervidor y le preparó una taza de té como le había visto hacer a ella. Derramó un montón y olvidó poner leche y azúcar. Ella decía que tenía que empezar el día con una taza de té y un pitillo. Michael fue en busca de sus cigarrillos. Le dejó cerca de la cabeza la taza de té y estos, pero siguió sin despertarse. Trató de ponerle un cigarrillo en los labios.

–¿Mami? –preguntó, y la sacudió.

Como no se despertaba, se tendió a su lado y trató de abrazarla («¿Quién es mi precioso niñito?, pues dame un abrazo»). Al cabo de un rato se aburrió, se levantó del suelo y fue en busca de sus otros coches.

Más tarde, como ella seguía sin levantarse, arrastró una silla hasta la puerta de entrada e intentó abrirla. Lo había hecho otras veces, pero ahora no había llave en la cerradura y no se abría.

Aquella noche cogió una manta de su cama y se tendió a dormir en el suelo junto a su madre. Hizo lo mismo dos o tres noches más, pero después supo que ya no podría hacerlo. Su madre había empezado a oler raro. Cerró la puerta de su dormitorio y no volvió a mirar allí dentro.

Arrastró la silla hasta la ventana y de vez en cuando se subía a ella para intentar llamar la atención de la gente que había abajo, golpeando el cristal y haciendo aspavientos, pero nadie lo vio. Las personas parecían hormigas. Al cabo de un tiempo dejó de intentarlo.

Había buscado a su hermana por todas partes, preocupado porque estuviese jugando al escondite y se hubiese quedado atrapada en un armario o debajo de una cama, pero no logró encontrarla en ningún sitio. No paraba de gritar «¿Nicky?», o a veces «¡Nicola, ven aquí!», como hacía su madre cuando estaba enfadada. Su hermana era divertida, siempre andaba haciendo tonterías. «Oh, qué serio eres, Michael, vas a convertirte en un hombre muy serio. Tu hermana va a ser como yo, Nicky sabe cómo divertirse». Echaba más de menos a su hermana que a su madre. Pensó que vendría alguien pronto. Pero no vino nadie.

9 de abril

Lo despertó el ruido del timbre. Alguien aporreaba la puerta, diciendo que era la policía. Papá era un policía. No le gustaba que lo llamaran papá. Salió dando tumbos al vestíbulo y vio que el buzón de la puerta estaba abierto. Vio una boca, la boca se movía y decía algo.

«Tranquilo, tranquilo, no pasa nada. ¿Está tú mamá ahí? ¿O tu papá? Vamos a ayudarte. No pasa nada».

La policía grandota lo sujetaba con fuerza. «¿Dónde está mi hermana?», susurró, y ella le contestó: «¿Qué dices, cielo?», y la otra mujer, la que llegaría a conocer como Linda, dijo: «No tiene ninguna hermana, está delirando». Entonces se lo llevó en una ambulancia. Dentro de esta volvió a preguntarle: «¿Dónde está mi hermana?», y ella dijo: «Chist, tú no tienes ninguna hermana, Michael. Tienes que dejar de hablar de ella». Y eso hizo. La guardó donde uno guarda todas las cosas preciosas y no volvió a sacarla en más de treinta años.

* * *

Fountains. Por fin.

Había ciervos y árboles antiquísimos y las largas sombras de una tarde de pleno verano. Los árboles estaban llenos de hojas nuevas, de la alquimia del verde transformándose en oro. Los pájaros cantaban melodiosos. A Julia le habría encantado aquel sitio.

Había llegado después de que hubiesen cerrado las puertas y tuvo que encontrar otra forma de entrar un poco menos legal.

Los ciervos estaban tranquilos; un hombre y un perro no los asustaban en absoluto. El perro iba atado con la correa. Pasaron ante una gran casa y una iglesia, ambas «obra del arquitecto Burges», quienquiera que fuese. Jackson podía haber sido un intruso, pero era un intruso bien informado. Aquel sitio estaba mejor sin gente. En opinión de Jackson, la mayoría de las cosas lo estaban.

–Solo tú y yo –le dijo al perro.

La abadía en sí no lo decepcionó, aunque seguía prefiriendo los restos más acogedores de Jervaulx. Soltó al perro y anduvo hasta el High Ride, el sendero que discurría por la parte superior del valle que alojaba a Fountains. Se detuvo en el Asiento de Ana Bolena a contemplar la gloriosa vista de campos y agua que conducía hasta las ruinas de la abadía en la distancia. No había rastro de ninguna mujer sin cabeza. El crepúsculo. En Escocia, donde estaba Louise, sería el ocaso.

Volvió a bajar y paseó entre las ruinas. El perro echó a correr, persiguiendo a un conejo como un guepardo. Jackson se sentó en las piedras bajas de un viejo muro. Pensó que quizá formaba parte del claustro, pero cuando echó un vistazo a la inscripción vio que pertenecía a las letrinas. Probablemente ya iba siendo hora de que utilizara la receta de aquellas gafas.

–«Esta es mi carta al mundo –le dijo al perro cuando regresó sin conejo–; la que nunca me escribió». –El animal ladeó la cabeza, y Jackson añadió–: Yo tampoco sé qué significa. Creo que en eso consiste precisamente la poesía.

Solo durante un instante creyó ver a su hermana, vestida de blanco, corriendo y riendo, con pétalos cayéndole del cabello. Pero eso también era poesía. O un particular sesgo de la luz.

Porque durante todo ese tiempo, en todos aquellos sitios, en medio de los coros desiertos y en ruinas y en los depósitos de locomotoras, o sentado en los salones de té y en los pubs de los vellocinos de oro, su hermana estaba ahí en las sombras, riendo y sacudiéndose pétalos de la ropa, del cabello, como una novia, una lluvia de pétalos como huellas dactilares en el oscuro velo de su pelo.

Estaba encerrada en la cámara de ecos de su corazón como la reina de mayo, una virgen y santa («Para siempre –decía Julia con fervor, golpeándose el pecho para luego dejar el brazo cruzado sobre él como un guerrero que jurase lealtad–. Muerta para el mundo pero viva en tu corazón». La eterna paradoja de los desaparecidos). Ella se había ido antes que él, y nunca la alcanzaría. Decidió que podía vivir con eso. Aunque la verdad es que no tenía elección.

–Otra vez en camino –dijo Jackson, subiendo al Saab–. Millas por delante, etcétera.

Su dócil copiloto soltó un pequeño gañido de entusiasmo desde el suelo del coche. Jane esperaba instrucciones.

Aún había algo que le daba vueltas en la cabeza. No eran Michael y Hope, ni Jennifer, la niñita de Múnich; fue pensar en su hermano desaparecido lo que finalmente lo había llevado a hacerle a Marilyn Nettles la pregunta adecuada.

Era otra cosa. Una cicatriz, una señal, una marca de nacimiento con la forma de África. Algo que había visto recientemente. Supuso que los hombrecitos de su memoria acabarían por localizarlo.

Estaba a punto de poner el coche en marcha cuando sonó el teléfono. «Louise», le informó la pantalla. Jackson titubeó, imaginando qué podía ocurrir si no contestaba.

Y qué ocurriría si lo hacía.

«La Esperanza» es esa cosa con plumas—
Que se posa en el alma—
Y canta la melodía sin su letra—
Y nunca se detiene—para nada—

Su sonido es más dulce—con el Viento—
Y resentida ha de ser la tormenta—
Que pudiera derribar al Pajarillo
Que a tantos dio calor—

Le escuché en las tierras más gélidas—
En los Mares más extraños—
Pero jamás, ni en el mayor de los Extremos,
Solicitó una migaja—de Mí.

EMILY DICKINSON

Agradecimientos

Todos los errores son míos, algunos deliberados. No me he ceñido necesariamente a la verdad.

Mi agradecimiento a Russell Equi, como de costumbre; Malcolm Graham, inspector jefe de la Policía de Lothian and Borders; Malcolm R. Dickson, inspector adjunto de la Policía de Escocia; David Mattock y Maureen Lenehan, por revisitar Leeds y los años setenta conmigo.

Índice